MEMORY IN DEATH
by J.D.Robb
translation by Haruna Nakatani

イヴ&ローク 23

# 過去からの来訪者

J・D・ロブ

中谷ハルナ［訳］

JN283669

ヴィレッジブックス

靴に住んでるばあさんがいて、
子どもがどっさり、さあ、たいへん、
スープを飲みな、パンはないよ、
さんざん叩いて、さあ、寝るんだよ

——伝承童謡

記憶、それは脳の門番

——ウィリアム・シェークスピア

# 過去からの来訪者

Eve&Roarke
イヴ&ローク
23

おもな登場人物

| | |
|---|---|
| イヴ・ダラス | ニューヨーク市警の警部補 |
| ローク | イヴの夫。実業家 |
| ディリア・ピーボディ | イヴのパートナーの捜査官 |
| サマーセット | ロークの執事 |
| シャーロット・マイラ | 精神分析医 |
| ライアン・フィーニー | ニューヨーク市警<br>電子探査課（EDD）の警部 |
| イアン・マクナブ | フィーニーの部下 |
| ジャック・ホイットニー | イヴの上司 |
| ナディーン・ファースト | チャンネル75のレポーター |
| バクスター | ニューヨーク市警の捜査官 |
| トロイ・トゥルーハート | 同巡査 |
| トルーディ・ロンバード | イヴの里親だった女性 |
| ボビー・ロンバード | トルーディの息子 |
| ザナ | ボビーの妻 |

# 1

死は休暇中ではなかった。二〇五九年十二月のニューヨークはきらきらと派手に飾り立てられ、どこもかしこもリースやリボンだらけかもしれないが、サンタクロースは死んでしまった。手伝いの妖精たちふたりは具合が悪そうだった。

イヴ・ダラス警部補はタイムズ・スクエアの喧噪に包まれて歩道に立ち、聖ニック（サンタクロースの由来である聖ニコラウスの別称）の残骸を調べていた。赤い服を着た太ったおじさんがもそもそと煙突のなかを下りてくるのは、眠っている子どもたちを殺すのではなく、プレゼントをくれるためだとまだ信じているくらい幼い子どもがふたり、鼓膜が破れそうな金切り声で叫んでいる。だれだか知らないが、この子たちの面倒をみることになっている者はなんだってこの場からふたりを連れ去らないのだろう、とイヴは思った。

わたしの仕事ではない、と思う。ありがたいことに。足元にあるぐしゃっとした血まみれのもののほうが好ましい。

イヴは上を見た。ずっと上を。ブロードウェイ・ビュー・ホテルの三十六階から落下。現場に最初に駆けつけた巡査はそう報告した。「ホー、ホー、ホー」と叫びながら——目撃者によると——びしゃっと地面に叩きつけられ、終わりのないパーティをはしごしてまわっていた不幸なろくでなしをひとり、道連れにした。

ぺちゃんこになったふたりの遺体を分けるのは不愉快な作業だろう、とイヴは想像した。巻き添えになったほかのふたりはかろうじて軽いけがで済んだ——そのうちの女性ひとりは、血や血の塊や脳漿のしぶきを全身に浴びたショックで卒倒しただけで、歩道に頭を打ちつけて裂傷を負った。とりあえず、彼らは医療技術者にあずけて、願わくは、はっきりものが言えるようになったら調書を取ろう、とイヴは考えた。

ここでなにがあったかは、もうわかっていた。サンタの小柄な助手たちのどんよりした目を見れば、わかった。

膝下丈の黒い革コートの裾を冷たい風にひるがえし、彼らのほうへ歩いていく。イヴの茶色の短い髪に縁取られた顔は、ほっそりしていて、目は、熟成した上質のウィスキー色の目は切れ長だ。彼女のほかのすべてと同様に、その目は警官そのものだった。

「サンタの格好をした男は友だち?」

「ああ、なんてことだ。太っちょ《タブス》。ああ、マジかよ」

ひとりは黒人で、もうひとりは白人だが、いまはふたりともかすかに青ざめている。まあしかたがないだろう、とイヴは思った。見たところ、ふたりとも二十代後半で、下っぱの管理職なのか、高そうなパーティ用のスーツでめかしこんでいる。勤めている会社で行われたクリスマス・パーティが、突如としてとんでもない形で中断されてしまったらしい。

「ふたりとも、ダウンタウンに案内されるように手配するから、話を聞かせて。自発的に違法ドラッグ検査を受けてほしいわ。しないと言うなら……」一瞬の間を置いて、かすかにほほえむ。「なんとしてでも受けてもらえるようにする」

「ああ、なんてことだよ、ああ、くそっ。タブス。死んでしまった。死んだんだろ？」

「正式に確認されたわ」イヴは言い、くるりと体の向きを変えて相棒に合図を送った。

目下、黒っぽい髪が派手にウェーブしているピーボディ捜査官は、体のさまざまな部位がもつれ合ったもののそばにしゃがみこんでいたが、さっと立ち上がった。彼女もちょっと青い顔をしている、とイヴは気づいた。でも、動揺はしていない。

「犠牲者はふたりとも身元がわかりました」ピーボディは告げた。「サンタのほうはローレンス、マックス、二十八歳、現住所はミッドタウン。落下してきた彼を――ハハ――受けとめてしまったのはジェイコブス、レオ、三十三歳。クイーンズ」

「あのふたりはこのまま帰さずに違法ドラッグの検査を受けさせて、わたしたちがこっちを終えたら、調書を取れるように手配するわ。あなたは上に行って、現場を見て、ほかの目撃者から話を聞きたいでしょうね」

「それは……」

「あなたは本件の主任捜査官よ」

「そうです」ピーボディは大きく息をついた。「少しは話をされましたか？」

「それはあなたにとっておいた。ここで彼らを突っつく？」

「ええと……」正しい答えを求め、ピーボディはイヴの表情をうかがった。イヴは答えをあたえない。「彼らはとても動揺しているし、ここはひどく混乱していますが……いま、ここで話をさせたほうがいろいろ聞き出せるかもしれません。気持ちが落ち着いて、どんな厄介な状況に巻き込まれたか気づく前のほうがいいでしょう」

「どっちをやりたい？」

「ええと。黒人男性にします」

イヴはうなずき、男たちのほうへもどっていった。「あなた」と、指さす。「お名前は？」

「シュタイナー。ロン・シュタイナー」

「ちょっと歩きましょう、ミスター・シュタイナー」

「むかむかする」

「でしょうね」イヴは立ち上がるように身振りで示し、シュタイナーの腕を取ると、二、三歩あるいて立ち止まった。「タブスは会社の同僚？」

「そう。そうだ。タイロ・コミュニケーションズ。よく――よくいっしょにいた」

「大きい男、ねえ？」

「だれ、タブス？ そう、そうだな」シュタイナーは額の汗をぬぐった。「百十五キロくらいあったと思う。だから、パーティのとき、やつにサンタの服を借りさせたらウケると思ったんだ」

「きょう、タブスの袋にはどんなおもちゃやとっておきのものが入っていたの？」

「ああ」両手で顔を覆う。「ああ、まいった」

「いま、しゃべっていることはまだ記録されないわ、ロン。そのうち記録されるけれど、いまは、なにが起こったのかしゃべるだけ。あなたの友だちは亡くなり、たまたま歩道を歩いていた哀れなのんびり屋さんも亡くなってしまった」

ロンは顔を覆ったまま言った。「会社のボスたちは、オフィスに料理を並べてランチ・パーティをやるって言ったんだ。ビール代さえ出そうとしない、わかるだろ？」ロンはぶるぶるっと二度、激しく体を震わせてから、両腕をだらりと脇に下げた。「だから、何人かで集まってちょっとずつ金を出し合って、ホテルのスイートルームを丸一日、借りた。で、ボスたちが帰ったあと、酒と、それから……あれを出した。いわゆる、気晴らし用のクスリだ」

「具体的には？」

ロンはごくりと唾を呑み込み、ようやくイヴと目を合わせた。「だから、エキゾティカをちょっとと、プッシュとかジャズとか」

「ゼウスも？」

「あれには手を出さない。検査を受けるから結果を見てくれ。俺はジャズを二、三服しかやってない」イヴがなにも言わず、ただ目をのぞきこんでくるので、ロンはたまらず一気にまくしたてた。「やつは強いのは絶対にやらなかった。タブスだよ、やらなかった、誓ってもいい。やってたらわかったはずだ。でも、きょうはちょっとばかりやったんだと思う。たぶんプッシュを混ぜたか、だれかに混ぜられたか。ばかだなあ」言っているロンの頰を涙が伝った。「やつはイッてた、それはまちがいない。でも、なあ、パーティなんだ。楽しんでただけだ。みんな、笑ったり踊ったりしてたよ。そのうち、タブスが窓を開けた」

ロンの両手はあちこちに移動していた。顔へ、喉へ、髪へ。「ああ、なんだってこんなことに、まったく、ああ。部屋が煙ってきたせいだと思った。そうしたら、つぎの瞬間、やつは窓枠に上って、あほみたいに思いっきり、にたーっと笑った。そして、叫んだ。〝みなさん、よいクリスマスを、そして、みなさん、さようなら〟それから、ちくしょう、飛び出していった。頭から突っ込むみたいに。ああ、見えなくなった。つかまえようと考える暇さえなかった。あっという間だ、ほんとうにあっという間のことだった。部屋にいたみんなが叫び声をあげ、走りだした。俺も窓まで走っていって、下を見た」

ロンは両手で顔をぬぐい、また体を震わせた。「それから、九一一に連絡してくれって叫んで、ベンと俺は急いで下りていった。理由はわからない。俺たちはやつの友だちだったし、だから、急いで下りていった」

「彼はクスリをどこで手に入れたの、ロン?」

「ああ、最悪だ」ロンは目をそらして、イヴの背後の通りのほうへ視線を向けた。戦っている、とイヴにはわかった。よくあるちょっとした葛藤だ。ごまかすか、はっきり言ってしまうか。

「ゼロのところでまちがいないと思う。パーティパックが買えるように、何人かで金を出し合ったんだ。強いのは求めちゃいない、ほんとうだ」

「ゼロはどこで店を?」

「データ・クラブを経営してる。ブロードウェイと二十九丁目がぶつかるあたりにある〝ゼロ〟って店だ。こっそり気晴らし用のドラッグも売ってる。タブスは、そう、罪のないやつだった。たんに大きくてぼんやりした男だった」


大きくてぼんやりした男と、彼に着地されてしまった哀れなうっかり屋が歩道からこそげ落とされているころ、イヴはパーティが行われていた部屋へ入っていった。そんな感じだろうと思っていたとおりの部屋だった。脱ぎ捨てられた服や、こぼれた酒や、食べ残しが散乱して、神聖さとは正反対の無秩序状態だ。煙と吐瀉物《としゃ》とセックスの入り交じった悪臭がまだかなり残っていて、窓が開けられたままなのは運がよかった。

脱兎のごとく逃げ出さなかった目撃者たちは隣接した部屋で話を聞かれ、すでに帰宅を許されていた。

「なにかわかった?」カーペットの上に皿やグラスが散乱した地雷原を横切りながら、イヴはピーボディに訊いた。

「タブスはクリスマスに家に帰れない、ということ以外に、ってことですか? かわいそうなおばかさんは勝手に舞い上がって、たぶん、赤鼻のルドルフがほかのトナカイやそりといっしょに窓の外に浮かんでいると思ったんでしょう。飛び降りたところは、十数人の目撃者がはっきり見ています。極度の愚行による死、です」

イヴがなにも言わず、開けっぱなしの窓の外へ視線を向けたままなので、ピーボディは床に散らばった錠剤を証拠保存用の袋に入れるのをやめた。「ほかになにかわかりましたか?」

「彼を突き落とした者はいないけれど、彼が極度の愚行に走る手助けをした者はいたってこと」そう言って、ぼんやりと腰をさすったのは、治りかけの傷がまだたまにちょっと痛むせいだ。「薬毒物検査の結果、精神安定剤や、どこかが三時間立ちっぱなしになる薬のほかになにか出るはず」

「彼を恨んでいる者がいると思われる供述はひとつもありませんでした。彼はたんなるどじな男です。それから、彼が違法ドラッグを持ち込んでいます」

「そうね」

「売人を捜しますか?」

「彼は違法ドラッグに殺されたの。それを売った者は武器を持っていたのと同じよ」腰をさすっている自分に気づいて手を止め、振り向く。「殺された男は違法ドラッグを常用していたとかどうとか、そういう話は聞けた?」

「常用はしていなかったそうです。たまにパーティでちょっと試すくらいだったとか」ピーボディは一瞬間を置いてからつづけた。「売人が売り上げを伸ばす方法のひとつとして、たまにおまけする、っていうのもあります。オーケイ。そのゼロについて違法麻薬課《イリーガルズ》がなにか知っているかどうかたしかめて、それから彼と話をしに行きましょう」

ピーボディに現場の指揮をまかせ、イヴは死亡したふたりの最近親者を調べた。タブスには配偶者も同居人もいなかったが、ブルックリンに母親がいた。ジェイコブスには妻と子どもがひとりいた。どちらの犠牲者も家まで行って暮らしぶりを確認する必要はなさそうだったから、課の悲しみを癒すためのカウンセラーに連絡した。最近親者に知らせるのはいつもつらいが、クリスマス休暇ではなおのことだ。

歩道にもどって現場に立ち、警察のバリケードや、その向こうの人だかりや、舗道に残された見苦しいしみを見つめる。ばかげているし、とにかく不運なできごとであり、滑稽と言わざるをえない要素はあまりに多い。

しかし、今朝は生きていた男性ふたりが、いまは袋に詰められて死体保管所へ向かっているところなのだ。

「ねえ、お嬢さん！　ちょっと、お嬢さん！　お嬢さんってば！」

三度呼ばれたところでイヴはあたりを見回し、警察が張った立ち入り禁止のテープの下を勢いよくくぐり抜けてくる少年を見つけた。自分の体ほどもある使い古されたスーツケースを抱えている。

「わたしに言ってるの？　わたしがお嬢さんみたいに見えるの？」

「いいのが手に入ったんだ」驚くよりも感心しながらイヴが見ていると、少年はスーツケースの留め金をパチンとはずした。底から三脚が飛び出してスーツケースが開き、マフラーとスカーフでいっぱいのテーブルに早変わりした。「いい品だよ。カシミア百パーセントだ」

少年の肌は上質のブラックコーヒー色で、目はありえないほど鮮やかなグリーンだ。背中にストラップでぶら下げているエアボードにはどぎつい赤と黄色とオレンジ色で炎が描かれている。

イヴににっこりほほえみかけながら、すばやく指先でつぎつぎとマフラーを引っ張り出す。「この色が似合いそうだ、お嬢さん」

「勘弁してよ、坊や、わたしは警官よ」

「警官はいいものを知ってるからね」

制服警官があわててふたりのほうへ走ってきたので、手を振って追い払う。「ここで男性がふたり死んでしまったから、対処しなければならないのよ」

「もう死んじゃったんだから」

「飛び降りるところを見た?」

「いや」嫌悪感もあらわに首を振る。「見逃したけど、声は聞いた。だれかが死んだり窓から飛び降りたりすると、人がおおぜい集まるから、急いでこっちに来たんだ。けっこう売れてるよ。この赤いのなんかどう。そのいかついコートに合うよ」

なんという度胸だろう、と感心せざるをえなかったが、イヴはいかめしい表情のまま言った。「いかついコートを着てるのは、わたしがいかつい人間だから。で、それがほんとうにカシミア製なら、そのトランクに詰まってるのをぜんぶ食べたっていいわ」

「ラベルにカシミアって書いてある。それが大事なんだ」少年はまた勝ち誇ったようにほほえんだ。「この赤いのを巻いたら、きっとすてきだよ。負けとくからさ」

イヴは首を振ったが、ふと黒と緑のチェックのマフラーが目に入った。それを巻きそうな人を知っていた。たぶん。「いくら?」チェックのマフラーをつまみ上げると、思ったよりふんわりとやわらかい。

「七十五。ゴミ並みの安さだね」

マフラーから手を放し、少年をじっと見て気持ちを伝えた。「ゴミならいっぱいあるから」

「六十五」

「五十よ、きっかり」クレジットを取り出して、商品と引き替えに渡す。「さっさとテープの外に出ないと、チビだっていう理由で逮捕するわよ」

「赤いのも買ってよ。たのむよ、お嬢さん。半額にするから。いい買い物だよ」

「いらない。どんなかたちであろうとあんたが盗みをしてるってわかったら、かならず見つけ出すわよ。さっさと消えなさい」

少年はなにも言わずにまたほほえみ、留め金をはずしてスーツケースを閉じた。「心配ないって。騒ぐようなことじゃないよ。じゃ、メリー・クリスマス、アンド、くそくらえ」

「あんたもね」体の向きを変えると、ピーボディが向かってくるのが見えたので、ちょっとあせってマフラーをポケットに突っ込んだ。

「なにか買ったんですね。買い物したんですね！」

「買い物じゃないわ。盗まれたか、不正流通業者が扱っていると思われる品を手に入れただけ。証拠になるかもしれない品よ」

「ありえない」ピーボディはマフラーの端に指先を伸ばして、手触りをたしかめた。「いい品ですね。いくらです？　わたしもほしかったです。まだクリスマスの買い物が終わってないし。彼、どこへ行きました？」

「ピーボディ」

「ちぇっ。オーケイ、オーケイ。違法麻薬課にゼロことガント、マーティンの前科記録がありました。ピアーズ捜査官とかいう人と言い争いになりましたけど、彼がいまかかわっている捜査より、こっちの亡くなったふたりのほうが大事ですから。行きましょう。ゼロを引っぱってきて尋問します」

　ふたりで車に向かって歩き出すと、ピーボディが振り返って言った。「赤いのは売ってました？」

　クラブは営業中だった。そのあたりのセクターにあるクラブのほとんどが一日二十四時間、週に七日、営業している。ゼロの店は安酒場よりはましだが俗っぽく、回転する円形のバーと、なかが見えない個室があり、専門職の若い客を意識して、内装にはシルバーと黒が多用されている。いまのところ、生演奏ではなく録音された単調な音楽が流れていて、壁のスクリーンいっぱいにやぼったい男の顔が映し出されている。運のいいことに、まっすぐでやわらかそうな紫色の髪に顔の半分は隠れていて、不機嫌そうに、人生の無益さを歌っている。

イヴは男に、タブス・ローレンスとレオ・ジェイコブスにとっては、死のほうがはるかに無益に思えるだろう、と言いたかった。

店の用心棒は大型バス《マクシ》のような大男で、彼のチュニック・ジャケットを見ると、黒はやせて見えるとはかぎらないとわかる。用心棒は、ふたりが店に足を踏み入れた瞬間に警官だと見破った。男がぎらっと目を光らせ、もったいぶって肩を回すのをイヴは見た。

男が部屋を横切って近づいてくる。実際に床が揺れるようなことはなかったが、けっして軽やかな足取りとは言えない、とイヴは思った。

男は栗色の目で順番にふたりをにらみつけてから、歯をむいた。

「なんか厄介ごとかい?」

イヴが主導権を握り、待つのが癖になっているピーボディは、返事をするのがちょっと遅れた。「そうかもしれないし、そうじゃないかもしれない。あなたのボスと話がしたいわ」

「ゼロは忙しい」

「そう、じゃ、待たせてもらわないと」ピーボディはゆったりと店内を見渡した。「待っているあいだに、あなたたちの許可証《ライセンス》を見せてもらうという手もあるわね」こんどはピーボディが歯をむく番だった。「時間つぶしの仕事って好きよ。ここの常連客とおしゃべりをしてもよさそう。地域防犯の広報活動みたいなものよね」

しゃべりながら、警察バッジを取り出す。「ところで、ゼロには、ピーボディ捜査官とパートナーのダラス警部補が待っている、と伝えて」

ピーボディはぶらぶらと歩いて、ビジネススーツ姿の男と女――ピンクのスパンコールがきらめくトップスからたっぷり胸を露出させているので、妻ではなさそうだ――が寄り添っているテーブルに近づいた。「こんばんは、サー！」太陽のようにほほえんで挨拶すると、男の顔からみるみる血の気が失せた。「きょうは、こんなすてきなクラブにどんなご用で？」

男は急に立ち上がり、約束があるので、とつぶやいた。男が一目散に逃げ出すと、女が立ち上がった。ピーボディより十五センチほど背が高いので、立派なバストをピーボディの顔に押しつける格好になる。「あたしはここで仕事をしてんの！　仕事よ！」

なおも笑顔のまま、ピーボディはメモブックを取り出した。「お名前は？」

「ふざけんな！」

「ふざけんなさん、ライセンスをお見せください」

「嘘《ブル》でしょ！」

「いいえ、嘘ではなくて。たんなる抜き打ち検査です」

「雄牛《ブル》」女はくるりと体の向きを変え、バストを用心棒のほうへ突き出した。「このおまわり、あたしの客を追っ払ったわ」

「すみません、コンパニオンのライセンスを見せてほしいんです。すべてきちんとしていれば、お仕事にもどっていただいていっこうにかまいません」

ブル——体つきにふさわしい名前の者に会う日らしい——がぴたりとピーボディに体を寄せてくる。ピーボディは両側から分厚いパンに挟まれた、薄いけれどしっかりしたサンドイッチの具のようだとイヴは思った。

万が一のため、イヴはつま先に重心を移した。

「わざわざやってきて、客にちょっかいを出す権利はないんだよ、あんた」

「ミスター・ガントと話をするのを待つあいだ、時間を有効利用しているだけよ。警部補、ミスター・ブルは警官がお好きじゃないみたい」

「女にはもっといい使い道があるんだ」

イヴはさらにつま先に力を入れ、十二月の風のように冷ややかに言った。「わたしを使ってみたい？　ブル」

イヴの視界の端でなにかが動いた。二階につづく狭い螺旋《らせん》階段にぱっと鮮やかな色がきらめく。「あなたのボスはやっと時間ができたらしいわ」

また体にぴったりの名前だ、とイヴは思った。ゼロの身長はやっと百五十センチあるかないかで、体重は四十五キロもなさそうだ。小柄な男性がよくやるように肩をそびやかしていて、明るいブルーのスーツにバラ色のシャツを着ている。髪は短いストレートで、イヴはジュリアス・シーザーの絵を思い出した。

髪も目も真っ黒だ。

ゼロがふたりを見てほほえむと、銀色の糸切り歯がきらりと光った。

「なにか用かね、刑事さん？」

「ミスター・ガント？」

両手を広げ、ピーボディに向かってうなずいた。「ゼロと呼んでください」

「残念ながら訴状が提出されました。ダウンタウンまで来てもらって、いくつか質問に答えていただかなければなりません」

「どんな訴えかね？」

「違法な物質の販売にからむものです」ピーボディはなかが見えない個室のほうにちらりと目をやった。「最近、そういったものを摂取した者がここの顧客にいるということで」

「外から見えないブース席もある」両手を広げて持ち上げ、ゼロが肩をすくめる。「全員を監視するのは無理というものだ。しかし、もちろん、そういった人間は排除する。俺は一流店を経営しているんだ」

「話はダウンタウンでうかがいます」

「逮捕、ということかな？」

ピーボディは眉を上げた。「されたいですか？」

機嫌がよさそうだったゼロの目がけわしくなり、陽気さはかけらもなくなった。「ブル、フィーネスに連絡して、俺に会いに来るように言ってくれ。場所は……」

「デカ本署《コップ・セントラル》」ピーボディが横から言った。「ピーボディ捜査官といっしょにいるって伝えて」

ゼロはコートを手にした。白いロングコートで、おそらくカシミヤ百パーセントだ。クラブから外に出ると、イヴはゼロを見下ろした。

「入口にまぬけを立たせてるのね、ゼロ」

ゼロは肩をすくめて言った。「あれでも使い道はある」


本署に入ると、イヴはわざと複雑なルートを取りながら、うんざりした目をしてゼロを見た。「休暇ってやつは」ぼんやりと言い、ほかの利用者と押し合いへし合いしながらつぎの人間用《ピープル》グライドに乗り込む。「みんな、先を競ってデスクの上を片づけて、だらだらくつろいだり、なにもしないでぼんやりしてる。そんなときに、面談室を一時間、確保できたのは運がいいわ」

「時間の無駄だ」

「勘弁してよ、ゼロ、手順は知ってるはずよ。訴状を提出されたんだから、やるべきことをやってもらうわ」

「違法麻薬課のおまわりならたいていは知っているんだ」ゼロは目を細めてイヴを見つめた。「あんたのことは知らないが、どこかで……」

「転属ってものがあるでしょ？」

グライドを降りるとイヴは先にたって歩き、ほかより小さめの尋問室に入っていった。

「坐って」と言い、小さなテーブルに向かっている二脚の椅子のうち、一方を身振りで示した。「なにかほしい？　コーヒーとか？」

「ほしいのは弁護士だけだ」

「着いたかどうか、たしかめてくるわ。捜査官？　ちょっといい？」

ピーボディといっしょに部屋を出て、扉を閉める。

「帰り道の印をつけるのに、ポケットにパンくずが入っていないかたしかめそうになりましたよ」ピーボディが言った。「どうして回り道したんですか？」

「わたしたちが殺人課だってことは、彼から訊かれないかぎり、おしえたってなんの意味もない。いまのところ、彼は純粋に違法麻薬がらみの捜査だと思ってるわ。内部事情にもくわしくて、罪の逃れ方も知っている。ここでちょっとわたしたちに突っつかれることなんか、屁とも思っちゃいないのよ。訴状の根拠がしっかりしていたら、うまく言い訳をして罰金を払い、いつものように仕事にもどるだけ」

「生意気なチビ野郎ですね」ピーボディがつぶやいた。

「そうよ、だから、うまく利用してやるの。ちょっとばかり引っかき回してやりましょ。彼を殺人罪では有罪にできないわ。でも、彼とタブスとの関係を実証して、彼には、お客のひとりにコケにされかかっていると思わせる。わたしたちはたんなる点数稼ぎの捜査をしているんだと思わせる。タブスがだれかに暴力をふるい、それをゼロのせいにしようとしている、というわけ。司法取引をして、違法麻薬の所持の件をちゃらにしてもらおうとしているのよ」

「わかりました。ゼロを怒らせるんですね。わたしたちはべつにどっちでもいいけど、という感じですね」ピーボディは両手で腿《もも》をごしごしとさすった。「わたしはもどって、彼に容疑者の権利を告げて、信頼関係が築けるかどうかためしてきます」

「わたしは彼の弁護士が来たかどうか見てくる。だって、ほら、殺人課じゃなくて違法麻薬課へ来るにきまっているし」イヴはほほえみ、ゆったりと歩いていった。

面談室の外で気持ちを落ち着けようとしていたピーボディは、ふと思いついて、頬を叩いたりつねったりしてピンク色にした。目を伏せて、頬を紅潮させて部屋に入っていく。

「あの、記録を……記録を取らせていただいて、ミスター・ガント、権利を読みあげます。ええと……弁護士が到着したかどうかは、警部補が確認してくれますから」

ゼロは取り澄ましたほほえみを浮かべ、ピーボディは咳払いをしてから録音機のスイッチを入れて、改訂されたアマンダ警告を暗誦《あんしょう》した。「あの、ご自分の権利と義務はご存じですか、ミスター・ガント？」

「もちろん。彼女のせいでなにか困ったことに？」

「きょう、彼女は早めに家に帰りたくて、おかげで仕事を押しつけられたけれど、しょうがないです。それはともかく、われわれが得た情報によると、違法な品を売買している店舗があって、その経営者は……しまった、弁護士が来るのを待っていなければいけないんでした。すみません」

「気にしなくていい」いつのまにかふんぞり返って、いかにもその場の主導権を握っているように見えるゼロは、ひらひらと手を振って、そのまままつづけるようにうながした。「最後まで説明してもらおう。そのほうが時間も無駄にならない」

「わかりました。ある人から訴えがあり、違法麻薬をあなたから購入したというんです」

「なんだって？　ぼったくられたとでもいうのか？　俺に違法麻薬を売りつけられたなら、実際、売りつけてはいないが、なんで警察に訴え出るんだ？　訴えるなら商事改善協会だろう」

ゼロがにやりとしたので、ピーボディもちょっと無理してほほえんだ。「どういうことかというと、その人物はあなたから買ったとされる非合法品の影響下にあるあいだに、べつの人間にけがをさせたというのです」

ゼロは天井をあおいで目玉をまわし、むかついて我慢ならないと身振りで示した。「つまり、その男は勝手にラリって、自分がどうしようもないばか野郎だという事実を、そのラリったもとを売った者のせいにしたがっている、と。なんという世のなかだ」

「手短に言うと、そういうことだと思います」

「俺は人に売るためのヤクを持っていたと言ってはいないが、売られたと言って泣きつくのはおかしいだろう、なあ？」

「ミスター・ローレンスの訴えによると——」

「ローレンスという名の男なんか知るわけないだろう？　毎日、どれだけおおぜいの人間と顔を合わせていると思うんだ？」

「あの、まわりからはタブスと呼ばれていますが――」

「タブス？　タブスが俺のことを垂れこんだのか？　あのデブのろくでなし野郎が？」

イヴは回り道をしてもどってきた。充分に混乱させたから、弁護士に見つけられるまであとたっぷり二十分はあるだろうと思った。そして、尋問室には入らず、そっと傍聴室に入っていった。まず耳に飛び込んできたのは、椅子から腰を浮かせて毒づいているゼロの声だった。

イヴは思わずほほえんだ。

ピーボディは警戒しているようにもまごついているようにも見える。いい感じだ――それでいい。

「落ち着いてください、ミスター・ガント――」

「あの野郎と話がしたい。この俺の顔をまともに見られるなら見てもらおうじゃないか」

「いま、そういうことを手配するのは無理です。でも――」

「あのクソ野郎は厄介なことになっているのか？」

「ええと、まあ、そうとも言えます。ええ、そういう感じ……ええ」

「そいつはいい。だったら、俺に代わって伝えてくれ。もう二度とうちには来るな、と」ゼロはピーボディに人差し指を突きつけた。三つで一組のトリオリングが怒ったようにきらめく。「あいつにも、あいつが付き合っているぼんくらエリートたちにも、二度とうちの店の敷居はまたがせない。やつは、ヤクの購入と所持の罪でまたブタ箱行きだろう?」

「それが、その出来事があったとき、彼は違法麻薬を所持していなかったんです。使用した罪も問えるように、いま、薬物検査中ですが」

「やつは俺に逆らう気らしいから、こっちも困らせてやろうじゃないか」ゆったりと自分の世界に浸って、椅子の背に体をあずけて腕組みをする。「じつは、たまたまだが、やつに麻薬《ジュース》をいくらかやったんだ――あくまでも個人用で、転売用じゃない。どこにでもある気のきいた地域奉仕活動みたいなものだ」

「ごくふつうのことです、はい、サー」

「ここにピアーズを連れてきてくれないか。いっしょに仕事をしたことがあるんだ」

「あら、ピアーズ捜査官は非番だったと思います」

「この件は彼にも加わってもらうといい。細かなことまでうまく処理してくれる」

「もちろんです」

「あのあほうはうちの店にやってくる。そして、違法麻薬を売ってくれとせがむんだ。でぶっちょの取引はいつだってしょぼいもんだ、わかるだろう? たいていはプッシュだ――俺に言わせれば、時間をかける価値もない。しかし、やつもやつの仲間も常客だから、親切にもしたくなる。顧客へのたんなるサービスだ。パーティパックがほしいと言うから、めったにないことだが分けてやる――仕入れ値で! 利益なしだぞ。これで罰金が安くなる」と、ゼロはピーボディに思い出させた。

「そうですね、サー」

「それ以外におまけもつけてやった。やつだけの特製品だ」

「特製品？」

「クリスマスプレゼントだ。金はもらわなかった。金のやりとりはなし。こっちからやつを訴えられるだろう。最低のクズ野郎を訴えて、無駄にした俺の時間と精神的苦痛を埋め合わせてもらう。その件は弁護士に訊くとしよう」

「弁護士には訊けるでしょうが、ミスター・ガント、ミスター・ローレンスは亡くなっているので訴えるのはむずかしそうです」

「亡くなったって、どういうことだ？」

「特製ジュースは彼の体に合わなかったみたい」途方に暮れたたよりないピーボディはいなくなり、そこにいるのは根っからの警官そのものだ。「彼は死亡し、その巻き添えを食って罪のない通行人も亡くなりました」

「いったいどういうことだ？」

「わたしが――あ、ちなみに所属は違法麻薬課ではなく殺人課なんですが――あなたを逮捕する、ということです。マーティン・ガント、あなたをマックス・ローレンスおよびレオ・ジェイコブスの殺害容疑で逮捕するわ。ほかに容疑は、非合法品の不法取引と、非合法品を販売する娯楽施設の所有および運営よ」

ピーボディが振り返ると同時に、イヴが扉を開けた。「すべて済んだ？」と、明るく尋ねる。「われらがゲストに逮捕手続きをしてもらうのに、階下《した》までご案内しようっていう有能な警官をふたり、連れてきたわ。そうそう、あなたの弁護士は署内をうろうろしているみたい。まちがいなくあなたのところへ行きつくようにするわ」

「警官でいられなくしてやる」

イヴが一方の腕を取ると、ピーボディがもう一方を取り、ふたりでゼロを椅子から立たせた。「できっこないわ」イヴは言い、ゼロを制服警官たちに引き渡して、扉から出ていく背中を見送った。「いい仕事ぶりだったわ、捜査官」

「運がよかったんだと思います。ほんとうにラッキーでした。それから、彼は違法麻薬課で袖の下を使っていると思います」

「そうね、ピアーズと話をしないとね。さあ、報告書を書きにいくわよ」

「彼は殺人容疑では有罪にならないって。そう言いましたよね」

「ならないわ」ふたりで歩きながら、イヴは首を振った。「おそらく、過失を考慮した第二級故殺。たぶんね。でも、刑務所には送られる。服役するし、営業許可証も取り上げられるわ。罰金と裁判費用もばかにならないはず。代償を支払うのよ。わたしたちが得るのはそれですべて」

「彼らが得るのはそれですべて、です」ピーボディが訂正した。「タブスとジェイコブスです」

ふたりが体の向きを変えて刑事部屋に入っていくと、ちょうど出ていこうとするトロイ・

トゥルーハート巡査に出くわした。巡査は長身で体格がよく、そして、まだうぶ毛に覆われている桃のようにみずみずしい。

「あ、警部補、女性の面会者がみえてます」

「なんの件で?」

「個人的なことだと言ってました」あたりを見回して、眉を寄せる。「姿が見えないな。帰ったわけじゃないと思います。二、三分前にコーヒーを持っていったばかりですから」

「名前は?」

「ロンバード。ミセス・ロンバードです」

「そう、見つけたら知らせて」

「ダラス? 報告書はわたしが書きます。書きたいんです」ピーボディはさらに言った。「最後まで見届けたい、って感じなので」

「いまなんて言ったか、裁判がはじまったら思い出させてあげる」

イヴは刑事部屋を通り抜け、自分のオフィスへ向かった。

デスクと椅子一脚でほぼいっぱいのしみったれた部屋で、枠にはまった細長いガラスは窓のように見えなくもない。はじめてその女性を見て、イヴはとくにいやな気持ちはしなかった。

女性は予備の椅子に坐り、リサイクル可能なカップからコーヒーを飲んでいた。髪は赤っぽいブロンドで、なにもしなければ爆発的に広がっていたはずの巻き毛をキャップにおさめている。頬のピンクと唇のピンクのほか、肌は抜けるように白い。目はガラス玉のように透き通ったグリーンだ。

五十代なかばだろう。指をパチンと鳴らすくらいのあいだに特徴をすべて見きわめて、イヴは見当をつけた。骨格のがっちりした体を包んでいるグリーンのドレスは、襟とカフスが黒い。黒いヒールを履いて、使いこんだ大きな黒いハンドバッグを足元の床にきちんと置いている。

イヴがオフィスに入ってくると女性は金切り声をあげ、危うくコーヒーをこぼしそうになって、あわててカップを脇に置いた。

「やっと会えた！」

はじかれたように立ち上がる。顔のピンクが濃くなって、目がきらきら輝きだした。鼻にかかった声のなにかが引っかかり、イヴは神経を張りつめた。

「ミセス・ロンバード？　オフィスのなかを勝手に歩きまわられては困ります」

「あなたの職場を見たかっただけよ。ああ、ハニー、あなたなのね」ロンバードはいきなり突進してきた。イヴほどの反射神経の持ち主でなければ、抱きしめられていただろう。

「待って。だれなの？　どうしたいの？」

グリーンの目が見開かれ、みるみる涙があふれた。「まあ、ハニー、わたしがわからないの？　あなたのママよ！」

# 2

内臓を霜で覆った冷気が、そのまま駆け上って喉元まで凍りつかせていく。氷が詰まってしまったようで、うまく息ができない。イヴは阻む力もなく、その女性の両腕に抱きすくめられた。両腕が締めつけてくる力と、むせるようなバラの香りで窒息しそうだ。泣き出しそうな声――テキサス、あのテキサスの訛《なま》りがある――でなにか言われると、拳で頭のなかをしたたかに殴られたようだ。

そのあいだずっと、デスク上のリンクの着信音が聞こえていた。刑事部屋の話し声も聞こえた。オフィスの扉を閉めていなかったのだ。ああ、扉が開いているなら、だれかが……

やがて、すべてが雑音に、スズメバチの群れが頭のなかでブンブンいう音に変わった。雑音は胸にまで響いて、カーッと熱くなってくる。その感覚は徐々に全身に広がって、視界が灰色に染まっていく。

〝ちがう、あなたはママじゃない。ちがう、あなたはママじゃない。ママじゃない〟

これはわたしの声？　蚊の鳴くような子どもの声だ。頭の外から聞こえる声？　スズメバチの音と同じように、頭のなかから聞こえるの？

イヴは両手を上げた。なんとか両手を上げて、自分を締めつけている肉づきのいいやわらかな腕を押した。「はなして。はなして」

そして、後ろに跳びのいた。「あなたのことは知らないわ」女性の顔をじっと見たが、もう目鼻立ちを見分けられない。ぼやけてしまって、色と形にしか見えない。「知らないわ」

「イヴ、ハニー、トルーディよ！　ああ、こんなに泣いてしまって、涙で溺れてしまいそう」鼻をすすり、どこかのポケットから大きなピンク色のハンカチを引っ張り出して、そっと目に当てる。「ばかね、わたしったら、おばかさんね。わたしを見たとたん、わかってくれると思ったの。わたしがあなたをわかったように。たしかに、二十年以上も離れていたんだものね」泣きながらイヴにほほえみかける。「少しは面影が残っていると思うけれど」

「知らないわ」イヴは一語一語嚙みしめるように言った。「あなたはわたしの母親じゃない」

トルーディはぱたぱたとまつげをはためかした。まつげの向こうになにかがあった。その目の奥になにかがあったが、イヴははっきり見きわめられなかった。

「シュガーパイ、ほんとうに覚えていないの？　あなたと、わたしと、ボビーで、サマーヴェールの居心地のいい小さな家で暮らしていたことを？　ラフキンから北へちょっと行ったところよ」

記憶の端になんとなくそんなことがあったような気もした。しかし、記憶をたぐり寄せようと思っただけで気分が悪くなってくる。「あれは……」

「あなたはほんとうに無口なおちびさんだったわ。せいぜい二セント分の石鹸くらいしかなかった。そうね、もちろん、つらい時期を過ごしたんだものねえ、ハニー？　かわいそうな子羊だった。わたしは言ったのよ。あのかわいそうな子羊のいいママになれるわ、って。そして、すぐにあなたを連れて帰った」

「里子保育《フォスター・ケア》」その言葉を口にしたとたん、殴られて唇が腫れ上がったような気がした。「いまさら」

「思い出したのね！」トルーディは両手を小刻みに揺らしながら持ち上げ、自分の両頬を押さえた。「ほんとうに、あなたはどうしているだろう、どんなふうに成長しただろうって、考えない日は一日としてなかったわ。それがどう！　女性警官としてニューヨーク市で暮らしているなんて。結婚もしている。でも、子どもはまだなのね？」

胃がむかむかしはじめた。恐怖に喉をかきむしられるようだ。「なにが目的？」

「あら、わたしの娘《ガール》がいまどうしているか、見にきたのよ」明るい声で歌うように言う。「ボビーもいっしょなの。あの子はもう結婚していて、お嫁さんのザナは二本足でいちばんかわいい生き物だわ。観光して、わたしたちのちっちゃなガールを見つけようって、三人でテキサスからやってきたの。ちゃんとした形で再会を果たさなければね。ボビーがみんなを夕食に連れていってくれるわ」

トルーディはまた椅子に深々と坐り、スカートの皺を伸ばしながらイヴの顔をまじまじと見た。「まあ、まあ、背が伸びたのねえ？　あいかわらず蛇みたいに痩せているけれど、あなたらしくていいわ。わたしなんか、二、三キロ落とさなければって、いつも思っているばかりで。ボビーはもう父親そっくりの体型よ――それだけが、あのろくでなしがあの子に、というのか、わたしに残した唯一のもの、っていう感じかしら。とにかく、あの子に会えばわかるわ！」

イヴは立ったまま訊いた。「どうやってわたしを探したの？」

「もう、それがぶったまげたなんてもんじゃないわ、あら、お口が下品でごめんなさい。わたし、キッチンでのんびり炊事をしていたのよ。キッチンはとにかくきれいに、っていう主義なのはおぼえているでしょう？　なんとなく音がほしくて、スクリーンをつけていたのだけど、殺されたドクターがどうだとかクローンがどうだとかっていう話が聞こえていたわ。わたしに言わせれば、そんなことは神と人類にたいする冒瀆であって、チャンネルをほかに変えようとしたんだけれど、どういうわけかすごく興味を引かれるところもあったの。それで、あなたがスクリーンでしゃべっているのが見えて、腰が抜けるかと思ったわ。名前もちゃんと出ていたわね。イヴ・ダラス警部補、ニューヨーク市警察治安本部って。あなたはヒロインだって言われていた。けがもした、って。かわいそうな子羊ちゃん。でも、いまはもう元気そうね。とても健康そう」

イヴのオフィスにある客用の椅子にひとりの女性が坐っている。赤毛で、目は緑色。甘ったるい感傷に浸って、唇をゆがめてほほえんでいる。イヴにはそれが牙と鋭い爪のある怪物に見えた。暗くなるのを待たずに現れるモンスターだ。

「帰って。いますぐ帰って」

「あなたは人出が足りない壁紙貼り職人みたいに忙しいのに、わたしったらくだらないおしゃべりばかり。いいわ、夕食に出かけたいお店だけおしえてちょうだい。わたしが調べて、ボビーに予約を取ってもらうから」

「いいえ。けっこうよ。あなたのことはおぼえているわ」少しだけ、いくらかは。記憶をぼやけさせるのは簡単だった。そうする必要があったから。「興味ないわ。あなたたちに会いたいとは思わない」

「なんて言いよう」傷ついたような声で言ったが、目はけわしい。「なんて態度なの。連れて帰ってあげたのに。あなたのママだったのに」

「いいえ、ちがう」暗い部屋、そう真っ暗だった。冷たい水。キッチンはとにかくきれいに、っていう主義。

いやだ。もう考えない。もう思い出したくない。

「どうかもう帰って、いますぐ。なにも言わずに。わたしはもう無力な子どもじゃない。だから、出ていくほうが身のためよ。ずっとずっと遠くへ」

「ねえ、イヴ、ハニー――」

「出ていって、出ていけ。いますぐ」両手が震えていたので、気づかれないように拳を握りしめた。「そうじゃないと、ブタ箱送りにするわよ。檻に閉じこめてやるから」

トルーディはハンドバッグを手に取り、椅子の背にかけてあった黒いコートをつかんだ。

「恥を知りなさい」

イヴの横を通り過ぎていくトルーディの目は涙で濡れていた。しかし、その目は敵意に満ちていた。

イヴは扉を閉めて鍵をかけようとした。しかし、オフィスのなかはバラの香りでむせ返るようだ。胃がむかつくのでデスクに両手をつき、吐き気の最悪の山が去るのを待った。

「サー、さっきの女性ですが……警部補？　サー、だいじょうぶですか？」

トゥルーハートの声だと気づいたイヴは首を振り、手を振って下がらせた。なんとかしっかりしようと思い、背中をしゃんとさせる。持ちこたえなければ、と思う。しっかりしていなければ。彼女が外に出るまで。遠ざかるまで。「用事ができたってピーボディ捜査官に伝えて。わたしは出かけるから」

「警部補、なにか自分にできることがあれば――」

「なにをすべきかは、いま言ったわ」トゥルーハートの心配そうな表情に耐えられず、イヴはデスクから、着信音が鳴りっぱなしのリンクから、そのメッセージから、文書業務から離れ、投げかけられる挨拶の声を無視して、刑事部屋を突っ切っていった。

出ていかなければ。外へ。遠くへ。背中を汗が伝い落ちるのを感じながら、最初にやってきた下りのグライドに飛び乗った。嘘でもなんでもなく、全身の骨が震え、両膝の軟骨がぐにゃぐにゃ揺れるのを感じたが、かまわず歩きつづける。

「待って、待って！　うわ。どうしたんです？　なにがあったんです？」

「行かなくちゃ。ゼロの件は検事とのやりとりも含めてあなたがやって。被害者の最近親者はもっといろいろ知りたくて連絡してくるかもしれない。たいていはそう。だから、あなたが対処してあげて。わたしは帰らなければならないから」

「待って。ひょっとして、ロークになにかあったんですか？」

「ないわ」

「ちょっと待ってってって！」

　イヴは待ちはせず、胃がひっくり返るのを感じて、いちばん近いトイレに飛び込んだ。吐き気がこみ上げるにまかせる――ほかに選択肢があるだろうか？　苦い胆汁が逆流してきて、恐怖とパニックと記憶を突っ切って流れ出した。イヴが空っぽになるまで。

「オーケイ。だいじょうぶ」イヴはがたがた震え、顔は汗まみれだ。しかし、涙は流していない。ただでさえみっともないところに涙など流せるはずがない。

「はい、これ。これを使ってください」ピーボディは濡らしたティッシュペーパーをイヴの手のひらに押しつけた。「これしか持ってないんです。水を持ってきますから」

「いらない」イヴは頭をのけぞらして、個室を仕切っている壁に寄りかかった。「いいの。いま、なにか入れてもまたもどしちゃうだけ。わたしはだいじょうぶだから」

「まったくもう。モリスの死体保管所のお客だって、いまのあなたよりましに見えますよ」

「とにかく行かなくちゃならないの」

「なにがあったか話してください」

「とにかく帰らないと。残りの勤務時間は代休で処理するわ。ゼロの件はあなたが対処して。あなたの責任よ」わたしのじゃない、とイヴは思った。わたしの仕事じゃない。「なにか問題があったら……とりあえず、あしたまで保留にしておいて」

「事件なんてどうでもいいです。いいですか、わたしが家まで送ります。そんな状態じゃ、車も――」

「ピーボディ、わたしの友だちならかまわないで。放っておいて。とにかく仕事をして」言いながら、よろよろと立ち上がる。「わたしのことは放っておいて」

ピーボディはイヴを行かせたが、殺人課へ引き返す途中でポケットリンクを取り出した。自分は引き下がらなければならないかもしれないが、引き下がらなくていい人を知っていた。

その人はけっして引き下がらないとわかっていた。

最初、イヴは車をオート運転にセットしようと思った。しかし、主導権を握るほうがいいと考え直した。アップタウンへの運転に集中するほうがいい。対処する相手は、走っている車や、障害物や、時間や、ニューヨークのどうしようもない気むずかしさのほうがいい。自分のみじめな過去ではなく。

家に帰る。それが目指すところだった。家に帰りさえすればだいじょうぶだ。

胃がむかついて頭ががんがんしているかもしれないが、以前のわたしはもっと病《や》んでいた。不幸だった。人生の最初の八年はゆっくりと地獄をめぐっているようなもので、そのあとも浜辺でピクニック気分、とはいかなかった。

でも、わたしは生き延びて、なんとか切り抜けた。

こんども切り抜けて、またなんとかやっていく。

引き戻されはしない。過去からの声に自制心を失わされたからといって、餌食《えじき》になりはしない。

それでも、ハンドルをつかむイヴの両手は震えていた。車の窓はすべて全開にして、冷たい風と街の匂いが吹き込むにまかせる。

グライドカートの大豆《ソイ》ドッグが煙をあげ、大型《マクシ》バスが臭いガスを吐き出し、舗道の縁石側に置かれた再生処理機《リサイクラー》は最近ではまったく使われていない。そのすべての悪臭をイヴは吸い込んだ。臭いには重さがあって空気と分離して層を成し、通りやグライドに群がってひしめいている人たちの塊といっしょによどんでいる。

騒音公害法に触れるぎりぎりの爆音やビーッという信号音も、イヴは受け入れた。話し声の波が周期的に寄せてきて、イヴを通り抜け、去っていく。通りには何千人もがうごめき、地元の人間は足早に目的地を目指し、観光客はぽかんと口を開けて感心したり、通行人のじゃまになったりしている。だれもがプレゼントの箱や、ショッピングバッグを抱えたりぶら下げたりしている。

もうすぐクリスマスだ。遅れないで。

イヴは生意気な口をきく少年から街頭でマフラーを買って楽しい思いをした。グリーンと黒のチェック柄で、ドクター・マイラの夫へのプレゼントだ。きょう、無理やり過去に引き戻されたイヴの反応を知ったら、マイラはなんと言うだろう？

きっといろいろ話してくれるだろう。犯罪者プロファイラーで精神科医でもあるマイラは、いかにも彼女らしく上品に、そして心配げに語りつづけるだろう。

そんなことはどうでもいい、とイヴは思った。

とにかく家に帰りたい。

車が近づいて家の門が開くと、視界がにじんだ。疲れと安堵のせいで景色がかすむ。美しい芝生がどこまでもつづき、イヴがわがものにした秩序なき街のまん中に、平和と美を絵に描いたような庭が何エーカーも広がっている。

ロークには将来を見越す目と影響力があり、この安息の地を自分のために築き、イヴにとってそこは、自分が求めているとは思いもよらなかった聖域だった。

優雅な要塞のように見えるが、ふたりにとってはわが家だ。どんなに広大でも、恐ろしいほど美しくても、わが家にすぎない。石とガラスの壁の内側には、ふたりで築いてきた人生がある。ふたりの暮らしと思い出が、広々としたすべての部屋にあふれている。

ロークがわが家をあたえてくれたことをイヴは忘れてはならない。そして、だれも彼女からわが家を取り上げられないし、持つものもなく、存在しないも同然だったころに引きずりもどせもしないことを忘れてはならない。

それができるのはイヴ本人だけなのだ。

しかし、イヴは寒くてたまらず、悪魔のかぎ爪で頭蓋骨を引きちぎられるように頭が痛かった。

重い体を引きずるようにして車から降り、ひどく痛みだした腰のほうに体をかたむける。一方の足をもう一方の前に出すことをつづけて、正面のステップを上りきり、扉のあいだを抜けていく。

ロークの執事のサマーセットが滑るようにホワイエに現れたが、イヴはほとんど気に留めなかった。サマーセットとやり合う気力はなく、せめて階段を上る体力があればいいと望むだけだ。

「話しかけないで」そう言って階段の軸柱をつかんだが、手のひらにじっとり冷たい汗をかいていたせいでつるりと滑った。それでも手すりにしがみつくようにして、一段ずつ階段を上っていく。

それだけでも息が切れた。胸が締めつけられるように痛み、鋼鉄のバンドを巻きつけられたかのようだ。

寝室に入ると、コートを脱いでそのまま床に落とし、バスルームを目指して歩きながら、むしるようにして着ているものを脱いでいく。

「ジェット水流、オン」と、命じる。「水圧はフル。三十八度」

裸になり、細かいしぶきと熱気のなかへと足を踏み入れる。疲労感に襲われてシャワー室の床にかがみ込み、さらにうずくまって、ほとばしる熱い湯と冷たさとを戦わせる。

彼はバスルームでイヴを見つけた。濡れたタイルの床で横になって体を丸め、シャワーのしぶきに打たれていた。湯気が白いカーテンのように立ちこめている。

そんな彼女を見たとたん、彼は胸が張り裂けそうになった。

特大サイズのバスタオルをつかむ。「ジェット水流、オフ」ロークは命じ、しゃがみこんでイヴをタオルで包もうとした。

「いいの。やめて」ぴしゃぴしゃとロークを叩きはじめたが、無意識の防衛反応であって力強さはない。「いいから放っておいて」

「それは絶対にできない。やめるんだ!」ロークの声は鋭く、アイルランド風の響きに辛辣《しんらつ》さがにじむ。「あと少しでもこのままでいたら、骨まで茹《ゆ》だってしまうぞ」また体を丸めようとするイヴを抱きかかえ、立ち上がって胸に引き寄せる。「さあ、もう黙って。シーーッ。つかまえたよ」

イヴは目を閉じた。僕を締め出そうとしている、とロークはよくわかっていた。それでもイヴを寝室まで運んでいき、壇の上のベッドに腰を下ろすと、膝の上の彼女をタオルでぬぐった。

「バスローブを持ってこよう。それから、鎮静剤《スーザー》も」

「いるかどうかは訊いていないだろう？」ロークは手のひらでイヴの顎を支え、そのかすかなくぼみを親指でたどった。「イヴ、僕を見るんだ。さあ、見て」イヴの目には疲労だけでなく怒りもにじんでいる――それがわかり、ロークはついほほえみそうになった。「こんなに疲労困憊《こんぱい》していては僕と言い争うのは無理だし、それはおたがいにわかっている。どんな理由できみが傷ついたのであれ……そうだ、それを話してもらって、どうすればいいか考えよう」ロークは唇でイヴの額、両方の頬、唇に触れた。

「いらない――」

「それはもう片づけたから。なにもしなくていい」

「では、おたがいに時間が節約できるね？」ロークはイヴを膝から下ろし、立ち上がって温かいバスローブを取りにいった。

彼のスーツを濡らしてしまった、とイヴは気づいた。仕立屋の年収の二倍以上するにちがいない上等なスーツ。両肩と両袖はびしょ濡れだ。イヴがなにも言わずに見ていると、ロークは肩をすくめるようにして上着を脱ぎ、リビングエリアにある椅子の背にふわりとかけた。

猫のように優雅だ、とイヴは思った。そして、もっとずっと危険だ。おそらく、週に何百もこなす会議のひとつで、太陽系を丸ごと買収する計画を立ててきたばかりなのだ。それがいまはこんなふうに、ローブを探してクロゼットをかき回している。長身で引き締まった体つき。鍛えあげた筋肉の塊でありながら優雅な肉体に、若きアイルランド神の顔を持ち、そのケルト族の青い目で一瞥《いちべつ》すれば、どんな相手もその気にさせてしまう。

ここにいてほしくない、とイヴは思った。だれにもそばにいてほしくない。

「ひとりになりたいから」

ロークは一方の眉を上げた。ちょっと首をかしげると、たてがみのような漆黒の髪がさらりと顔にかかった。「それで、ひとりで苦しみ、さらにくよくよ考える？　だったら、僕と喧嘩をするほうが楽しいだろう。さあ、これを着て」

「喧嘩はしたくないわ」

ロークはイヴのかたわらにローブを置いて、目の高さが同じになるように身をかがめた。「チャンスに恵まれたら、きみにこんなつらそうな顔をさせたやつをとっつかまえて、ダーリン・イヴ、何枚でも皮をはいでやる。薄い皮を一枚ずつ、骸骨になるまでね。さあ、ローブを着るんだ」

「あなたを呼んだりして」一瞬、声が裏返り、屈辱の涙がまたひと粒、頬をつたった。「ピーボディが連絡したんでしょ、わかってるわ。放っておいてほしかったのに。しばらくしたら、だいじょうぶだったのよ。平気なんだから」

「ばかばかしい！　きみは簡単には落ち込まない。それはわかっているし、彼女だってそれは知っている」ロークは部屋を横切ってオートシェフに近づき、スーザーをプログラムした。「これを飲めば頭痛がましになるし、胃のむかむかもおさまる。精神安定剤は入っていない」ロークは振り返って言い添えた。「誓うよ」

「どうかしてるわ。まんまとつかまっちゃったの、まぬけよね。たいしたことじゃないわ」イヴは髪を押さえた。「不意打ちをくらっただけ、それだけのことよ」そう言って立ち上がったが、脚に力が入らずぎくしゃくしている。「とにかく、しばらく家で休みたかっただけ」

「そんな返事をされて、そうですか、と引き下がれると思うかい？」

「思わない」ベッドにもぐり込み、一時間ほど頭からすっぽり上掛けをかぶっていたかったが、イヴはベッドに坐り、スーザーを持って近づいてくるロークの目を見つめた。「だめね。わたし、たいへんな状況をピーボディに押しつけて、放ったらかしてきたわ。捜査の主任をやらせて、彼女はうまくやったんだけれど、いちばん大事なところで彼女ひとりに押しつけてきてしまった。ばかみたい。無責任もいいところだわ」

「どうしてそうしたんだろう？」

それが飲み物だったせいなのか、ロークに注いでもらったせいなのか、イヴはごくりごくりと三口でスーザーを飲んだ。「ある女性がオフィスでわたしを待っていたの。だれだかわからなかったわ、最初はわからなかった」そう言って、空になったグラスを脇に置いた。「わたしの母親だって言ったわ。そうじゃないのに」イヴは早口でつづけた。「彼女は母親じゃなくて、それはわかっていたけれど、そう言われたことですごくびっくりしてしまったの。年齢的にだいたい合っていたし、なんとなく見覚えもある感じだったから、ぎょっとしたの」

ロークはイヴの手を取り、ぎゅっと握った。「その女性はだれなんだ？」

「名前はロンバード。トルーディ・ロンバード。あのあと……ダラスの病院を出たあと、わたしは公共の施設に入ったの。身分証明書と記憶はなくて、あるのはトラウマと強姦された事実。それがどんな影響をおよぼすか、いまならわかるけれど、当時はなにが起こっているのかも、これからなにが起こるのかもわからなかった。以前、あの人に、わたしの父に言われたの。警官や社会福祉指導員《ソーシャル・ワーカー》につかまったら最後、穴に押し込められて、真っ暗ななかに閉じこめられるんだ、って。そんなことはされなかったけれど……」

「実際の公共施設がすべて快適というわけじゃない」

「そうなの」彼ならわかってくれるだろう、とイヴは思った。理解してくれる。「しばらく、州の施設にいたわ。たぶん二、三週間だったと思う。中途半端なところなの。わたしの両親や保護者を捜したり、わたしの出自を調べたり、なにがあったのか調べたりしていたんだと思う。そのあと、里親の家に送られたわ。そこで、一般社会にとけ込む手助けをしてもらえるはずだった。わたしはロンバードに引き取られた。テキサスのどこか、東のほう。彼女は家を持っていて、わたしよりふたつ三つ年上の息子がいた」

「彼女はきみを傷つけた」

質問ではなかった。彼はこれもわかってくれる。理解してくれるだろう。「あの人みたいに殴ったことは一度もないわ。けっしてアザや傷はつけなかった」

ロークが言葉にならない敵意をこめて毒づいたのはスーザーよりも効き目があり、イヴのなかで凝り固まっていた緊張感がほぐれた。

「そうなの、それとなく微妙な苦痛をあたえられるより、直接パンチをくらうほうが楽に対処できる。わたしをどうしていいのかわからなかったんだと思う」濡れた髪を押さえると、もう指先は震えていなかった。「わたしはあの人たちになにも情報をあたえられなかった。記憶がまるでなかったから。それで、権威のある男性のいない家のほうがわたしには過ごしやすいと判断されたんでしょう。レイプされているから」

ロークはなにも言わずただイヴを引き寄せ、唇で軽くこめかみをかすめた。

「一度も怒鳴られなかったし、殴られもしなかった——ほんの数えるほど、ぴしゃりとやられたことはあるけれど。彼女は、体を清潔にしてちゃんとした服を着るようにって、それはうるさかったわ。病的な潔癖症だったって、いまはわかるけれど、あのころ、わたしはまだ九歳にもなっていなかったわ。汚いって言われて、毎朝、毎晩、冷たい水で体を洗わされても、どういうことかわからなかった。彼女はいつも悲しそうで、絶望しきっているみたいに見えた。暗いところに閉じこめられて、行儀よくするようにしつけているだけだって言われたわ。毎日、罰を受けていた。出された料理をぜんぶ食べなかったり、食べるのが遅すぎたりすると、歯ブラシでキッチンを磨かされたわ。そんな感じだった」

キッチンはとにかくきれいに、っていう主義なの。

「あの家には家事ドロイドがいなかった。代わりにわたしがいた。わたしはいつも、どうしようもなくのろまで、頭が悪く、感謝の気持ちがなさ過ぎた。なにをやってもダメだって言われたわ。あなたは病気だとか、邪悪だとか、あの人はいつだって戸惑っているような絶望したような顔をして、やさしくて親切そうな声で言うの。そのころのわたしはまるで取るに足らない存在だった。それ以下だった」

「そんな人間が里親の適性審査に受かるとは、どうかしている」

「そういうことってあるの。彼女よりもっとひどい人だって受かるのよ。そんな人に当たらなくて運がよかったくらい。わたしは悪夢に悩まされていた。ずっとそうだったけれど、あのころは毎晩のように見ていた。すると、彼女は……ああ、そうよ、彼女は部屋に入ってきて言ったわ。夜、ちゃんと眠らないと健康でじょうぶな人になれない、って」

そうすることが可能だったから、イヴはロークの手に手を伸ばして握り、自分をいまにつなぎとめながら過去を思い返した。「それから、明かりを消して、扉に錠を下ろしたわ。わたしを暗闇に閉じこめた。わたしが泣くと、もっとひどいことになったわ。病院へ連れ戻されて、精神病者用の格子の入った部屋に入れられた。病院では、言うことをきかない女の子はそうされたの。それから、彼女の息子のボビーの教育にも利用されたわ。この子を見てごらんなさい、って彼女は言った。そして、悪い子はどんな目に遭うか、ほんとうのお母さんに面倒をみてもらえない子どもはどうなるか、よく覚えておきなさい、って」

ロークはイヴに触れて、彼女の背中をさすり、髪をなでていた。「家庭環境審査もあったんだろう？」

「あったわ。もちろん」イヴはさっと涙をぬぐった——あのころも、いまも、涙はなんの役にも立たない。「あの家は、表面的にはどこから見てもきちんとしていて清潔だったわ。家のなかは整理整頓され、庭も手入れが行き届いていた。わたしには部屋も、着るものもあった。わたしになにか言えると思う？　あなたは邪悪なのよ、って彼女に言われたわ。血まみれになる悪夢を見て目覚めるから邪悪にちがいない、って。わたしが傷つけられたりゴミといっしょに捨てられたりしたのは悪い子だからだって言われて、わたしはそれを信じたの」

「イヴ」ロークはイヴの両手を取って引き寄せ、唇を押し当てた。彼女を抱きすくめて、なにかやわらかくて美しいものでくるんでしまいたかった。忌まわしい記憶がすべて消え去るまで、抱きしめていたかった。「いまのきみという存在は奇跡のようにすばらしいよ」

「あの人は、底意地の悪いサディスティックな女性だった。それまでの連中と同じように、わたしを食いものにした。いまはそれがわかるわ」それを心に刻まなければ、と深々と息を吸い込みながら思う。「でも、あの当時は、あの人が主導権を握っているということしかわからなかった。だから、逃げたわ。でも、ダラスとはちがって小さな町だったから見つかってしまった。二度目はもっとちゃんと計画を立ててオクラホマ州まで逃げて、見つけられたら戦ったわ」

「よくやった」

そのひと言にはプライドと怒りというまるでちがう感情がたっぷりこめられていて、イヴは思わず笑い声をあげた。「ソーシャル・ワーカーのひとりを殴って鼻血を出させたわ」この記憶はそう悪くない、とイヴは気づいた。「しばらく少年院に入れられるはめになったけれど、彼女のところにいるよりましだった。わたし、忘れていたのよ、ローク。頭の片隅に追いやっていた。そうしたら、きょう、彼女がわたしのオフィスに坐っていて、昔と同じようにこわくてたまらなくなったの」

イヴが忌まわしいトルーディ・ロンバードの鼻から血を噴き出させて、少しでも仕返しができたらよかったのに、とロークは思った。そうすれば、こんなにも苦しまずに済んだはずだ。「彼女はもう二度ときみを傷つけられない」

イヴはいつのまにか正面からまっすぐロークの目を見つめていた。「わたし、動揺してしまったの。どうしたらいいのかわからなくなってしまった。いまはもう落ち着いたから、そんなふうになった自分に腹を立てられる。アイコーヴ事件よ」

「なんだって?」

イヴは頭を下げて両手でかかえ、ごしごしと顔をこすってから頭を上げた。「アイコーヴ殺人事件、あの〈静かな誕生〉のことでインタビューを受けているわたしを見たって、彼女は言ったわ。どうやってわたしの居所を知ったのか訊いたら、あの事件を耳にしたのがきっかけだって」

ロークは回復しつつある肩を回したが、その動作はもう癖になっていた。「既知の宇宙で、あの事件を知らない者はまずいないだろうね。とくにきみに会うという目的で、彼女はここまでやってきたのだろうか?」

「いまはどうしているのか、どんなふうに成長したのか、見てみたかったって言っていたわ。再会して絆を深めたかった、って」気力を取りもどしたイヴの口調は苦々しげで、嫌味もこもっていた。ロークの耳にはそれが音楽のように聞こえる。

「息子とその奥さんも連れてきているみたい。わたし、彼女を追い出したわ。少なくとも、それだけの元気は残っていた。彼女は戸惑ったような、がっかりしたような目をしていたわ——でも、どことなく冷ややかで意地悪な感じもにじんでいるの」

「もう彼女とは顔を合わせたくないだろうし、二度と連絡してきてほしくないだろう。僕が——」

「いいえ、いいの」イヴはロークをちょっと押して、立ち上がった。「そんなふうには思っていないし、あなたにはかかわってほしくない。今回のことも、彼女のことも忘れたい。彼女が自分できれいにして磨きたてた思い出線路にわたしを乗せて、どれだけ感謝されると思ったのか知らないけど、そうはいかないわ。ピーボディがよけいなお節介をやかなければ、わたし、あなたが家にもどるころにはもうしゃっきりしていたわ。ふたりでこんな話をすることもなかった」

かなり長いあいだ、黙りこくってから、ロークも立ち上がった。「それでひとりで解決した？　僕になにも話をせずに？」

「今回の問題は、そう。もう解決済みよ、終わったわ。これはわたしの問題。勝手に恐れて、こわばってしまったの。でも、もうなんともない。わたしたちの問題じゃないの。ふたりの問題にはさせたくない。わたしの力になってくれるというなら、ただ忘れてちょうだい」

ロークはなにか言いかけたが、考え直して肩をすくめた。「わかった、そうしよう」
それでも、イヴの肩に手を置いて、さすった。さらに引き寄せて、密着した彼女の体から
ふっと力が抜けるのを感じた。
イヴは自分で気づいていたよりも恐れ、混乱していたにちがいない、とロークは思った。
あの女性が何年もの歳月を飛び越え、はるばる国を横断してやってきたほんとうの目的にま
だ気づいていないとしたら。
その目的が明らかになるのは時間の問題だ。
「だいぶ暗くなってきた」と、ロークはつぶやいた。「クリスマス照明、点灯」
イヴはロークの肩にもたせかけていた頭を動かして、飾り窓の手前に置かれた本物のマツ
の木に、まばゆい明かりが灯るのを見つめた。
「いつだってやることが派手なんだから」イヴが静かに言った。
「クリスマスに地味になんかしていられないね。僕たちのクリスマスだし、金もどっさりあ
るのだから、なおのことだ。それに、もう僕たちの伝統になっているだろう？　クリスマス
に寝室にツリーを飾るのは」
「ほとんどの部屋にもツリーが飾ってあるじゃない」
ロークはにっこり笑って言った。「当然だろう？　感傷的なのが大好きなんだ」そっとキ
スをして、ふたたび両腕でぎゅっとイヴを抱きしめる。「ここで静かに食事をする、という
のはどうだろう？　もうおたがい、仕事はないしだ。いっしょにスクリーンを見ながら、ワイ

ンを飲もう。そして、愛し合う」

　イヴもロークを抱く腕に力をこめた。どうしてもほしかった家がここにある、と思った。

「〝ありがとう〟と言わせてもらうわ」

　やがて、イヴが眠りに落ちると、ロークはちょっと彼女から離れて自宅内のオフィスに向かった。タイル張りの床を横切り、掌紋照合装置《パーム・プレート》に手を置く。

「ローク」と、声を出す。「電源オン」

　操作卓《コンソール》がブーンと低い音を響かせてライトが点滅すると、邸内リンクでサマーセットに連絡を取った。

「ロンバードと名乗る人物がイヴに連絡を取ってきたら、僕につないでくれ。僕がどこにいようとつないでくれ」

「承知しました。警部補はだいじょうぶですか？」

「ああ、だいじょうぶだ。ありがとう」カチリとリンクを切り、つづいて検索を命じる。ニューヨークにいるあいだ、そのロンバードがどこに滞在しているのか特定するにはしばらく時間がかかりそうだった。しかし、敵対者の位置を知ることはいつも変わらずもっとも望ましい。

　その女性がなにを求めているのか知るには、さらに時間がかかりそうだった――しかし、そんなことは調べなくてもわかっている、と揺るぎない確信があった。

# 3

いつもどおりだ。武器用ハーネスを身につけながらイヴは思った。ふだんと同じ感じにもどっている。おそらく、思っていることを形にしなければと、いつもぐずぐず悩んでいる部分がなにかを見いだしつつあるのだろう。

やだ、とんでもない、とイヴは思った。そんなことになったらますます捜査に没頭して、めった切りにされた遺体に首まで埋もれるはめになる。

なにはともあれ、気持ちは落ち着いていた――寝室の窓の外で渦巻いている不快なものを見ながら、文句を言うくらい落ち着いている。

「こいつは、正式にはなんと呼ばれるものなんだ？」近づいてきてイヴと並んで立ちながら、ロークが言った。「雪じゃないし、雨でもないし、みぞれですらない。ということは――」

「ゴミよ」イヴは言った。「冷たくて、水っぽいゴミ」

「ああ」ロークはうなずき、握りしめた両手の甲でさりげなく、イヴの背骨を上下にさすった。「なるほどね。このゴミのせいで人は家にとどまり、きみは事件のない静かな日を過ごせる」

「人は屋内でも殺し合うわ」と、イヴは言った。「窓の外のゴミをながめるのに飽き飽きしたときはとくにね」いかにも自分が崇拝する女性らしい口ぶりに、ロークは彼女の肩を親しげにぽんぽんと叩いた。「じゃ、きみのための仕事は休みにしよう。このゴミのなかに出ていく前に、一時間ほどここからリンク会議を指揮するよ」イヴの体を回して自分に向き合わせ、上着の襟を両手でつかむと、すばやく熱烈なキスをした。「気をつけるんだよ」

イヴはコートを手に取り、ふわりと弧を描いて肩にかけようとして、ポケットが少しふくらんでいるのに気づいた。「そうそう、デニス・マイラにいいんじゃないかと思って。ほら、クリスマスのしるしみたいなものだけど」

「彼に似合いそうだ」ロークはイヴが手にしているマフラーを見てうなずいてから、愉快そうに彼女を見た。「いい買い物をするじゃないか?」

「買い物ってほどのことじゃないわ。手に入れただけ。どこかでラッピングをしてもらえると思う?」

ロークはちょっとほほえみながら片手を差し出してマフラーを受け取った。「やってもらえるように妖精にたのんでおくよ。きみがマイラのために買ったアンティークのティーポットといっしょに届けてもらうようにする——そう、あれも買ったんじゃなくて、僕の記憶によると、出会ったんだった」

「そうしてもらえるとうれしいわ、やり手さん。じゃ、あとで」

「警部補？　僕たちのクリスマス・パーティを忘れてないだろうね？」

イヴはくるっと振り向いた。「クリスマス・パーティ？　今夜じゃないでしょ。今夜だった？　ちがうわ」

さもしい男だ、とロークは自分で認めていた。しかし、どの日がなんの日だったか必死に思い出そうとして、一瞬われを忘れるイヴの表情を見るのが大好きなのだ。「明日だ。あらかじめ出会って手に入れなければいけなかったり、手に入れたいものがあれば、きょうのうちにやっておかないと」

「そうね。わかってる。だいじょうぶ」くそっ、と思いながらイヴは階下《した》へ向かった。ほかにもなにかある？　なんだってみんな、買い物リストなんか作って、いちいち消していったりするの？　わたしもリストを作りはじめなければならない？

そんなことになったら、どこかへ引っ越して一から出直すのがいちばんかもしれない。

もちろん、その手のことをすべてロークに押しつけるのは可能だった。ほんとうに、なにかに出会って手に入れるのが大好きなのだ。よく買い物――イヴにとっては、なにがあろうとやりたくないことだ――をする。しかし、結局のところたよりになるのが日ごろかかわっている人であるなら、少なくともそのひとりにつき三十秒くらいは使って、なにかを手に入れるべきだとも思った。それに、これもルールの一種なのだ。

人づきあいはルールばかりでわずらわしい、ということは学んで知っていた。そしてたいていはルールにしたがおうとするのが、イヴの要領の悪いところだ。

そんななかで楽しんでいるルールのひとつは、邸を出たり入ったりするときにサマーセットに嫌味や文句を言う、というものだ。そのときも、彼は――もちろん、彼、黒いスーツ姿の骸骨は――ホワイエにいた。

「わたしの車はわたしが止めたところに置いておいてほしいんだけど、ナンシー」

サマーセットはきゅっと唇を結んでから言った。「あなたが車と呼んでらっしゃるものは、ただいま、そのすぐ前にあって、邸の正面の景観を損ねております。あしたの集まりのための、あなたの個人的なお客様のリストに追加や変更がございましたら、きょうの午後二時までにお知らせください」

「そうなの？　じゃ、わたしの社交事務担当私設秘書に確認して。リスト作りより、この街の秩序を正したり守ったりするのでちょっと忙しいから」

邸を出て、不満げにシューッと息を吐き出した。リスト？　こんなことにもリストがないとだめなの？　たまたまだれかと出くわして、いらっしゃいよと誘うのではいけないの？

たちの悪い凍えるような雨に肩をすくめ、車に身を滑りこませる。ヒーターがすでに点いていた。おそらくサマーセットがやってくれたのであり、これは眠っている彼を絞め殺さない理由のリストに入れなければならないだろう。

このリストの項目が少ないことだけはたしかだ。

私道を進みはじめると、計器盤のリンクを使ってロークを呼び出した。

「もう僕が恋しくなった？」

「あなたといっしょにいない一秒一秒が地獄のようだわ。ねえ、わたしはリストを作ることになってるの？　たとえば、あしたのパーティの招待客リストとか？」

「作りたい？」

「いいえ。そんなの作りたくないけれど――」

「もう対処済みだから、イヴ」

「オーケイ、じゃ、いいわ。いいわね」べつの思いが浮かび、イヴは訊いた。「ひょっとして、着るもの一式、下着まですべて、選んでもらえてるわよね？」

「それはもう、趣味のすばらしさを見せつけているよ――下着はオプション付きだ」

イヴは声をあげて笑った。「なにを企んでいるかはお見通しよ。じゃあ、あとで」

イヴがセントラルに入っていくと、ピーボディはもうデスクに向かっていた。さらなる罪悪感に胸がちくりと痛む。近づいていって、ピーボディが書類から顔を上げるのを待った。

「少しだけ、わたしのオフィスに来ていただける？」

ピーボディは驚いて目をぱちくりさせた。「もちろん。すぐに行きます」

イヴはうなずき、自分のオフィスに入ると、コーヒーをふたり分、プログラムした――軽めで砂糖を入れるのはピーボディの分だ。オフィスに足を踏み入れたピーボディは、また驚いて目をぱちくりさせた。

「扉を閉めていただける？」

「もちろん。あの、報告書を……どうも」イヴにコーヒーを手渡されて、礼を言う。「ゼロに関する報告書を受け取りました。検察官は強気で、違法麻薬の販売を凶器とみなし、二名にたいする第二級謀殺であるとして——」

「坐ってちょうだい」

「ええと、わたしはロングアイランドかどこかに連れてこられたんでしょうか？」

「いいえ」イヴも椅子に坐り、ピーボディが警戒しながら席につくのを待った。「きのう、あなたを置き去りにしたことを謝りたいの。自分の仕事を放ったらかしにして、あなたに押しつけて帰ってしまったわ」

「捜査は終わったも同然だったし、あなたは具合が悪かったんですから」

「終わってなんかいないし、わたしの具合が悪かったとしたら、それはわたしの問題よ。あなたの問題にさせてしまった。そして、あなたはロークに連絡した」

イヴが一瞬の間を置くと、ピーボディは壁に視線をそらしてコーヒーに口をつけた。「ぶん殴ってやろうと思ったわ」ピーボディがなにか言おうと口を開けたので、イヴはさらに言った。「でも、あなたのしてくれたことってパートナーならやるべきことだったみたい」

「あなたはすごく体調が悪かったんです。ほかにどうしたらいいのかわからなかったし。いまはもうだいじょうぶですか？」

「元気よ」イヴは一瞬、自分のコーヒーに目をこらした。パートナーとの関係にもルールはある、と思った。「きのう、あなたと署にもどってきたら、わたしのオフィスに女性がいたの。ずっと前の知り合いだった。ショックを受けたわ。かなりね。彼女は、わたしにとって最初の養母だった――正確に言うと、母ではないんだけれど。つらい時期を過ごしたし、何年もたってから急に訪ねてこられても、わたし……できないから――」

できないんじゃない、とイヴは思った。やればできたはずだ。

「ちゃんと対応しなかったわ」と、イヴは言い直した。「そして、逃げた。あなたは事件を処理したわ、ピーボディ、ほとんどひとりで。いい仕事をした」

「彼女、なにが目当てだったんですか？」

「知らないし、どうでもいい。追い返したわ。扉はもう閉ざされた。またうまいこと言って入ってこようとしても、わたしはもう驚いて取り乱したりしない。ちゃんと処理するわ」

イヴは立ち上がって窓辺に寄り、窓ガラスを押し上げた。冷たくて湿った空気が入りこんでくる。身を乗り出して、建物の外壁に貼りつけてあった証拠品保存袋をむしり取る。袋のなかには未開封のキャンディ・バーが四つ、入っていた。

「キャンディ・バーを袋に入れて窓の外にテープで貼っているんですか」ピーボディが畏怖とまどいの入り交じった表情で言った。

「貼っていたのよ」イヴは訂正した。不埒《ふらち》なキャンディ・バー泥棒に見つからないようにくふうした最高の隠し場所をふたたび利用するつもりはなかった。袋を開けて、なにも言えなくなっているピーボディにキャンディ・バーをひとつ渡した。「あなたがここから出ていったら、扉に鍵をかけてまたいい隠し場所を探すわ。だから、もう窓の外にはないわよ」

「わかりました。キャンディ・バーはポケットにしまって、第二級謀殺では起訴されなかった話をします」

「されるとは思っていなかったわ」

その場で食べるわけにいかず、ピーボディはキャンディ・バーをポケットにしまった。

「本格的な話し合いに入る前にもう、第二級謀殺は得られないと言われました。ゼロを罰したいという気持ちは、わたしより検察官のほうが強いと思います。ゼロは以前から法の網の目をくぐり抜けていて、検察官は尻尾をつかみたがっているんです」

イヴはデスクに寄りかかった。「自分なりの方針をしっかり持ってる検察官は好きよ」

「やりやすいです」ピーボディは同意した。「終身刑二回分だとか、地球外への流刑だとか、目撃者のこととか、いろいろ言って連中をびびらせてやりました」

ピーボディはキャンディ・バーがまだそこにあるのをたしかめるように、指先でポケットの上を軽く叩いた。「捜索令状と逮捕状を得て、クラブとゼロの住居から違法麻薬を押収しました。まったくシケたクスリで、自分で使うために保管していたというのはほんとうかもしれませんが、とにかくどんなささいなものも押収しつづけました。捜査が終わるころには、ゼロと彼の弁護士にとって第二級故殺は神からの贈り物に思えたでしょう。刑期は五年から十年で、おそらく彼は最短刑期より早く出所してくるはずです。でも——」

「彼を刑務所送りにしたのはまちがいなく勝利よ。営業許可を取り消され、いろんな手数料や罰金を支払ったら、彼のクラブはつぶれるはず。キャンディ・バーは持っていっていいわよ」

「すごかったです」ポケットのなかから名前を呼ばれているかと思うほど気になってしょうがなかったピーボディは誘惑に負け、キャンディ・バーを取り出して包装紙をむき、ポキンと割った。「捜査をやり遂げたときは快感でした」うれしそうにもぐもぐとキャンディ・バーを食べながら言う。「あの感じを味わってもらえなくて残念です」

「わたしも残念よ。責任を引き受けてくれてありがとう」

「どうってことないです。その袋はまた外壁に貼ればいいですよ。わたしは手を出しませんから」細めた目で探るように見つめられ、あわてて言い添える。「ええと、外壁以外に貼ったら手を出す、って言ってるわけじゃないですよ。このオフィスからどんなキャンディ・バーが持ち出された件にも、わたしはかかわっていませんから」

イヴはわずかに目つきを弱めた――容疑者を尋問する警官そのものだ。「ちらっとウソ発見器を使ってみたら?」

「なんだろう?」ピーボディは一方の手を耳に近づけた。「聞こえましたか? 刑事部屋でだれかがわたしを呼んでいます。わたしたちがこうしてちんたらしてるあいだも、犯罪が行われているってことでしょうね。行かなくちゃ」

なおも目を細めたまま、イヴは出入口まで歩いていって扉を閉め、鍵をかけた。ちんたら？　ちんたら、ってどういう言葉よ？　わたしが裁判官だったら有罪にするわ。

そして、キャンディ・バーを入れた袋を振りながら、こんどはどこに隠そうかと思った。

経営する製造部門のひとつの重役たちと会議を終え、エグゼクティブ・ダイニングルームで投資家たちと予定されているランチの前に、ロークのオフィス内リンクが鳴った。

「もしもし、カーロ」事務的ではない、やや秘密めいたカーロの口調に気づいて、ロークは両方の眉を上げた。

「今朝、お話しされていた女性が下のロビーの階にいらして、会いたいとおっしゃっていますす」

彼女が昼までに連絡を取ってくることに、ロークは五十万ドル賭けてもいいと思っていた。こうなれば、彼女が手の内を明かして追い出されるはめになることにダブル・オア・ナッシング（負ければ損失額が二倍になり、勝っても損失額がなくなるだけ）で賭けよう。

「彼女はひとりだろうか？」

「そのようです」

「あと十分、下で待たせてから、階上《うえ》へ連れてきてほしい。きみじゃなくていい。アシスタントに案内させてくれ、カーロ――若い子に。あとでブザーで呼ぶまで、彼女には下でゆっくりしてもらうように」

「わたしがお連れします。彼女がそちらのオフィスに入って何分かしたら、こちらからブザーを鳴らしますか？」

「いや」ロークはほほえんだが、少しも楽しそうではない。「僕が直接、追い返すから」

早くそうしたくてうずうずしていた。

時間を確認してから立ち上がり、街の尖塔や高層ビル群が一望に見渡せるガラス張りの壁に近づいた。雨が降っている、と気づく。もの悲しくて、灰色のうっとうしいものが、醜い空から通りへと糞のように垂れつづけている。

糞みたいに扱われるのがどんなことか、ロークもイヴも知り尽くしていた。ふたりとも、人生というゲームでいいカードは配られなかったし、楽しく遊べる賭け金もあたえられなかった。ふたりが――それぞれの方法で――やったのは、その状況で勝ちを得るということだ。はったりをかけ、ほらを吹き、少なくともロークの場合はぺてんを働いて、一日の終わりには大金を手にしていた。

しかし、いつだってほかでもゲームは行われていて、いつも変わらずみずから進んでありとあらゆる汚い手を使って分け前にあずかろうとする者がいる。あるいはすべてを手にしようとする者がいる。

さあ、来るなら来い、とロークは思った。自分から進んでやるばかりじゃない。できうる以上の汚い手をすべて使ってやる。

残念なことに、過去にもどって彼女のろくでなしの父親を殴りつけて血まみれにするのは無理だ。イヴがいまも苦しんでいるように死人を苦しい目に遭わせることはできない。しかし、父親の薄ぼんやりした代用品が、いま、運命によってロークの手のひらに落とされたのだ。

生身の人間として。肉付きがよく、ピンク色で、皮をはぐには最適の状態で。

トルーディ・ロンバードは耐えがたく不愉快な不意打ち《サプライズ》を受けようとしていた。

ロークの想像では、この部屋から這いつくばるようにして出ていきながら、トルーディはもうなにがあろうとイヴににじり寄りはしないと思うはずだった。

ロークは振り返り、オフィスのなかを見渡した。内装は自分の思いどおりに手がけた。そうする必要があった。寒くて灰色の世界からここへ足を踏み入れたトルーディになにが見えるかは、わかっていた。権力と富、広々とした空間と贅沢が見えるだろう。金の匂いを嗅ぎつけて、よほど愚かでないかぎり、取引でどのくらい金を引き出せるか考えるだろう。

考えたとしても、その額は実際よりはるかに少ないにちがいない、とロークは思った。いまは法にしたがっているかもしれないが、だからといって、資産をすべて公《おおやけ》にする必要があるとは感じていない。

帳簿は自宅のオフィスに保管して、三か月ごとに更新している。興味があれば、イヴはいつでも目を通せる。興味を持つことはないだろうが、とロークは思い、かすかに笑みを浮かべた。ロークの財産にたいしてかつてほど頑《かたく》なではなくなったものの、イヴはいまだに困惑を隠せないのだ。

彼女とはじめて出会った日に自分を見下ろしていた神々の名を知っていたらどんなにいい

だろう、とロークは思う。自分が持っているものと、やってきたことと、成し遂げたことをすべて合わせても、イヴという贈り物の重さにはかなわない。

時間が過ぎるのを待ちながら、ロークはポケットに手を入れて、持ち歩いているボタンをもてあそんだ。はじめて出会ったとき、彼女のスーツの上着から取れてしまったボタンだ。イヴのことを考えながら、いつになったら心の曇りが晴れていつもの彼女にもどるのだろうと思う。いつになれば、過去からの亡霊に遭遇した理由に気づくのだろう？

気づいたら、と思い、ポケットのなかのボタンをぎゅっと握りしめる。すぐに怒り出すだろう。

そろそろいいだろうと思い、デスクまで歩いてもどる。椅子に坐って、秘書をブザーで呼ぶ。

「カーロ、彼女を連れてきてくれ」

「承知しました」

トルーディと顔を合わすまでの最後の数分を利用して、自分の内面にあって血と骨を味わいたがっているなにものかを、鎖でつないだ。

彼女は、ロークがあらかじめ調べて予想したとおりだった。仲間うちでは、威厳のある女性と見られていそうだ――大柄で、骨格がしっかりしていて、髪はセットしたばかりで、顔は美しくないこともなく、きれいに化粧をしている。

ぴかぴかの金ボタンのついた紫色のスーツ姿で、スカートは膝丈だ。センスのいい上等なヒールを履《は》いていた。強烈なバラの香りをぷんぷんさせている。

ロークは立ち上がり、デスクの向こうという権威を象徴する位置からは動かなかったものの、愛想よくほほえんで片手を差し出した。

「ミズ・ロンバード」なめらかだ、と手を握った瞬間に思う。やわらかくてなめらかだが、弱々しいとは言えない。

「ご予定が詰まっていらっしゃるでしょうに、わたしのためにお時間を割いていただいて、心から感謝しますわ」

「どういたしまして。いつでも興味はありますから。妻と……つながりのある方？　とお会いするのは。ありがとう、カーロ」

そっけない口調で言えば、秘書は飲み物を勧めないとわかっていた。カーロはただ頭を下げて、後ずさりをして出ていった。扉を閉める。

「どうぞおかけください」

「ありがとう。ほんとうに感謝しますわ」その声も目も明るく輝いている。「小さなイヴが――ごめんなさい、いまでもわたしにはそう思えてしまうんです――イヴが、わたしのことをお話ししているかどうかわかりませんが」

「話さないと思われたのですか？」

「ええ、そうねえ、きのう、わたしがしたことを思うと、もうぞっとして、ほんとうにぞっとしてしまって」ロンバードは片手で心臓を押さえた。

爪を伸ばし、きれいに手入れをして、真っ赤に塗っている、とロークは気づいた。右手にはめた金の指輪は厚みがあり、かなり大きなアメジストがはまっている。揃いのイヤリングでめかしているが、センスのある組み合わせとは言いがたい。

「それで、きのうはなにをどうなさったのですか？」ロークは訊いた。

「ええと、ひどかった、と言わざるをえませんわ。いま思えば、まず連絡を取るべきだったのに、いきなり強引に会いにいってしまいました。いつもそうなんです。とにかく衝動的すぎるの。とくに、気持ちが入りこんでしまうとだめ。イヴはあのころ、ほんとうにほんとうにつらい思いをしていて、だから、突然に、なんの連絡もないままわたしが会いにいったせいで、当時に引き戻されてしまったんだわ。動転させてしまったんです」

さっきまで心臓を押さえていた手で唇を押さえて、目をうるませる。「哀れな愛らしいあの子がわたしのところへ来たときのようすは、想像もつかないでしょうね。うちに住みついたちっちゃな幽霊みたいでした。影が薄いなんてものじゃなかったし、おびえきってもいました」

「ええ、そうだったと思います」

「あらかじめ、そんなことをきちんと考えなかった自分が情けないわ。わたしと再会すれば、安全な身になる前の恐ろしい日々を思い出してしまうだけだって、いまはわかります」

「では、ここにいらしたのは、私を通じて彼女に謝意を伝えるためなのですね。喜んでそうさせていただきます。でも、あなたが思っているほど妻が影響を受けたようすはありませんよ」

ロークは背もたれに体をあずけ、椅子をゆっくり回転させた。「不意に訪問を受けて、ちょっとむっとしたとは思います。でも、動転した？　その表現は当たらないでしょう。ですから、どうぞご安心ください、ミズ・ロンバード。短いあいだでも、この街を楽しまれてからご自宅へもどられますように」

まっこうからの愛想のいい退去通告だった。多忙な男は、上着のポケットについていた小さな糸くずをさりげなく手で払った。

そして、毒蛇の舌のようにちらりとトルーディの目が光るのを見て、自分の言葉の意味が理解されたのを知った。

正体を見たぞ、とロークは思った。地味なスーツと感じのいい口ぶりの影に毒蛇が身を潜めている。

「あら、ええ、でも、テキサスへ帰るなんて無理です。小さなイヴに会って、驚かせてしまったことを謝って、元気でいるのをたしかめてからでないと」

「彼女は元気です、それは保証しますよ」

「ボビーはどうなるんです？　あの子に会いたくてうずうずしているんですよ。兄みたいなものでしたから」

「ほんとうに？　その方のことを彼女から聞いたおぼえがないのは妙ですね」

トルーディはちょっといたずらっぽくほほえんだ。「あの子はボビーにちょっぴり熱をあげていたんだと思います。あなたに焼きもちを焼かせたくないんだわ」

ロークはすかさず、よく響く声で長々と笑った。「ご冗談を。では、よろしければお帰りの際、住所とお名前を秘書のアシスタントにお知らせください。警部補が連絡したければそうするでしょうし、そうでなければ……」

「あら、それは受け入れられないわ。話にならない」トルーディは姿勢をしゃんとさせ、ちょっときつい声で言った。「わたしはあの子の面倒を半年以上みたのよ。親切心からうちに連れて帰ったの。嘘でもなんでもなく、それはもう、むずかしい子だった。だから、わたしはそういったことに見合う扱いを受けてしかるべきだと思うわ」

「そうですか？　それで、どんな扱いがふさわしいとお考えですか？」

「いいわ、わかったわ」トルーディは坐ったまま体勢を変えた。交渉をはじめる気だ、とロークは思った。「わたしとわたしの息子に会わせられないというなら――いま、話をしている相手はビジネスマンだと承知していますし――その埋め合わせをしていただくべきだと思います。あのとき、どこにも引き取り手のいなかったあの子のために費やさざるをえなかった時間と手間と面倒に加えて、あの子がどうしているか、ただそれだけが知りたくて、ここまで来るのに費やした労力と経費を補償していただきたいわ」

「なるほど。それで、その補償額はどのくらいになるか、見当はおつけですか？」

「驚いたと言うしかないわね」トルーディは指先で髪をもてあそんだ。赤毛が赤い爪にからみつく。「わたしがあの子にほどこしたものや、いま、あの子の前から追い返される苦痛にどうやって値段がつけられるというの?」

「でも、なんとかつけられるでしょう、あなたなら」

トルーディの頰を濃いピンクに変えたのは癇癪《かんしやく》であり、きまりの悪さではなかった。ロークは、興味がないことはないという表情を保ちつづけた。

「あなたほどの立場の男性なら、わたしのような者に寛大になれる余裕はあるはずだわ。あの子は、わたしがいなければ、人を刑務所に入れるのではなく、自分が入る側になりかねなかった。しかも、きのう、会いにいったわたしに口もきこうとしなかったのよ」ローク・トルーディはそっぽを向いて目をしばたたき、ロークの見たところ、その気になればいつでもあふれさせられる涙をこらえた。

「そんな話はもういいでしょう」ロークはわずかにいらだちを声ににじませた。「いくらなんです?」

「二百万ドルなら法外とは言えないと思うわ」

「それで、二百万ドル払えば……それは米ドルで、ということだろうか?」

「もちろん、そうよ」涙の代わりにかすかないらだちがこみ上げる。「外貨をもらってどうするのよ?」

「それを払えば、あなたとあなたのボビーは喜んでもといたところへもどって、私の妻にはもうかかわらない、と」

「あの子、わたしたちに会いたくないの?」打ちのめされたように両手を上げる。「二度と会わないわよ」

「では、その補償額ではちょっと高すぎるのでは、と言ったら？」

「あなたほどの資産家がそんなふうに思うなんて、想像もできないけれど……そう言われたら、この状況を――こんなことになって、動転して――だれかに話すかもしれないと言わざるをえないわね。たぶん、レポーターに」

ロークはまたゆっくり椅子を回転させた。「そうなると、私が困るかもしれないのは……」

「わたしは感傷的だから、世話をした子どもたちのファイルを残らず保管していたの。くわしい経歴が手元にあるというわけ――あなたとイヴにとって面倒だったり、厄介でさえある情報もあるかもしれないわ。たとえば、彼女が九歳になるまでに、たびたび性的関係を持っていたことはご存じ？」

「あなたはレイプを性的関係とみなすのかな？」ロークの血は煮えたぎっていたが、その口調はミルクのようになめらかだ。「それは無知としか言いようがないでしょう、ミズ・ロンバード」

「あなたがなんと呼ぶかはともかく、過去にその手の経験がある女性は警察署の警部補になるべきではないと考える人もいるかもしれないわ。よくわからないけれど」トルーディはさらに言った。「それをマスコミや警察署の上司に伝えるのは、市民としてのわたしの義務なんだわ、きっと」

「しかし、二百万――米ドルで――はあなたの市民としての義務にまさる、と」

「わたしは適切な補償がほしいだけよ。保護されたとき、あの子の体に血がついていたのはご存じ？　あの子……か、ほかのだれかが……ほとんど洗い流していたらしいけれど、検査の結果、血液の反応があったそうよ」

爛々《らんらん》と輝きだしたトルーディの目は、赤くて長い爪と同じように挑発的で鋭い。「しかも、彼女のじゃない血液も混じっていたって。

あの子はしょっちゅう悪夢をみていたわ」トルーディはさらにつづけた。「悪夢のなかで、だれかを刺し殺しているみたいだった。わたしが動揺してそんな話をしたら、人はどう思うかしら。あの子のいまの立場から考えて、その手の話に大金を払う人はいるはずだわ。結婚した相手が相手だから、なおのことよ」

「そうかもしれない」と、ロークは同意した。「人の痛みや不幸をほじくりかえして楽しみ、味わう人は少なくない」

「そうなれば、わたしが提示した補償額は高すぎるとは思えない。ただ受け取ってテキサスへ帰るわよ。イヴはもうわたしのことを思い出さずにすむわ。彼女のためにあれだけしてあげたっていうのに」

「その言い方は正確じゃない。彼女のためになどなにもしていないだろう。さて、あなたは気づいていないが、ミズ・ロンバード、私はたったいま、あなたに埋め合わせをしているところだ」

「なにを言っているのかわから――」

「埋め合わせをしているんですよ」と、トルーディをさえぎって言う。「立ち上がって、そちらへ行き、素手であなたの首をもぎ取らないことで」

トルーディはわざとらしく息を呑んだ。「わたしを脅しているの？」

「とんでもない」あいかわらず穏やかな口調でつづける。「この件から手を引くことで、あなたがどんな補償を得ているか、説明しているんです。あなたがどんな目に遭わずにすんでいるか、お話ししているんです。これは嘘でもなんでもなく、無防備だった私の妻をあんな目に遭わせたあなたに手出しをしないことで、私はたいへんな損失をこうむっているんですよ」

ロークはゆっくり立ち上がった。今回は息を呑む音は聞こえず、芝居がかった動きもない。トルーディはただ凍りつき、その顔からみるみる血の気が引いていく。僕の殻の下になにがあるか、金で手に入れた洗練と、上品な装いと、礼儀作法の下になにがあるか、やっとわかったらしい、とロークは思った。

それを封じる呪文は、毒蛇でさえ持っていない。

トルーディを見つめたまま、ロークはデスクをまわって前に出てくると、背中でデスクに寄りかかった。近づいた分、トルーディが震える息を吐き出すのが聞こえる。

「私になにができるか、こんなふうにわけもなくなにができるか、わかるだろうか？」パチンと指を鳴らす。「たったいま、ここで、少しもたじろがずにあなたを殺せる。あなたが元気にこのオフィスを出ていったと証言する者を、必要な人数だけ集められる。それを証明するように書き換えたセキュリティディスクを用意できる。あなたの遺体――私が始末したあなたの残骸だ――は絶対に見つからない。だから、あなたの命を――思うに、あなたにとってはかなり大事なものだろう――代償と考えることだ」

「頭がどうかしているわ」トルーディは椅子に坐ったまま身を縮めた。「常軌を逸している」

「それを思い出すんだ。また私と駆け引きをしようと思ったら……子どもの苦痛や悪夢を語ることで金儲けをしようと思ったら……また私の妻に接触しようと思ったら……それを思い出して、恐れろ。恐れろ」トルーディのほうへちょっと身を乗り出して、繰り返す。「なぜなら、あなたの体を少しずつ、ゆっくりと、切り分けるのを我慢するのはいらだたしいから。いらいらするのは嫌いだ」

ロークが一歩足を踏み出すと、トルーディはよろよろと立ち上がり、扉に向かって後ずさりをはじめた。「そうだ、あなたの息子が私の我慢強さをためしたがったら、いまのメッセージを伝えることだな」

扉に行き当たったトルーディが、背中にまわした両手でぎこちなくドアノブを探っていると、ロークはさらに穏やかに言った。「今後、また妻を傷つけるようなことをしたら、この地球上でも、それ以外でも、虱潰《しらみつぶ》しに探して捕まえてやる。片をつけるまで、どこまでも追っていくぞ」一瞬、言葉を切り、にっこりしてから言った。「さっさと行け」

トルーディは走り出し、ロークは、遠ざかっていく足音と、ひいひいとあえぐようなか細い悲鳴を聞いた。両手をポケットに突っ込んで、一方の手でまたイヴのボタンを握った。窓辺まで歩いていって、十二月の湿っぽくて薄暗い空をじっとながめる。

「サー?」

秘書がオフィスに足を踏み入れても、ロークは振り返らなかった。「なんだね、カーロ」

「ミズ・ロンバードがビルを出ていくところをセキュリティにモニターさせますか?」

「それは必要ない」

「急いでいらっしゃるようでしたね」

ガラス窓に映った自分がかすかにほほえむのが見えた。「急に予定が変わったらしい」ようやく振り向いて、腕時計《リスト・ユニット》にちらりと目をやる。「おや、もうそろそろランチの時間じゃないか? 階上《うえ》に行って、お客を迎えよう。きょうはやけに食欲がある」

「そうでしょうね」カーロは小声で言った。

「ああ、そうだ、カーロ?」個人用エレベーターのほうへ歩き出しながら、ロークは言った。「セキュリティに連絡して、ミズ・ロンバードにも彼女の息子にも——彼の身元確認のための指紋は、そちらに届くように手配する——このビルへの立ち入りを許さないようにしてもらえるだろうか?」

「すぐに手配いたします」

「もうひとつ、いいだろうか? 彼らは十番街にあるウェストサイド・ホテルに滞在している。彼らがチェックアウトしたら知らせてほしい」

「手配いたします、サー」

エレベーターの扉が開くと、ロークは振り返って言った。「きみは宝物だよ、カーロ」

扉が閉まってロークの背中が見えなくなると、カーロはこういう瞬間に彼にそう思われるのがうれしいのだ、と思った。

# 4

よけいなことを考えないように、イヴは書類の作成と整理に没頭した。そうやって単純作業に取り組んだおかげで、いつのまにか忍び寄ってきて気づいたときには巻き込まれてしまうクリスマス休暇の前に、デスクの上がほどほどに片づく、という思わぬ利点もあった。

仕事がかなり進んだころ、ピーボディがオフィスの出入口に姿を見せた。

「タブスの薬物検査の結果が出て、微量ですが、ゼウスと、ほかにもいろいろ陽性反応があったそうです。ほかの犠牲者からはなにも出ていません。あの状態ですから、遺体の最近親者への引き渡しはあしたになります」

「ごくろうさま」

「ダラス?」

「えーと。捜査班の経費の伝票を提出するところ。ほとんど全部よ」そう言って鼻で笑う。

「バクスターとちょっと話し合いをしなくちゃ」

「ダラス」

イヴは顔を上げ、ピーボディの顔を見た。「なんなの？」

「わたし、裁判所へ行かないといけないんです。セリーナの件で」

イヴは立ち上がった。「わたしもあなたも、もう宣誓証言をしたはずよ」

「検察側にわたしだけ呼ばれたんです、おぼえていますか？　被害者のひとりとして」

「そうだった、けど……それで呼び出されるのはもっとあとだと思っていたわ。あと一、二週間たってからだと。クリスマス休暇もあるし……

「裁判のペースがすごく速くて。だから、行かなくちゃならないんです」

「いつ？」

「いますぐ、とか。長くはかからないはずですけど……いっしょに来てくれるんですか？」

イヴがコートをつかむのを見て、ピーボディは訊いた。

「どう思う？」

ピーボディは目を閉じて、深々と息をついた。「ありがとう。ほんとうに。マクナブも来てくれるはずなんです。いまは現場に出ていて、なんとか間に合うようには……ありがとう」

出口へ向かう途中、イヴは自動販売機の前で立ち止まった。「水を買っておきなさい」と、ピーボディに言う。「わたしには冷たいカフェインを」

「いい考えです。早くも喉はからからですから。準備はできているんです」ピーボディは自分のコードを入れ、商品を選びながらつづけた。「検察チームはたっぷり予行演習をしてくれました。それに、法廷で証言するのはこれがはじめてじゃありません」

「被害者として証言するのははじめてでしょ。ぜんぜんちがうわよ。ちがうって、あなたもわかっているはず」

ピーボディはチューブ入りのペプシをイヴに渡し、いっしょに歩きながらごくごくと水を飲んだ。「わたしにけがをさせたのはセリーナでさえないのに。どうしてこんなにびくついてしまうのかわかりません」

「部分的に彼女もかかわっているわよ。予知していながらなにもしなかった。ちゃんと理由があって、共犯者として告発されているのよ、ピーボディ。法廷に立って、なにがあったかを伝えて、弁護側がなにを言っても動揺してはだめ。そして、すべてを過去のことにする」

すべてを過去のことにはできるだろう、とイヴは思った。でも、忘れるのは無理だ。ピーボディは襲われたときの一瞬一瞬をおぼえているだろう。痛みと恐れを忘れはしない。正義は果たされるかもしれないが、正義にさえ記憶は消せない。

イヴは正面扉から外に出た。どんなに天気が悪くても、少し歩くうちにピーボディの気持ちも落ち着くだろう。「あなたは警官なの」と、イヴは口を開いた。「そして、勤務時間中にひどい目に遭った。陪審員団にとってそれが重要なの。そして、女性だということ」雨が冷たいので両手をポケットに突っ込む。「それを利用するべきかどうかはともかく、それも陪審員団には重要よ。常軌を逸したばかでかいろくでなし――複数の女性を殺して、遺体を損壊させた男——があなたを半殺しの目に遭わせた……それがすごく重要なの」

「彼の処遇はもう決まっています」そのことに関して不安はもうない。「責任能力を欠いているので法廷には立てません。精神障害者施設の粗暴者専門セクターに死ぬまで収監されます」

「この件でのあなたの仕事は、セリーナがやらなかった、こと、を問題にすること。彼女に責任があることを検察側が証明する、その力になることよ」

「検察は、彼女が自分でやったアナリサ・ソマーズ殺害事件については、なんの問題もなく有罪を得られます。彼女は服役します。たぶん、それで充分なんです」

「充分だと思えるの？」

ピーボディはまっすぐ前を見つめたまま、またごくごくと水を飲んだ。「思えるようにがんばっているところです」

「じゃ、わたしよりがんばりがうまくいってるんだわ。あなたはなんとか切り抜けたけれど、亡くなったほかの人たちはそうじゃなかった。彼女は見ていたのよ。ジョン・ブルーと心霊的にリンクして以降、殺された人たちに関してはすべて、彼女に責任がある。回復するあいだ、あなたが病院で過ごさなければならなかった一分一分もすべて彼女のせいよ。この事件であなたが苦しみを味わった時間もすべて彼女のせい。なにがなんでもその報《むく》いを受けさせてやりたいの」

ふたりで裁判所のステップを上っていくと、ピーボディがごくりと唾を呑み込んで言った。「手が震えています」

「気合いを入れなさい」イヴはそれだけ言った。

セキュリティ・チェックを終えると、イヴはそのまま警察バッジを見せて法廷へ入れた。けれども、そうはせず、検事補のシェール・レオが近づいてくるのをピーボディといっしょに待った。

「短い休憩時間なの」レオが言った。「あなたの証言はつぎよ」

「どんなようす?」イヴが訊いた。

「彼女、優秀な弁護士をつけてるわ」ちらりと背後の両開きの扉に目をやる。レオは金髪の美人で、青い目はいきいきと輝き、かすかに南部訛りがある。チタンのような強靭《きょうじん》な精神力の持ち主でもある。「やり方はちがうけれど、おたがい、精神面の問題を戦術に使ってるわ。あちらは、セリーナが受け取ったイメージ——人を殺したり暴力をふるったりしている映像——がトラウマになって責任能力がかぎられた、と主張してる。その方面の専門家を連れてきて証言させて、すべての責任をブルーに押しつけようとしているわ。常軌を逸している彼が、彼女の心に侵入し、そして、ああいうことになった、と」

「大嘘ね」

「そういうこと」レオはふわりと髪をふくらませた。「こちらの主張はこうよ。彼女は安全な自宅のベッドにもぐりこんだまま、ブルーが女性たちをひどい目に遭わせ、体を傷つけ、殺すのを見ていて、ふと思いついた。彼の手口を真似て、同じことを元恋人のフィアンセにやってやろう、と。彼女は警察の捜査に協力するふりをして、さらに女性たちが殺され、NYPSDの捜査官が瀕死の重傷を負わされるのを黙って見ていた。その捜査官は勇敢にも反撃して、事件の解決に大きく貢献して勲章を授かった」

レオはピーボディの腕にそっと手を置いて、軽くさすった。女性同士で支え合うときのポーズだ、とイヴは気づいた。

「もう一度、確認しておく？　まだ何分かあるわ」レオが言った。

「そうですね。オーケイ、やったほうがいいでしょうね」ピーボディはイヴを見た。その目は妙にぎらついて、笑顔はややこわばっている。「なかに入っていてください。もう一度、レオと打ち合わせをして、そのあと、吐いちゃうかもしれないので。ひとりのほうがやりやすいし」

イヴはレオがピーボディを連れて会議室へ入っていくのを待って、コミュニケーターを引っ張り出してマクナブを呼び出した。「いまどこ？」

「向かってるところです」マクナブのきれいな顔とブロンドの長い髪の房がスクリーンで揺れた。「現在地はそっちから南へ三ブロック。車が多すぎて、歩いてるんです。この混みようはまったく、どうなってるんだろう？」

「いま、休憩中だけど、まもなく終わるわ。あと二、三分ってところ。うしろのほうに坐ってるわ。あなたの席、取っておくから」

回線を切り、仕事柄、数えきれないほどやっているように法廷に入って、傍聴席につく。

正義の殿堂、と思いながら裁判官の席や、傍聴人や、記者たちや、好奇心にかられてやってきた野次馬たちをながめる。ときには——たいていは、とイヴは思いたかった——ここで正義がまっとうされる。

ピーボディのためにそうなってほしい。

わたしたちは事件というボールを、逮捕、そして告発というゴールネットにダンクショットしたのだ、とイヴは思った。そのボールがいま、弁護士や裁判官、そして陪審員席に坐る十二人の市民にパスされた。

イヴは、列をつくって入廷してきた陪審員団をじっと見た。

しばらくして、弁護士チームといっしょにセリーナ・サンチェスが導かれてきた。

ふたりの目が合って、一瞬、ハンターと獲物として視線がつながり、バチバチと音をたてた。すべてがよみがえる。あの遺体すべてが、流された血のすべてが、裏庭の惨状が、残虐性が。

愛のためにやったと、最後にセリーナはそう言った。すべては愛のためだ、と。

大嘘もいいところだ、とイヴは思う。

セリーナが席について正面を向いた。豊かな髪はうしろでひとつにまとめてアップにしている——堅苦しいほどきちんとして見える。好みの大胆な色合いの服ではなく、地味なグレーのスーツ姿だ。

外側が変わっただけだ、とイヴは思った。中身がどうかはよく知っている。よほどのばかでないかぎり、それは陪審団もわかるだろう。

レオが近づいてきて、ちょっと腰をかがめた。「彼女はだいじょうぶ。あなたがいてくれてよかったわ」そう言って、前方に歩いていって検察チームの自分の席についた。

廷吏が法廷の全員に起立を求めたちょうどそのとき、マクナブが扉をすり抜けて飛び込んできた。寒さと走ってきたせいで顔はピンク色に染まっていたが、その色が落ち着いて見えるくらい、ジャケットの下に着ている紫色がかった茶色の地にブルーとピンクのジグザグ模様のシャツは派手で、目がちかちかする。エアブーツはシャツと同じ紫色がかった茶色だ。イヴの隣にさっと割り込んできて、息を切らしながら小声で言う。

「彼女と坐って話もできなかった——一分遅かった。出廷しなければならないのは、月曜日以降だとばかり思っていたから。ちくしょう」

「彼女はしっかりしてるからだいじょうぶよ」

胃袋がこわばってもつれ、ぬらぬらした結び目になった、とマクナブに伝えてもしかたないと思った。ふたりでそろって着席し、検察官がピーボディの名を呼ぶあいだに、マクナブの頭のなかによみがえっている映像がわたしにも見えると伝えても、しかたがない。

マクナブは走っている自分を見ていた。心臓が口から飛び出しそうなほど跳びはねている。「警官が負傷！」コミュニケーターに向かって叫び、アパートメント・ビルディングの階段を飛ぶように下りて、彼女のもとへ急ぐ。

当時、イヴはその場にいなかったが、いまははっきり見えていた。そこにいて、ピーボディが骨を折られ、血まみれになって、通りに叩きつけられるのは見ていなかった。でも、いまは見える。

陪審員団にもひとり残らず、見てほしかった。

指示されたとおり、ピーボディは自分の名前と、階級と、警察バッジの登録番号を言った。検察官はきびきびと彼女に接していた――うまい手だ、とイヴは思った。彼女を警官として扱っている。検察官はピーボディがすでに行った証言のいくつかを確認してから、被告側の主任弁護士とお定まりのやりとりをはじめた。

襲われた夜のことを話すように言われ、ピーボディはしっかりした声で話しだした。地下鉄の駅から自宅へ向かうあいだのいつごろ、どのあたりで、どうやって同居人のイアン・マクナブ捜査官に連絡したかを伝えた。やがて、ピーボディの声がうわずると、陪審員たちはそれに気づき、情景を思い描いた。なんとか生きながらえようと必死になっている女性を、生き抜こうと戦っている警官を見ていた。

「武器を使うことができました」

「あなたはひどいけがを負ったうえ、あなたよりはるかに体の大きな男性と命がけの格闘をしていたというのに、武器を手にできたのですか？」

「はい。手に取りました。そのあと、男に投げ飛ばされました。投げ飛ばされている途中でした。空中で武器を発射したのをおぼえています。それから、地面に叩きつけられ、あとのことはなにもおぼえていなくて、気がついたら病院にいました」

「私の手元にあなたが負ったけがの一覧表があります、捜査官。裁判官の許可を得て、これを読み上げますから確認してください」

一覧表の読み上げがはじまると、マクナブの手がイヴの手に伸びてきた。すべてのけがが読み上げられ、確認され、異議の申し立てと質問がされるあいだずっと、イヴはマクナブに手を握らせていた。被告側が反対尋問をはじめて、マクナブの指先が細い針金のように手を締めつけてきてもなにも言わなかった。

いつのまにかピーボディは動揺しはじめ、被告側はそれにつけこんだ。しかし、それはまちがいだろう、とイヴは思った。被害者を、忌まわしい連続殺人事件の唯一の生存者を苦しめるのはまちがっている。

「あなた自身が証言されていますし、捜査官、襲撃のほかの目撃者の供述や証言にもあるように、あなたを襲ったとき、ジョン・ジョセフ・ブルーはひとりだった」

「そのとおりです」

「あなたがけがをしたとき、その場にミズ・サンチェスはいなかった」

「はい。物理的にはいませんでした」

「先の証言によると、ミズ・サンチェスはあなたを襲った男、つまりジョン・ジョセフ・ブルーとは会ったことも話をしたこともないということです」

「それはちょっとちがいます。彼女はジョン・ブルーと接触していました。心霊的に」

「では、接触という言葉は限定的に使います。ミズ・サンチェスは特別な能力を使って、ジョン・ジョセフ・ブルー本人が認めているところの、彼が犯したむごたらしい殺人の現場を見ていた。ミズ・サンチェスがみずからあなたがたのところへ行き、捜査に協力したというのは、ほんとうではないのですか？」

「ええ、ほんとうではありません」

「捜査官、ミズ・サンチェスがみずから捜査側に無報酬の協力を申し出て、受け入れられたと言明する報告書があるんです。実際、彼女はブルーの身元確認に役立ち、それゆえ、彼のさらなる殺人の抑止力になりました」

被告側の弁護士が話しているあいだにピーボディはグラスを手に取り、水をごくごくと飲んだ。ふたたび口を開いたピーボディの声は落ち着きを取りもどして、いかにも警官らしかった。「いいえ、それはちがいます。彼女は捜査チームにも殺人課にも、被害者たちにも町にも、なんの貢献もしていません。それどころか、彼女の第一の目的だったアナリサ・ソマーズを殺害するために、重要な情報を隠して捜査を妨げていたのです」

「裁判官、この証人の推論的かつ挑発的な供述を記録から削除することを求めます」

「異議あり」検察官が立ち上がった。「この証人は訓練を受けた警察官であり、捜査チームの有力メンバーです」

お定まりのやりとりはつづき、ピーボディがもうその流れに溶け込んでいるのをイヴは感じた。自分のリズムを見つけたのだ。

「二秒以内にその手を放さないと、空いているほうの手でパンチをお見舞いするわよ」イヴが穏やかに言った。

「あ、すみません」マクナブはつかんでいたイヴの手を放して、神経質そうにちょっと笑った。「彼女、だいじょうぶだと思いませんか?」

「よくやってるわ」

さらにやりとりはつづき、ふたたび反対尋問が行われた。証言を終えたピーボディはちょっと青ざめていたが、彼女がそちらへ顔を向けてセリーナをじっと見つめたのを見て、イヴはうれしかった。

わたしも忘れない、と思った。ピーボディが立ち上がり、しっかり彼女を見たことを忘れない。

「よくやったね」法廷を出たとたん、マクナブが言った。両腕をピーボディの体に巻きつける。「ナイスバディ《シー・ボディ》、感動ものだったよ!」

「もうへろへろだったけれど、なんとかうまくいったと思う。もう、とにかく、終わったのがうれしい」一方の手で胃のあたりをさすり、やっと心からの笑みを浮かべる。「ついてきてくれてありがとうございます」と、イヴに言う。

「いいのよ」イヴは時間を確認した。「勤務時間はあと二時間で終了。ここで解散。帰っていいわ」

「わたしならだいじょうぶです――」

「いずれにしても、いまのところなにも問題はないから」そう言ったとたん、チャンネル75

の生放送の達人、ナディーン・ファーストの姿が見えた。ブーツの細いかかとで化粧タイルの床をこつこつ鳴らし、カメラマンを引き連れてやってくる。「少なくとも、職務上は」

「ここにいたのね。どうだった、ピーボディ？」

「ええ。うまくいったと思います」

「ちょっとだけ、一対一のインタビューを受ける気はない？」

それはできないことになっている、とイヴは反対しかけたが、考え直した。法廷の外でしゃべらせるのはピーボディにとっていいことだろう。ナディーンも信頼できる。

「そうですね。いいですよ。やります」

「外は騒がしいけれど、正面ステップで撮影したらいい絵になるわ。ちょっとだけ、彼女のことはあきらめて、マクナブ」

「やだよ。でも、貸すだけならいい」

「ダラス、あしたを楽しみにしてるわ」そう言って、みんなで出口へ向かう。「あなたとも短いのをやりたいんだけど。まじめくさって、死んだような目をして〝正義はまっとうされつつあります〟とか言うの」

「いやよ。今回の主役はピーボディだから。そのまま帰っていいわよ」イヴはピーボディに言い、空を見上げてからステップを下りていった。

下りきったところで振り返って、見上げる。ナディーンの言うとおり、いい絵だった――こぬか雨に濡れたピーボディが裁判所の正面ステップに立っている。そこに立って、仕事や正義について話している姿を、ピーボディも家族に見てほしいだろう。イヴも見ていてうれしくて、しばらく見つづけた。やがて、気が済んで前を向いたちょうどそのとき、なにかがすばやく動いて、つかみ、逃げるのが見えた。

「わたしのバッグ！　わたしのよ！」

「ああ、こんちくしょう」イヴは小声で言った。ふーっと息を吐いて、追いかける。

ステップの中段あたりにいたナディーンは、首の骨が折れそうな勢いで振り返った。「彼女を撮って！」カメラマンに叫ぶ。「撮りつづけて。ほら、追いかけていく！」ピーボディとマクナブが飛ぶようにステップを駆け降り、ナディーンは裁判所の正面ステップで踊るように手足をばたつかせていた。「見失わないで、お願いよ」

ひったくりは身長百八十センチちょっとだ、とイヴは推測した。体重は八十五キロくらい。身長のほとんどを占めているような脚で疾走していく。あたりの人をボーリングのピンのようになぎ倒していくので、イヴは重なって倒れている人たちを飛び越えていかなければならない。

イヴの革のコートの裾がなびき、バタバタとはためく。

息を無駄に使いたくないから、わざわざ止まれと叫んだり、警察だと名乗ったりしない。一瞬、目があったから、彼にも――セリーナと同じように――イヴは追う者だとわかったはずだ。

ひったくりは角のグライドカートをつかみ——売り手も含めて丸ごと——押し倒した。ソイドッグが通りを滑っていき、飲み物のチューブが地面に叩きつけられて砕ける。

ひったくりがこちらを狙って突き飛ばしてきた歩行者をイヴはひょいとかわし、またつぎのひとりをさっとよける。さらに、相手との距離を読んで両脚をふんばり、いったんしゃがみこむようにしてから一気に飛び出した。ひったくりをタックルして押し倒し、ふたりいっしょに濡れた舗道を滑って、縁石の三センチ手前で止まる。ちょうどそのとき、縁石をかすめた大型《マクシ》バスのブレーキが女性の悲鳴のような音をたてた。

治りかけていたイヴの腰に激痛が走った。

横滑りするバスのタイヤにつぶされないように身をよじったイヴに、ひったくりはかろうじて一発、見舞った。男の肘が顎にめりこみ、口のなかに血の味が広がる。

「いまのは愚かね」イヴは男の両腕を背後にひねり上げ、叩きつけるようにして手錠をかけた。「ばかもいいとこ。罪状に公務執行妨害罪も加わったわよ」

「警官だってひと言も言わなかったじゃないか。どうやってわかれっていうんだよ？　あんたは俺を追っかけてきて、バスの前に放り投げようとした。暴力警官だ！」大声で言い、見物人の同情を引こうと、横たわったまま体を丸める。「自分のことをしっかりやってるだけなのに、あんたに殺されかけた」

「自分のことをしっかりやっている、ね」イヴは顔をそむけ、血を吐き出した。少なくとも、ずきずきする顎のせいで腰の痛さは気にならない。

イヴは男の服を引っぱって、ひったくられたハンドバッグ——ほかにバッグが三個と、さまざまな財布——を取り出した。「たいした収穫ね」イヴは言った。

男は上半身を起こし、ようやくあきらめたように肩をすくめた。「クリスマスだし。とにかく人がうじゃうじゃ外に出てくるから。公務執行妨害はつけないでくれよ、いいだろう？たのむよ、おまけしてくれよ、なあ？　反射的に動いちゃったんだ」

イヴは顎を小刻みに動かした。「いい肘打ちだったわ」

「あんた、めちゃくちゃ脚が速くて、尊敬もんだよ」

イヴが濡れた髪をかき上げると、ピーボディとマクナブが駆けつけてきた。「野次馬を追い払ってくれる？　それから、パトロールカーを出動させて、この男を引っぱっていってもらって。容疑は複数の窃盗。もうすぐクリスマスっていうことで、公務執行妨害は見逃してあげる」

「感謝するよ」

「さあ——ちょっと、そのカメラ、わたしの顔に向けないで」イヴが嚙みつくように言った。

マクナブは盗まれたバッグと財布をかき集めている。「唇から血が出ていますよ、警部補」

「ちがうわ」一方の手で口をぬぐう。「舌を嚙んじゃったのよ、くそっ」

「パトロールカーはこっちへ向かっています、サー」ピーボディが報告した。「それにしても、通行人をうまく飛び越えていましたね」

イヴはその場にしゃがみ、ひったくりに言った。「あなたが反対方向に走っていたら、いまごろはセントラルに着いていて、こんなクソ冷たい雨に濡れずにすんだのに」

「そう、だけど俺はそんなばかじゃない」

「裁判所の真ん前でひったくりをやっただけで、充分にあほよ」

男は悲しげな目をしてイヴを見た。「自分を止められなかったんだ。あの女がハンドバッグを振り回しながら、いっしょに歩いていた女性とくっちゃべってたから。俺にくれたみたいなもんだ」

「そう。そういう話は警察でやんなさい」

「ダラス警部補?」ちょっと息を切らしてナディーンが近づいてきた。茶色い大きな目の女性の腕をつかんでいる。「こちらはリーアン・ピートリーといって、あなたがたったいま取りもどしたバッグの持ち主よ」

「奥さん《マム》。なんとお礼を言っていいのか」

「まず、わたしをマムって呼ぶのはやめて。セントラルへ来てもらって、ミズ・ピートリー、事情を聞いたあと、バッグを受け取って署名してもらわなければなりません」

「こんなに興奮したのははじめてよ。なんとまあ、あの男の人に突き飛ばされて、わたし、地面にころがっちゃって! ホワイトスプリングスっていう、ちっちゃな町――カンザス州ウィチタの真南――から来たのよ、わたし。こんなにどきどきしたのははじめて」

これは言わなければならない、とイヴは思った。「ここはもうカンザスじゃないんですから」

上司ぶって、ピーボディに帰宅を命じたせいで、ひったくり事件の報告と後始末をやるはめになり、セントラルを出たときにはもう勤務時間を過ぎていた。暗くなって気温は一気に下がり、絶え間なく降るこぬか雨はみぞれに変わった。通りが滑るせいで、車での帰宅はいらいら、いらいらマラソンに変わる。

遅々として進まない車のなかで、イヴは冷たい水を口に含んで舌の痛みを和らげながら、ぼんやり考えていた。自宅まであと数ブロック、というところでトルーディ・ロンバードのことを思い出したとたん、目の前が真っ暗になった。

「わたしじゃないのよ。ああ、もう、目当てはわたしじゃない。わたしのわけないじゃない？　くそ、くそ、くそっ」

サイレンのスイッチを入れ、車を垂直発進させる。自分の愚かさを罵《ののし》り、そんな運転をして自殺する気か、という怒鳴り声に悪態をつきながら、車内リンクをかけた。

「ロークは」サマーセットが応じるなり、嚙みつくように言う。「もうもどっている？　替わって」

「ただいま、門を抜けられたところで、邸にはまだお着きではありません。緊急のご用事でしたら――」

「十分でもどるって伝えて。話がある、って。ロンバードっていう名前の人がうちに来ても、彼に会わせないで。わかった？　彼女を家に入れないで」

リンクを切ってハンドルをつかみ、車三台のフェンダーをあやうくかすりそうになりながら、車の流れにもどった。

こんちくしょう！　あの女が、金《かね》以外のなにを求めているっていうのよ？　狙っているのは、光り輝く金の山。で、いまのところ既知の宇宙でいちばんの金持ちはだれ？

うまくいくと思ったら大まちがいだ、とイヴは思った。ロークがあの女を追い払うために金をつかませようと思っただけでも、この手で彼の皮をはいでやる、と心に決める。

ハンドルを切って車の尻を左右に振り、邸の門のあいだをエンジンの轟音をたてて疾走していく。ロークが自分で正面扉を開けたのと、イヴがブレーキをかけて邸の前で車を止めたのは同時だった。

「僕は逮捕されるのかな？」ロークは声を張り上げ、空中で人差し指をくるくる回した。「サイレンを、警部補」

サイレン停止、と命じてから、力まかせに車のドアを閉める。「わたしったら大ばか！　最悪のまぬけだわ」

「僕の愛する女性についてそういう言い方をするつもりなら、きみに飲み物は勧めないよ」

「あなたなのよ。わたしなんかじゃなかった。あの女のせいであんなに取り乱したりしなければ、最初からわかったはずよ。ロンバードのことよ」

「なるほど。それで、これは？」顎にできたかすかなあざを指先でそっとかすめる。

「なんでもない」残っているどんな痛みも怒りにまぎれて感じない。「わたしの話を聞いているの？　あの女のことはわかってる。どういう女か承知している。なにかやるのはすべて目的のため。たぶん、なにかいいことを思いついたんでしょうけど、わたしに嫌がらせをするために手間やお金をかけてここまで来るわけがない。目当てはあなたよ」

「落ち着くんだ。客間へ行こう」ロークはイヴの腕を取った。「いい具合に暖炉の火が燃えている。ワインでも飲もう」

「やめてよ」ロークの手をはねのける。それでも、ロークはただ体の向きを変えて、イヴの濡れたコートを脱がせはじめた。

「気持ちを静めて、ゆっくり息をしてごらん」と、ロークは勧めた。「きみは飲みたくないかもしれないが、僕は飲みたいんだ。ひどい天気だし」

イヴは言われたようにゆっくり息をして両手で顔を押さえ、気持ちを静めた。「よく考えられなくて、それが問題だったの。考えなかった。ただ、反応しただけ。でも、いまはよくわかる。わたしに会いにきて、心温まる再会シーンを演じようとしたんだと思う。あのころ、わたしはほんの子どもで、いろんなことがあって混乱していたわ。だから、あの女と暮らしていた生活がどんなだったかおぼえていないだろうって思われたのかもしれない。だから、長いあいだ音信不通だった母親だか、慈悲の使者だか、なんだか知らないけれど、そんなものになってうまく金をせびったら、わたしがあなたに、ママにあげてちょうだいって言うと思ったのよ」

「きみもみくびられたものだ。さあ、これを」ロークはイヴにワインを注いだグラスを差し出した。

「予備のプランもあるはず」イヴはワインを受け取り、ぱちぱち火が燃えている暖炉まで歩いていって、またもどってきた。「彼女みたいな人間はかならず持ってるはず。わたしに受け入れられなかったら、まっすぐ金の出所へ向かうのよ。あなたのところへ、まっすぐ。運に恵まれない話を聞かせて同情を引こうとする。それで金のなる木がうまく揺すれなければ、つぎは脅しにかかる。狙っているのはたっぷりまとまった金で、あとで何度もやってくるつもりだけど、とりあえずはそこそこの……」

イヴはいったん言葉を切り、まじまじとロークの顔を見た。「なにもかも知っているって言いたげな顔ね」

「きみが言ったとおり、あんなに動転しなければ、きみはすぐに自分で始末をつけようとしただろうね」ロークは頭をぐっと下げ、イヴの顎を唇でかすめた。「さあ、あっちの火のそばに坐ろう」

「待って、待って」イヴはロークの袖をつかんだ。「あの女のところへ行って、わたしに近づくなって言ってないわよね？　会いに行ってないわよね？」

「行ってないし、これから行くつもりもない。彼女が今後、きみにいやな思いをさせたり動揺させたりしないかぎりは。何年ものあいだに、彼女がきみ以外に十一人もの子どもを引き取っていたのは知っている? そのうちの何人を、きみと同じように苦しめたのだろう?」

「彼女のことを調べたの? もちろん、調べるわよね」イヴはそっぽを向いた。「この件について、わたしはもうグズなんてもんじゃない」

「すでに始末はついている、イヴ。もう忘れてしまえ」

イヴはロークに背中を向けたまま、ゆっくりワインを飲んだ。「どう始末がついたの?」

「きょう、彼女が僕のオフィスにやってきた。だから、彼女がテキサスに帰って、もう二度ときみと接触しようとしないことが、関係するすべての人にとって最善なのだと、はっきりわからせてやった」

「あの女と話したの?」抑えようのない怒りがこみ上げ、イヴはきつく目を閉じた。「だれだか知っていて、どんな女か知っていて、それでも、あなたのオフィスに入れたの?」

「そんなにまずいことか? どうすればよかったというんだ?」

「わたしにまかせて、手を出してほしくなかった。わたしの問題だってわかってほしかった。解決するのはわたしだ、って」

「きみの問題じゃなくて、僕たちの問題だ——というか、だったんだ。ふたりで解決するべきだった。でも、もう済んだことだ」

「あなたにわたしの問題を、わたしのいろんな面倒ごとを始末してもらうのはいやなの」くるっと振り返り、イヴ本人もロークも予期しないうちに、イヴがワイングラスを放り投げた。ワインが飛び散り、グラスが砕ける。「これはわたし個人の問題なの」

「きみにはもう、僕に関係のないきみだけの問題というのはないし、僕にも僕だけの問題はもうないんだ」

「守られる必要はないし、ぜったいに守られたりしない。面倒をみられるのはいや」

「なるほど、わかった」ロークの声がやわらかくなった。危険な兆候だ。「つまり、わずらわしい細かなことを僕が取りはからうぶんにはなんの問題もないわけだね。たとえば、これにラップをかけてくれる？　とか。でも、大事なこととなると、僕は鼻を突っ込んではいけない？」

「それとこれとは話がべつよ。わたしはどうしようもない妻よ、それはわかってる」喉が詰まり、振り絞る声がどんどん聞き苦しくなっていく。「やるべきことをおぼえていられないし――どうやったらおぼえていられるのかわからないし、知りたくもないし。でも――」

「きみはどうしようもない妻じゃないし、それを判断するのは僕だよ。でも、きみは、イヴ、どうしようもなく気むずかしい女性だ。彼女は僕のところへやってきて、金を巻き上げようとしたが、もう二度と同じことはしない。僕には、きみと僕の利益を守る権利がある。だから、それに腹が立つというなら、どこかへ行ってひとりで腹を立てることだ」

「わたしの前から立ち去らないで」なにか大事なものをつかみ、出口に向かって歩き出したロークめがけて投げつけたくて、指先がむずむずしている。しかし、そんなことは女っぽすぎるし、あまりにばかげている。「さっさといなくなって、わたしの気持ちを踏みにじるのはやめて」

ロークは立ち止まり、腹立ちで燃え上がるような目でイヴを見返した。「ダーリン・イヴ、きみの気持ちを大事に思っていなければ、ふたりでこんな話はしていない。僕がきみに背を向けるときは、そうしなければほかにひどいことをしてしまうからで、いまの場合は、ささやかな正気がからんからんともどるまで、きみの頭をなにか固いものに打ちつけてしまうのを避けるにはそうするしかないからだ」

「わたしに話してくれるつもりだった?」

「わからない。話すのにも話さないのにももっともな理由があって、まだ迷っていた。彼女はきみを傷つけたが、僕が二度とそんなことはさせない。簡単なことだ。ほら、イヴ、僕が母について知って、訳がわからなくなったとき、きみが正気にさせてくれたんじゃないか?

僕の世話をやいて、守ってさえくれたんじゃなかったか?」

「あれはあれ、これはこれ」胃袋が焼けるような感覚があり、酸っぱいものがこみ上げるのといっしょに言葉を吐き出す。「あなたはなにを手に入れたの、ローク? あなたを愛して、あなたを受け入れてくれる人たちに出会えたんじゃないの? 善良できちんとした人たちよ。その人たちはあなたになにを求めた? なにひとつ求めちゃいないわ。そうね、知ったときはつらかったと思うわ。あなたの父親は母親を殺していた。でも、ほかになにを知った? お母さんはあなたを愛していた。とても若くて世間知らずな娘だったお母さんは、あなたを愛していた。わたしの場合はそうじゃない。わたしはだれからも愛されていなかった。まだ幼いわたしのまわりには、ちゃんとしていたり、清らかだったり、正しかったりするものはなにひとつなかった」

声がひっくり返ったが、なんとかがんばって残りも吐き出した。「だから、そう、あなたは強烈でたちの悪い一発を食らってふらふらになったわ。でも、そうなって倒れ込んだ先でなにを手に入れた？　かけがえのないすばらしい出会い《ゴールド》よ。いつものことよね」

すたすたと部屋から出ていくイヴをロークは止めなかった。階段を駆け上っていく彼女を追わなかった。いまの時点で、追うべき理由はひとつも思いつかなかった。

# 5

たっぷりたまった鬱憤《うつぷん》を晴らすのにジムはうってつけの場所に思えた。数週間前、妻を助けようとしてけがをしたせいで、ロークの肩はまだ本調子ではなかった。

ロークとしては、みずからを危険にさらすのはかまわないのだが、いまいましいゆすり屋を追い払うのは――〝イヴ教典〟によると――だめらしい。

ばかばかしくて話にならない、とロークは思った。そんなことで頭を悩ませてたまるか。そろそろ体を痛めつけて体調をととのえるころなのだ。

そこで、ホログラム《ホロ》・マシンではなく、ウェート・トレーニング器具のほうへ行き、回数もセット数もたっぷりの過酷なセッションをプログラムする。

イヴの解決法は、彼女が階上《うえ》ではなく階下《した》へ向かっていれば、スパーリング用ドロイドを始動させることだと、ロークは知っていた。そして、こてんぱんに叩きのめす。

人それぞれに好みがある。

イヴのことならなんでもお見通しのロークは、いまごろイヴは自分のオフィスのなかを行ったり来たりして、そのへんにあるものを手当たり次第に蹴っ飛ばしながら僕を呪っているだろうと思った。あれは卒業するべきだ、とロークはベンチプレスでバーベルをじわじわと押し上げながら思った。正気でいながら、一瞬のうちにあんなにも愚かで常識はずれな行動に出る女性には、あとにも先にも会ったことがない。

こんちくしょうめ、いったい、僕がどうすると思ったんだ？　大声で彼女を呼んで、首に止まっているこのいまいましいテキサスのハエを追っ払ってくれとたのむとか？　お気の毒に。だとしたら、彼女は結婚する相手をまちがえたということじゃないか？　苦痛とストレスを守ってもらわなければどうにもならないときに守ってもらいたくなくて、それも僕には無理だからでなにも見えなくなっているときに面倒をみてほしくないって？　それも僕には無理だから、お気の毒さまと言うしかない。

ロークは一気にトレーニングを終えて、筋肉の燃えるような熱さと、治りかけの傷の痛みと、ぽたぽたと滴る汗に暗い満足感を得た。

イヴはロークが予想したとおりの場所にいて、予想したとおりのことをしていた。行ったり来たりする途中に立ち止まって、思い切り三回、デスクを蹴飛ばした。

ロークと並んで戦ったときにけがをした腰が悲鳴をあげる。

「あのばか。あんなやつ！　なんだってあんなにお節介なのよ？」

太った猫のギャラハッドが足音もなく部屋に入ってきて、さあ、ショーを楽しもう、とばかりにキッチンにつづく出入口にどすんと坐った。

「これが見える?」猫に尋ね、腰に携行した武器をぽんと叩く。「どうしてこれを持たされているかわかる? 自分で自分の面倒をみられるからよ。だから、わたしの問題を片づけに駆けつけてくるどっかの――どっかの男なんか必要ないの」

猫は首をかしげ、色のちがう左右の目をしばたたくと、後ろ脚をひょいと空中に突き出して、毛づくろいをはじめた。

「そうね、きみは彼の味方でしょうね」無意識のまま、痛む腰をさする。「オスっていやな種《しゅ》よね。わたしは弱っちくてひとりじゃなんにもできないメスに見える?」

そうね、たぶんそう見えたはず。イヴは認めて、また部屋のなかを歩きだした。二分経過。三分経過。でも、彼はわたしを知ってるはずでしょう? わたしは立ち直るって知っているはず。

ロンバードが彼のもとへやってきて、いろいろ嗅ぎ回ることも知っていた。

「それで、彼はなにか言った?」イヴは両方の手のひらを空中へ押し上げた。「〝ねえ、イヴ、きみの過去からやってきたサドの意地悪女が僕のところへやってきそうだよ〟って言った? いいえ、ぜんぜん、なにも言わなかった。こうなったのもすべて金、金。あれのせい。地球のほとんどと、その衛星のかなりの部分を所有する男とくっついちゃうとこういうことになるの。わたし、いったいなにを考えていたんだろう?」

腹を立ててエネルギーの多くを使い果たしたイヴは、寝椅子に倒れ込んだ。とくになにというわけではなく、しかめ面をする。

わたしはなにも考えていなかった。見境のないひりひりするような怒りの頂点を過ぎると、イヴは認めた。でも、いまは考えている。

彼のお金なのだ。それを奪おうとする者がいれば自衛する権利が彼にはある。わたしは彼のお金を守りに行こうとは考えつきもしなかった。

イヴは寝椅子の上で上半身を起こし、両手で頭を抱えた。だめだ、わたしはだだをこね、めそめそと愚痴を言い、くそっ、へこたれるばかりでなにもしなかった。

しかも、わたしを十二分に理解して、わたしが自分のなかに封じ込めていることもすべて知っている唯一の人を責めた。すべて知っている人だからこそ責めたのだ、とイヴは気づいた。こんなうれしくもない結論に達したことを知ったら、マイラはたぶん大きな花丸をくれるだろう。

つまり、わたしはろくでもないいやな女なのだ。でも、結婚式でたがいに「誓います」と言う前に、わたしはすべてを打ち明けていた。彼は、どんな相手と結婚するのか知っていたはずだ、くそっ。だから、わたしは謝らない。

それでも、寝椅子に坐って、指先でとんとんと膝を打っているうちに、客間でのやりとりが頭のなかで再生されはじめた。胃袋が重くなって、ねじれるのがわかり、ぎゅっと目を閉じる。

「ああ、もう、わたし、なんてことをしたんだろう？」

ロークは顔の汗をぬぐい、水の入ったボトルに手を伸ばした。さらにべつのトレーニングを、たとえばハイピッチで長距離を走るセッションをプログラムしようかと考える。激しい怒りはまだ完全にはおさまっていないどころか、せいぜい腹立ちに変わりかけている程度なのだ。

またごくごくと水を飲み、いっそプールで泳いで腹立ちを流し出すのはどうかと考える。

そのうち、イヴがジムに入ってきた。

ロークの背中がぐぐっと盛り上がった。脊椎骨がひとつずつ持ち上がるのを感じて、毒づく。

「きみはまだ体を動かすのは控えるべきだ。僕はまだトレーニング中だが、いっしょにいたいならそれはかまわない」

あなたは体をいじめすぎだ、とイヴは言いたかった。まだそれほど回復しているわけじゃないのに、と。しかし、そんなことを言ったら小枝を折るようにぽきんと首をへし折られてしまうだろう。そうされて当然なのだ。

「ちょっとだけ、ごめんなさいって言う時間をちょうだい。ほんとうにごめんなさい。どうしてあんなことをしたのかわからないし、自分にあんな面があるのも知らなかった。そんな自分を恥じているわ」声が震えていたが、最後まで言いきろう、最後まで泣かない、と決めていた。「あなたの家族のこと。見つかってよかったと思ってるわ。ほんとうに、誓ってもいい、喜んでいるの。でも、わたしのなかのどこかにそれに嫉妬したり、腹を立てたり、なんだかよくわからないけど、そういうとても卑屈なところがあるってわかって、たまらない気持ちよ。すぐにとは言わないけれど、そんなわたしでも許してもらえたらって思ってる。それだけ」

イヴがドアの把手に手を伸ばすと、ロークは小声で毒づいた。「待てよ。いいから、ちょっと待って」タオルをつかんで顔と髪をごしごしぬぐう。「こういう不意打ちを食らわす人をきみ以外に知らないよ、ほんとうに。こうなると、考えざるをえない。自問せざるをえない。家族の状況が逆だったら、どんな気持ちだろう？　と。よくわからないが、腹のなかのどこかに悪意の小さな種みたいなものが貼りついているのを見つけても驚きはしないね」

「あんなことを言うのはみっともなくて、自分でもあきれてしまう。言えてしまったことが恥ずかしい。言わなかったらよかったって心から思うわ。ああ、ローク、言わなければどんなによかったか」

「言わなければよかったとあとで思うようなことを言ってしまうのは、きみにも僕にもよくあることだ。気にしなくていい」そう言って、タオルをベンチにふわりと投げる。「それ以外について……」

「わたしがまちがっていたわ」

ロークは驚いて眉を上げた。「クリスマスが早くやってきたのか、あるいは、きょうを国民の祝日にするべきなのか」

「自分のどういうところがばかだったのか、いまはわかる。もうどうしようもないばか野郎で、自分のお尻を蹴っ飛ばしたいくらい」

「そういうことは、いつでも僕が引き受けるよ」

イヴはにこりともしなかった。「あの女はあなたのお金を狙ってやってきて、あなたはそれをはねつけた。ただそれだけの単純な話。それをわたしは込み入らせて自分の問題にした。ぜんぜんそうじゃなかったのに」

「そのとおり、とは言いかねるな。彼女にたいして必要以上にきつい対応をしたのは、僕にとってはすべてがきみの問題だったからだ」

イヴは涙がこみ上げ、目の奥がつーんとして喉が熱くなった。「いやなのは……いやなのは――だめ、来ないで」ロークが一歩足を踏み出すと、イヴは言った。「どういうことだったのか、ちゃんと言葉にしないと。自分では止めず、止められもしなかったことよ。止めようとしてできなかったんじゃない。いやなのは、自分で止めなかったのに、あなたがやったから、わたしはさんざんあなたをこき下ろしたわ」

さらに思い当たることがあって、イヴははっと息を呑んだ。「なぜなら、あなたに当たってもだいじょうぶだってわかっていたから。わたしのなかのばかな部分が、それをやってもあなたに許してもらえるって信じていたから。あなたは、裏でこそこそやったわけじゃないし、信頼を裏切ってもいない。あなたがやったってわたしが思いこもうとしたことは、なにひとつやっていない。やる必要があることをやっただけだわ」

「そんなにほめないでくれ」ロークはベンチに腰かけていた。「彼女を殺せていたらどんなにいいかと思う。きっと楽しんでやれただろう。でも、そんなことをしてもきみはひとつも喜ばないと思った。だから、彼女がまた僕たちにちょっかいを出してきたら、とても考えられないようなやり方で殺してやると告げるだけでよしとした」

「ちょっと見たかったような気もするわ。わたしにいくらの価値があるって彼女は読んでいた？」

「どうでもいいことだろう？」

「知りたいわ」

「三百万だ。意外にケチな額だが、彼女は僕たちを知らないんじゃないか？」ロークの目――信じられないほど青く、イヴがイヴであるすべてを見つめる目――がじっと彼女の顔を見た。「僕たちが一プントもやらないということを彼女は知らない。きみの価値が僕には無制限だということも知らない。金は金でしかないんだ、イヴ。僕たちが分かち合っているものに値段はつけられない」

イヴはロークに近づいていって、向き合ったまま膝にまたがり、両腕と両脚を彼に巻きつけた。

「おやおや」と、ロークはつぶやいた。「なかなかいい」

イヴは横を向き、ロークの喉に顔を押しつけた。「プントってなに？」

「なんだって？　ああ」くぐもった笑い声をあげる。「アイルランド・ポンドの古い言い方だ」

「ゲール語で〝ごめんなさい〟はなんて言うの？」

「ええと……タ・ブロン・オルム」ロークは言い、イヴがへたな発音で繰り返すと、さらに言った。「こちらこそ」

「ローク。彼女はまだニューヨークにいるの？」返事がないので、ちょっと背中をそらしてロークの目を見つめる。「彼女がどこにいるか知っているはず。あなたなら調べるもの。わたし、ばかなことやって、ほんとうに自分はばかだって感じてるの。おまけに無能だなんて感じさせないで」

「僕がオフィスを出たときには、まだホテルをチェックアウトしていなかった。彼女の息子もその妻も同じだ」

「わかったわ、じゃ、あした……だめだ、あしたは大事なあれだわ。あれのことは忘れていないし、わたし、やるわ……なんだってやる」

なんだってがなんであろうと、イヴが大規模なパーティの準備に参加するのは、気むずかしい愚行にたいする贖罪《しょくざい》の意味がある。

「あれのためにわたしがやるべきことはなんなのか、だれかにおしえてもらわなくちゃ」両手で自分の顔を挟みつけて、すかさず言い添える。「でも、サマーセットだけはやめてね」

「きみがやらなければならないことはなにもなくて、あれはパーティと呼ばれるんだ」

「あなたはスタッフを雇い、スタッフの調整をして、スタッフをほめ、ケータリング業者とかそういう人たちとぺちゃくちゃおしゃべりをするのよね」

「ぺちゃくちゃおしゃべりなどしない。ケータリング業者とでさえね。きみの気持ちが済むなら、舞踏室の飾りつけを指図してもいいよ」

「そうなると、リストが必要？」

「いくつかね。それで、いまきみが感じている罪悪感が少しは薄らぐだろうか？」

「やっと薄らぎはじめる、という感じ。日曜日にまだロンバードがこっちにいたら、会いに行くわ」

「どうして？」こんどはロークがイヴの顔を両手で挟んだ。「どうしてわざわざそんなことを？　またきみを傷つけさせる機会をあたえるようなものじゃないか？」

「そんなことはもうできないって、彼女にはっきり伝えなければ。自分で面と向かってやるべきなの。これは――すごくばつが悪いから、人に言ったら痛い目に遭わせるわよ――これは自尊心の問題よ。腰抜けになるのはいや。今回のことで、砂に頭を突っ込んで現実逃避するのはいやなの」

「危険が迫ると砂に頭を突っ込むのはダチョウだ」

「なんだっていいけど、そういうのにはなりたくないのよ。だから、あしたはわたしたちが計画したとおりのことをして――彼女はリストに加える価値もないから――日曜日になってもまだ彼女がこちらにいたら、会いに行く」

「それで決まりだ」

イヴはちょっとためらってからうなずいた。「そうね、オーケイ。そうしましょう」頬をロークの頬にぴたりとつける。「汗まみれね」

「怒りの衝動を建設的に使ったからね。デスクを蹴っ飛ばすのではなく」

「口を閉じて。さもないと、まだ罪の意識を引きずっていて、シャワーで背中を流してあげようっていう気持ちなのが、そうじゃなくなるかも」

「唇は閉じているよ」ロークはつぶやき、イヴの喉に唇を押しつけた。

「あとでね」ロークのタンクトップをつかみ、ぐいと引き上げて脱がせる。「あなたの脳みそを両耳から絞り出したあとでね」

「どうやって罪の意識をやわらげるべきか、きみに指図する気持ちは毛頭ないよ。罪の意識はたっぷりあるのかな?」

イヴはロークのけがをしていないほうの肩を噛んだ。「すぐにわかるわ」

ロークを押し倒すようにしていっしょにベンチから床のマットに下りる。「うわ、痛っ。罪の意識はきみのやさしい部分を引き出さないらしい」ロークが言った
「罪の意識はわたしをいらいらさせるの」ロークにまたがり、両方の手のひらを胸に押しつける。「ちょっと意地悪にも。それに、わたしはもう自分のデスクを蹴っ飛ばしたから……」

イヴが上半身を前に倒した。胸でロークの濡れた胸をかすめながら、両手の爪を立て、肌を軽くひっかいてショーツのウエストバンドまでたどる。ショーツを引き下ろして、彼を解

き放つ。

そして、口でその部分を挟みつけた。

「おお、いいね」ロークの指先がマットにめりこむ。「やってしまってくれ」

ロークの心のスイッチが切れ、視界が真っ赤に変わって脈打ちはじめた。イヴは歯を――そう、ほんのちょっと意地悪に――使ってロークのため息を誘った。腹立ちにまぎれて手入れをしてオイルを差した筋肉がどうしようもなく震えはじめる。ロークの世界が破裂する一歩手前で、イヴは彼を放した。舌先で腹をたどり、胸のほうへと向かう。

ロークは体を入れ替えてイヴにのしかかろうとしたが、彼女の両脚に体を挟まれて体重をかけられ、また仰向けにされてしまった。イヴの濃い金色の目が傲慢さをたっぷりたたえて光る。

「ちょっと気分がよくなってきたわ」

ロークはひと息ついて、言った。「よかった。手を貸せることがあればなんなりと」

「あなたの口がほしいわ」イヴはぶつけるようにしてロークの口に口を押しつけ、歯を使い、舌を使い、唇を使った。ロークの血液が全身で脈打ち、百のドラムと化す。

「あなたの口が大好きよ」なおも激しく口を使う。「この口でわたしになにかして」そう言って、自分のシャツを引っぱって開いた。さっきとはちがって、じかに胸と胸とが触れ合う。

イヴはされるまま仰向けになり、体を弓なりにして、ロークの熱くて貪欲な口を受け入れた。胃のあたりがぎゅっと縮まってねじれ、こぶし大の欲望と快感の塊になる。ぐいとズボンを引き下ろされたとき、イヴはすでに肩で息をしていた。

彼の手は、と思ったところで、イヴはびくんと体をはずませた。彼の手は、口に負けないくらいじょうずだ。腹のなかの欲望と快感の塊が堅く、堅く、さらに縮まったあと、一気に解き放たれた。

イヴは黒い絹のようなロークの髪に指先をからめて下へ下へと導く。欲望がふたたび募りはじめた部分は、もうすっかり準備がととのってふくらんで張りつめ、ロークの舌でちょっとかすめられただけで、イヴは宙へと浮き上がった。

ロークはそんなイヴのすべてを、呼吸のひとつひとつ、鼓動のひとつひとつを感じていた。

イヴが体を震わせ、全身から熱気を発している。潤って、われを忘れて、彼を求めている。ロークが覆いかぶさって、顔を見下ろすと、イヴはまたロークの髪をつかんだ。

「強く」と、イヴは言った。「強く、早く。叫んでしまうくらい」そして、ロークがイヴと体を合わせるのと同時に、顔を引き寄せて口と口とを合わせた。

ロークは猛《たけ》り立つ野生動物のように突き進み、イヴもいっしょに高まっていく。さらにもっと腰を突き上げ、ロークの唇でふさがれた口でくぐもった叫び声をあげる。

ふたりは情け容赦なくたがいを高みへと駆り立て、その向こうへと放たれていった。

なんとか呼吸がととのってきたイヴは、やっと両脚をもとのように使えるようになったみたいだと思った。

「わたしのせいだってことを、とにかく忘れないで」

ロークは体をもぞもぞさせた。「うーん？」

「わたしのせいなの。だから、あなたがたったいまイッちゃった原因はわたしなの」

「百パーセントきみのせいだ」ロークはイヴの上からごろんと下りて、仰向けになった。ふーっと息をつく。「あばずれめ」

イヴは鼻でせせら笑い、ロークの指に指を組み合わせた。「わたしはまだブーツをはいてる？」

「はいてる。すごく刺激的で心ひかれる姿だね。ズボンが裏返しになってひっかかってるから、なおのことだ。ちょっと急いでいたからね」

イヴは両肘をマットについて上半身を支え、ブーツを見た。「へえ。ブーツはもうここで脱いで、ひと泳ぎしようかな」

「きみは僕の背中を流すことになっていたはずだが」

イヴはちらりとロークを見た。「不思議なことに、わたし、もう罪の意識を感じていないの」

ロークは一方の目だけをぱちりと開けた。青く、美しい目だ。「でも、ここにいる僕の心はずたずただよ」

イヴはにっこりほほえんで上半身を起こすと、ブーツを脱いだ。隣のロークも体を起こすと、そちらに体を向ける。裸のふたりが向き合い、額と額をくっつけた。

「背中を流してあげるけれど、それはわたしの口座に貯めておいて、こんど、わたしがどうしようもないばか野郎になったときに使わせてもらう」

ロークはイヴの膝をぽんぽんと叩いた。「決まりだ」そう言って、立ち上がると、イヴに手を差し伸べた。


十番街の小さなホテルの一室で、トルーディ・ロンバードは鏡に映った自分をじっと見た。あの男はわたしをこわがらせたと思っていたし、たぶんそのとおりなんだろうけれど、だからといって、わたしが鞭で打たれた犬みたいにただ尻尾を巻いて逃げるとはかぎらないのだ、と思う。

わたしはあれだけの代償を得て当然なのだ。あんなに扱いにくい性悪のチビを六か月近くも家においてやったのだから。六か月も、あの汚らしいガキとひとつ屋根の下に暮らしたのだ。ご飯を食べさせて、着るものをあたえてやった。

さあ、無敵のロークはあんなふうにトルーディ・ロンバードを扱った代償を支払うことになる――まちがいなく。二百万ドルよりはるかに高くつくだろう。

トルーディはスーツを脱いでネグリジェを着た。準備はたいせつだ、と自分に言い聞かせて、好みのフランス産の高級ワインで鎮痛剤を流し込んだ。

痛みを味わってもなんの意味もない、と思う。まったく無意味だ。それでも、ちょっとなら痛みも悪くないと思っていた。ほかの感覚が鋭くなるから。

ゆっくりと規則正しい呼吸をしながら、クレジット硬貨をいっぱいに詰めたソックスを持ち上げる。その手製のこん棒を振り上げて、自分の顔の顎と頬骨のあいだに叩きつけた。痛みが炸裂して、うねるような吐き気をみずおちに感じたが、歯を食いしばって二発目を叩きつける。

ぐったりとして床にしゃがみこんだ。予想していたより強烈な痛みだったが、我慢できると思った。我慢強さには自信がある。

両手の震えがおさまると、またこん棒を手に取って、腰に打ちつけた。噛みしめた唇から血がにじんだが、さらに腿に二発、叩きつける。

まだ足りない、と思う。堅い決意と邪悪な喜びのようなものをたたえてぎらつく目から涙がこぼれても、足りない。苦痛の戦慄《せんりつ》が体じゅうを駆けめぐるのを感じながら、まだ完全ではないと思う。この一発一発で銀行の金が増えていくのだ。

悲しげにむせび泣きながら、こん棒を腹に打ち当てる。一発、二発。三発目で胸が悪くなった。トルーディは便器にもどして、床に伸びた。そして、意識を失った。

わたしが理解していた以上のことになっている、とイヴは認めた。邸は人とドロイドでいっぱいで、こうなるとどちらがどちらか見分けがつかない。森をひとつ丸ごと買って、その木を舞踏室に、さらに一エーカー分をテラスに移植したようだ。数マイル分の花綱《はなづな》、二、三トン分のカラーボール、さらに、州全体をきらめかせられるくらいの小さな白い電球が吊されていたり、ちょうど吊されるところだったり、どこへ吊されるべきか話し合われるのを待っていたりする。

梯子や、防水シートや、テーブルや、椅子があり、ロウソクや布がある。オーケストラかバンド——どちらなのかイヴは知らない——のために舞台設置をする係の責任者が、花綱何マイル分かの設営責任者と口論している。

殴り合いになればいいのに、とイヴは思った。そうなれば、少なくとも自分の管轄だ。

舞踏室の飾りつけを指図すると言ったイヴの言葉を、ロークは真に受けたようだった。

いったいどういうつもりなのよ？

ひっきりなしにだれかがイヴに訊いてくる。どう思いますか？　どうしたいですか？　これとあれではどちらがいいですか？　それともほかのにしますか？

実際、三度つづけてなんでもいいとイヴに答えられたスタッフのひとりは、涙ぐんで部屋から飛び出していった。

オーケイ、ほんとうは、どうしようと屁とも思わない、と答えたのだが、意味は同じだ。

とうとうイヴはストレス性の頭痛に襲われた。頭蓋骨の上のほうでぐるぐる回転している痛みは、いまにも脳を締めつけて押しつぶしそうだ。

横になりたい、とイヴは思った。もっといいのは、コミュニケーターの着信音が鳴って、通信司令部から三人が犠牲になる殺人事件が発生したので現場に急行するように告げられることだ。

「もううんざりした？」耳元でロークがささやいた。

まさにそのとおりの気分だったので、イヴはぎょっとした。「だいじょうぶ。平気よ」そう言ってしまってから弱気になり、さっと身を寄せてロークのシャツをつかんだ。「どこにいたのよ？」

「ええと、もちろん、ケータリング業者とぺちゃくちゃおしゃべりをしてたんだ。トリュフがすばらしいよ」

イヴの目が冷たく光った。「チョコレートのなにか？」

「いや、そうじゃなくて、ブタが鼻でふがふがと掘り出してくれるほうだ」イヴのくしゃくしゃになった髪をさりげなくなでながら、舞踏室のなかをざっと見渡す。「でも、チョコレートのほうもある。さあ、もう逃げるといい」そう言って、イヴの肩をぎゅっとつかんだ。

「あとは僕が引き継ごう」

イヴはもうちょっとで飛び出していきそうになった。本能という本能が扉の外へ出ろ、走り去らなければ正気を失うぞと告げていた。しかし、その場を動かなかった理由は自尊心だけではなく、彼との絆だった。「わたしをなんだと思ってるの？　ばか？　生きるか死ぬかという状況で、これより大人数の作戦部隊を指揮したこともあるのよ。いいから引っ込んでいて。ちょっと、あなたたち！」

ロークが見ていると、肩をいからせ、警官以外のなにものでもないイヴがのしのしと部屋を横切っていった。

「あなたたちのことよ！」そう言って、舞台男と花綱男のあいだに割って入る。まだどちらも血は流していない。「黙りなさい」そう命じたが、ふたりとも口々に文句を言いはじめた。「その、光るものを持ってるあなた、それをしまいなさい」

「でも、俺は――」

「あなたはプランを練って、そのプランは認められたわけでしょう。そのプランどおりにやって、わたしの手をわずらわせないで。そうじゃないと、あそこの光るものをすべてあなたのケツに突っ込むわよ。それから、あなた」もうひとりの男の胸に人差し指を突きつける。

「彼のじゃまをするんじゃないの。そうじゃないと、あなたにも光るものを突っ込むわよ。じゃ、そこのあなた、背の高いブロンドの女の子、手に持ってる花は……」

「ポインセチアです」背の高いブロンドの娘はニュージャージー訛り丸出しで花の種類を言い、イヴは一気に川の向こう岸に飛ばされたような気がした。「五百本あるはずなんですけど、四九六本しかなくて、それで――」

「わかったわ。どんどん飾ってしまって、その……なんて言った？」

「ポインセチアです。でも――」

「それそれ、そうよ。あと四本必要なら、ポインセチア工場でもらってきなさい。そうじゃないなら、手元にあるだけでなんとかして。それから、あなた、そっちで照明を触ってるあなた」

ロークはかかとに体重をかけて体を前後に揺らしながら、イヴがさまざまなスタッフに檄《げき》を飛ばすのを見ていた。指示を受けてちょっとおびえたように見える者もいたが、全体の仕事のペースはかなり速まった。

「ほらね」もどってきたイヴは、ロークの目の前で腕組みをした。「指図してきたわ。なにか問題がある？」

「僕が妙に興奮してる以外はなにもない。きみは彼らをたっぷりこわがらせてきたんだから、自分にご褒美としてちょっと休憩をとるべきだろう」ロークはイヴの肩を抱いた。「行こう。いっしょにトリュフを探そう」

「チョコレートのほうね」

「もちろんだ」

実際はともかく、数時間にも思える時間を過ごしてから、イヴはバスルームを出た。口紅《リップ》とアイシャドー《ダイ》で自分にできる最善のことはやった。ベッドの上で彼女を待っていたものは、鈍い金色の細長い板のように見えた。身につけたらなんらかのドレスになるのだろう。

少なくともごてごてと飾られてはいない、と、生地をいじりながら思う。同じ色合いの靴もあった。細いストラップと、それより細いヒールのついた一対のものを靴と呼べればの話だが。ドレッサーのほうを見ると、ロークがほかにも考えてくれているのがわかった。黒いケースの蓋が開いていて、ベルベットの上にダイヤモンド――こんなにきらきら輝くのはダイヤモンドしかないと思うのだが、色はシャンペン色だ――が円を描いている。ぶら下がるタイプのイヤリングと、幅の広いブレスレットもある。

イヴは細長い板のような金色の生地を手に取り、よくよくながめたあと、ただ頭からかぶって着ればいい、という結論に達した。そうやって身につけると、行事の開始時間《ゼロ・アワー》まで足をすべり込ませることのない靴を手に持ってドレッサーに近づき、おぼつかない手つきでアクセサリーをつけはじめた。

ブレスレットは大きすぎる、と思った。きっとどこかで落としてしまって、拾っただれかが質屋に入れて、南太平洋に浮かぶ気持ちのいい小さな島国でも買えるだけの金を得るだろう。

「つけ方がちがう」出入口に立っていたロークが言った。「やってあげよう」寝室に入って、イヴに近づいてくる。黒のタキシード姿が優雅だ。三重の光り輝くバンドをイヴの肘のすぐ上まで滑らせて固定する。「ちょっと戦士っぽくて、きみにぴったりだ」

ロークは一歩後ずさりをした。「きみはまるで炎だ。寒い夜に金色に輝くすらりとした炎」

そんなふうにロークに見つめられ、自分の内側がとろりと溶けはじめるのがわかり、イヴは顔をそむけて鏡のなかの自分を見つめた。ドレスはまるで柱のように見えた。胸のちょっと上から足首までの流れるようなラインが優美だ。

「このドレス、ずり落ちたりしない?」

「少なくとも、お客たちが帰るまではね」ロークは身を乗り出し、唇でイヴのむき出しの肩をかすめた。それから、両腕をウェストに巻きつけて、ふたりでぴったり抱き合った姿を鏡に映してながめた。

「いっしょに迎える二度目のクリスマスだ」と、ロークは言った。「去年、メイヴィスとレオナルドがくれたメモリーボックスにまた少し思い出を加えられたね」

「そうね」イヴはロークを見てほほえみ、こうしているわたしたちはなんとすてきに見えるのだろうと認めざるをえなかった。「加えられたわね。今年は穏やかに過ぎて、取り乱したサンタを追って走り回るんじゃなくて、もっといい思い出を作りたいわ」

「きっとだいじょうぶだ」寝室のリンクのブザーが二度鳴った。「いちばん乗りのゲストが到着するらしい。靴は?」

「わかってるって」前かがみになって一方に足を入れると、ストラップがきらりと光ったので目を細める。「やだ、びっくり、靴にダイヤモンドが付いてるなんて言わないでよね」

「わかった、言わない。さあ、急いで、警部補。ホストが遅れてはお洒落じゃない」

靴にダイヤモンドだなんて。頭がどうかしてる。

頭がどうかした男はすばらしいパーティを催した——イヴは賞賛せずにはいられなかった。それから一時間もしないうちに、舞踏室は人であふれんばかりになった。照明がスパークルワインのように泡立ち、音楽が流れ込む。テーブルにはブタのほうのトリュフにも劣らないご馳走がこぼれそうなほど並んでいる。細工を凝らしたカナッペ、パテ、ムース、世界じゅうとそれ以外からも取り寄せた豪華な珍味もある。

給仕スタッフは、銀のトレイにのせてサービスしているシャンペンに匹敵するエレガントさだ。イヴはわざわざポインセチアの数をかぞえはしなかったが、問題はないように見えた。それどころか、驚くばかりに美しく、さらにたくさんの滴《しずく》のような照明と彩りをまとったマツの木も同じく美しい。午後、イヴが見た森は不思議の国に変貌していた。

たしかに、あの人はとてつもないパーティを開いている。

「もうなにもかもみーんなイッちゃってるよね！」メイヴィス・フリーストーンが大きくせり出した腹に引っぱられるようにして走ってきた。イヴが接触を避ける暇もなく、そのままの勢いでぶつかってくる。「こうやって魔法のしぶきをふりまけるのは、あんたたちだけだよ」

今夜のメイヴィスの髪は銀色で、いくつも段をつくったシャギーなロングヘアだ。体にぴったり張りつくような赤い服を着ていて、イヴはボールのようなお腹ではち切れはしないのだろうかと思った。体調を考慮して銀色のブーツのヒールはずんぐりして低く、クリスマスツリーの形をしている。

銀色の星の連なりが弧を描いているのが眉だ。どうやったらそんなふうになるのか、イヴは訊きたくなかった。

「まぶしいくらい輝いているね」ロークはメイヴィスの手を取り、隣に立っている銀色と赤の服を着た大男にほほえみかけた。「いや、ふたりとも」

「こっちはもう秒読み態勢に入ったよ」レオナルドは大きな手でメイヴィスの背中をさすった。

「ほとんど臨月っていうやつなんだって。うーんと、これはなに？　もらえる？」メイヴィスは通りかかったスタッフのトレイからカナッペを三つつまむと、キャンディを食べるようにつぎつぎと口に放り込んだ。「だから、ほら、その時期になったら、昼も夜もセックスしまくることにしてるんだ。オーガズムって陣痛の引き金になるからね。あたしのテディベアはまちがいなくオーガズムをくれるんだ」

レオナルドの幅の広い赤銅《しやくどう》色の顔が、頬骨に沿ってみるみる赤くなった。

「で、ふたりとも講習会を受ける準備はいい？」

イヴはとにかくその話はしたくなかった。ロークといっしょに受けることになっている出産の介添え人クラスのことは考えたくもない。「ほら、あそこにピーボディがいる。トリュフを取ってきたみたい」

「トリュフ？　チョコレート？　どこ？　じゃあね」

「それでこそ僕の賢い子だ」ロークが小声で言った。「親友を食べ物で釣って、僕たちを危機から救ったね。たったいま、マイラとご主人がみえたようだ」

イヴがなにか言う前にもう、ロークは彼女を導いてふたりに向かって歩いていた。

気まずいことになる、とイヴはわかっていた。アイコーヴ事件をめぐって、考え方も感じ方も食いちがって以来、イヴとマイラのあいだはぎくしゃくしつづけていた。

ふたりともなにもなかったふりをしようとしたが、やはりまだ小さな影響は残っていた。マイラがこちらを見て自分を認めたいまも、イヴはそれを感じた。

「うちを出られなかったの」マイラはロークの頬にキスをして、イヴにほほえみかけた。

「文字どおりの意味ではないでしょうね」ロークは言い、デニスと握手をした。

「ネクタイが見つからなかったんです」そう言って、デニスは自分のネクタイを指先で叩いた。クリスマス・レッドの地色に、小さな緑色のクリスマスツリーが無数に描かれている。

「じつは、わたしが隠したのよ」マイラは横目でちらりと夫を見た。「見つけられてしまったわ」

「気に入っているんです」夢見るような目をしたくしゃくしゃ頭のデニス・マイラのなにかがイヴの心をとらえて放さない。「楽しげでしょう」

「そして、きょうのあなたのすてきなこと」デニスはイヴの両手を握って腕を広げさせ、もじゃもじゃの眉をぴくつかせた。「うっとりしてしまう」

「彼の見立てです」イヴはロークのほうへちょっと頭をかたむけた。「わたしは、チャンスがあればすぐに靴を捨てるつもりですけど」

「すてきよ、おふたりとも。それに、会場のすべてがみごとなできばえね」ダークブルーに身を包んでいつもと変わらず美しいマイラが、舞踏室を見回した。髪になにかしたようだ、とイヴは気づいた。ゆるやかにウェーブのかかった豊かな漆黒の髪に、小さななにかがきらめいている。

「なにか飲み物をお持ちしましょう」そう言い終わらないうちに、魔法のようにロークのかたわらに給仕スタッフが現れた。シャンペンのグラスをつまんでマイラに差し出す。「シャンペンでいいかな、デニス？　それとも、もっと強いものにしますか？」

「強いもの？　それはいい」

「ではごいっしょに。ちょっと特別なのを用意してあるんです。というわけで、失礼、淑女のおふたり」

わざとだ、とイヴは思った。とたんに首がこわばる。世間話くらい苦手なものはなく、話題はすぐに尽きてしまう。緊張した者同士の世間話となれば、なにを話したらいいのか見当さえつかない。

とりあえず、決まり文句にたよってみた。「もうクリスマスの準備はすっかりお済みでしょうね」

「ほとんどは。あなたは？」

「わからないわ。ええと。あの、料理は――」

「じつは、あなたにもプレゼントを用意しているの。きょう持ってこなかったのは、ちょっと時間があれば、あしたにでもうちに寄ってほしいと思ったからよ。いっしょにコーヒーでも」

「あの……」

「どうしてもまた友だちになりたいの」マイラの落ち着いたブルーの目が涙で曇った。「あなたと会えないのは寂しいわ。とても寂しいのよ」

「やめて。友だちです、わたしたち」そうじゃなければ、友情がからんだもっと込み入ったなにかだ。「あしたはやらなければならないことがあるけれど、そのあとに……その用事の話をしたくなるかもしれないし。話さなければならなくなるような気もするから。そのあとに」

「なにか重要なことなのね」マイラが一方の手でイヴの腕に触れると、緊張感は消え去った。「わたしは一日家にいるわ」

# 6

翌朝は、思っていたより気分はよかった。足がちょっと痛むのは、靴を脱ぎ捨てるいいタイミングが最後まで見つけられなかったせいだ。しかし、ベッドに入ったのが午前四時近かったことを思えば、体調はいいほうだ。

珍しく休暇が二日つづいているせいとは言いがたかった。パーティの準備をして、パーティを開いて、パーティの疲れを癒すのは、イヴにとっては休暇ではない。それでも、おかげできょうやらなければならないことについて、一度も考えずには済んだ。

いずれにしても、いつもの服を着て足にぴったりのブーツを履いているのは気持ちがいい。

ロークはオフィスにいて、両足をデスクにのせ、ヘッドホンをつけてだれかと話していた。「それでうまくいくだろう」人差し指を立てて、すぐに終わると身振りで示す。「では、そのときに。ええ。そう、それはかならず。ありがとう」

ヘッドホンをはずして、イヴにほほえみかける。「休息充分、という感じだね」

「もう十一時近いわ」

「なるほど。うちのお客も、何人かはまだベッドのなかだろうね——パーティがうまくいった証拠だ」

「ピーボディとマクナブをあなたのリムジンの一台に押しこんで、いっしょに乗ったメイヴィスとレオナルドにふたりをアパートメントまで運んでもらったのも、たぶん、もうひとつの証拠ね。いったいどうしたの？　ふだん、デスクではヘッドホンなんか使わないのに」

「ちょっとサンタに連絡」

「プレゼントに関して、完全に常軌を逸しちゃってるんじゃないでしょうね？」

ロークはゆったりとして穏やかな笑みを浮かべたままだ。「ところで、きみとマイラはまたもとの関係にもどったようだね」

「そう、いい感じよ。しかも、彼女がきょう家に寄ってほしいって言ってくれて、わたしも行こうかなって思ってる」両手をポケットにつっこんで、軽く肩をすくめる。「こんどのことを残らず彼女に話したら、すべてを過去にできそう。それもあるから、いっしょにホテルまで来てくれなくてだいじょうぶよ。あの人たちがまだホテルにいればの話だけど」

「一時間前にはいた。きょう、チェックアウトする予定だと、あらかじめ知らせてもいないようだ。僕はいっしょに行くよ」

「ほんとうにだいじょうぶだから——」

「いっしょに行く」ロークは繰り返し、両足をデスクから持ち上げ、弧を描いて床に下ろして、立ち上がった。「マイラとふたりきりで話がしたいなら、用事のあと、きみを彼女のところで降ろして僕は帰る。あとで僕が迎えにいって、いっしょにどこかでおいしいものを食べてもいいし、車だけを迎えにやってもいい。もうすぐに出かけられる？」

言い争っても意味はない、とイヴは思った。トルーディとの対面にそなえて、エネルギーはすべて温存するべきだ。「準備万端ととのってるわ」近づいていって、両腕をロークに巻きつけてぎゅっと力をこめる。「取り乱して、頭にきて、あとであなたに感謝するのを忘れたときのために」

「おぼえておくよ」

安宿ではない。ホテルの正面をじっくり見て、イヴはそう思った。五つダイヤモンドのホテルがいくらでもある町で、たぶん〇・五カラットくらいはもらえるだろう。駐車場もないので、ロークは法外な料金を払って、東隣のブロックにある私営の駐車スペースに車を止めた。とは言え、ロークの車はおそらく、このホテルと『トークンズ・オン・テン』と呼ばれるちょっとしたスーベニアショップが入っている建物以上の価値がある。

ドアマンの姿もなく、ロビーとおぼしき場所は幅広の壁のくぼみにカウンターを渡しただけのように見える。カウンターと防犯用スクリーンの向こうに、額のはえぎわが後退した四十代の男性に似せたドロイドのフロント係がいた。

くたびれた白いシャツを着て、ドロイドにできる最大限に退屈そうな表情を浮かべている。

「チェックイン？　荷物は？」

「チェックインじゃない。荷物もない。代わりにこれを」イヴは警察バッジを取り出した。

退屈そうだったのが、苦虫を嚙みつぶしたような表情に変わった。「苦情がありました？

訴えられたという話は聞いてませんよ。許可証はすべて規則にのっとったものです」

「ここの宿泊客のひとりと話がしたいの。ランバード、トルーディよ」

「ああ」椅子をくるっと回転させて、宿泊者名簿が入力されているコンピュータを見た。

「ミズ・ランバードのお部屋は〝起こさないでください〟の設定になっています。きょうは

まだ解除されていません」

イヴはフロント係をじっと見つめたまま、指先で警察バッジをとんとんと叩いた。

「はい、あの……お部屋は四一五号室です。連絡して、警察の方がみえていると伝えます

か？」

「わたしたちだけで四一五号室は探せると思うから」

動くのだろうか、という目をして一機だけのエレベーターを見たが、ダイヤモンドの靴の

せいで足がまだちょっと痛む。

「音声作動装置は故障中です」フロント係ドロイドが声をあげた。「行き先の階のボタンを

押してください」

イヴはエレベーターに乗り込み、4のボタンを押した。「面倒くさいことになったら、ふたりで出てきちゃえばいいから、ね？」

「心配いらない」ロークはイヴの手を取った。「フロント係を見たような目で彼女を見れば、うまくいく」

「フロント係をどんな目で見ていた？」

「彼がそこにいないみたいに」ロークがつないでいる手を持ち上げて、イヴの手にキスをすると、エレベーターがきしみながら上昇しはじめた。ドロイドはいらついたようすを見せなかった、とロークは思った。トルーディもたぶん見せないだろう。しかし、ふたりとも表面上はそうでも内心はいらついているにちがいない。「マイラに会ったあとも元気が残っていたら、ちょっと買い物でもしないか？」

「気はたしか？」

「ああ、本気だ。五番街を散歩しながら飾りつけを見たり、スケートをしている人たちをながめたり。ニューヨーカーっぽくね」

イヴは、まともなニューヨーカーはクリスマス間近の週末に五番街にかかわったりしないし、ましてや散歩だなんてとんでもない、と指摘しかけた。ところが、突然、そうすることがまさにふさわしいように思えてしまった。

「いいわね。行きましょう」

四階に着き、エレベーターの扉がきしみながら開いた。ホールは狭いが、清潔だ。四一二号室の開け放った扉の前にメイド用のカートが止められ、ひとりの女性——体の曲線が美しく、ブロンドで、二十代の半ばくらい——が、四一五号室の扉をそっと叩いていた。

「どうしたの、ママ・トルー」綿《わた》のようにやわらかな声だ。ふたたびノックしながら、心配そうに一方の足からもう一方へと重心を移動させている。飾り気のないキャンバス地のスキッド靴は、パンツと同じ落ち着いたブルーだ。「心配しているのよ。出てきてドアを開けてちょうだい。ボビーがおいしいランチを食べに連れていってくれるって」

着ているものと同じベビー・ブルーの目でちらりとこちらを見てイヴとロークに気づくと、ばつが悪そうにほほえんだ。「おはようございます。それとも、もう午後なのかしら」

「返事がないんですか？」

女性はイヴを見て目をぱちくりさせた。「ええと……そうなの。義理の母なんです。きのうもあまり調子がよくなかったし。ごめんなさい、ノックの音がうるさかったですか？」

「わたし、ダラスです。警部補で、イヴ。たぶん、彼女から聞いたことがあるでしょう」

「イヴなのね！」重ねた左右の手のひらを胸に押しつけ、ぱっと顔を輝かせる。「イヴなのね。ああ、来てくださってとてもうれしいわ。これでお義母《かあ》さんもずいぶん気分がよくなるはず。ほんとうにお会いできてうれしいです。わたしはザナ。ザナ・ロンバード。ボビーの妻です。ああ、やだわ、もっときちんとしておくんだった」顔にかかっていたやわらかくてつややかな巻き毛をかき上げる。「あなたはスクリーンに映る姿のままね。ママ・トルーが何度かあのインタビューを見せてくれたわ。なんだか取り乱していて、わたし、あなただって気づかなかったわ。ああ、わたしたちって、姉妹みたいなものでしょう？」

ザナが近づいてきたのを――まちがいなくイヴを抱きしめようとしていた――イヴは一歩脇によけてやり過ごした。「いいえ、実際はちがうから」イヴはしっかりと強く、拳の側面で三度、ノックした。「ロンバード、ダラスよ。開けて」

ザナは唇をかみ締め、一方の手で銀のネックレスをつかんでねじった。「たぶん、ボビーを呼んでくるべきだわ。わたしたちの部屋はこの廊下の突き当たりなんです。ボビーを呼んでこなければ」

「少し落ち着きませんか？」ロークは言い、ザナの腕を取ってそっと引き戻した。「警部補の夫です」

「ああ、どうしましょう、そうね、もちろん、そうよね。わかります、もちろんです。わたし、とにかく混乱してしまって。なにかあったんじゃないかって、心配になってきました。ママ・トルーがイヴに――警部補に――会いに行ったのは知っていますけれど、その話は聞かせてもらっていないんです。義母《はは》はとても動揺していて。きのうもそうです」ザナは両手を組み合わせてねじった。「どうなっているのか、わたしにはわかりません。大騒ぎになるのもいやだし」

「だったら、ゆっくり散歩をしてきたらいいわ」イヴはザナに言った。それから、ロークを見て首を振り、四一二号室の開いているドアの向こうにいて、ドアのへりからこちらをうかがっているメイドに合図を送った。「開けて」そう命じて、さっと警察バッジを見せる。

「フロントの許可がないと開けてはいけないことになっているんです」

「これが見えるでしょ？」イヴはバッジを掲げて振った。「これが許可よ。開けなさい。さもないと、扉を破るわよ。どっちがいいか選んで」

「やります、やりますよ」メイドは急ぎ足でやってきて、ポケットからマスターキーを引っ張り出した。「日曜日には朝寝をする人もいるんですから。とにかくゆっくり寝ていたいっていう人もいるんです」

マスターキーで錠が開いたとたん、イヴはメイドを脇へ押しやった。「下がっていて」さらに二度、強くノックする。「入るわよ」

トルーディは眠ってはいなかった。部屋にいて、腰までネグリジェをまくり上げたまま床に寝そべり、固まりかけた血の海に頭を置いていたが、眠ってはいなかった。

イヴはなにも感じないのを意外に思いながら、気がつくと無意識のうちにコートのポケットからレコーダーを出していた。ほんとうに、まったくなにも感じないのが妙だった。

レコーダーをコートの下襟に取りつけて、スイッチを入れた。「ダラス、警部補、イヴ」と記録しはじめると、そばまでやってきたザナが身をよじってなかを見ようとした。

「なんですか？　なにが……」

言葉はゴボゴボと喉の鳴る音に変わり、イヴが脇へ押しやる暇もなく、ザナの最初の悲鳴がほとばしった。つぎの瞬間、メイドの悲鳴も加わってヒステリックなハーモニーが響きわたる。

「静かに。黙って！　ローク」

「すばらしいね。レディのおふたり……」

床に倒れ込みかけたザナをロークはかろうじて支えた。すると、メイドがガゼルのように階段に向かって駆け出した。廊下のあちらでもこちらでも扉が開きはじめる。「部屋にもどってください」イヴは振り返り、よく見えるように警察バッジを掲げた。「部屋にもどってください」そう言って、鼻梁《びりよう》をつまむ。「捜査キットを持っていないわ」

「車にのせてあるよ」ロークはイヴに言い、廊下のカーペットの上にザナを横たえた。「この手のことがあまりにしょっちゅう起こるから、いろいろな乗り物にそれぞれのせておくのが賢明じゃないかと思ってね」

「申し訳ないけど取ってきてほしいわ。悪いわね。彼女はここに寝かせておいてだいじょうぶ」イヴはコミュニケーターを取り出し、援助を求めた。

「なんですか？　どうしたんですか？」

「すみません、部屋にもどってください。ここは……」

だれなのか、わかるはずはなかった。どうしてわかるだろう？　二十年以上も前にイヴの人生にちらりと現れただけなのだ。しかし、廊下で気を失っている女性を見て青くなっている男性を見て、イヴはわかった。廊下の突き当たりの部屋から飛び出してきたのはボビー・ロンバードだ、と。

イヴは四一五室の扉をそっと閉じて、待った。

「ザナ！　ああ、ザナ！」

「気を失っているわ。それだけ。そのうち気がつくから」

男性はその場にひざまずいてザナの手を握り、人がどうしていいかわからないときにやるように、その手をさすっていた。

彼は体重がかなりありそうに見えたが、野球選手にこういうタイプがいる、とイヴは思った。力が強そうで、がっしりしている。髪は麦わら色で、きちんと短く刈り込んである。その髪は水滴だらけだ。ホテルの石鹸の香りがする、とイヴは思った。シャツのボタンはまだ留めかけで、裾はまだズボンに入れてない。

また一瞬、記憶がよみがえった。彼はこっそり食べ物を持ってきてくれた、と思い出した。彼を忘れていたように、そのことも忘れていた。イヴが罰を受けているとき、彼がこっそりサンドイッチやクラッカーを部屋まで持ってきてくれたことがあったのだ。

彼は母親の自慢の種であり、喜びであり、罰を受けることはめったになかった。

ふたりは友だちではなかった。そう、友だちではない。しかし、彼は不親切ではなかった。

だから、イヴはその場にしゃがみ、彼の肩に手を置いた。「ボビー」

「なに？　だれ……」彼の顔はがっしりと角ばっていて、目の色は何度も洗って色あせたジーンズのブルーだ。困惑したその目がやがてしっかり焦点を結び、イヴは気づいてもらえたとわかった。

「驚いた、イヴだろう？　これはママが感激するぞ。ザナ、しっかりしてくれ、ハニー。ふたりとも、ゆうべは飲み過ぎてしまって。たぶん……ザナ、ハニー？」

「ボビー――」

エレベーターの扉が開き、ドロイドのフロント係が飛び出してきた。「どうしたんですか？　だれが――」

「静かに」イヴが強い調子で言った。「黙って。ボビー、わたしを見て。あなたのお母さんはこのなかにいるわ。亡くなったの」

「なんだって？　いや、死んでなんかいない。まいったな、母は気分が悪いだけだ。すっかりしょげてしまってね。金曜日の夜から部屋でふてくされていたんだ」

「ボビー、お母さんは亡くなったの。あとで話をしに行くから、奥さんを連れて部屋にもどっていてちょうだい」

「いいや」妻がうめき声をあげたが、ボビーはイヴを見つめたままだ。呼吸が乱れはじめている。「いや、そんなことはない。きみが母に腹を立てているのは知っている。母が会いに来ても、たぶんうれしくはないだろうし、それを母にわかってもらおうともしたんだ。しかし、だからといって、そんなことを言う理由にはならないぞ」

「ボビー？」一方の手で頭の横を押さえて、ザナが上半身を起こそうとした。「ボビー。わたしったら……ああ、そうよ。そうだった、ママ・トルーが！　ボビー」勢いよく両腕を差し出して夫に抱きつき、わっと泣き出した。

「奥さんを連れて部屋にもどって、ボビー。わたしがなにをしているかは知っているでしょう?　だったら、わたしがこの件を処理することはわかるわね。申し訳ないけれど、ふたりには部屋にもどって待っていてほしいの」

「なにがあったんだ?」ボビーの目に涙があふれた。「病気だったのか?　わからない。ママに会いたい」

イヴは立ち上がった。ほかにどうしようもないこともある。「彼女はうしろを向かせて」ザナのほうを顎で示して言う。「もう一度見る必要はないから」

ボビーがザナの顔を自分の肩に押しつけて部屋が見えないようにすると、イヴは必要なものが見える分だけそっと扉を開けた。

「血だ。血が」声を詰まらせ、妻を抱いたまま背伸びをする。「きみがやったのか?　きみが母にあんなことを?」

「いいえ。わたしはここへ来ただけで、これから自分の仕事をして、なにがあったのか、彼女をあんなふうにしたのはだれなのか調べるわ。だから、部屋へ行ってわたしを待っていて」

「僕たちはここへ来るべきじゃなかった。母にもそう言ったんだ」ボビーは妻といっしょにすすり泣きはじめ、たがいに支え合いながら自分たちの部屋にもどっていった。

イヴはふたりに背を向けた。「彼女は息子の話を聞くべきだったみたい」

エレベーターがかたんと止まる音がしたので、そちらを見る。援助の要請に応じた制服警官ふたりのうちのひとりで、イヴには見覚えがあった。挨拶代わりにちょっとうなずく。

「はい。どんなようすですか？」

「ビルキー、よね？」

「彼女にとってはあまりよくないわね」扉が開いている出入口のほうへ顎を突き出す。「あなたにはスタンバイしててもらう。もうすぐ捜査キットが届くわ。わたしはここへ私用で来ていて、だから、わたしの……」仕事中〝わたしの夫〟と言うのは大嫌いだった。しかし、ほかにどう言う？「わたしの、えーと、夫が車まで取りにいってくれたのよ。捜査パートナーには連絡中。被害者の息子とその妻が廊下の先の四二〇号室にいるわ。ふたりには部屋で待機してもらってる。あなたはこの階の宿泊客を訪ねて話を……」

またエレベーターがどすんと止まる音がして、イヴは言葉を切った。「捜査キットよ」ロークの姿が現れるとイヴは言った。「宿泊客に話を聞きはじめて。被害者はロンバード、トルーディ、テキサスからの旅行者よ」

イヴは捜査キットをロークから受け取り、シール・イットの缶を取り出した。「思ったより早かったわね」そう言って、両手とブーツにコーティングをする。「わたしが言ったとおりでしょう、って言えそうね。あなたはこれを待ってる必要はないわよ」

「じゃ、僕も言ったとおりだと言わせてもらおう。僕は待つよ。なにか手伝おうか？」ロークはちょっといやそうな顔をしてシール・イットの缶を見た。

「けっこうよ。いずれにしても、室内の捜査の手伝いはいらない。だれかが部屋から出てきたり、ほかの階からやってきたりしたら、あなたはいかめしい顔をして、立ち止まらないように伝えて」

「子どものころ、そういうのを夢見ていたんだ」

ロークの言葉に、イヴは思わずちょっとほほえんでから部屋に足を踏み入れた。

部屋はスタンダード・タイプで、つまり、なんの個性もないということだ。なにもかもさえないあせた色で、トウフ色の壁には安っぽい複製画が二、三枚、さらに安っぽい額に入れて飾られている。超小型の簡易キッチンには、利用者が食材を入れて使うオートシェフと、ミニ冷蔵庫と、信じられないほど小さな流し台がある。しみったれた娯楽用スクリーンがベッドの真正面にあり、ベッドのシーツはくしゃくしゃで、救いがたく趣味の悪いベッドカバーはまくられて、緑の葉と赤い花の模様が床に垂れ下がっている。

緑色のカーペットはすり切れ、いくつも煙草の焼けこげがあった。いくらか血液も吸い込んでいる。

ひとつしかない窓は緑色のカーテンでしっかり閉ざされ、細長いバスルームの狭いベージュのカウンターには、さまざまなフェイスクリームやボディクリーム、ローション、薬、ヘア用品がごちゃごちゃと置かれている。床にタオルが置いてあった。かぞえると、バスタオルが一枚、洗面用タオルが一枚、ハンドタオルが二枚あった。

ドレッサー——ボール紙よりちょっとましな素材で作られ、上に鏡がついている——の上にあるのは、旅行用の香り付きキャンドル、ディスク・ホルダー、人造真珠のイヤリング一対、お洒落な腕時計《リスト・ユニット》、ほんもののように見える真珠のネックレス。

イヴはそれらを調べて、記録してから、ベッドと色あせた赤い椅子のあいだに横たわっている遺体に近づいた。

遺体の顔はイヴのほうを向いていて、死人の例に漏れず目には薄い膜がかかったようになっている。伝って固まった血が、こめかみの髪と肌にこびりつき、イヴの見たところ、出血の元は後頭部で、ここへの一撃が致命傷と思われた。

彼女は指輪をしていた――銀のシンプルな三連のものを左手に、派手なはめ込み台に青い石がついたものを右手にはめていた。ネグリジェは上質のコットン素材で、血で汚れていないところは雪のように白い。裾は腿の付け根までまくれて、両脚のあざがむき出しになっている。顔の左側にも大きなあざがあって、目のまわりが黒くなっている。

記録のために似顔絵作成《アイデンティ》パッドを取り出して照合する。

「被害者はロンバード、トルーディと確認された。女性、白人。五十八歳。主任捜査官ダラス、警部補、イヴによって、この場所で発見された。遺体には顔面のあざに加え、両脚の腿にもあざが認められる」

以上、と言いたくなるが、さらにつづける。

「死因は後頭部への複数の殴打による頭蓋骨折と思われる。遺体のそばに凶器は見当たらない」測定器を取り出す。「死亡時刻の測定結果はきょうの午前一時半」

その事実にイヴの体の一部からふっと力が抜けた。その時刻ならイヴもロークも家にいて、二、三百人の客と過ごしていた。

「外傷を調べたところ、凶器はいわゆる鈍器と思われる。性的暴行の形跡はない。被害者は指輪をはめ、ドレッサーの上にアクセサリー類がむき出しで置かれている。物取りの犯行とは考えにくい。室内は整然としている。ベッドで眠った形跡がある」つぶやきながら、遺体の横にしゃがんだまま、状況を再検討する。「なんで彼女はここに倒れてるの?」

立ち上がり、部屋を横切って窓辺に寄り、カーテンを開けた。窓は半分開いている。「窓は開いていて、緊急避難路の利用は容易だったと思われる。加害者はここから侵入したかもしれない」

ふたたび室内のほうを向いて、じっと考える。「でも、彼女は出入口のほうへ逃げていない。だれかが窓からこっそり入ってきたとき、ベッドから出るだけの余裕があれば、走って逃げるはずよ——出入口か、あるいはバスルームに向かって。でも、彼女はそうはしなかった。窓のほうに体を向けて倒れている。加害者は凶器を持っていて、彼女を起こし、ベッドから出るように命じたのかもしれない。すぐに持っていける金目のものを探しながら。でも、高級リスト・ユニットを持っていってないのはなぜ? 彼女をさんざん殴って——だれもそんな物音は聞いていないし、少なくとも、そういう報告はない——さらに頭を強打して、立ち去った? そうじゃない。そんなことじゃない」

イヴは頭を振り、ふたたびトルーディを観察した。「顔と腿のあざは午前一時半より古いわ。数時間も前にできている。それは検死官が確証してくれるはず。なにかにぶつかったの、トルーディ？　なにをしていたの？」

ピーボディの声がした。彼女らしい抑揚が廊下から聞こえ、エアスキッドがボン、ボンと弾むくぐもった音がつづいた。「ピーボディ、捜査官、ディリアが現場に到着。記録を続行。ピーボディ？」

「はい、サー」

「クロゼットのなかを調べて、ポケット・リンクを捜してみて。わたしは室内リンクを再生するわ」

「了解」ピーボディはまず遺体に近づいた。「殴打、後頭部。典型的ケース」視線を上げて、イヴの目を見る。「死亡推定時刻は？」

「きょうの午前一時半ちょっと過ぎ」

ピーボディの目に一瞬、安堵の色がよぎるのをイヴは見逃さなかった。「性的暴行は？」

ピーボディは尋ね、クロゼットに向かった。

「その形跡はないわ」

「盗まれたものは？」

「彼女を殺害した者はなにか特定のものを狙っていて、ちょっとした装身具や高級リスト・ユニットには興味がなかったみたい」

「現金にも無関心ですね」ピーボディは言い添え、大きなハンドバッグを掲げた。「財布が入っています。クレジットカードが数枚と現金もいくらか。個人用リンクも、手のひら《パー》サイズのPCも見当たりません。ほかに大型の買い物袋が二、三、クロゼットのなかにあります」

「確認をつづけて」

イヴはバスルームへ移動した。ここは、あとで遺留物採取班が徹底的に調べるだろう。しかし、彼らの魔法のような特殊技術がなくても、状況はかなり的確につかめる。

残念なことにイヴは、〝頭につけるどろどろ〟や〝顔につけるべたべた〟や〝体じゅうに塗りたくるもの〟について実用的かつ充実した知識を持っているだけだった。イヴにとって恐れと不安の対象であるトリーナには、二、三週間おきにそんなすべてで苦しめられるようになっている。

トルーディは美容製品には――品質、量ともに――ケチっていないようだった。イヴの概算では、バスルームのカウンターにところ狭しと置かれている製品に二、三千ドルは費やしていた。

タオルはまだ湿っている、とイヴは気づいた。実際、洗面用タオル一枚はびしょ濡れだ。バスタブに目をやる。遺留物採取班によってバスタブ内にバス用美容製品の痕跡が、タオルからはフェイス用美容製品の痕跡が見つかるのはまちがいなかった。

見当たらないバスタオル一枚と洗面用タオル一枚はどこにあるのだろう？　それぞれ二枚ずつあるはずなのだ。

彼女は風呂に入った。トルーディが彼女の言う〝ゆっくりどっぷり《ロング・ソーク》〟を大いに楽しんでいたのをイヴは思い出した。そんな風呂の時間をじゃましたら、腕の一本も切断しないかぎり、暗い部屋に閉じこめられることになる。

殴られてあざができたのはきのうか、遅ければ金曜日の夜だ、とイヴは思った。ロング・ソークと薬で痛みをまぎらしていたのだろう。トルーディは薬も好きだった、と思い出した。

〝このいらいらをなんとかして〟

どうしてボビーやザナに手当てをしてもらわなかったのだろう? 面倒をみられることも、トルーディの大好きなもののひとつだった。

〝なにもできないんだから、せめて冷たい飲み物でもわたしに持ってきなさい〟

〝あなたが食べるばかりだからうちは破産してしまうわ。わたしにコーヒーとケーキを持ってきてくれるって思っていたのに〟

〝あなたは二本足でいちばんの怠け者よ。そのがりがりのお尻を持ち上げて、そのへんを掃除しなさい〟

イヴはふーっと息をつき、気持ちを静めた。トルーディが静かに痛みに耐えていたなら、それは理由があってのことだ。

「ダラス?」

「ここよ」

「リンクはありません」ピーボディがバスルームの出入口に立っていた。「セキュリティ・

パックにさらに現金がしまってありました。服のあいだに隠したポーチにもさらに装身具が。彼女と彼女の息子とその妻のあいだで、伝言のやりとりがいくつか。ホテル内の通信です。ベッド脇のナイトテーブルに、鎮痛剤がひと瓶あります」

「そうね、わたしも見たわ。キッチンをチェックして、彼女が最後になにか食べた時間がわかるかどうかためしてみましょう」

「リンクがほしくて部屋に侵入して人を殺すなんて、ありえません」

「リンクにどんな記録が残っているかによるんじゃない？」イヴはオートシェフに近づき、再生ボタンを押した。

「ゆうべ、八時ちょっと過ぎにチキンスープ。夜中の十二時ごろにチャイニーズ・ラップ（トルティーヤで中華風チキンサラダを包んで巻いたサンドイッチ）。午後七時まで、断続的に大量にコーヒーを飲んでるわ」イヴは冷蔵庫を開けた。「ワイン、高級品よ——グラスに一杯半分、ボトルに残っているわ。ミルクとジュース——両方とも飲みかけ——それから、代用乳製品を使ったチョコレートのフローズン・デザート、一カートのうち半分なくなっている」

流しとカウンターをちらりと見る。「でも、汚れたボウルもグラスもスプーンも置いてない」

「きちんとした人だったんですか？」

「不精者だったけれど、ほかにやることがなにもなくて自分で片づけたのかもしれない」

現場鑑識が到着した物音がした。部屋に来るまであと一分はかかるだろう。「扉は内側から錠をかけてあったわ」メイドがマスターキーを使ったとき、カチャリ、カチャリと二度聞こえた。「犯人は窓から出ていったはず。たぶん、入ったのも同じところからよ。ここみたいな観光客用のホテルは防音措置まで施すことはないわ。とすると、どうして彼女は悲鳴をあげなかったのか」

廊下に出ると、遺留物採取班だけでなく主任検死官の姿が見えた。

パーティのとき、モリスは光沢のある落ち着いたブルーのスーツを着ていた、とイヴは思い出した。黒っぽいロングヘアが複雑に編み込まれているのを見て、驚いている人もいた。もっと驚かされたことに、やがて、彼はバンドといっしょに舞台に上がって、むせび泣くようなサックスの演奏を披露した。

死を読み解くこと以外にも彼は才能に恵まれているのだとイヴは知った。

いまのモリスは普段着のパンツにスエットシャツを着て、つややかな髪をひとつにまとめて背中に垂らしている。彼の目はつり気味でそれが妙に色っぽく、その目で廊下の先を眺めてイヴを見つけた。

「ほんの冗談にでも、日曜日に休みを取ろうと考えたことはないのかな?」

「そのつもりだったのよ」近づいてきたモリスを脇に寄せる。「呼び出して申し訳ないわ。あなたが遅くまで起きていたのを知っているんだから、なおさらだわ」

「かなり遅かったね。それどころか、きみに呼び出されたのは家に帰った直後だった。ベッドのなかにいたよ」にんまりとしながら言い添える。「ひとりじゃなかった」

「あら。でも。これは特別なの。被害者を知っているの」

「それは気の毒に」モリスは真顔になって言った。「ダラス、ほんとうにお気の毒なことだ」

「知っていると言っただけで、好きだったとは言っていないわ。実際の話、その逆だった。死亡時刻を確認してほしいの。あなたの結果とわたしのが合致するのをたしかめたい。それから、これから見る、死亡したのとは関係のない傷はいつ負ったものなのか、できるだけ正確に知りたい」

「もちろんだ。訊きたいのだが――」

「警部補、お話し中、すみません」ビルキーがイヴの隣にやってきた。「被害者の息子さんがかなり不安そうなので」

「あと五分で行くって伝えて」

「了解しました。客室をまわりましたが、いまのところとくに問題はありません。参考までに、この階の二部屋の宿泊者は午前中にチェックアウトしました。そのデータは手に入れてあります。現場の隣の部屋は予約だけして宿泊はしていません。きのうの一八〇〇時ごろフロントに連絡があってキャンセルしたそうです。名前は控えてありますから、必要ならおっしゃってください。ロビーのセキュリティディスクは手に入れますか？」

「手に入れて。よくやったわ、ビルキー」

「たいしたことじゃないです」

イヴはふたたびモリスのほうを向いた。「いま、ここで詳しく調べてほしいわけじゃないの。わたしが出した死亡推定時刻の裏づけがほしいだけ。廊下の先の部屋に最近親者がいて、これから話をしなければならないのよ。報告書を出してくれたら、今後、目立った展開がありしだい、あなたに伝えるわ。すべてあなたが対応してくれるとありがたいんだけれど」

「では、そうしよう」

イヴはうなずき、すぐにピーボディに合図を送った。「まちがいなく厄介なことになるわ」ふたりで廊下を歩きはじめると、言った。

「夫婦をべつべつにしたほうがいいですか?」

「いいえ。いずれにしても、いまはまだいい。どんなことになるのか、見てみましょ」

イヴは気持ちをしゃんとさせ、扉をノックした。

# 7

妙だ、とイヴは思った。彼のことをあまりおぼえていないのだ。つまるところ彼は、イヴが知り合ったなかで年齢の近いはじめての子どもだった。

彼とは何か月も同じ家で暮らし、そのときははじめてのことがいくつもあった。家に住むのも、毎晩毎晩、自分のベッドのある同じ場所にいつづけるのもはじめてだった。ほかの子どもといっしょにいるのもはじめてだった。

ぶたれたりレイプされたりしないのも、はじめてだった。

それでも、彼のようす——顔は丸ぽちゃと言っていいくらい幅が広く、淡いブロンドの髪を短く刈り込んでいた——はぼんやりとしか思い出せない。

彼は恥ずかしがり屋で、イヴはおびえきっていた。結びつきがないのも無理はない、とイヴは思った。

そして、いま、ふたりはさえないホテルの部屋にいて、悲しみと死の重苦しさに息を詰まらせている。

「気の毒だわ、ボビー。こんなことになってしまって、ほんとうにお気の毒だわ」

「なにがあったのかわからないんだ」ボビーは目を赤く腫らしてザナの手を握りしめている。ふたりはベッドの端に並んで腰かけていた。「だれもなにも話してくれないから。母は……母は」

「彼女がなぜニューヨークへ来たか知っている？」

「もちろんだ」ザナが弱々しく悲しげな声をあげると、ボビーは彼女の手を放して肩を抱き、しっかりと引き寄せた。「母はきみに会いたかったんだ。それから、僕たちもしばらく休暇も取っていなかったし。母はニューヨークへ来るのを待ちかねていた。僕たちにとってははじめてのニューヨークだからね。きみに会って、クリスマスの買い物をしよう、って。ああ、それなのに」ボビーは妻の肩にがくりと頭をのせてから、両手で頭を抱えた。「母はどうしてこんなことに？　だれがこんなことを？」

「お母さんに恨みを持っていた人を知らない？　脅されていたようなことは？」

「ないよ。ない。まったくだ」

「あの……」ザナは唇をかみ締め、それから口を真一文字に結んだ。

「だれか心当たりが？」イヴが訊いた。

「ええと、あの、お義母さんはお隣のミセス・ディルマンともめているっていう、ただそれだけなんですけど？」ザナは拳で涙をぬぐった。「ミセス・ディルマンの孫の男の子が小さい犬を連れてきて、いつもいつも裏庭で遊んでいて。そのことでママ・トルーとミセス・ディルマンは口げんかをしたんです。それでミセス・ディルマンはママ・トルーをぶっ飛ばしてやりたいって言ったって」

「ザナ」ボビーは何度も目をこすりながら言った。「イヴが言っているのはそういうことじゃないんだ」

「そうね、そうだと思ったわ。ごめんなさい。ほんとうに、ごめんなさい。わたし、ただ力になれたらと思って」

「ニューヨークではなにをしていたんですか?」イヴが訊いた。「どんなことを?」

ザナはボビーを見た。主導権を握ってもらえると明らかに期待していたが、ボビーはただ頭を抱えるばかりだ。「あの、ええと、こっちに着いたのは水曜日で、三人であちこち歩きまわって、ちょっと買い物をして、ラジオ・シティのショーを観にいったんです。劇場のそばの通りにいた人からボビーがチケットを買いました。恐ろしく高かったわ」

転売されるチケットはたいていそうだ、とイヴは思った。

「ショーはすばらしかったわ。あんなのを観たのははじめてよ。ママ・トルーは席があまりよくないって言っていたけれど、わたしは充分よかったと思ったわ。終わってから、イタリア料理を食べにいきました。すごくおいしかったわ。いろんなことをしたし、長い距離を移動してきたし、その日はわりと早くホテルにもどりました」

ザナは話しながら、ボビーの背中を上下にさすりはじめた。シンプルな金の結婚指輪が薄暗い照明を受けて鈍く光る。「つぎの日の朝、カフェで朝食を取って、ママ・トルーがどうやってあなたに会うつもりか話してくれて、それから、はじめて会う今回は自分ひとりで行きたいって言ったわ。だから、ボビーとわたしはエンパイア・ステート・ビルディングへ行ったんです。ママ・トルーはとにかくあんなすごい行列に並ぶのはいやだって言っていたし、それに——」

「観光客らしいことをしたのね」それ以上くわしい説明をされる前に、イヴはさえぎって言った。「だれか知っている人に会いましたか?」

「いいえ。会いそうな気がしますよね。とにかく人が多くて、世界のここ以外に人はいないような感じですものね」

「彼女はどのくらいひとりで出かけていましたか?」

「その日? そうねえ」ザナはまた唇を噛み、額にしわを寄せて考えこんだ。「はっきりはわからないわ。ボビーとわたしがもどったのは四時近くて、そのとき義母はもう帰っていたから。動揺していたわ、彼女」

ザナはまたボビーを見て、いっぽうの手を取って握りしめた。「あなたとのことが、お義母さんが思っていたようにはうまくいかなかったのだと思うわ。それでホテルにもどってもわたしたちがいないし、ちょっと動転して、腹も立ったんでしょう」

「ものすごい剣幕で怒っていたよ」ボビーがようやく頭を上げた。「そう言ってしまっていいんだ、ザナ。きみにすげなくされて、母は悪口雑言を並べていたよ、イヴ。それから、僕たちが待っていなかったものだから、ないがしろにされた気がしたんだろう。ママはむずかしい人だから」

「お義母さんは傷ついてしまったんだわ、それだけよ」ボビーの膝をなでながら、なぐさめるように言う。「そして、あなたがいつものように機嫌を直してあげたのよね。ボビーはすぐに義母を連れ出して、とてもすてきなイヤリングを買ってあげて、そのあとダウンタウンまで足を延ばしておいしい食事をしたんです。食事を終えるころには、義母もすっかり機嫌を直していたわ」

「彼女はつぎの日もひとりで出かけた」と、イヴが先回りして言うと、ボビーが困惑した表情になった。

「そのとおりだ。母はまたきみに会いに？　少なくともしばらくは、なにもしないでいろと言ったのに。つぎの日、母は僕たちといっしょに朝食を取らなかった。しばらくごろごろしてから、あとで出かけて気晴らしにショッピングをすると言っていた。買い物をすれば幸せになれる人なんだ。その晩は食事の予約をしていたんだが、母はそういう気分じゃないと言ってきた。なんだか疲れたから、自分の部屋でなにか食べる、と。いつもの母とはちがう感じだった」

「見た感じはどうだった？」

「わからない。母はずっと部屋にいたんだ。部屋のリンクに応じないので個人用のリンクにかけたら、映像はブロックしていた。風呂に入っているからと言って。だから、母の姿は見ていない。金曜日の朝に会ったのが最後だ」

「土曜日はどうだったの？」

「母は僕たちの部屋に連絡してきた、九時ごろだったと思う。ザナ、あのときはきみが話をしたね」

「そう。いま考えると、そのときも義母は映像をブロックしていたわ。きょうは、あなたたちだけで好きなようにしなさい、と言われたの。ひとりでいたいから、って。正直言って、お義母さんはちょっとすねているんだと思ったから、いっしょに出かけるように説得しました。わたしたちはスカイ・トラムに乗る予定で、義母の分のチケットも買ってあったんです。でも、義母は行かないって。散歩でもするから、って。いずれにしても、わたしたちと楽しもうという気分じゃなかったんだと思います。なんだか動揺しているのがわかりました――だから、わたし、言ったわよね、ボビー？　〝あなたのママは怒っているわ。声でわかるの〟って。でも、義母のことはそっとしておいて、わたしたちは出かけました。そして、その晩……あなたが話してちょうだい、ボビー」

「母は戸口に出てこようともしなかった。そろそろ僕も腹が立ってきてね。母は、元気だけれどまだ部屋にいてスクリーンが見たいって言っていた。だから、僕たちはふたりだけで食事に出かけたんだ」

「とてもすばらしい食事をして、シャンペンも飲んだわ。それから……」ザナがちらりとボビーを見るようすから、ふたりはホテルの部屋に戻ってからひと仕事したらしい、とイヴは思った。「わたしたちは、あの、今朝はちょっと寝坊してしまったの。まず部屋に連絡して、義母のリンクにもかけたけれど、応答がなかったわ。それで、ボビーがシャワーを浴びているあいだに、わたし、ついに思ったんです。部屋まで行って、なかに入れてもらえるまで扉をノックしつづけよう、って。わたしはただお義母さんに……」

だんだん声が小さくなり、ザナは手で口を押さえた。

「いつも思っていたのに。いつも……」

「ゆうべ、なにか変わったものを見たり、聞いたりしませんでしたか?」

ボビーはため息をついた。「ここは、窓を閉めても騒音が激しいんだ。ふたりでシャンペンを一本空けていたから。部屋にもどってすぐに音楽をかけて、そのままずっとかけっぱなしだった。今朝、目が覚めたときもまだ音楽はかかっていた。ゆうべ、部屋にもどってからと、今朝も、僕たちは……愛し合った」

しゃべっているボビーの顔がみるみる赤くなった。「正直言って、僕はあの人に、母に腹を立てていた。ここへ来たのは母が言い出したからだし、こっちへ来る前にきみにリンクで連絡をしたほうがいいと、あれだけ僕がうるさく言っても、母は聞く耳を持たなかった。あげくに部屋にこもったりして――すねているんだ、と僕は思った。きみが母の望むような反応をしなかったからだと思う。だからといって、ザナの旅行を台無しにしてほしくはなかった」

「ああ、ハニー」

「こう思ったよ。〝いいさ、部屋でふくれていたいなら、月曜日にここを離れるまで閉じこもっていればいい。僕は妻と町を楽しむから〟ああ、ちくしょう。ああ、ちくしょう」そう繰り返し、ザナの肩を抱いた。「なんだって母がこんなひどい目に遭うんだ。わからない。そいつは……母を――」

イヴはその口調をよく知っていた。残された者たちがどんな目をしているかもよく知っていた。「レイプはされていないわ。彼女は、なにか高価なものを身につけていた？」

「あまりいい宝石類は持ってきていません」そう言って、ザナは鼻をすすった。「身につけるのは大好きでしたけれど、そんなのを持ち歩くのは自分から災いを呼ぶようなものだから、と言っていました」

「ここの窓は閉めて鍵をかけてあるわね」

ボビーは窓のほうに目をやった。「騒がしいから」と、上の空で言う。「外は緊急避難路になっているから、ここは閉めるのがいちばん……ここから侵入したのか？　窓から？　母には、つねに窓は閉めて、鍵をかけるようにと言ったんだ。そう言ったのに」

「まだ断定されたわけじゃないわ。この件はわたしが捜査するわ、ボビー。わたしにできることはすべてやる。もしわたしに話さなければならないことがあったら、ふたりとも、セントラルに連絡してちょうだい」

「僕たちはなにをするんだ？　なにをすればいい？」

「とにかく待って、わたしに仕事をさせて。ふたりにはまだニューヨークにいてほしい。少なくともあと二、三日は」

「ああ、わかった。そういうことなら……相棒に連絡して話そう——なにがあったか伝えるよ」

「仕事はなにをしているの？」

「不動産屋だ。不動産を売っている。イヴ？　付き添っていいだろうか？　もうママのそばに行っていいだろうか？」

いま彼が現場に行ってもなんの役にも立たない、とイヴは思った。彼も、救いようのない悲しみも、まわりのじゃまになるだけだ。「それはもうしばらく待ってもらえる？　いまのところ、あなたにできることはなにもないの。いまは、ほかの人たちが彼女の面倒をみてくれているわ。なにかあったらわたしから知らせるから」

ボビーは立ち上がった。「僕になにかできたんだろうか？　もし、ゆうべとか今朝、ホテルのマネージャーにドアを開けてもらっていたら、なにかできたんだろうか？」

こうなると、イヴできることはひとつしかなかった。苦しみをやわらげる唯一の言葉を口にするだけだ。「そうしても、結果は変わらなかったわ」

ピーボディといっしょに外に出ると、イヴは澄んだ空気を吸い込んだ。「どう思った？」

「ちゃんとした男性だとわかります。いまはショックを受けています。それは彼女も同じですね。一方が沈み込めば、もう一方が持ち上げている。ふたりについて調べますか？」

「そうね」イヴは両手でごしごし顔をこすった。「規則どおりに」現場鑑識団が遺体袋を運び出すのを見つめる。彼らのあとからモリスが出てきた。

「死亡推定時刻は午前一時二十八分」と、モリスは言った。「現場での検死によると、致命傷は頭部への一撃によるもので、凶器は昔からの人気の品——鈍器のようなものだ。見たところ、けがの形と一致するような鈍器はなかった。べつのけがはもっと前のものだ。二十四時間以上前だ。彼女をわが家へお迎えしてから、もっとくわしいことを調べて伝えるよ」まっすぐイヴを見つめたまま尋ねる。「きみが聞きたかったことと合致しているだろうか?」

「ええ、してるわ」

「なにかわかったら、きみに伝えるよ」

「ありがとう」イヴは犯行現場にもどり、遺留物採取班のひとりに合図を送った。「とくに捜しているものがあって、それはポケット・リンクとかハンド・リンクとか、彼女の個人用の通信機器よ」

「そういったものはまだ見つかっていません」

「見つかったらすぐに知らせて」イヴはまっすぐ窓に近づいて、振り返ってピーボディを見た。「ここから降りるわよ」

「ああ、なんとまあ」

イヴは頭をひょいと下げて窓から外に出て、幅の狭い避難台に軽やかに降り立った。高いところは嫌いだった。胃袋のうねりがやむまでちょっと待たなければならないくらい、どうしようもなく嫌いだ。体のさまざまな器官が高さに慣れるまで、避難台そのものに気持ちを集中させる。

「血のあと」イヴはその場にしゃがんだ。「小さいのが点々と、一直線に並んでる。避難台よ」イヴが作動器を押すと、ステップが突き出た。「下にもつづいている」

「ここから出て逃げる、というのは理にかなっています」ピーボディが言った。「遺留物採取班がサンプルを採取して、被害者のものかどうか調べるでしょう」

「そうね」イヴは立ち上がり、同じ階のほかの部屋へは移動できるだろうか、と目をこらした。

ところどころ足元が途切れていて慎重を要するが、運動が得意だったり、向こう見ずであったりすれば移動は不可能ではない。そこそこの距離を確実にジャンプして移動できるなら、イヴとしては、幅の狭い足場をつま先立って長々と歩くよりいいと思った。つまり、犯人の侵入経路は、ホテルの内外、どちらとも考えられる。

しかし、ホテルのべつの部屋から侵入してきて、建物の外に逃走した、というのが筋が通っているように思われた。窓からそのまま降りていって逃走し、好きなところに凶器を捨てればいいのだから。

イヴは下を見た。頭がくらっとして、思わず歯の隙間からシューッと息を吐く。下の歩道を通行人がもぞもぞと歩いている。四階か、と思う。ここから落ちて罪のない通行人を巻き添えにしても、おそらくタブスのように死ぬことはないだろう。

イヴはその場にしゃがんで、避難台に落ちているハトの糞をじっと見た。横にピーボディがやってきたので、首をかしげるようにして見上げる。「この、空飛ぶドブネズミの糞を見て」

「なんてすてきな模様でしょう。抽象的でありながらなんともいえず都会的です」

「なすりつけられてるみたいに見える。だれかの靴で端っこを踏まれたとか」イヴは窓から室内に頭を突っ込んだ。「ちょっと！　ここに血痕と、ハトの糞みたいなのがあるの。そぎ取って、証拠品保管袋に入れて」

「手順で決められていることはすべてやります」遺留品採取班のひとりが言った。

「気をつけてよ、ピーボディ」イヴは命じ、不安定なステップを降りはじめた。「ホテルの再生処理機《リサイクラー》と、周囲四ブロック以内にあるリサイクラーをすべて捜索してほしいわ。日曜日なのはちょっと運がよかったわね」

「ゴミをひっかきまわしてるチームのみんなに言ってください」

「避難台を使えば、建物のこちら側に面している部屋は基本的にすべて、行き来が可能よ。宿泊者の登録ディスクを見たいわね」

「廊下にも階段にも防犯カメラはありません」ピーボディが言い添えた。「ホテルの内部にいた者の犯行なら、目的を遂げたあと、どうしてまた出入口から出ていかないんでしょう？」

「そうよ、どうして？　防犯カメラがないってことを知らないからかも」ブーツをカンカンと鳴らしながら鉄製のステップを降りていくにつれ、胃袋の違和感がおさまっていく。「とても警戒心が強くて、ホテルの出入口から出るときに、夜の町をぶらぶらしてもどってきた観光客カップルに見られる可能性を避けたかったのかもしれない」

最後の踊り場でふたつ目の作動器を押すと、短い梯子がガタガタと出てきた。ようやく不安定感も消え、梯子の横木をつかんで軽やかにすとんと歩道に降り立つ。

梯子にしがみつくようにしてピーボディも降りてきた。

「いくつか話しておくことがあるわ」ホテルの建物を回って正面に向かいながら、イヴは切り出した。「ロンバードは金曜日にロークのオフィスへ行って、お金をゆすり取ろうとしたの」

「なんて？　なんですって？」

「報告書に書かなければならないわ。報告書に書いて、明るみに出さなければならない。ロークは彼女に会って、そして追い出した。それだけの話だけど、知らせなければならない。彼が追い出して以降、そして、殴られる数時間前に、彼女はなにかトラブルに巻き込まれたのよ。彼女の死亡推定時刻にわたしやロークがどこにいたかを説明するのは簡単よ。彼女がオフィスを出てから死亡推定時刻のあいだにわたしたちがどこにいたか説明するのも同じくらい簡単なはず」

「だれもあなたがたを調べたりしません」

イヴは立ち止まった。「わたしなら、アリバイがあるって知らなければわたしを調べるわ。ひょっとして、彼女の顔を殴っていてもおかしくなかったと思うし」

「殺すのは？」

イヴは首を振った。「たぶん、彼女を殴った人物は殺した人物とは別人だと思う。彼女は、ロークをゆすって楽に金を手に入れようとするだれかと手を組んでいたのかもしれない。それをしくじったので、彼だか彼女だかに殴られたとか。ほんとうのところは調べてみなければわからないけれど」

「そうですね」

「やってほしいことがあるの」イヴはピーボディのほうを見て、声明を発表するような気持ちで告げた。「土曜日は、ケータリング業者や、室内装飾業者や、なんだかよくわからない人たちがおおぜいやってきて、うちは人でごったがえしていたわ。一日じゅうよ。敷地内に外部の業者が入ってくるとき、ロークはうちじゅうの防犯カメラをすべて、作動させっぱなしにするの。あなたはフィーニーに連絡して、そのセキュリティディスクを持っていって調べて、わたしたちが一日じゅう家にいたことを確認するように伝えて」

「わかりました、連絡します。それから、繰り返させてください。だれもあなたを調べたりしませんー」イヴにさえぎられる前に、ピーボディは片手を上げて制した。「あなただって五分も考えれば、ダラス、調べる気はなくなるでしょう。顔を殴る、というのはありです。あなたならやりかねません。だからどうだっていうんです？　でも、彼女の顔の状態を見れば、あれは殴るなんていう生やさしいものじゃないとわかります。なにか物で殴っていて、あなたはそこまでのことはしません。ロークをゆすろうとしたって？　ばかばかしい、彼女はよっぽどのあほですね。ロークに皮をはがされちゃいますよ。あなたが靴についた空飛ぶどぶネズミの糞をこすり落とすみたいに。それは冗談ですけど。わたしを信頼してください。捜査官なんです」

「あなたが会話の最中にそれを言うのを久しぶりに聞いたわ」

「成長しておとなになったし、状況もちゃんと読むようになりましたから」建物の角を曲がると、ピーボディは両手をポケットに突っ込んで言った。「ロークから事情を聞かれざるをえないですよね」

「そうね」ロークがイヴの車――どうしてここに?――の脇に寄りかかって、PPCを操作しているのが見えた。「わかってるわ」

ロークはこちらを見て、イヴに気づいた。両方の眉をあげて、PPCをしまう。「散歩かな?」

「警官が仕事でどこへ行かなければならないか、あなたにはぜったいにわからないわ」

「たしかに。やあ、ピーボディ。朝にはしゃきっとしていた?」

「かろうじて。すごいパーティでした」

「ちょっとふたりで話をしていい?」イヴがピーボディに訊いた。

「もちろん。わたしはあっちの人たちと話をして、ディスクを取りにいきます」

ふたりきりになると、イヴは自分の車のタイヤを軽く蹴った。「どうしてここに?」

「ちょっとうまいこと手先を使って。自分の車を運転したいだろうなと思って」

「ええ、そのとおりよ」

「マイラに連絡して、事情を伝えて、きみはしばらく忙しくなると伝えたよ」

「マイラ？　ああ、そうよ、そうだった」イヴは髪をかき上げた。「忘れていたわ。ありがとう。どうやってお礼をすればいい？」

「それはゆっくり話し合おう」

「もうひとつお願いがあるの。わたしといっしょに来て、金曜日にあなたのオフィスで被害者と交わした会話について、正式に陳述をしてもらわなければならないわ」

ロークの目の奥でなにがカーッと熱を発した。「僕はきみの短い容疑者リストに含まれているのかな、警部補？」

「やめて。ばかを言わないで」イヴはゆっくりと息を吸い込んだ。ゆっくりと吐き出す。

「ほかの捜査官が事情を知ったら、状況がはっきりするまではわたしたちふたりとも、短い容疑者リストに含まれるわ。ふたりとも彼女を痛い目に遭わせる動機があり、だれかが彼女をひどく痛い目に遭わせたんだもの。殺人そのものの容疑者には含まれないはず。町のべつの地区で警察本部長を招いてパーティをしている最中に、ミッドタウンでだれかを殺せるわけがないから。それでも、ふたりとも被害者とつながりはあるんだし、代わりに殺してくれる人を雇うお金もある」

「そして、ふたりとも有能で、いかにも犯罪者らしいちゃらんぽらんなやつを雇わない分別もある」

「たぶんね。でも、犯罪者らしくてちゃらんぽらんな人間がしっかり目的を持ってることもあるわ。それから、殺される前に、彼女はだれかに顔を殴られているの。そちらも捜査しなければならないわ」

「じゃ、きみは僕が彼女を殺してはいないが、殴ったことに関しては――」

「やめて」イヴは人差し指をロークの胸に突きつけた。「そうやってわたしを批難《ヒット》しても、なんの役にも立たないわ」

「どんなポーズで叩《ヒット》いてほしい？　いくつかあるけど」

「いい加減にして、ローク」

「わかったよ、わかった」もうおしまい、と言うようにロークは手を振った。「脅迫容疑で妻に事情を聞かれることになったのが、とにかく腹立たしくてね」

「あら、喜んで。わたしはやらない。ピーボディがやってくれるわ」

「それはうれしいじゃないか？」ロークはイヴの両腕をつかんで体の向きを変え、つま先とつま先、目と目が合うように真正面に立たせた。「答えてほしい――僕の目を見て、いま、ここで答えてほしい。きみは僕が彼女に手を出したと思っているのかどうか」

「思っていないわ」躊躇《ちゅうちょ》なく答えた。「手を出すのはあなたのスタイルじゃないし、仮にわれを忘れてあなたらしくないことをしていたら、もうわたしに話しているはず。実際のところ、手を出したりするのはわたしのスタイルだし、彼女がわたしを訪ねてきたことも報告書に書くわ」

ロークは呪いの言葉を口にした。「あのろくでもない性悪女は生きていたときに劣らず、死んでからも厄介者だ。そんな目で見ないでくれ。僕は彼女の死を悼んだりしない。きみはきみのやり方で悼むのだろう。良くも悪くも、彼女はいまやきみが担当する事件の被害者で、きみは彼女のために戦うのだからね。なぜなら、そうしないではいられないからだ」

ロークはなおもイヴの両腕をつかんでいたが、その手をそっと上下に動かして彼女の腕をさすりはじめた。「さあ、きみといっしょに行って、厄介ごとを終わらせてしまおう」

「ひどい日曜日の過ごし方ね」

「どうせはじめてじゃないし」ロークは言い、車のドアを開けた。

セントラルの尋問室で、ピーボディは準備をととのえていた。体の動きはどこかぎくしゃくして、目を伏せたままだ。

「リラックスして」ロークが助言をする。「捜査官より聴取を受ける人のほうが緊張するものだと思っていたが」

「やりにくいです。とにかくこの堅苦しさが」ピーボディは顔を上げた。「最悪です。この堅苦しい感じが最悪なんです」

「できることなら、さっと終わって、おたがいにとってつらくないものであってほしいね」

「準備はいいですか?」

「どうぞ、はじめて」

ピーボディは咳払いをせずにはいられなかったが、なんとか記録のためのデータは読めた。「サー、このたびは自発的にこちらへ足を運ばれ、捜査にご協力いただき、感謝いたします」

「私にできることがあれば……」横長の鏡に視線を移して、向こう側からイヴが見ているのはよくわかっていると、それとなく示す。「警察のためにできることがあれば、なんでもしますよ」

「トルーディ・ロンバードとはお知り合いだった」

「というわけではありません。この金曜日に、私のオフィスで会ってほしいと言われて、一度だけ会いました」

「どうして会うことに同意したんでしょう？」

「好奇心からです。何年も前に短いあいだですが、私の妻が彼女にあずけられていたと知っていたので」

「ミズ・ロンバードは二〇三六年に五か月半のあいだ、ダラス警部補の養母でした」

「そう理解しています」

「この木曜日のことですが、ミズ・ロンバードが、この署内のオフィスにいた警部補に接触したのはご存じでしたか？」

「はい、知っていました」

「そのときの接触にたいする警部補の反応をどう表現されますか？」

「彼女らしかった、と」ピーボディが口を開け、なにも言わずにまた閉じたので、ロークは肩をすくめた。「妻は彼女との関係を再開したいとは思っていませんでした。そのときの妻の記憶は幸せなものではなく、過去は過去のままそっとしておきたいというのが彼女の気持ちだったと思います」

「しかし、あなたはミッドタウンのご自分のオフィスで彼女に会うことを承知された」

「はい、さっきも言ったように、好奇心からです」ロークは視線をまた鏡に向け、その向こうのイヴと目が合ったと確信した。「彼女はなにがほしいのだろう、と」

「彼女はなにを求めましたか？」

「金です、もちろん。最初は私の同情心につけこんで、警部補の怒りをやわらげるのに協力させようとしていました。彼女が言うには、彼女の自分にたいする感情も、いっしょに住んでいたころの記憶もまちがっている、というのです」

ロークはいったん言葉を切り、ピーボディを見て、ついほほえみそうになった。「あなたも知っているように、警部補はそういったことをめったにまちがえません。その女性の言っていることはどうも信じられなくて、だから共感もできなかった。そういうわけで、お引き取り願えないかと言ったんです」

「でも、彼女は金を払ってほしいと？」

「はい。二百万ドル、と言われました。それだけもらえたらテキサスへもどる、と。いまも今後も、一セントたりとも払うつもりはないと告げると、彼女は不服そうでした」

「彼女はなんらかの形であなたを脅しましたか？」

「まったく脅威とは感じませんでした。最悪でも、いらいらさせられたという程度です。彼女は言うなればヒルみたいなもので、私の妻の子ども時代のつらい時期を利用して、ちょっとばかり血を吸おうとしたのです」

「彼女からの金の請求を恐喝とみなしましたか？」

慎重を要するところだ、とロークは思った。「彼女は、私がそう受け取るように期待していたかもしれません——よくわかりませんが。私としては、ばかばかしくて、私や警部補がかかわるべきことではないと思いました」

「腹が立たなかったのですか？　だれかがオフィスにやってきて、いきなり理不尽な行動を取ったのに？　わたしなら腹が立ちます」

ロークはピーボディにほほえみかけた。いい仕事をしているぞ、と告げられたらどんなにいいかと思った。「正直に言うと、捜査官、彼女は私という人間を試しに来たのかもしれないと思いました。いまさら彼女が警部補に接触してくるもっとも筋の通った理由はそれくらいだと、私にはそう思えたので」

ロークは椅子の背に体をあずけた。「腹が立ったか？　いいえ。それどころか、彼女に会って満足感のようなものを得られました。まちがいようもなくはっきりと彼女に、金輪際、金は払わないと告げられたからです」

「どうやってはっきりさせたのでしょう？」

「彼女にただそう告げて。オフィスで十分ほどふたりで話してから、彼女には帰ってもらいました。それから、彼女が建物から出るのをセキュリティにしっかり見届けさせるようにと、秘書に告げました。そうだ、彼女の建物への出入りと、私のオフィスへの出入りの記録があります。標準的な安全対策です。電子捜査課《EDD》のフィーニー警部に連絡して、そのディスクを取りに来て、警察の事件ファイルに入れてもらえるようにたのみました。それがいちばんいいと思ったので」

「いいですね」ピーボディは目を見開いた。「いいです。ええと、金曜日にオフィスで別れて以降、ミズ・ロンバードと接触しましたか？」

「いいえ、まったく。警部補と私は、金曜日の夜は自宅にいて、土曜日には、うちで大がかりなクリスマス・パーティを開いたので、彼女も私も主人役としてお客の相手をしました。金曜日は一日じゅう、その準備にかかりきりでした。外部の業者がおおぜい来たので、そのあいだのようすもセキュリティディスクに記録してあります。それもフィーニー警部が取りに来てくれます。そして、もちろん、土曜日の夜は、ふたりとも二百五十人以上の友だちや、知り合いや、仕事仲間に囲まれて、午後八時ごろから午前三時過ぎまで過ごしました。招待客のリストも喜んで提出しますよ」

「感謝します。これまでにミズ・ロンバードと肉体的接触がありましたか？」

声はあいかわらず淡々としていたが、かすかに浮かんだ嫌悪の表情をロークは隠さなかった。「最初に会ったとき、握手をしました。それだけで充分でした」

「きょうの午前中、あなたと警部補がウェスト・サイド・ホテルにいた理由をおしえていただけますか？」

「警部補が直接ロンバードに会って、今後、連絡を取るつもりはないと伝えるためです。彼女も私も基本的人権である選択の権利を尊重して、金を払うつもりはない、と告げるのがいちばんだと、ふたりで決めたからです」

ピーボディはうなずいた。「ありがとうございます。今回のご協力にあらためて感謝します。聴取を終わります」

ピーボディはフーッと息をつき、椅子に坐ったまま体から力を抜き、ぐったりとしておどけた。「ああ、よかった、終わった」

ロークは腕を伸ばし、ピーボディの手をぽんぽんとたたいた。「僕たちはどうだっただろう？」

「まちがいなく、彼女がなにか言ってくれるでしょうけど、わたしの感想ですか？　あなたは協力的で、はっきりものを言っていたし、細かいところまでよく説明してくれました。あなたのアリバイは証明されています、タマまで丸ごと——あ、失礼」

「気にしないで、体のそこまで守られているとわかって安心だ」扉が開き、ロークはそちらに目をやった。「さて、この人は、おしおき用のゴムホースを持ってきているかも。でも、それも好きになれるかもしれない」

「フィーニーに連絡したことを、どうして言ってくれなかったの？」イヴが詰め寄った。

「たったいま、言ったはずだ」

「もっと前に——いいわ。ピーボディ、捜査に取りかかるわよ。まずは、ホテルのほかの宿泊者をざっとチェックして。わたしもすぐに行くわ」

「じゃあまた」ピーボディはロークに言った。

「わたしは——」

「ちょっとしたら行くそうだ」ロークはイヴのあとを引き継いで言った。「帰りの足は見つけられるから、僕のことはだいじょうぶだよ」

「聴取を受けてくれてよかったわ。もう終わったし、うまくいったからだいじょうぶ。ピーボディはもうちょっと深く突っ込んでもよかったけれど、細かい話も聞き出したし、大事なのはそこだから」

「そう、よかった。僕へのお礼の話は？　僕なりに考えている金額はあるけれど」

イヴは口をすぼめて考えた。「地下室のどこかにゴムホースがあったはずだわ」

ロークは声をあげて笑った。「さすがだね、きみは。こっちの用事が済んだら、マイラのところへ寄ってくるといい」

「こっちがどのくらいかかるかわからないし——」

「それは気にしないで。行って、マイラと話をして、そして、僕のところへ帰っておいで」

「ほかのどこへ帰るっていうの？」

「例のプレゼントだが、きみの車のブートに入ってる」

「それはアメリカ合衆国ではトランクっていうのよ、アイルランドの坊や」

「そうだった」ロークはイヴの両腕をつかみ、ぐいと引き寄せて熱烈なキスをした。「待っているよ」

彼は待っていてくれる、とイヴは思った。待ってくれる人がいるということが、わたしの奇跡だ。

デスクに向かって、ブラックコーヒーの入った大きなマグを片手に、イヴはロンバード、ボビーの公表されたデータを見ていた。ロバートじゃない、と気づく。イヴよりふたつ年上で、正式な同居カップルの子として生まれ、両親は彼が二歳のときに同居を解消している。関連検索して調べたところ、父親はグルーバー、ジョン、二〇四六年に結婚、トロント在住、と記載があった。

ボビーはビジネスカレッジを卒業後、プレーン・ディール不動産に勤め、いまから十八か月前にデンシル・K・イーストンと共同出資して、テキサス州コッパーコーヴでL&E不動産を設立した。その一年後、クライン、ザナと結婚している。

犯罪歴はない。

ザナは二十八歳で、ヒューストン出身。データには父親の名前の記載はない。母親に育てられたようだが、その母親はザナが二十四歳のときに自動車事故で亡くなっている。彼女もビジネスカレッジに通い、公認会計士の資格を取得して、卒業後すぐにL&E不動産に雇われていた。

つまり、コッパーコーヴに引っ越して、すぐに上司と結婚したわけね、とイヴは思った。犯罪歴はなく、結婚や同居の過去もない。公表されたデータを見るかぎり、実際に見たとおりのふたりだった。ごくふつうのつつましいカップルがとてつもない不運に見舞われた、ということだ。

最後に、トルーディ・ロンバードの情報を引き出した。

すでに知っている部分を飛ばし読みしたあと、雇用経歴を見て眉を上げた。健康管理アシスタントおよび受付係として製造会社勤務。息子が生まれてからは母親専業者の資格を取り、パートタイムで働いた――記録によると、収入はこの資格で認められる法定収入の上限ぎりぎりだ。

小売店員、とある。雇用先は異なる三店舗。データ処理係として働いた先は二か所。家事コーディネーター? これはいったいなに? どんな仕事であれ、これも長続きしていない。

住所も六年で四回変わっている。すべてテキサス州内だ。

いかさま稼業の暮らしだ、とイヴは思った。パターンを見るかぎり、そうとしか思えない。ゲームをしかけ、からからになるまで絞り取り、つぎへ移る。

里親資格を申請して審査を受け、承認されている。母親専業者資格の延長も申請して、里親の免除制度を利用して認可されている――なんと抜け目のない、とイヴは思った。オースチン地区で一年過ごし、また引っ越して、また申請し、また認可されている。

ボーモントで十四か月、また引っ越し、また申請。また認可。

「足がむずむずするの? ねえ、性悪女のトルーディさん? そうじゃないわよね。そして、わたしがやってきた。ほら、ここを見て。あなたはわたしが施設にもどった三か月後にまた引っ越している。さらに申請して、さらに認められ、里親の補助金を受け取りながら、ボビーがビジネスカレッジを卒業して、母親専業者資格が切れるまで、ばかでかいテキサス州を転々としていたのね」

イヴは椅子の背に体をあずけ、考えた。

そうね、成り立つわね。悪くないゲームだ。資格や認可は正当に得たものだ。だから、住むところを転々としながら、さらに子どもたちをあずかり、また補助金を得ればいい。児童保護サーヴィスは忙しい機関だ。慢性的にスタッフは不足し、資金不足にもあえいでいる。経験豊富な母親専業者が進んでいくらかでも仕事を引き受けてくれるなら、喜んだにちがいない。

母親専業者の資格を失うと、トルーディは一か所に腰を落ち着け、里親ビジネスから足を洗った。息子にべったりなのだろう、とイヴは思った。さらに、数か所で短期間の仕事にかかわっている。

おそらく買い物が好きで、伝えられるところによれば、旅行中は持ち歩けないような高価な装身具を持っている女性にしては、収入はつつましい。

興味深い、とイヴは思った。好奇心がかきたてられる。そして、トルーディ・ロンバードに心の痛手を負わせられた子どもがわたしだけではないことに、本物のコーヒー豆一ポンドをかけていいと思った。

# 8

ロークに言われてマイラの家に寄るはめにならなければ、どんなによかっただろう、とイヴは思った。疲れているうえに、まだやらなければならない仕事が山積みで、あれこれ考える時間はいくらあっても足りない。

それなのに、訪ねていかなければならないのだ。くつろいで、なにか飲んで、会話をする。プレゼントを交換する。最後のは、やるたびにばかみたいだと思うし、第一、理由がわからなかった。どう考えても自分で簡単に買ってこれるものをあげたりもらったりすることを、人はどうしてもやめられないらしいのだ。

イヴはいま、感じのいい地域の感じのいい家の外に立っている。扉にはヒイラギのリースが飾ってある。室内装飾業者の仕事を見ていたおかげで、いまではヒイラギを見ればそれだとすぐにわかる。窓ガラスの向こうにはロウソクが灯っていて、夜の暗闇をバックに美しい白い明かりが静かにきらめいている。そんな窓のひとつに、クリスマスツリーの照明が輝いているのが見える。

あの下にはプレゼントがあるのだろう。マイラには孫たちがいるから、きっと山のように。そして、配偶者にひとつのプレゼントでは足りないように、子どもには数個のプレゼントでも充分とは言えないと、これも経験から知った。

たまたま知ったことだが、ピーボディはすでにプレゼントを三つ――なんと、三つだ――メイヴィスの赤ん坊のために買っていた。生まれてくるのはまだ一か月以上先だというのに。

それにしても、胎児にいったいなにを買うのだろう？　そして、それはちょっと気味が悪いと思うのが、わたしひとりなのはなぜ？

ロークはアイルランドの親戚に向けて、貨物船一隻分のプレゼントを送った。

そして、イヴは立ち尽くしている。寒くて暗い外に立ち尽くし、つぎの一歩を踏み出せないでいる。

包みを脇に挟んで、ベルを鳴らした。

しばらくして扉を開けたのはマイラだった。やわらかそうなセーターに、ラインの入ったパンツをはいて、裸足という、普段着姿のマイラだ。

「来てくれて、ほんとうにうれしいわ」

イヴがなにか言う暇もなく、マイラはすっと体を引いて家のなかへ、マツとクランベリーの香りのする温かい空間に吸い込まれていった。音楽が流れていた。静かで、クリスマスらしい響きだ。そして、さらにロウソクの炎が揺らめいている。

「こんなに遅い時間に、ごめんなさい」

「かまわないのよ。居間へどうぞ。コートをあずかりましょう」

「これを持ってきたの。ただちょっと、なにも考えず買ってしまって」

「ありがとう。とにかく、坐ってちょうだい。ちょっとワインでも持ってくるわね」

「どうぞ、おかまいなく――」

「いいから。坐ってちょうだい」

イヴはコーヒーテーブルにプレゼントを置いた。その横の大きな銀のボウルには、マツぼっくりと赤いベリーがいっぱいに盛ってある。

思ったとおり、贈り物が山と積まれている、とイヴは気づいた。クリスマスツリーの下に包みが百個はありそうだ。ひとりにいくつだろう、と思う。いったい、マイラの家族は何人なのだろう？ 大集団並みなのだろう。ぜんぶで二十人かそこらかも……

デニス・マイラがふらっと部屋に入ってきたので、イヴは立ち上がった。

「坐って、坐って、坐って。きみが来てるとチャーリーに聞いたから。ちょっと顔を見にきただけなんだ。ゆうべはすばらしいパーティだったね」

彼はカーディガンを着ていた。その姿がちょっとだらしない感じで、ボタンのひとつが取れかけてだらんと糸にぶらさがっていて、イヴの胸はとろけそうになった。

デニスはほほえみ、イヴが立ちつづけているので彼女の隣へ歩いていって、その夢見るようなほほえみをツリーに向けた。「チャーリーがどうしても偽物はいやだと言うのでね。毎年、レプリカを買うべきだと私が言い、毎年、ノーと彼女が言う。そのたびに私はうれしいんだ」

デニスはイヴの肩に腕をまわしてぎゅっと力をこめ、彼女を驚かせた。「居間にクリスマスツリーがあると、どんな悪いことも、つらいことも、悲しいことも、なんとかなるような気持ちになる。あの下のプレゼントもそう、わくわくするような期待感もそう。世のなかにはいつも光と希望がある、と伝えるひとつの方法なんだ。それを分かち合える家族がいるきみは、ほんとうに運がいいんだよ」

イヴは喉の奥がうっと詰まるのを感じた。そして、とても信じられないことをしている自分に気づき、それをしているあいだでさえ、どうしても自分がやっているとは思えなかった。

イヴはデニスのほうを向いて、彼の肩に顔を押しつけ、むせび泣いていたのだ。

デニスはまったく驚いたようすもなく、ただイヴの背中をなでたり、そっとたたいたりしていた。「さあさあ。だいじょうぶだ、スイートハート。たいへんな一日だったんだね」

イヴはしゃくり上げながらもそんな自分にぼう然として、体を引いた。「ごめんなさい。ああ、ごめんなさい。なんだかよくわからなくて……わたし、帰ったほうがよさそう」

しかし、デニスはイヴの手を握っていた。親切とやさしさの塊のように見える彼だが、その握りは鉄のように固い。「とにかく、ここに坐って。ハンカチを持っているんだ。たぶん」そう言って、途方に暮れた表情で、あちこちのポケットをたたいたり、探ったりしている。

そのようすは見ている者を鎮静剤よりなごませる。イヴは笑い声をあげ、涙で濡れた顔を両手でぬぐった。「だいじょうぶ。もう平気です。ごめんなさい。わたし、ほんとうに――」

「ワインをどうぞ」マイラが言い、トレイを持って部屋を横切ってきた。

感情のほとばしりを見られていたのは明らかで、イヴはますますばつが悪くなった。

「わたし、ちょっとどうかしてしまって。それだけです」

「無理もないわ」マイラはトレイを置き、グラスをひとつ取った。「坐って、ゆったりしてちょうだい。あなたがよければ、プレゼントを開けさせてもらうわ」

「ええ。はい。もちろん。あの……」イヴはデニスへのプレゼントを手にした。「たまたま見つけて、使ってもらえるんじゃないかと思って」

デニスは、ツリーの下でつややかな赤いエアバイクを見つけたばかりの十歳児のようににっこりした。包みからマフラーを引っ張り出しても、そのいきいきした表情は変わらない。

「見てごらん、チャーリー。散歩のときに巻いていったら暖かいだろうねえ」

「それに、とてもあなたらしい色合いよ。それから、まあ！　これを見て」マイラはアンティックのティーポットを持ち上げた。「すばらしいわ。スミレね」そうつぶやいて、白い磁器のポットのまわりにぐるりと描かれているスミレを指先でたどった。「スミレは大好きなの」

なんと、甘い声でささやいている、とイヴは気づいた。よだれを垂らしている赤ん坊に女性がよくやるように。

「あなたはお茶が好きだから、それで――」

「大好きよ。ほんとうに大好き」マイラは立ち上がり、駆け寄ってイヴの両頰にキスをした。「ありがとう」

「どういたしまして」

「さっそくプレゼントを試すことにして、ちょっとそのへんを散歩してこよう」デニスが立ち上がった。イヴに近づいて身をかがめ、指先で彼女の顎をとんとんとたたいた。「きみはいい子だし、賢い女性だ。チャーリーと話をしなさい」

「追い出すつもりじゃなかったのに」デニスが部屋から出ていくと、イヴは言った。

「追い出したりしていないわ。デニスはぼんやりしているようでとても敏感だから、わたしたちをちょっとふたりきりにするべきだとわかったのよ。わたしからの贈り物を開けてくれる?」トレイにのっていた箱を取って、イヴに差し出す。

「きれい」なにを言うのが正しいのかまるでわからなかったが、シルバーとゴールドの紙に包まれ、大きな赤いリボンが蝶結びされている箱を持って言うには、ぴったりだと思った。

それがなになのか、イヴはよくわからなかった――円盤状のものに、渦巻き模様が透かし彫りされて、きらきら光る小さな石がはめこんである。チェーンがついているので、最初はネックレスのようなものかと思ったが、それにしては円盤が大きくて、手のひらほどもある。

「安心して」マイラが笑いながら言った。「宝石じゃないから。その分野でロークと張り合おうという者はいないわ。日の光に当てて楽しむ飾りみたいなものよ。窓辺に吊すといいかもしれない。オフィスで使ってもらえたらと思ったの」

「きれい」ふたたび言い、じっと模様に目をこらして、渦巻き模様のパターンを読み取った。「ケルト族のもの？　わたしの結婚指輪の模様に似ているわ」

「そうなの。でも、わたしの娘によると、あなたの指輪のシンボルは身を守るためのものらしいわ。これには、はめこんである石も含めて、心の平穏を深めるパワーがあるの。娘が――あなたがいやじゃなければいいんだけれど――清めたって言っていたわ」

「感謝していたと伝えてください。ありがとう。オフィスの窓辺に吊すわ。きっと効果があるはずよ」

「突然の涙の理由は、少しは自分でもわかっているのかしら？」午後の仕事について、ロークがなにか言ったにちがいない。

「わかりません」イヴは円盤を見つめ、親指で模様をたどった。「自分のことをかわいそうだと思っていたみたい。そんなとき、デニスに肩を抱かれて。あんなふうにふたりで立ってツリーをながめていると、隣にいるデニスはとてもやさしそうで、家のなかはとてもいい香りがして、明かりもきれいで。それで、思ったの。一度でも――たった一度でも――彼みたいな人がそばにいてくれたらどんなによかったか……たった一度でいい、って。でも、わたしにはいなかった。ただそれだけのこと」

「そうね、いなかったのね。でも、それは巡り合わせのせい。あなたのせいじゃないわ」

イヴは視線を上げ、また気持ちをしゃんとさせた。「とにかく、そういうことだったの。トルーディ・ロンバードは思いがけず死んでしまった。それで、わたしは仕事のパートナーに夫の事情聴取をさせなければならなかった。自分でも個人的な質問に答える準備をしなければならなくて、捜査に必要ならそれも記録しなければならないし。彼女といっしょにいたとき、どんなだったか思い出すことも必要よ。彼女を知ることが犯人を知る手がかりになるから。二、三日前に訊かれたら、名前さえろくに思い出せなかった相手だというのに、そんなことをしなければならない。だいじょうぶ、できるわ」イヴはきっぱり言った。「なんとかひねりだして、形にするのは得意だから。でも、いきなり飛び出してきて、顔面を蹴られるようなのは大っ嫌い。だって、いまのわたしにとって彼女はいなかったのも同然で、なんでもないんだから」

「まさか、なんでもないことはないわ。あなたの人生にかかわったすべての人たちになんらかの影響を受けて、いまのあなたがあるんだもの」マイラの声は、いま、室内に静かに流れている音楽のようにやわらかでありながら、鉄のように冷酷無情だ。「あなたは彼女のような人たちに打ち勝ってきたわ。あなたの人生にデニス・マイラのような人はいなかった。わが家があって家族がいる、という平凡な暮らしとは縁がなかった。その代わり、日々は困難と痛みと恐怖に満ちていた。でも、それを乗り越えてきたわ。それがあなたへの天からの贈り物であり、背負わなければならない重荷なの」

「最初にオフィスで彼女を見たときは動揺したわ。崩壊してしまったの」

「でも、そのうち、気を取り直して先に進んだわ」

イヴは天井を仰いだ。ロークは正しかった――またもや。わたしには、ここへ来て、信頼している人に声に出してはっきり言うことが必要だったのだ。「彼女に会ったらこわくなったわ。恐ろしくて気持ちが悪くなるくらい。そこにいるだけで、過去に引きずりもどされる感じだった。しかも、彼女が関心を持ったのはわたしですらなかったの。わたしがロークとくっついていなければ、彼女はわたしのことを思い出しもしなかったはず。それがどうして気になるのよ、わたしは？」イヴは目を閉じた。

「大切に思われていないというのはつらいからよ。たとえその相手が嫌いな人であっても」

「そうなんだと思うわ。彼女は来なかったはずなの。それどころか、その警官が大金持ちと結婚していなければ、警官を見て思い出すことすらなかったはず」

いつのまにか目をあけていたイヴは、途方に暮れた目をしてマイラを見た。「彼は大金持ちよ。それについて考えたことがある？」

「あなたは？」

「たまに、こういうときには考えるけれど、結局よくわからないの。ゼロがいくつつくのかさえ知らないわ。考えているうちに頭がくらくらしてくるから。ゼロの前にどんな数字がくるかも知らないのは、それだけゼロがついていると、考えるのがばかばかしくなってしまうから。彼女は彼からお金をゆすり取ろうとしたのよ」

「ええ、だいたいのところは彼から聞いたわ。彼は適切に対処したに決まっている。彼がお金を払ったほうがよかったと思う？」

「いいえ」イヴの目が熱をおびた。「何十億ドルのうちの一セントたりとも。彼女によく言われたものよ。あなたにお母さんやお父さんがいないのは、救いようがなくばかで苦労して育てる価値がない、という理由で捨てられたからよ、って」

マイラはグラスを持ち上げてワインをちょっと飲み、そのあいだに怒りを抑えこんだ。

「彼女が里親の適性審査に通っているというのが大きなまちがいよ。あなたもそう思うはず」

「彼女、頭がよく回ったから。いま思うと、頭がいいから長いあいだ嘘をつきとおしたり、すばやくペテンにかけたりできたんだと思う。彼女は組織を手玉に取り、ものごとの裏も表も読んでいたのよ。精神分析医の前で言うのもおこがましいけれど、彼女は自分でついている嘘を信じていたのだと思う。嘘を信じこまないとボロが出るし、自分が見られたいように他人から見られることもできないから」

「充分にありうるわね」マイラは同意した。「自分でも信じないと、長いあいだボロを出さずにいるのは無理よ」

「自分には金を得る価値がある、それだけのことをやってきた、と思っていたにちがいないわ。一生懸命働いて、多くを犠牲にして、人道主義的な気持ちからわたしを引き取ったのだと信じていた。そして、ねえ、昔、あれだけやってあげたんだから、ちょっとくらいお返ししたら？　という感じなのよ。彼女は役者だわ」半分は自分に言った。「彼女は役者で、だれかを相手に芝居をし過ぎたのかもしれない。よくわからないけれど」

「今回の捜査はべつの人に譲ることもできたのに。それどころか、譲るように求められるかもしれないわ」

「そんなことはしません。すでにそれなりに捜査は進めています。必要なら援助を求めるかもしれないけれど、最後までしっかり見届けるわ。そうしなければならないんです」

「わたしもそう思うわ。びっくりした？」マイラが尋ねると、イヴはじっと彼女を見つめた。「彼女のせいで、あなたは自分が無力で、価値がなくて、ばかで、なんの取り柄もないと感じていた。いまはそうじゃないとわかっているけれど、それを証明するにはしっかり実感しなければならないわ。そのために、あなたはこの事件の解決に向けて積極的な役割を果たさなければならない。そのことだけ、ホイットニー部長に伝えておくわ」

「あなたの言葉なら影響は大きいです。ありがとう」


わが家の扉からなかに入ると、ホワイエに大きなカラスのようにぬっとサマーセットが立っていた。足元に太ったギャラハッドを従えている。サマーセットの小さくて丸い目がきらりと光るのを見て、やる気満々らしい、とイヴは思った。

「私、驚いています」と、サマーセットが口を開いた。あれでおどけた口調のつもりなのだ、とイヴは思った。「数時間も外出なさっていたのに、出かけたときとほとんど変わらぬファッショナブルな着こなしのままおもどり——と言ってしまっていいのかどうか——とは。どこも破れてもいなければ血まみれでもありません。めざましい偉業です」

「わたしは、とにかく醜いという理由であえてだれもまだあなたをこてんぱんにのしていないってことに驚いてるわ。でも、きょうはまだ早いから。おたがいにとってね」

さっとコートを脱いで、それができるという理由で階段の親柱にひっかけると、これ見よがしに気取った足取りで階段を上っていく。ほんのつかの間、いつもの皮肉の言い合いをして、ちょっとだけ気持ちが軽くなった。少なくとも一時的に、ボビーの打ちのめされたような表情を忘れるくらいの効果はあった。

まっすぐ自分のオフィスに向かう。殺人事件用のボードを立て、ファイルを準備して、捜査のための補助基地を作る。ホイットニーがイヴもマイラも捜査にかかわらせない可能性を完全には否定できないからだ。捜査から手を引くように正式に命じられたら、勤務時間以外に自分なりの捜査をするつもりだった。

リンクでモリスに連絡を取る。

「あしたの午前中にそっちに寄るつもりだけれど」イヴはモリスに言った。「なにか驚くようなことが聞けるかしら?」

「致命傷は頭部への殴打によるもので、ほかの傷の三十時間後に負っている。これにくらべるとほかの傷は軽傷だが、私の考えを言わせてもらえば、武器は同じものが使われている」

「付着物は?」

「頭の傷に繊維が残っていた。これは、われらが友、鑑識課のディックヘッドに送る。ちょっと見た感じでは、分厚い布製の袋じゃないかと思う。薬毒物検査の結果、市販されている鎮痛剤の陽性反応が出た。一般的な痛み止めだ。これを呑んで一時間以内に死亡している。かなり高級なシャブリで流し込んでいる」

「そう、そのボトルが彼女の部屋にあったし、ベッド脇のテーブルに痛み止めがあったわ」

「チキンの煮出し汁のスープと、醤油味のヌードルのようなものを八時ごろ、夜中の十二時近くに柔らかい肉のラップを食べている。チョコレートのフローズン・デザートのようなものと、さらにワインも飲んで遅い夜の食事を楽しんだようだ。死亡推定時刻には、ワインと鎮痛剤でほろ酔い気分だったはずだね」

「わかったわ、ありがとう。午前中に寄るわね」

「ダラス、こんな事実に興味があるだろうか？　彼女はこの、そうだな、この十数年のあいだに数回、形成処置を受けている。顔も体も、引っぱったりつまんだり。大がかりなものはないが、そこそこ手をかけている。施術者の腕はたしかだ」

「亡くなった人がどんな人だったのか知ることは、いつだって役に立つわ」

イヴは通信を切って、デスクに向かい、椅子の背に体をあずけて、天井を仰いだ。

そうなると、彼女があざだらけにされたのは金曜日で、ロークのオフィスを離れたあとだ。彼らの話によると、息子にもその妻にもそのことは伝えていないし、警察にも連絡していない。ワインと鎮痛剤と軽食とともに部屋に閉じこもっていた、ということになる。

そして、窓の錠をはずしたままでいたのか、あるいは自分で扉を開けて、彼女を殺した何者かを部屋に入れている。

前の日に痛い目に遭わされているのに、どうしてそんなことができたのだろう？　恐れたり腹を立てたりしなかったのか？　助かろうとする本能は働かなかったのだろうか？

市民公共サービス《CPS》を十年以上もだましつづけた女性の生存本能は筋金入りのはずだ。

傷が痛むのに、どうしてホテルの一室でひとりでほろ酔い気分でいられたのだろう？　だれかにけがをさせられ、またけがをさせられる危険もあったというのに。しかも、廊下をちょっと行ったところには家族もいたのだ。

けがを負わせたのが廊下をちょっと行ったところの家族であれば、話はべつだ。ありうる、とイヴは思った。でも、もしそうだとしたら、またすぐ家族がやってきて、痛い目に遭わされるかもしれないところにいつづけたのはなぜ？

隣のオフィスからロークがやってきたので、そちらを見る。

「あなたはひどく殴られてあざだらけよ」と、イヴはいきなり言った。「警官沙汰になるのは避けたい」

「もちろんだ」

「そうね、オーケイ、そうよね。そのことを息子にも伝えない？」

「いまのところ、伝える息子はいないからなあ」ロークはイヴのデスクの角にひょいと腰かけた。「でも、息子に話すのはプライドが許さない、ということは充分にあると思う」

「それは男性の考え方でしょう。女性になりきって考えてみて」

「僕には無理だなあ」そう言ってほほえむ。「きみはどう思う？」

「あの人になりきって考えると、すぐに話を聞いてくれるならだれでもいいからつかまえてめそめそ愚痴を言うわね。でも、そうしないっていうことは、いくつか理由が考えられると思う」

「ひとつは、彼女をパンチング・バッグ扱いにしたのは息子だから伝える必要はない、ということ」

「ひとつはそれね」と、イヴは同意した。「でも、それはわたしが記憶しているふたりの関係を思うとちょっと合わないわ。その後、ふたりの関係が険悪になっていたとして、どうしてまた息子に襲われるかもしれない部屋にいつづけるの？」

ロークはイヴのデスクにあった小さな女神の彫像を手に取った。母親の象徴だ、と思う。それをぼんやりもてあそびながら言う。「僕たちはおたがい、人間関係は厄介な分野だと知っている。彼が母親を殴るのが当たり前のようになっていたということもありえるよ。彼女もそれに慣れてしまっていて、だから、それを人に話そうとか、彼から逃げようとかいう考えも頭にないんだ」

「息子の嫁がいるわ。彼女はあざも見当たらないし、虐待関係につきものの典型的な兆候も見られない。ママを殴る男はそばにいる弱い女性も殴る傾向がある。彼にはあまり当てはまらないと思うけれど」

「その仮説をリストの下のほうにやると」彫像をデスクにもどす。「ほかになにが有力候補として浮上してくるんだろう?」

「彼女は殴られたことをだれにも知られたがっていない。プライドの問題じゃなければ、それは計画であり、予防措置よ。なにかを、個人的ななにかを計画していたんだわ」そうよ、とイヴは思った。そのほうがずっとしっくりくる。

「でも、だったらどうして、ワインをたっぷり飲んだうえに鎮痛剤まで呑んで、ふらふらになった?」

イヴはトルーディの顔のクローズアップ写真を選び出して、重ねた資料のいちばん上に置いた。じっと見つめる。「こわがってはいなかったと思う。こわかったら、息子に守ってもらおうとしたり、戸締まりをしっかりしたり、逃げたりするはず。そのうちのどれも彼女はやっていないわ。どうしてこわくなかったんだろう?」

「痛みを楽しむ人もいる」

イヴは首を振った。「そうね、いるわ。でも、彼女は世話を焼かれるのが好きだった。バスタブにお湯を入れて、おやつを持ってきて、って言っていたものよ。彼女は亡くなる前にバスタブを使っていて、遺留物採取班の予備報告書によると、バスルームの流しの排水設備から血液反応があったそうよ。つまり、彼女は殴られてから血を洗い流してるの」

タオルがなくなっていた、とイヴは思い出し、ふたたび心のメモに書き留めた。

「それから、彼女は犯人に背中を向けていた。だから背後から殴られた。犯人を恐れていなかったのよ」

「相手は彼女の知り合いで、思いちがいから——結局そうだとわかったが——信頼していたとか」

「前の日に顔を殴った人を信頼はしないわ」愛していたのだろう、と思った。そういう傾向の愛があることは知っている。しかし、信頼はまたべつのものだ。「モリスはどのけがにも同じ武器が使われていると考えているけれど、わたしは、武器を使ったのはふたりで、それぞれちがう時間に使ったんだと思ってる。あなたのビルのセキュリティから防犯カメラの記録をもらってきているのよね」

「ああ、コピーをね。オリジナルはフィーニーが持っている」

「見たいわ」

ロークはポケットからディスクを取り出した。「そう言われるかもしれないと思ってね」

イヴはディスクを差し込み、壁のスクリーンに再生されるように指示した。

「ここには僕のビジネスのすべてがある」イヴが、ロークのミッドタウンのビルに入ってくるトルーディを見ていると、ロークが言った。

トルーディは広々とした大理石の床を横切り、動画が映し出されているスクリーンや、蛇行する川のような形の花壇や、光り輝く小さな池をいくつも通り過ぎて、オフィスの窓口になっている案内デスクへまっすぐ向かった。

あのスーツはホテルの部屋のクロゼットにあった、とイヴは気づいた。きちんと吊られていた。あの靴も同じところにしまってあった。殴られたときの服装はこれとはちがったのだろう。

「あらかじめ調べてるわね」と、イヴはつぶやいた。「目指す場所へ行くのに、うろうろ探したりきょろきょろ見回したりしていない」

「ご覧のとおり、案内デスクで強引に掛け合っている。〝いいえ、面会の約束はしていないけれど、彼はわたしに会いたがるはずよ〟とかなんとか。見たところ、自信満々で愛想がよく、まわりとうまくなじんでいる。たいしたものだ」

「なんとしてでも階上《うえ》に行かなければならないから」

「案内デスクから連絡を受けたカーロが、僕に要望を伝えてくれた。少し待たせるように、と僕は言った。そういう駆け引きなら、僕もなかなかのものなんだ。彼女が待たされたのを快く思っていないのは、こわばった表情を見ればわかるが、ロビーの待ち合わせ場所のひとつで椅子に腰かけている。これからしばらく、彼女は両手の指を組み合わせて親指をくるくるさせるが、それがとくに見たくなければ、早送りして先に進もう」

イヴは早送りをして、若い女性がトルーディに近づくのを見て再生にもどした。

「仕事のなんたるかを心得ているカーロは、アシスタントのひとりをロビーに向かわせ、トルーディを一般のエレベーターまで案内させた。ロビーをぐるりとめぐってからエレベーターに乗りこんで僕のオフィスの階まで上がり、屋外エリアを通って、スカイウェイを歩かせる。そこそこ歩かされて、ようやくオフィスにたどり着いた彼女は、そう、さらにもう少し待たされる。僕は忙しい男だからね、そうだろう?」

「彼女、感服してるわ」イヴは言った。「しない人がいる? 広々としたスペース、きらめくガラス、さまざまなアート作品、指図のままに動く従業員たち。すばらしいわ」

「ほら、ようやくカーロが案内をしにやってきた。彼女を連れてオフィスに入っていく。そして、カーロだけが出てきて、扉を閉め、なかでは僕たちのささやかなおしゃべりがはじまる」

イヴはディスクを早送りして、十二分経過してからトルーディが急いで出てくるのを確認した。

ここではおびえている、とイヴは気づいた。かすかに目に激情をにじませ、ほとんど小走りでぎくしゃくと去っていく。

「彼女はちょっとおかんむりだった」ロークは言い、にっこりほほえんだ。

イヴはなにも言わず、トルーディが階下のロビーまでアシスタントに付き添われたあと、すぐに建物から出ていくのをただ見ていた。

「ご覧のとおり、彼女は無傷だ。ここからどこへ向かったのかはわからない」

「彼女は犯人を恐れていなかった」イヴの視線がロークをとらえた。「でも、あなたのことは恐れていた」

ロークは手のひらを上に向けて両手を持ち上げた。「指一本触れていないよ」

「その必要はないもの」イヴは言った。「でも、あなたは潔白よ。オフィスのなかのようすも記録に残っているわね。あなたなら記録するはず」

ロークは一方の肩を持ち上げた。「なにが言いたいのかな？」

「その記録の提出はフィーニーに申し出なかった。捜査資料としての提出を申し出なかった」

「私的なものだからね」

イヴは静かにひと呼吸してから言った。「提出を強制されたらどうするの？」

「そうなったら、きみに渡して、必要かどうかきみが判断すればいい。彼女にたいして、自分を恥じるようなことはいっさい言っていないが、きみの個人的な話に触れているんだ。それは僕たちのプライバシーでもあり、それはきっちりと守られる権利がある」

「それが捜査上、重要だということになれば――」

「なるものか。ばかばかしい、イヴ、僕の言葉を信じてあきらめろ。僕が彼女を殺させたとでも思っているのか？」

「いいえ。でも、そうしていたかもしれないと、わかっているわ。あなたのなかに、それを望む部分があるのは知っている」

「それはちがう」ロークは両手をデスクにつき、イヴと目の高さが同じになるまで身をかがめた。北極の氷のように冷たい目で見つめる。「仮に彼女の死を望んだとすれば、すべて自分で引き受けて楽しんだだろう。それが、きみの結婚した相手であって、そうじゃないふりをしたおぼえはない。始末をつけるのはきみのためだ」

ロークは体を起こし、くるっと背中を向けると、扉に向かって歩きだした。

「ローク」

振り返ると、イヴは目隠しをするように両手で目を覆っていた。激しい怒りと自尊心が喉元で燃え上がっていてもなお、その姿にロークははっと胸を突かれた。

「どんな人と結婚したかはわかってる」イヴは両手を下ろした。あらわになった目は暗く沈んでいるが、澄んでいる。「あなたの言うとおり、あなたなら自分でやったわね。わたしのためにそれができて、やっていたかもしれないということ――そして、わたしのためにそれをしようとしなかったし、しなかったということ。このふたつはまるでぜんぜんちがう、ということね」

「すべての理屈を飛び越えて、愛しているよ。そのふたつは僕にとっても大ちがいだ」

「わたしはずっと彼女を恐れていた。たぶん、何度も、何度も、何度も自分を蹴ってくるブーツを犬が恐れるみたいに。人間らしい恐れですらなくて、もっと原始的な、もっと……純然たるもの。なんと言っていいのかわからない」

「もう言ってるじゃないか」

「彼女はわたしが恐れているのにつけこみ、それを利用して、もっともっとこわがらせて、そのうちわたしは、なんとか一日を終わらせてつぎの日を迎えることしか考えられなくなったわ。彼女はそれをブーツを使わずにやったの。わたしのなかのなにかをゆがめて、ゆがめつづけて、そのうち、わたしのなかには、そのゆがんだものしかなくなってしまった。すると、そこから逃れるために、自分が終わってしまうようにと願うようになるのよ」

「でも、きみは終わりはせず、逃げ出した。そこから逃れて、だれにも期待できなかったすばらしいことをしたんだ」

「これ、この事件のせいで、恐怖しか感じられなかったときのことをまざまざと思い出すわ」すべての記憶が明らかになるときは近いと、震える息が告げている。「わたしはこの事件のすべてを見届けなければならないわ、ローク。いまみたいなわたしでいることを、終わらせなければならない。あなたが立ち去ってしまったら、それができないのよ」

ロークはもどってきてイヴの手を取り、握りしめた。「そんなに遠くへは行かないよ、ぜったいに」

「わたしを助けて。お願い。手を貸してくれる?」

「どうしてほしい?」

「オフィスのなかの記録を見せてほしい」イヴはロークの手を握り返した。「あなたを信用していないんじゃない。彼女の頭のなかに入りたいの。オフィスを出ていくときに彼女がなにを考え、なにを感じていたか、知る必要がある。それから何時間もしないうちに、彼女は殴られている。彼女はどこへ向かったの?　だれに会いにいったの?　映像を見れば、それがわかるかもしれない」

「そういうことなら、わかった。でも、捜査ファイルには入れない。まず、きみの感想を聞いてからだ」

「了解」

ロークはイヴを残してオフィスに入っていった。もどってくると、コピーしたばかりのディスクをイヴに渡した。「音声も入っている」

イヴはうなずき、ディスクを差し込んだ。目をこらし、耳をそばだてる。

イヴはロークを知っていた。裏も表もすべて知っている。それでも、彼が口にしている言葉そのものよりも、その表情や口調が多くを語っていて、イヴの胃のあたりはびくびくと震えた。

再生が終わると、イヴはディスクを取り出してロークに返した。「彼女がかっとして、あなたの高価な椅子やカーペットを台無しにしなかったのは驚きだわ」

「そうされてもしかたがなかった」

イヴは立ち上がり、部屋のなかをうろうろ歩きはじめた。「彼女はだれかと組んでいたにちがいないのよ。でも、それがボビーだとしたら……それはどう考えてもぴんとこない。母親を殴る息子というのは、ある独特のタイプにかぎられるのよ。彼が当てはまるとは思えない。ほかのだれかよ」

「彼女は女性としてかなり魅力的だ。恋人だろう、おそらく」

「筋が通っているし、恋人たちが拳や武器を使い合うのはよく知られているわ。じゃ、彼女はこわくなったのよ。すごくこわくなって、すべて放り出してテキサスに帰りたくなった。それを知って恋人が激怒した。彼女には役割分担があるのに、それを投げ出すっていうから。恋人は彼女を殴りつけて、なんのためにこんなことをしているのか思い出させようとした。あとでまた彼が会いにくると、彼女は酔っ払っていて、また泣き言を言い出した。帰りたいのよ。ここにはいたくない。もうこんなことをやるのはいや。彼はまた激怒して、そして彼女を殺してしまった」

「筋は通ってる」

たしかに筋は通っている、とイヴは思った。でも、首を振る。「気に入らないわ。彼女はそんな簡単にあきらめる人じゃないし。それに、あなたは彼女をこわがらせ、彼は彼女を痛い目に遭わせた。両方から――恐怖と痛みに――挟み撃ちにあったようなものよ。それでも、彼女はどちらからも逃げなかったわ。それに、どうして彼女を殺すの?」イヴは両手を持ち上げた。「彼女が落ち着くまで待てばいいじゃない。死んでしまったら、なんにもならないわ」

「彼は自分を見失ってしまったとか」

イヴは殺害現場と遺体のようすを頭のなかでよみがえらせた。「でも、彼は自分を見失ってはいなかった。殴ったのは三回よ。三度、しっかり狙って殴っている。酔っ払ったり、麻薬でラリったり、たんに殺意がこみ上げたりして自制心を失えば、めちゃくちゃに殴って、顔もつぶしてしまうほどよ。徹底的に打ちのめすはずだけど、そうはしていない。ただ後頭部を強打して、立ち去っている」

イヴは腕を上げて肩の関節をぐるぐる回した。「さあ、ボードを立てるわよ。この資料を順番に貼りつけることからはじめないと」
「では、その前に食事だ」

# 9

イヴが食事をしたのは、しないとロークが小言を言ってうるさいからだ。それに、体に燃料を補給するという機械的な作業をしながら、じっくり時間をかけて考えることもできる。食事中はゆっくりワインも飲んだ。しかたなく薬を呑むように、少しずつちびちびと。

つけっぱなしの壁のスクリーンにつぎつぎとデータが現れる。イヴがよく知っている人物や、まだ名前しか知らない人物の見えざる部分がより明らかになっていく。トルーディ、ボビー、ザナ、そしてボビーのパートナーのデンシル・K・イーストン。

飛び抜けた金持ちはいなくても、経済面は全体的にしっかりしているようだ。イーストンはボビーと同じビジネスカレッジに通い、いっしょに卒業した。既婚で、子どもがひとりいる。

卒業の年に治安紊乱《びんらん》行為でお灸をすえられたが、それ以外に犯罪歴はない。

それでも、トルーディにパートナーか恋人がいたとしたら、彼であってもおかしくはない。

息子のビジネス・パートナーなら、トルーディの個人的、あるいは仕事上の細かな情報をだれよりもくわしく知っているだろう。

テキサスからニューヨークへの行き来も簡単だ。ちょっと出張しなければならなくなったと妻に告げて、あとはうまくやればいい。

犯人は細かいことによく気づかなければならない。トルーディのリンクを持ち帰ることや、武器を持っていくか、なにか手近なものを武器として使ったなら、それを持ち去ることを忘れてはならない。

しかし、犯人はカーッと頭に血が上って、女性を二、三発殴って、脳を叩きつぶしている。とは言え、怒ってはいない。

目的があってやっている。

その目的はなに？

「考えていることを口に出したらどうかな？」ロークはうながし、手にしたワイングラスをイヴのほうにかたむけた。「なにかヒントが見つかるかもしれない」

「ただとりとめなくあれこれ考えているだけよ。もう一度遺体を見たいし、もう一度ボビーと奥さんと話がしたいし、ビジネス・パートナーとかいうデンシル・イーストンのことも調べたいし、被害者に恋人や親しい友だちがいたかどうか情報も得たい。遺留品採取班はあまり成果が上がらなかったみたい。指紋は山ほど。被害者の、息子の、嫁の、メイドたちの。

ほかのもあって調べたら、以前、その部屋に泊まったお客のもので、問題の時間にはアリバイがあったそうよ。避難台や梯子に指紋は残っていなかった。あったのは血痕と、ちょっと踏まれたみたいなハトの糞」

「すばらしい」

「配水設備でわずかに血液が検出されていて、わたしは被害者のものにちがいないと思ってる」

「つまり、犯人は現場では血液を洗い流さず、自分が触れたものすべてをぬぐったかシールド処理をしていたということだね。だから、準備をしていた、というのがきみの考え」

「たぶん準備をしていたし、おそらく機会をとらえるのがうまい人物だと思う」しばらく黙りこくってから言った。「感じないの」

「感じないって、なにを?」

「いつも感じるものを。わたしは彼女と知り合いだから客観的になれないんじゃないかって心配されるけれど、そういうことじゃないの。感じないのは……たぶん、つながりよ。いつも、つながりのようなものを感じていたの。彼女のことは知っていても、そのつながりをまったく感じないの。二、三日前、歩道に張りついてしまった男性ふたりを剝がす作業を手伝ったわ」

タブス——サンタの扮装をしたマックス・ローレンス——と、夫であり父親でもあったレオ・ジェイコブスだ。

「ふたりとも、母親でもわからないくらい変わり果てた姿になっていた。わたしはふたりのことは知らないけれど、なんていうのか……同情と怒りを感じた。そういう感情は捨てるべきだと言われるわ。同情しても怒っても、犠牲者や捜査のためになることはひとつもないって。でも、ためになるのよ。ほどほどにそういう感情を抱え込むと、突き進めるの。でも、感じないのよ。ないものを抱え込むのは無理」

「どうしてそんな感情を持たなければならない？」

イヴは反射的に顔を上げた。「だって……」

「だって彼女は死んでしまったから？　つごうよく死ねば、同情心や怒りの感情を持つに足るようになるのか？　なぜだ？　あの女はきみを、罪のない心に傷を負った子どもを、食い物にした。そういう子がきみ以外に何人いると思うんだ、イヴ？　それを考えたことがあるのか？」

涙がこみ上げ、喉が焼けつくように熱い。彼の怒りがそうさせている、とイヴは気づいた。わたしの怒りではなく。「そうね。ええ、それは考えたわ。それから、同情心や怒りを感じなかったり感じられなかったりするから、この件の捜査はほかにまかせるべきだったかもしれない、とも考えた。でも、責任を逃れたら、たとえ一度でも背を向けて歩き出したりしたら、いまのわたしを作ったものを失ってしまうって、そう思った」

「だったら、今回はなにかべつのものを利用してやる気になればいい」ロークは手を伸ばし、イヴの手の甲を指先で軽くかすめた。「好奇心だ。だれが、なぜ、どんなふうに？　知りたくないかい？」

「そうね」イヴは振り返ってスクリーンを見た。「ええ、知りたいわ」

「では、今回はそれをやる気に結びつければいい。今回だけ」

「そうじゃなければいけないと思うわ」

イヴはボードを立て、自分がつけたメモを読み直し、リストを作り、データをチェックした。オフィスのリンクが鳴ると、表示を確認してからロークを見た。「ボビーからよ」

リンクに出る。「ダラス」

「あの、悪いね。夜分遅く、自宅に連絡して悪いと思っているんだ。ボビー・ロンバードだけど」

「ええ、いいのよ、だいじょうぶ。なにかあった？」

お母さんが亡くなったこと以外に、とイヴは思った。それから、あなたが幽霊と紙一重に見えること以外に。

「ここから出られるかどうか訊きたくて。あの、ほかにホテルの部屋が取れるかな、と思って」片手を持ち上げて、砂の色をした短い髪をかき上げる。「ここにいるのは――ここにいるのはつらくて。廊下をちょっといったところで母が――つらいんだ」

「どこか心当たりがある？」

「ええと……いや。二、三か所、連絡してみた。でも、満室だった。クリスマスだからね。

ザナはここにいないといけないんじゃないかって言って、僕はそうは思わなくて、それできみに訊こうと思って」

「ちょっと待って」リンクを保留にする。「あの人たちが泊まっていたホテルを見たでしょ。あれくらいのホテルに二、三日泊まれる空室があるかしら?」

「探せばかならずあると思う」

「ありがとう」保留モードを切り替える。「あのね、ボビー、あしたにはべつの部屋を紹介できるわ。だから、今夜はそこでがんばって。あすの朝、べつのホテルを紹介するから」

「それはありがとう。手間をかけるね。なんだか、いまはなにもかもしっかり考えられなくて」

「今夜はそこでがんばれるわね?」

「ああ。だいじょうぶ」ボビーは片手でさっと目をぬぐった。「具体的になにをやるべきなのかわからないけど」

「ただ、そこにいればいいの。あすの朝、相棒とわたしでそっちに行くわ。八時ごろよ。もっと訊かなければならないこともあるし、それが終わったら、べつのホテルに移れるから」

「そうだね。よかった。オーケイ。おしえてもらえるかな、その……なにか新しいことはわかったんだろうか?」

「あしたの朝、話しましょう、ボビー」

「ああ」ため息をつく。「朝だね。ありがとう。申し訳なかったね」

「どういたしまして」

接続を切ると、ロークは立ち上がってイヴの椅子の背後に立ち、彼女の肩に両手を置いた。「充分に同情しているじゃないか」ささやくように言った。


夢を見るだろう、とイヴは思った。眠ってもしつこく悪夢につきまとわれ、追いつめられるだろうと思った。しかし、悪夢は影のままで一度も形にならなかった。二度目が覚めたが、そのたびに、はじまらない戦いに備えて体は固く張りつめていた。朝になり、疲れていらいらしたまま目覚めると、熱いシャワーと濃いコーヒーで疲労を抑えこもうとした。

結局、警察バッジを手にして、肩からハーネスをつけて武器を収めた。さあ、仕事よ、と自分に言い聞かせる。自分のなかに空っぽの部分があるなら、仕事をして埋めるだけだ。

すでにスーツに着替えたロークが部屋に入ってきた。見つめられた者をくらくらさせるブルーの目はすっきりとさわやかだ。さっきまでのイヴには仕事と、空っぽの部分しかなかった。

いまはロークがいる。

「夜のうちに地獄が凍りついたのかと思ったわ」マグに入った二杯目のコーヒーを飲む。

「だって、目が覚めたとき、あなたがここで経済ニュースを読んでいなかったから」

「それは自分のオフィスでやってきた。だから、地獄の炎は燃えつづけているよ。安心したかな」そう言って、イヴにメモキューブを放る。「あっちでこれも手配した。標準クラスのビッグ・アップル・ホテルだ。気に入ってもらえるだろう」

「ありがとう」メモをポケットに押し込むイヴを、ロークは首をかしげてじっと見つめた。

「まだ疲れが残ってるね」

「若い子だったら、そんなふうに言われたら怒るわよ。たぶん」

ロークはほほえみ、イヴに近づいて唇で唇に触れた。「だったら、それはおたがいに運がよかった」さらに、頬と頬をくっつけてこする。「もうすぐクリスマスだ」

「知ってるわ。あなたがここに引きずってきたばかでかいツリーのせいで、部屋じゅうが森みたいに香っているから」

イヴの肩に顔をのせたまま、ロークはにっこりした。「楽しそうに、金ぴかの飾りを枝に吊っていたね？」

「ええ、おもしろかったわ。もっとよかったのは、ツリーの下でたっぷり時間をかけてセックスしたこと」

「あれで最後の仕上げはばっちりだった」ロークは体を引き、両手の親指でイヴの目の下をなぞった。「この影を見るのは好きじゃないな」

「あなたは領土を買ったのよ、凄腕《エース》さん。それも込みで」

「きみとデートしたいな、警部補。日曜日の計画は流れてしまったし」

「デートは結婚の誓いとともに消えると思っていたわ。結婚のルールブックにそう書いてなかった？」

「きみのは印刷が悪かったんだ。クリスマス・イヴに緊急事態は禁止だよ。きみと僕は居間でふたりきりだ。おたがいのプレゼントを開いて、クリスマスらしい酒をしこたま飲み、交替で主導権を握ってたっぷりセックスを楽しむ」

「クッキーもある?」

「まちがいなく」

「じゃ、行くわ。さあ、仕事に行かなくちゃ」イヴはロークの手にコーヒーのマグを押しつけた。「ピーボディと犯行現場で待ち合わせしているの」そう言うと、ロークの髪をつかんでぐいとひっぱり、派手な音をたてて熱烈なキスをする。「じゃあね」

体のシステムを立ち上げて作動させるには、熱いシャワーや本物のコーヒーより彼のほうが効果的だ、とイヴは思った。そして、さらにもうひとつ、とっておきのものがある。

足早に階段を下りていって、親柱に引っかけてあるコートをつかむ。ふわっと弧を描くように広げたコートを着ながら、歯をむき出した笑顔をサマーセットに向ける。「あなたにどんなクリスマスプレゼントを買えばいいか、わかったわ。あなたのお尻につっこむための、ぴかぴかした新品の棒よ。この二、三十年、お尻につっこみっぱなしの棒はきっともうだいぶくたびれちゃってるだろうから」

まだほほえんだまま玄関を出て車に向かう。ゆうべはろくに寝られなかったが、そのわりには悪くない気分だった。

ホテルの前で、ピーボディがドスンドスンと足を踏み鳴らすようにして行ったり来たりするのを見ながら、イヴは車を止めた。歩道を踏みしめる力強さと勢いから判断して、ピーボディは少しばかりカロリーを消費しようとしているか、寒いか――長いマフラーのようなものを首にぐるぐると六重にも巻いているので、ちょっと考えられない――本気で怒っているか、そのうちのどれかに思われた。

しかし、相棒の表情をひと目見ただけで、正解は三番だとわかった。

「なんなの？」イヴは強い調子で訊いた。

「なにがですか？」

「あなたを窒息させそうなそれよ。害虫駆除業者を呼んだほうがいい？」

「マフラーです。祖母が編んで、送ってくれて、いま開けるように言われたんです。だから、そうしました」

イヴは唇をすぼめ、赤と緑のジグザグ模様のそれはいったい何メートルくらいあるのだろうかと目をこらした。「クリスマスらしいわ」

「温かくて、きれいで、いかにもクリスマスっていう感じじゃないですか？」

「まあそうね。だから、害虫駆除業者を呼んでほしいの、って訊いてるの。あなたのお尻でもぞもぞ虫が動き回ってるんでしょ？　それとも、それが快感なの？」

「まったくいやなやつ。丸ごと、完璧なあほです。あんなばか野郎と同居したりして、なにやってるんだろう、わたし？」

「わたしに訊かないでよ。勘弁して」イヴは言い、片手をあげた。「訊かれても困るわ」

「家計が逼迫《ひっぱく》してるのはわたしのせいですか？　ちがいます」ピーボディはもったいぶって言い、イヴの顔に人差し指を突きつけた。「彼のあほな家族があほなスコットランドに住んでいるのはわたしのせいですか？　わたしはそうは思いません。感謝祭にふたりでわたしの家族とほんの二、三日過ごしたからどうだっていうんです？」ピーボディが両手を勢いよく上げると、マフラーが舞い上がって大きくうねった。「うちの家族にはアメリカ合衆国に住むだけの分別があるんです、そうじゃないですか？　そうでしょう？」

「わからない」ピーボディの目が激情にかられてぎらついているような気がして、イヴは用心しながら言った。「アメリカに住んでる人はおおぜいいるわ」

「分別があるんですよ！　それで、わたしはちょっと言ったんです。さりげなく、クリスマスはうちにいるべきかもしれない、って。だって、ほら、わたしたちがカップルとして迎えるはじめてのクリスマスだし——彼の態度からして、最後でもあるわね。ろくでなしのどあほう。なに見てるのよ？」通り過ぎながらちらりとピーボディのほうを見た男性に食ってかかる。「そうよ、どんどん行っちゃいなさい。このとんま野郎」

「そのとんま野郎はなんの罪もない傍観者よ。われわれが守り、奉仕すると誓った市民のひとりよ」

「男はみんなとんま野郎です。母親の息子はみんなそう。彼は、わたしが自己中心的だって、そう言ったんです！　自分から分かち合おうとしない、って。大嘘です、そんなの。彼がわたしのイヤリングをしてないっていうんですか？　彼が――」

「彼がそれ以外にあなたのなにを身につけようと、わたしはいっさい、まったく、知りたくないから。そろそろ時間よ、ピーボディ」

「だから、わたしは自己中心的じゃないし、愚かでもない。スコットランドでいまいましいクリを焼くのがそんなに大事なら、勝手に行けばいいんです。勝手にしろ、くそっ。わたしはあっちの人たちを知らないんだから」

ピーボディの目に涙があふれ、イヴは胃のあたりがこわばりはじめるのを感じた。「だめよ、だめ、だめ。だめだったら。仕事中に泣くのはなしよ。こんな歩道で、犯行現場の真ん前で泣いちゃだめ」

「彼の両親のことも、家族のことも、いとこのシーラのことも知らない。彼は彼女のことばかり話してるんです。わたし、あっちに行けるわけがないわ。あと五ポンド痩せないとだめだし、毛穴が――いまは月のクレーター状態なのが――目立たなくなるっていうスキンケア療法もまだ途中だし。一か月は一文無しで暮らさないと、航空チケット代も払えない。うちにいるべきなんです。どうしてただ家にいちゃだめなんですかあ？」

「わからない。わからないわ。たぶん、感謝祭はあなたの家族と過ごしたから、だから――」

「でも、彼はわたしの両親を知っていました。そうじゃないですか？」

いまにもこぼれそうなくらい、まだ目に涙をためている、とイヴは気づいた。しかし、あの茶色の目の熱っぽさといったら。涙が蒸発しないのが不思議だ。

「その前に、彼はわたしの両親と会っていたでしょう？　だから、がちがちにこわばって会うようなことにはならない。それに、うちの家族はちょっと変わっています」

尋ねるのはまちがいだとわかっていても、すでに口をついて言葉が出ていた。「どうしてわかるの？」

「わたしの家族だからです。彼の家族に会いたくないわけじゃありません。いつかは会うんだろうし。でも、外国へ行かなきゃならないし、ハギスとか――よくわからないけど――なんかそういうものを食べないといけないんです。うー、気持ち悪い」

「そうね、感謝祭のびっくり豆腐料理もすごかったと思うけど」

ピーボディのぎらつく目が必殺の細い目に変わった。「どっちの味方なんですか？」

「だれの味方でもないわ。中立よ。わたしは――なんていうか――スイスよ。そろそろ仕事に行かない？」

「彼、カウチで寝たんです」ピーボディは震える声で言った。「それで、今朝、目が覚めたら、もういませんでした」

イヴは長々とため息をついた。「彼の勤務は何時から？」

「八時からです、わたしと同じです」

イヴはコミュニケーターを取り出し、ＥＤＤに連絡した。

「やめて！」ピーボディは歩道でパニック・ダンスを踊りはじめた。「わたしが心配してるなんて、彼に知られたくありません」

「うるさいわよ。巡査部長、ダラス警部補よ。マクナブ捜査官の出勤時間は記録されてる？」肯定する返事を訊いて、イヴはうなずいた。「ありがとう、それだけよ」接続を切る。「仕事に出てるわ、彼。わたしたちもそうしないと」

「ろくでなし」涙の乾いた目が険しくなった。キッと結んだ唇の薄さはちょうど解剖用のメスの刃くらいだ。「ただふつうに仕事に出てる」

「ああ。ああ、どうしよう。頭。頭が」イヴは一瞬、両手で頭を抱えた。「いいわ。あとでやるつもりだったけれど」ポケットに手を突っ込んで、包装された小さな箱を取り出した。

「いまあげるわ」

「わたしへのクリスマスプレゼントですか？　すごい。でも、いまはそういう気分じゃ――」

「いいから開けないと、この場でぶっ殺すわよ」

「サー！　開けます」むしり取った包装紙を急いでポケットに突っ込み、箱の蓋を取る。

「キーコード」

「そうよ。さっき話に出た外国の空港で待ってる地上移送機《トランスポ》のキーコードよ。航空移送機《トランスポ》のほうは、ロークの自家用シャトルの一機にふたり分の席が用意してある。往復よ。メリー・クリスマス。好きに使って」

「わたし――あなた――自家用シャトルの一機って？　タダで？」ピーボディの頬が夏のバ

ラのピンク色に染まった。「それで──それで──それで──あっちに着いたら移送機が待っていてくれるんですか？　それって、すごく、ものすごくイカし《マグ》てます」

「よかった。そろそろ現場に行ける？」

「ダラス！」

「だめ。だめ。ハグはだめ。やだってば。もう、くそ」ピーボディが伸ばした両腕につかまって抱きしめられ、文句を言う。「勤務中だし、公衆の面前よ。放さないと、お尻を蹴っ飛ばすわよ。めそめそ愚痴ってた原因の五ポンドの贅肉が、トロントまで飛んでいくくらい思いっきり」

「信じられない。ぜんぜん信じられない」ピーボディは鼻をすすりながら体を引いた。「最高です。ありがとう。ああ、もう、ありがとう」

「わかってるって」

「こうなったら行かなければ、と思います」ピーボディは箱を見下ろした。「つまり、口実──理由──の大部分を占めていたのがこれです。これが、行かない理由でした。その大部分が消し飛んだ、だから……ああ」

「なんでもいいわ」わたしはすごく気分がよかったのに、とイヴは思い出した。いまは、欲求不満の頭痛が頭蓋骨のてっぺんのちょっと上でくるくると回転している。「ひょっとして、そろそろ殺人現場へ行って、ほんの二、三分でも過ごしたいんだけれど、どう？　スケジュールのやりくりはできそう？」

「ええ。なんとか突っ込めます。もうだいじょうぶです。ありがとう、ダラス。ほんとうに。感謝します。ああ、こうなったら行かなくちゃ。ほんとうに行かないと」

「ピーボディ」ふたりでビルに入っていきながら、イヴは脅すように言った。「氷はどんどん薄くなってるわよ」

「取りつかれたみたいな状態はもうすぐ終わりますから。あと一分くらいです」

同じドロイドが受付にいた。イヴはもうわざわざ警察バッジは見せなかった。そのままステップを上がっていく隣で、ピーボディが独り言を言っている。荷造りと、赤いセーターと、五ポンドがどうのこうの、と。

そんなピーボディを無視して、イヴは犯行現場の封印が破られていないのを確認すると、さらに廊下を歩いていった。「ふたりが部屋を出たら、遺留物採取班を呼びたいわ。隅から隅まで調べてもらう」イヴは言い添えた。「万全な捜査よ」

イヴがノックして数秒後、ボビーが扉を開けた。悲しみに肉をそぎ落とされたように、その顔はやつれて見えた。石鹸の匂いを漂わせたボビーの背後には、開けっ放しになったバスルームの出入口と、流しの上の鏡がうっすら湯気で曇っているのが見えた。

娯楽スクリーンからつぶやき声が聞こえるのは、中継レポーターが朝のヘッドラインニュースをひとつずつ読み上げているのだ。

「入って。あ、どうぞ。ザナだとばかり。彼女が部屋のキーを忘れたのだと思った」

「彼女は出かけたの？」

「ちょっとそこまで、コーヒーと、ベーグルとか買いにいったんだ。てっきり彼女がもどってきたのかと思った。ゆうべ、荷造りしたんだ」扉の横にスーツケースふたつが置いてあるのをちらりと見たイヴに気づいて、ボビーが言った。「いつでも部屋を出られるようにしたかったから。ここにいるのがとにかくいやで」

「坐りましょう、ボビー。ザナがもどるまでにいくつか用事を済ませられると思うし」

「もうもどってきてもいいころなんだが。メッセージでは、二十分ほどでもどると言っていたから」

「メッセージ？」

「うーんと……」ボビーは部屋のなかを見回しながら、一方の手でぼんやりと髪をすく。「僕にメッセージ・アラームをセットしていったんだ。彼女、そういうことをするんだ。早く目が覚めたから、ここから二、三ブロックのところで見かけたデリに行って、あなたたちがみえたらコーヒーが飲めるようにいろいろ買ってくる、と言っていた。できればひとりで出かけてほしくないんだけどね。ママにあんなことがあったあとでは」

「デリが混んでいるだけでしょう。どこのデリだって？」

「おぼえていないな」そう言ってボビーはベッドに近づき、テーブルに置かれた旅行用の小さな時計を手にして、再生ボタンを押した。

〝おはよう、ハニー。さあ、起きる時間よ。あなたのきょうの服はドレッサーのいちばん上の抽斗《ひきだし》よ、おぼえてる？　わたしはもう目が覚めたけれど、あなたを起こしたくないの。きっと、ぐっすりは眠れていないでしょうから。ちょっと外に出て、コーヒーと、ベーグルかデニッシュとなにか買ってくるわ。あなたのお友だちがみえるのに、なにもお出しするものがなくてはいけないから。オートシェフに仕込んでおくべきだったわね。ごめんなさい、ハニー。二十分でもどるわ――二、三ブロック南へ行ったところのデリまで急いで行ってくる。もしかしたら北かもしれない。この町の位置関係はよくわからないわ。愛してるわ、ハニー〟デリ・デリッシュというお店。シャワーから出たらコーヒーを出してあげるわね。

イヴは時間を確認し、ピーボディをちらりと見た。

「わたしが迎えに行ってきます」ピーボディが言った。「荷物もあるでしょうから」

「坐ってちょうだい、ボビー」イヴは言った。「いくつか質問があるの」

「オーケイ」ボビーはピーボディが出ていって閉じた扉をじっと見た。「心配はいらないね。彼女はニューヨークがはじめてだ、っていうことだ。ちがうところを曲がって迷ったか、そういうことだろう。方角がわからなくなってるだけだ」

「ピーボディが見つけてくれるわ。ボビー、パートナーとはどのくらいの付き合いなの？」

「D・K？　ビジネスカレッジのころから」

「じゃ、親しいのね――個人的にも付き合いがある？」

「ああ、もちろん。彼の結婚式では僕が新郎の付添人をやって、同じように彼も僕の付添人だった。どうして？」

「ということは、彼はあなたのお母さんを知ってる？」

「伝えなければならないから、きのう、連絡して伝えたよ」震えだした口にきゅっと力をこめる。「彼はあっちで僕の分も働いてくれている。必要ならこっちへ来ると言ってくれたよ。そんなことはさせられない。もうすぐクリスマスなんだし、彼には家族がいるんだ」ボビーは頭を抱えた。「いずれにしても、彼にできることはなにもない。なにもやるべきことはない」

「彼とあなたのお母さんはどんな関係だったの?」

「われ関せず」ボビーは顔をあげてほほえもうとしたが、惜しいところで失敗した。「水と油という感じかな?」

「説明してくれる?」

「ええと、D・Kは、いわゆる冒険家だ。僕は、彼にうるさくせっつかれなければ独立することなどぜったいになかっただろう。ママは、彼女は、どちらかというと人の批判をするほうだからね。僕たちの仕事がうまくいくとは思っていなかったんだが、僕たちはそこそこうまくやっている」

「ふたりは仲がよくなかった」

「たいていは。D・Kとマリータは母とはかかわらないようにしていた。マリータは彼の奥さんだ」

「ほかにも仲が悪かった人がいる?」

「ええと、ママは、人とかかわるのが好きな、いわゆる人気者ではなかったから」

「反《そ》りが合った人とか、親しかった人は？」

「僕とザナだ。僕さえいればいいんだって、いつも僕に言っていたが、ザナのことも受け入れた。ほら、母は女手ひとつで僕を育てた。たいへんだったと思う。僕がいい家で暮らせるように、多くをあきらめなければならなかっただろう。僕をいちばん大切にしていた。あなたがいちばん大切よ、っていつも言っていた」

「これはむずかしい質問だって、わかっているわ。彼女の財産はどんな感じ？　家を持っていたわよね？」

「いい物件だよ。この業界に息子がいて、いい物件に住めないなんてありえない。母は金銭面でもかなり余裕があったよ。ずっと働きづめで、金の使い方も慎重だった。節約家だったんだ」

「あなたが引き継ぐのよ」

ボビーはぽかんとした顔になった。「だろうね。そういう話は一度もしたことがないけど」

「彼女はザナとはどうだったの？」

「うまくやっていたよ。最初はちょっとごたごたしたけどね。僕はママにとってすべてだから、ザナとのこともはじめのうちはあまりよく思っていなかった。母親がどんなものかはわかるだろう」ボビーははっとして顔を赤くした。「ごめん、ばかなことを言って」

「いいのよ、ぜんぜん。彼女は、あなたがザナと結婚することに反対だったの？」

「相手がだれであれ、僕が結婚することに反対だったんだろう。でも、ザナはうまく母の心をつかんだ。ふたりはうまくやってる――やっていたんだ」

「ボビー、あなたのお母さんが金曜日の午後に、わたしの夫に会いに行ったのは気づいていた？」

「きみのご主人？　なんのために？」

「金を手に入れるため。莫大な額のお金よ」

ボビーはただイヴを見つめ、それから、ゆっくり首を左右に振った。「ありえない」ショックを受けたようには見えない、とイヴは思った。ただ当惑しているようだ。「わたしがだれと結婚しているか知ってる？」

「ああ、もちろん。クローン醜聞《スキャンダル》のあと、いろんなメディアが取材をしていたからね。スクリーンで見て、それがきみとは信じられなかった。最初は、きみのことをおぼえてさえいなかったんだ。ほんとうに久しぶりだったからね。でも、ママはおぼえていた。それで――」

「ボビー、あなたの母親は目的があってニューヨークへ来たの。彼女がわたしとまた接触したかったのは、わたしがたまたま金持ちと結婚したから。彼女は、その金の一部が欲しかったの」

顔はぽかんとしたまま、さっきまでよりゆっくりと慎重に言った。「それはちがう。ありえない」

「ほんとうよ。あなた、二百万ドルもらえたらうれしいでしょう、ボビー」

「二百万ドル……きみは、僕がママを殺したと思うのか?」ボビーはよろよろと立ち上がった。「僕が自分の母親を傷つけたと? 二百万ドル」両手で頭を挟んで、強く締めつける。「こんな話、どうかしている。きみがどうしてそんなことを言うのか、理解できない。だれかがこっそり窓から侵入して、母を殺した。死んで床に横たわった母をそのままにして、逃げた。僕が、肉親にそんなことができると思うのか? 自分の母親に?」

イヴはその場を少しも動かず、いままでと変わらぬしっかりした声でそっけなくつづけた。「わたしは、だれかがこっそり侵入したとは思っていないわ、ボビー。出入口から入ってきたんだと思う。彼女はその人物を知っていた。彼女はほかにもけがをしていた。殺される何時間も前に負ったけがよ」

「なんの話をしているんだ?」

「顔と、体のほかの部分にあざができていて、それはすべて金曜日の夜に負ったもの。あなたがまったく知らなかったと言っているけがよ」

「知らなかった。ありえない話だ」これまでより高めの声で、一気にまくしたてる。「けがをしたなら僕に話したはずだ。だれかにけがをさせられたなら、僕に言ってるはずだ。まったくもう、こんな訳のわからない話はないぞ」

「まちがいなく、だれかが彼女にけがをさせたの。彼女がわたしの夫から二百万ドルをゆすり取ろうとしたあと、オフィスを出て数時間後よ。彼女はゆすりに失敗してオフィスを出た。だから、彼女はだれかと手を組んでいて、そのだれかが激怒したのだとわたしは思っているわ。彼女はロークのオフィスに乗り込んできて、二百万ドル渡せばテキサスにもどって、二度とわたしにはかかわらないと言ったの。それは記録に残っているのよ、ボビー」

ボビーの顔は紙のように真っ白だ。「たぶん……たぶん、貸してほしいとたのんだんだ。おそらく、僕の仕事の資金を補いたかったんだろう。ザナと僕はそろそろ家族を増やそうかと話をしているところだ。だから、たぶん、ママは……いや、まったくわからない。きみの話を聞いていたら、まるでママが――まるで――」

「わたしは事実を伝えているの、ボビー」残酷だ、とイヴは思ったが、この残酷さで彼の名を容疑者リストから消せるかもしれない。「この件で彼女が手を組んでもいいと思うくらい信頼し、大切に思っている人はだれ？　これまでの話からすると、あなたとあなたの奥さんだけのようね」

「僕とザナ？　そのどちらかが母を殺したかもしれないと思っているのか？　どっかのホテルの部屋の床に、血を流している母を放置したかもしれないと？　金のために？　まだそこにありもしない金のために？　なにかのために？」ボビーは言い、ベッドの端にまた坐りこんだ。

「どうして僕をこんな目に遭わせる？」

「だれかがホテルの部屋に、血を流している彼女を置き去りにしたからよ、ボビー。そして、わたしの考えでは、お金をめぐってそういうことになったから」

「たぶん、きみの夫がやったんだ」ボビーはさっと顔を上げた。さっきまでとはちがって、その目は鋭い。「きっと彼が母を殺したんだ」

「ちょっとでもその可能性があれば、いましているような話はなにひとつしないとは思わないの？ 百パーセント確信していなかったら、事実にちょっとでも彼に不利なことがあったら、わたしはどうしていたと思う？ 非施錠の窓に、避難台。未知の侵入者が忍び込んだところに鉢合わせしたんでしょう。ご家族を亡くされお気の毒ですって、それでおしまいよ。わたしを見て」

しばらくボビーに見つめられてから、言った。「そうすることもできたのよ、ボビー。わたしは警官だから。地位もあるわ。尊敬もされている。もうだれも調べ直さないようにしっかり扉を閉ざすこともできた。でも、わたしがやろうとしているのは、あなたのお母さんを殺して、そのまま放置した者を捜すことよ。だから、信じて」

「なぜ？ どうして気にかけるんだ？ きみは母のもとから逃げたはずだ。きみのために最善を尽くしている母から逃れた。きみは――」

「そうじゃないって知っているはずよ、ボビー」低く、抑揚のない声のままつづける。「よく知っているはずよ。あなたもそこにいたんだから」

ボビーはさっと目を伏せた。「母はたいへんだった、それだけだ。ひとりで子どもを育てながら、少ない金でやりくりしていたんだ」

「そうかもしれない。わたしがこうして捜査している理由をおしえてあげるわ、ボビー。こうしているのはわたしのためであり、たぶん、あなたのためでもある。こっそり、わたしに食べる物を持ってきてくれた子どものため。でも、これははっきり言うけれど、彼女を殺したのがあなただってわかったら、檻に閉じこめるわよ」

ボビーは背中をしゃんと伸ばし、咳払いをした。しっかりした表情に、しっかりした声できっぱりと言う。「僕は母を殺していない。生まれてからこれまで、母に手を上げたことは一度もない。ただの一度もない。母が金をゆすりに来たなら、それはまちがったことだ。まちがったことだが、僕のためにやってくれたんだ。僕に話してくれたらよかったのにと思う。あるいは――あるいは、母はだれかにやらされたんだ。だれかが母を脅したか、そうじゃなければ――」

「だれかってだれ？」

「わからない」声がうわずり、ひっくり返った。「わからない」

「あなたたちがニューヨークへ行くことを知っていたのはだれ？」

「D・K、マリータ、会社の従業員、顧客にも知っていた人はいる。そうだ、近所の人も。こんなことになるとも知らず、ぺらぺらしゃべっていたからな」

「知っていたと思う人たちすべての名前をリストにして。そこから調べはじめるわ」イヴが立ち上がると、扉が開いた。

真っ青な顔をして震えているザナを抱えるようにして、ピーボディが部屋に入ってきた。

「ザナ。ハニー」ボビーははじかれたようにベッドから立ち上がって妻に飛びつき、胸に抱き寄せた。「なにがあった？」

「わからない。男の人が。わからないわ」泣きじゃくりながら、ボビーの首にしがみつく。

「ああ、ボビー」

「東へ一ブロック行ったところで見つけました」ピーボディがイヴに言った。「ショックを受け、放心しているようでした。男に捕まり、無理やりビルに連れ込まれたそうです」

「なんてことだ、ザナ、けがをさせられたのか？」

「ナイフを持っていたわ。叫んだり逃げようとしたりしたら、切りつけるって言われたの。とてもこわかった。ハンドバッグを渡すから、って言ったの。持っていって、って。どういうことなの。わからない……そう、ボビー、その人はあなたのママを殺したって言ったわ」

ザナがまたぽろぽろ涙をこぼしているのもかまわず、イヴは力尽くでボビーから引き離した。「坐ってちょうだい。泣かないで。けがもなにもしていないんだから」

「たぶん、あの人に――」ザナは震える手をうしろに回し、腰のあたりに触れた。

「コートを脱いで」赤い生地に小さな穴が開き、コートの下に着ていたセーターが裂けている。点々と、小さい血の染みもついている。「かすり傷よ」イヴは言い、セーターをたくし上げて、浅い切り傷を見つめた。

「刺されたのか？」ボビーはおびえた声で言い、イヴの両手を払いのけるようにして、傷に目をこらした。

「ひっかき傷よ」イヴは言った。

「なんだか気分が悪い」

ザナが白目をむきかけると、イヴは彼女をつかんで揺さぶった。「気を失ってはだめ。椅子に坐って、なにがあったか話すのよ」ザナを椅子に押しつけて坐らせ、彼女の頭を両膝のあいだに突っ込んだ。下げるタイプの薄い銀のイヤリングが鐘の舌のように揺れている。

「意識して呼吸して。ピーボディ」

「いま行きます」すでに用意していたピーボディが、濡らした洗面タオルを持ってバスルームから出てきた。「ほんとうにかすり傷ですから」穏やかにボビーに言う。「ちょっと消毒薬を塗ってもいいと思うんですけど」

「トラベル・キットのなかよ。もう荷造りしてしまったわ」ザナの声は弱々しく、震えている。「スーツケースのなかの小さなトラベル・キットのなか。ああ、もううちに帰れる？ 帰れないの？」

「これから事情を説明してもらうわ。記録するわね」イヴは言い、ザナにレコーダーを見せた。「目が覚めて、コーヒーを買いに外に出てからのことを」

「ちょっと吐き気がするわ」

「だめよ、やめないわ」イヴはぴしゃりと言った。「ホテルを出てから」

「あの……あの、あなたがたがみえたとき、なにかお出ししたかったから。それに……あれから、ボビーはほとんどなにも口にしていなかったから、彼が起きるまでになにか買ってこようと思って。ゆうべは、ふたりともあまり眠れなかったの」

「オーケイ、それで、階下に行った」

「下りていって、それから、フロント係におはようって言ったの。ドロイドだって知っているけれど、やっぱり言ったの。そして、外に出たわ。お天気はよさそうだった。ひんやりしていたわ。だから、歩きながらコートのボタンをはめたの。それから……気がついたら、その人がいたわ。あっという間にわたしの体に腕を巻きつけてきて、ナイフの先が突きつけられるのを感じたわ。大声を出したらこれでぶっ刺すぞ、って言われたの。ただ歩け、歩きつづけろ、下を見るんだ、俺のつま先を見て、歩きつづけろ、って。ものすごくこわかった。お水をもらえますか？」

「取ってきます」ピーボディは簡易キッチンへ向かった。

「彼は歩くのがとても速くて、わたしはつまずきそうでこわかった。つまずいたら、すぐに殺されちゃうと思って」また目がとろんとした。

「集中して。気持ちを集中させるの」イヴが強い調子で言った。「それで、あなたはなにをしたの？」

「なにも」ザナはぶるっと身震いをして、自分を抱きしめるように胸の前で腕を交差させた。「〝ハンドバッグを渡すわ〟って言ったの。でも、彼はなにも言わなかった。わたし、こわくて顔を上げられなかったの。走って逃げるべきだって思ったわ。でも、彼は強いし、わたしはこわくてこわくて。そうしたら、彼が扉を押し開けたの。入っていったらバーだったわ、たぶん。暗くて、ほかにだれもいなかったけれど、ええと、バーみたいな匂いがしたから。ありがとう」

ザナは水のコップを両手で受け取ったが、まだ震えが止まらず、水をこぼしながら唇をつけた。「震えが止まらない。レイプされて殺されると思ったんだけれど、なにもできなかった。でも、彼に坐れって言われて、そのとおりにして、テーブルに両手をつけって言われて、そのとおりにしたわ。金がほしいんだ、って言うから、ハンドバッグを持っていって、って言ったわ。いいから持っていって、って。そうしたら、彼は、丸々二百万ドルをよこせ、って。さもないと、トルーディにやったのと同じことをおまえにもやってやる、って言ったわ。それだけじゃなくて、細切れにして、最後にはだれもおまえだとわからなくしてやる、って」

涙がザナの顔を流れ落ち、濡れたまつげがきらめく。「わたし、言ったの。〝あなたがママ・トルーを殺したのね、彼女を殺したのね?〟って。そうしたら、金を渡さないと、わたしやボビーにもっとひどいことをしてやる、って。二百万ドルよ。二百万ドルなんて持っていないわよね、ボビー。だから、彼に言ったの。でも、そんなお金をどこから持ってくるの、って。彼は、〝あのおまわりに訊いてみろ〟って言ったわ。それから、番号口座(秘密保持のため番号だけで識別される)の口座番号だっていうのをおしえられたの。何度も何度も繰り返し言わされて、まちがえておぼえたり、番号を忘れたりしたら、わたしを探し出してお尻に数字を刻んでやるから、って。番号はこうよ、505748711094463。505748711094463。505――」

「オーケイ、もうおぼえたわ。話を進めて」

「いいからそこに坐っていろ、って言われたわ。〝そこに坐ってろ、そこに坐ってろ。このチビのアマ〟って言われたの」ザナは濡れた頰をぬぐった。「〝十五分、そこに坐ってろ。それより早く逃げたりしたら、殺すぞ〟って。それで、彼は出ていったわ。わたしはその暗い部屋で坐っていた。こわくて立ち上がれなかったし、いつ彼がもどってくるかと思うとこわくてこわくて。時間になるまでじっと坐っていたわ。外に出ても、自分がどこにいるのかわからなかった。もうすっかり混乱していて。すごく騒がしいところだった。走り出したけれど、足がうまく前に出なくて、帰り道もわからなくて。そのうち、刑事さんが来てくれて、助けてくれたの。

ハンドバッグを置いてきちゃったわ。置いたまま来ちゃったんだわ。そうじゃなければ、彼に取られたか。コーヒーを買ってこれなかったわ」

そう言って、またわっと泣き崩れる。

イヴはたっぷり一分間、そのまま泣かせてから、さえぎるように訊いた。「どんな男だったの、ザナ？」

「わからない。よくわからない。ほとんど見ていないから。帽子をかぶっていたわ、スキーのときにかぶるようなのを。それから、サングラスも。背は高かった。たぶん。黒いジーンズに黒いブーツを履いていたわ。言われたとおり、ずっと下を向いていたからブーツが見えていたの。編み上げタイプで、つま先が傷だらけだった。ずっとブーツを見ていたわ。大きい足だった」

「大きいって、どのくらい？」

「ボビーの足より大きいわ。ちょっとだけ大きいと思う」

「肌の色は？」

「ほとんど見てないから。白かった、と思うわ。黒い手袋をはめていたの。でも、白人だったと思う。ちらっと見ただけだし、建物の中は暗かったから。ずっとわたしのうしろに立っていたし、暗かったから」

「髭や、傷痕や、あざや、タトゥーは？」

「見えなかったわ」

「声は？　訛りは？」

「喉の奥のほう、ずっと奥のほうから声を出していたみたい。よくわからない」悲しげにボビーを見る。「こわかったし」

イヴはもう少し情報を引き出そうとしたが、細かな点はあいまいになっていくばかりだった。

「あなたがたをつぎのホテルまで送らせるわ。制服警官の護衛もつける。なにか、どんな小さなことでも思い出したら、連絡してちょうだい」

「わからないわ。ぜんぜんわからない。どうして彼はママ・トルーを殺したの？　どうしてあんな大金をわたしたちからもらえると思うの？」

イヴはボビーのほうを見た。それから、護衛の手配をするようにピーボディに身振りで指示した。「これまでにわかっていることはボビーが話してくれるわ」

# 10

　移動を早く済ませようと、イヴは自分でボビーとザナを新しい落ち着き場所まで送り届けた。ザナが連れて行かれたという場所は、制服警官ふたりを指名して、最初のホテルから半径四ブロックの範囲を虱潰しに捜させた。ふたりが引き払った部屋の捜索にはかかわらずにピーボディと遺留物採取班にまかせて、イヴは死体保管所へ向かった。

　あらかじめたのんでいたので、モリスはトルーディの遺体を準備してくれていた。なにも感じない。遺体を見下ろしながらイヴはそう思った。わたしのなかで動くものがなにもない。同情心も怒りも感じない。

「新たな情報がある？」イヴは訊いた。

「顔と体のけがは、頭のけがの二十四時間から三十六時間前に負っている。もうすぐもっと正確なところが判明するはずだ」モリスはイヴにゴーグル型顕微鏡を渡して、身振りで示した。「ここを見てごらん」

石製の遺体置き台に近づいてモリスと並び、身をかがめて致命傷を観察する。

「畝《うね》みたいな盛り上がりがある。円や半円の型がついてるわ」

「いい目をしているね。では、大きくしてあげよう」頭のその部分の画像を拡大してスクリーンに映す。

イヴはゴーグルを頭の上のほうへ押し上げた。「頭の傷から繊維を採取したと言っていたわね」

「鑑識の分析結果が出るのを待っている」

「この型。クレジット硬貨かもしれない。硬貨をつめた布製のこん棒。昔からあって、効果は抜群よ。畝みたいな盛り上がりは、たぶんなにかの縁がぶつかったところで、ここにも丸い型がたくさん。そうね、硬貨かもしれない。たくさん詰めれば重さもあるから、頭蓋骨も砕けるわね」

イヴはふたたびゴーグル型顕微鏡を装着して、傷をさらにじっくり見た。「たぶん、三度殴られてるわ。最初は首に近い下のほう——ふたりとも立っていて、被害者は犯人に背中を向けていた。膝をついたところを、真上から二発目——こちらのほうがより強くて、より速い一撃よ。それから、三発目は……」

イヴは一歩後ずさりをして、ゴーグルを頭に押し上げた。「一発目」そう言って、両手で武器をかまえる真似をして右から左へ振り抜く。「二発目」頭の上に振りかぶり、こんどは上から下へ打ち下ろす。「そして、三発目」なおも両手で、左から右へ振る。

そして、うなずく。「血液の飛散パターンとも合ってる。棒状の凶器――バッグとか、靴下とか、小さな袋とか――が布製なら、こういう跡がつくかもしれない。防御創はないから、彼女は抵抗しなかった。不意を衝《つ》かれたのよ。うしろからいきなりだったから、おびえもしなかった。犯人はほかに武器は――脅して振り返らせるようなナイフや麻痺銃《スタナー》は――持っていなかったはず。静かな殺人現場だったでしょうね。最初の一撃で被害者は倒れ込み、悲鳴をあげる暇もなかった」

「シンプルで、わかりやすい」モリスはゴーグルを引き下げた。「時間をさかのぼって、この前のプログラムを見直そう」

シールド処理した指先で、モリスは分析用コンピュータのいくつかのアイコンに触れた。きょうのモリスは、黒っぽい長い髪を三つ編みにして、うなじでくるりと輪にして留めている。スーツは深くて地味な紺色だが、鮮やかな赤いペンシル・ストライプが目を引く。

「これが顔の傷だ。ちょっと拡大するよ」

「同じように盛り上がった線が型を描いてる。同じ武器ね」

「同様の傷が腹や、胴や、左の腰にもある。しかし、ちょっと興味深いのがここだ。もう一度、顔の傷をよく見てごらん」

「近くから襲われたようね」イヴは一瞬口をつぐみ、とまどいの表情を浮かべた。「あざのようすから角度を想像すると、アッパーカットみたい」モリスのほうに体を向けて、顔をめがけて拳を突き上げる。驚いたモリスがわずかに頭をうしろに引き、顔の一ミリ手前でイヴの拳が止まった。

「プログラムを使おうじゃないか?」

イヴはつい口元がほころぶのを抑えきれなかった。「当てるわけないのに」

「そうだとしても、だ」モリスは用心深く、イヴとのあいだにスクリーンを挟んで立った。

プログラムを呼び出すと、人型がふたつ現れた。「いま見ている傷が再現されるように襲撃者をプログラムすると、打撃の角度と動きはこうなる。顔の傷のようすから、左利きの人が、きみの言うとおり、アッパーカットを打ちこむとこうなる。妙な具合だ」

スクリーンを見ながらイヴは眉を寄せた。「あんなふうに殴る人はいないわ。左利きの人が殴りかかるとしたら、横からはずみをつけるから、このへんに当たるはず」イヴは指先でちょんちょんと自分の頬骨に触れた。「下から上の動きなら、もっと下に当たってるわ。右利きだったら、こうなって……ちがうわ」

イヴはスクリーンに背を向け、遺体のほうにもどった。「拳なら、たぶん、たぶんよ、こういうあざもできたでしょう。でも、こん棒状のものはスイングしなければならないわ。かなり近くから殴るにしてもはずみは必要よ」

イヴの眉がさらに寄り、目が細くなる。やがて、その目を上げてモリスを見た。「あきれた。彼女は自分でやったの?」

「分析したら、その確率は九十数パーセントと出た。見てごらん」つぎのプログラムを呼び出す。「ひとりでこん棒を両手で持ち、右手で重さを支えるようにして、体にたいしてななめの角度で顔に打ち当てると、こうなる」

「とんでもない女だわ」イヴは小声で言った。

「しかも、目的を持っている。ほかの——頭部のものをのぞいた——けがはすべて、角度から見て自傷かもしれない。顔面のけがを自傷として計算すると、その確率は九十九・八パーセントになる」

これまでの仮説はすべて捨てて、自傷という前提で考え直さなければならない。「だから防御創がなくて、抵抗したり押さえつけられたりした痕跡もないんだ」

新たな展開にくらくらしながら、イヴはまたゴーグル型顕微鏡を装着して、あらためてトルーディの体を隅から隅まで観察しはじめた。「膝と肘のあざは?」

「倒れ込んだときのものだろう。時期が頭部の傷と一致する」

「オーケイ、オーケイ。だれかがこんなふうに顔を殴りつけてきて、さらにもっと殴ろうと襲いかかってきたから、逃げて、転んで、殴ってくるのをかわそうと両手を掲げる。そうしたら、少なくとも前腕にあざができているはず。でも、そんなあざがないのは、彼女が自分で自分を殴ったから。爪のなかにはなにもなかったの?」

「そう言われれば……」モリスはにっこりした。「繊維が二、三本、右手の人差し指と薬指の爪と、左手の人差し指の爪の先から採取されている」

「それは、頭部のけがから採取したものと同じだとわかるはず」イヴは右手を固く握りしめた。「爪が生地に食い込むくらいきつく握って、勇気を振り絞るというわけ。完全に常軌を逸した女ね」

「ダラス、きみは彼女を知っていると言っていた。なぜ彼女はこんなことを?」

イヴはゴーグルをはずして、ぽんと脇に放った。ようやく怒りの感情がこみ上げ、骨に染みこむのを感じた。「ほかのだれかがやったと言うためよ。わたしか、たぶん、ロークか。それをネタに、マスコミに接触するのよ」そう言って、そのへんを行ったり来たりしはじめる。「いいえ、ちがう、そんなことをしても大金をせしめることはできない。たしかに注目されて、少しは金になる、でもたっぷりじゃない。やっぱりゆすりよ。またわたしたちのところへ来られると思ったんでしょう。金を払わないと公表するわよ。どんなにわたしをひどい目に遭わせたか、みんなに見せてやる。ところが、そんな計画が裏目に出た。彼女が手を組んでいるだれかが、もう彼女は必要ないと判断したのよ。あるいは、彼女が欲張って、手を組んでる連中を切ろうとしたか」

「きみのような警官や、ロークのような男をゆすろうとするとは、よっぽどの自信家なのだろう」モリスは振り返って遺体を見た。「金のために自分にこれだけのことができるとは、病的な欲求にかられたとしか思えない」

「そして、報いを受けたのね?」イヴは静かに言った。「たっぷりと」

ピーボディは寄り道をした。ダラスに知れたらお目玉を食うとわかっていたが、時間はかけずにすぐもどるつもりだった。それに、ふたりが引き払ったホテルの部屋で、遺留物採取班はいまのところなにも発見していないのだ。

マクナブが署内にいるかどうかさえよく知らなかった。もしかしたら現場に出ているかもしれない。メッセージも残してくれないから知りようがないのだ。

まったく、男なんて腹立たしいだけなのに、なんだってわざわざひとり、そばに置いているんだろう、とピーボディは思った。ひとりですべてうまくいっていたのだ。好きこのんでイアン・マクナブのような男を探し回ったわけではない。

だれが探すだろう?

いま、ピーボディは、ふたりの名前で部屋を借りて同居している。新しいベッド——最新式のゲル・ベッド——はふたりで買った。だから、あそこはわたしのじゃなくてわたしたちの家になったんでしょ? そんなことはいままで考えたことがなかった。

べつに考えなくてもいい、と思う。彼が救いようのない意地悪野郎だということ以外、いまは考えなくていい。

しかも、厳密に言えば、出ていくべきなのは彼のほうで、あっちから動き出すべきなのだ。迷いの気持ちがこみ上げて、思わずグライドから跳び降りそうになる。しかし、ダラスからもらったポケットのなかの箱の存在感はたとえようもなく、発火して焼けこげができそうだ——自分にも悪いところはあるかもしれないという思いも胸でくすぶっている。

たんなる胸焼けよ、と思う。あの角でソイドッグなんか頬ばるからいけないのだ。

顎を突き出し、ゆったりした足取りで電子捜査課《EDD》に入っていく。彼だ。仕切りに囲まれたいつもの席にいる。どうして気づかずにいられるだろう？　ＥＤＤの捜査官たちの虹の七色の私服にまぎれていても、彼の緑のジップ・パンツと黄色のシャツはきらめいている。

ピーボディは鼻をすすり、ドスンドスンと足音を響かせて近づくと、マクナブの肩を二度、強くつついた。「話があるの」

マクナブは涼やかなグリーンの目でちらりとピーボディを見たが、すぐにそっぽを向いた。「忙しいんだ」

はねつけられ、ピーボディはうなじがカーッと熱くなった。「五分だけ」歯のあいだから押し出すように言う。「個人的な話よ」

マクナブは電子ステーションを両手で押すようにして椅子を引き、ポニーテールにまとめた長いブロンドの髪で弧を描いて回転し、うしろを向いた。ついてこい、と言うように一方の肩をぐいと前に押し出すと、ぴかぴかの黄色いエアブーツで大股に歩いていく。ピーボディは怒りと決まりの悪さにみるみる赤く頬を染め、カチャカチャ、カタカタというＥＤＤの作業音を縫うようにして、進んでいった。だれも手を止めてピーボディに挨拶をしたり手を振ったりしないのは、マクナブがふたりの状況を自分の胸だけにしまっておかなかったせいだ。

まあね、わたしだって同じだけど。だからなに？

マクナブがこぢんまりした休憩室のドアを開けると、捜査官がふたり、訳のわからない電子オタク語で論争中だった。マクナブはただ親指を立てて扉を差した。「五分でいい」

捜査官ふたりは論争をやめ、それぞれチェリー・フィジーを持って部屋を出た。ひとりが立ち止まってちらっとピーボディを振り返り、同情と理解の念のこもった表情を浮かべた。やっぱり、とピーボディは思った。ああいう顔をしてくれるのは女性だ。

マクナブが自分用にライム・フィジーを取ってくるのを見て、ピーボディは、服とカラーコーディネートしているんだわ、と意地悪く思った。ピーボディが扉を閉めると、マクナブは幅の狭いカウンターに背中で寄りかかった。

「やんないといけないことがあるんだから、さっさと終わらせてくれよな」

「ええ、さっさと終わらせるわ。やらなければならないことがあるのは、あなただけじゃないから。今朝、あなたがアパートメントをこっそり抜け出さなければ、勤務時間前にいくらかは片づけられたことなのに」

「こっそり抜け出してなんかいない」ネオン管のようなチューブ型容器越しにピーボディを見ながら、マクナブはごくごくとフィジーを飲んだ。「きみが死体みたいに寝てたのは俺のせいじゃない。それに、朝いちばんにきみの態度をこき下ろすのは気が乗らなかったから」

「わたしの態度?」思わず出たのは金切り声で、本人だけが気づいていない。「わたしを自分勝手だって言ったのはあなたよ。わたしに心遣いが足りないって言ったのもあなた」

「自分がなにを言ったかは知っている。また繰り返すだけなら――」

ピーボディは両足を踏んばった。こんどばかりは、体重が彼より重いことがうれしかった。「わたしの話が終わる前にそのドアに近づいたら、あんたのやせこけたお尻をぺちゃんこにしてやる」

マクナブの目がキッと怒りに燃えた。「だったら、言うべきことを言えよ。この一週間に、きみが俺に言わなければならなかったことも合わせて言えよな」

「なんの話をしてるの？」

「いつだって、やらなければならないことがあったじゃないか」飲み物をガタンとカウンターに置くと、文字どおりライム色の液体が泡立《フィズ》ち、チューブの口からあふれた。「いつもなにかやってる途中でさ。俺が話をしようとするたびに〝その話はあとにしましょう〟って。そ男を捨てるとしても、クリスマス休暇が終わるまで待つ寛大さがあったっていいだろう。そうしたって、殺されるわけじゃあるまいし」

「なに？　なんなの？　あなたを捨てるって？　わずかに持ってた知力を失っちゃったの？」

「ずっと俺を避けてた。遅く帰ってきて、早く出ていく。毎日そうなんだ、ちくしょう」

「クリスマスの買い物をしてたのよ、ばかね」両手を宙に投げ出して言う。その声はだんだん叫び声に近くなっていく。「ジムへも行っていたし。メイヴィスとレオナルドの家に行っていたのは……理由は言えないわ。仮にあなたを避けていたとしたら、それはあなたがスコットランド行きのことしか話したがらないからよ」

「もうあと二日で――」

「知ってるわ、知ってる」両手で頭をぴしゃりと叩き、そのままぎゅーっと頭を抱える。

「俺にもできそうなアルバイトの話があって、少しは旅費の足しになりそうなんだ。俺が望んでいるのは、ただ……俺を捨てる気はなかったのか？」

「なかったけど、捨てるべきかも。あなたのそのとんがり頭を下にしてドサッと捨てて、この怒りをすべて晴らさないと」ピーボディは両手を頭から下ろして、ため息をついた。「たぶん、あなたを避けていたのは、スコットランド行きの話をしたくなかったからよ」

「いつか行きたいって、いつも言っていたのに」

「自分がなにを言ったかはわかっているけど、あれはほんとうに行くと思っていなかったときのことよ。それで、最近は行かざるをえない状況にあなたが追い込むから、心配になったの。いいえ、心配なんじゃない。こわくなったの」

「なにが？」

「あなたの家族に会うのが――全員といっぺんに。〝あなたがクリスマスに連れて帰る人〟になるのが。ああ、もう、どうしよう」

「驚いた、ピーボディ、クリスマスに俺がだれを連れて帰ったらいいと思ってんだよ？」

「わたしに決まってるでしょ、あんぽんたん。でも、クリスマスにだれかを実家に連れて帰るのは、大きなことよ。すごく大きなことなの。家族みんなでわたしをじろじろ見て、いろんな質問をするんだわ。しかも、わたしは不安だからどんどん食べちゃって、ムカつくことに、五ポンド痩せられないし。それで、もしあちらには行かないでずっと家にいられたら、そういう心配しないですむんだ、って思って」

マクナブは、時代を超えて男が女を見つめるときの困惑の表情でピーボディを見つめた。

「感謝祭のとき、俺を実家に連れていったじゃないか」

「それはそれ。ちがう話よ」マクナブに反論する隙をあたえず、ピーボディは言った。「あなたはその前にわたしの両親に会っていたし、うちはフリー・エイジャーだから。感謝祭には、だれだろうとみんなに食事を出すのよ。わたし、太ってて不格好だから、みなさんに嫌われるわ」

「ディー」マクナブは、とくにやさしい気持ちになったり、とりわけ腹が立ったりしたときだけ、彼女をディーと呼ぶ。口調から判断して、このときはその両方のようだった。「クリスマスにだれかを家に連れて帰るのはほんとうに大きいことだ。俺にはきみがはじめてなんだよ」

「ああ、もう。もっと悪くなるばかり。じゃなくて、そのほうがいいのかも。どっちなのかわからない」大きく息を吸い込んで、胃のあたりを手で押さえる。「なんだか気持ちが悪い」

「みんな、きみを嫌ったりしない。俺がきみを愛しているんだから、みんなもきみを愛するよ。愛しているよ、ナイスバディ《シー・ボディ》」そう言ってピーボディを見てほほえむ。ピーボディがつい子犬を思い出してしまうほほえみだ。「お願いだから、俺といっしょに実家に帰ってくれ。ずっと前からきみを家族に紹介するときを待っていたんだ」

「ああ、わああ。ああ、もう」感傷的な涙がこみ上げ、ピーボディはマクナブに飛びついた。マクナブの両手がしっかりとピーボディの尻をつかむ。

「扉に鍵をかけないと」マクナブはささやき、うれしそうにピーボディの耳を噛んだ。

「なにをしてるか、みんなに知られちゃう」

「ねたみの的になるのは大好きなんだ。うーん、寂しかったよ。いいから、ねえ――」

「待って、待ってったら！」ピーボディは体をのけぞらすようにして、ポケットに手を突っ込んだ。「忘れてたわ。たいへん。ダラスとロークからわたしたちへのプレゼントよ」

「プレゼントなら、いますぐきみからほしいんだけど」

「見て。いいから、見て。わたしたちに旅行をくれたの」そう言って箱を開けて、なかのカードを見せた。「自家用シャトルと、地上移送機。フルサービスよ」

マクナブの両手が尻をつかむのをやめたので、このプレゼントをはじめて知ったときのわたしに劣らず驚いているのだろう、とピーボディは思った。「ぶったまげた」

「わたしたちは荷造りさえすればいいの」涙ぐみながらほほえんで言う。「ほんとうにやりたいのでないかぎり、アルバイトはやらなくていいのよ。このことでは、すっかり頭に血がのぼってしまって悪かったわ。わたしも愛してる」

ピーボディは両腕をマクナブの体に巻きつけ、唇に唇を押しつけた。それから、ちょっと顔を離して、いたずらっぽく眉をぴくぴくさせた。「わたしが鍵をかける」

イヴがつぎの調査の準備をしようとオフィスにもどって数分後、ピーボディが飛び込んできた。

「ロンバード夫妻が引き払った部屋に関して、遺留物採取班の予備報告書を受け取りました

——なにも見つからなかったそうです」ピーボディは早口で言った。「警官ふたりに虱潰しに捜索させた結果、バーは見つかりました——場所は、ホテルから東へ一ブロック、南へ二ブロック。扉に鍵はかかっていませんでした。ザナのハンドバッグは室内の床に落ちていたそうです。いま、捜査チームが現場に向かっているところです」

「忙しかったのね」イヴが言った。「どうやって時間をやりくりしてセックスしたの？」

「セックス？　なんの話をされているのかわかりません。コーヒーが飲みたいでしょう」一直線にオートシェフのところまで行って、くるりと振り向く。「セックスしたって、どうしてわかったんです？　セックス探知レーダーを持っているんですか？」

「シャツのボタンを掛けちがえているし、首になまなましいキスマークがあるから」

「こんちくしょう」ピーボディは首の横を片手でぴしゃりとたたいた。「かなりひどいですか？　なんでここには鏡を置かないんですか？」

「その理由は、そうねえ、ここはオフィスだから、ってところかしら？　恥を知りなさい。そのマークをどうにかしてくることね。さもないと、部長が——」オフィス内リンクのブザーが鳴った。「間に合わなかった。下がってて。下がってて。リンクのスクリーンに映らないように、ずーっとうしろに下がってて。まったくもう」

恥じ入ってうつむきながら、リンクの映像に映らないところまで下がりながらも、ピーボディの口元はほころんでいた。「仲直りしたんです」

「黙って。ダラスです」

「ホイットニー部長がオフィスでお会いしたいそうです、いますぐに」

「行きます」リンクを切る。「要点を、すぐにまとめて」

「すぐにまとめます。それにはちょっと——」

「要点をまとめるのよ、捜査官。報告書を書くのはそのあと」

「わかりました。ボビーとザナが引き払った部屋で遺留物採取班が作業をした結果、現在捜査中の殺人事件にふたりを結びつけるような証拠はなにも見つかりませんでした。ザナ・ロンバードのハンドバッグは、捜索中の警察官によって〝ハイディ・ホール〟というバーの店内で発見されました。所在地は九番街の三十丁目と四十丁目のあいだです。防犯装置が解除中で、非施錠であるのを確認後、警察官は店内に入りました。その後、警察官によって建物は封鎖され、現在、遺留物採取班が作業中です」

「バーのオーナーの名前と、建物の所有者の名前を」

「それは、最新の情報を伝えてから特定するつもりでした」

「いま特定して。特定できたら、その人物について調べて。そのデータと報告書は三十分後に提出すること」

イヴが怒りの湯気を頭からたなびかせながらオフィスを出て、刑事部屋を抜けてエレベーターに乗りこむと、珍しいことに両肘を張ってかろうじて自分のスペースを作らなくてすむくらい空いていた。

いいことだ、とイヴは思った。どこかののろま野郎のあばらを折っていたかもしれないから。

それから、自分のなかのスイッチをすべてオフにした。ホイットニーには自制心とプロ意識しか見せない。そのふたつを利用し、それ以外に必要なものをすべて駆使して、事件の捜査の担当をつづけられるようにする。

部長はデスクの向こうの椅子にゆったりと坐り、イヴを待っていた。幅が広くて黒い顔には、イヴに劣らず頭のなかのものが表れていない。髪はごま塩で、塩のほうが多い。顔には皺が目立ち、歳月と、イヴが確信しているように、統率の責任の重さから、目のまわりにも、口のまわりにも深く皺が刻まれている。

「警部補、みずから殺人事件の主任捜査官をもって任じて二日目らしいが、ここにはきみからなんの報告もない」

「サー、たまたま捜査することになったのは昨日の午前中です。日曜日の午前中は、サー、部長もわたしも非番です」

ホイットニーはかすかにうなずいて認めた。「しかし、きみはこの事件を非番中に担当して、署の職員と設備を利用し、上司への報告をおろそかにした」

嘘をついてもしかたがない、とイヴは判断した。「はい、サー、そのとおりです。わたしは、状況からそういった行動を取らざるをえなかったと信じていますし、いま言った状況と行動について、これから報告する準備は万全にととのえています。

ホイットニーは右手を挙げた。「〝遅くてもないよりはまし〟ということだろうか?」

「いいえ、サー。〝即刻、現場を保存して証拠を集める必要性〟からです、部長」

「被害者はきみの知り合いだった」

「そうです。被害者とは二十年以上、会ったことも連絡を取ったこともありませんでしたが、その彼女が急にわたしのオフィスを訪ねてきて二日後、殺されました」

「ここからがむずかしいところだぞ、ダラス」

「わたしはそうは思いません、サー。わたしが被害者を知っていたのは短いあいだだったし、わたしはほんの子どもでした。ですから――」

「子どものとき、きみは数か月間、彼女の保護下にあった」と、ホイットニーは言い直した。

わかったわよ、とイヴは思った。こんちくしょうめ。「保護下というのは正確ではありません。保護されていませんでしたから。通りで見かけても、彼女だとはわからず通り過ぎていたでしょう。木曜日に彼女が訪ねてきたあと、わたしたちが引きつづき連絡を取り合うことはなかったでしょうが、その翌日、彼女がわたしの夫のオフィスを訪れて、二百万ドルをゆすり取ろうとして状況は変わりました」

ホイットニーは大きく眉を上げた。「それで、むずかしい状況ではないと言うのか？」

「夫は彼女を追い出しました。フィーニー警部がロークから依頼されてオフィスのセキュリティディスクを回収して、捜査に協力してくれています。彼女は入ってきたときと同じようにオフィスから出ていきました」

「掛けなさい、ダラス」

「サー、立っていたほうがいいんです。日曜日の午前中、ホテルの彼女の部屋へ行ったのは、直接話をして、ロークやわたしをゆすったり、金を引き出そうとしても無駄だと、はっきり伝えなければならないと思ったからです。彼女が持っているというわたしの封印されたファイルを持ってマスコミに行くとか、警察の上司のところに行くとか言って脅しても、わたしたちはまったく気にしない、と。当時は――」

「彼女はファイルの写しを持っていたのか？」

「おそらく。現場では見つかっていませんが、ディスク・ホルダーは回収されました。彼女を殺害した者が写しを持っている可能性は高いと思われます」

「ドクター・マイラと話をした。今朝、きみは私に会いにこなかったが、彼女は会いにきた」

「はい、サー」

「彼女は、きみは今回の捜査を指揮できるし、さらには、そうすることがなによりもきみのためになると信じている」ホイットニーが体の重心を移動させ、椅子がキーッときしんだ。「検死官《ME》とも話をしたところだから、今回の事件についてなにもわかっていないわけではない。報告を受ける前に、きみがどうして私のところへ来なかったのか知りたい。率直に話してくれ、ダラス」

「すでに捜査が進行中であれば、主任捜査官として捜査をつづけやすい立場になるのではと思いました。本件にたいするわたしの客観性が問題視されにくくなるのではと期待したのです」

ホイットニーはしばらく黙りこくってから、ようやく言った。「私のところへ来ればよかったのだ。報告を」

イヴはホイットニーの迫力に体を震わせ、なんとか口ごもらないように気をつけながら、被害者との最初の接触から、たったいま、ピーボディから得たデータまでを明確に伝えた。

「彼女が自傷したのは、恐喝計画を支えるためである、と？　それはきみの考えかね？」

「検死官の所見と、目下の証拠から判断して、そうなると思います」

「彼女のパートナーか共犯者は彼女を殺害し、息子の妻を誘拐して、彼女を通じて金の要求をつづけ、きみの封印されたファイルを暴露すると脅している」

「犯行時刻に、ロークもわたしも警察治安本部の本部長やあなたといっしょにいようとは、サー、まさか犯人も思わなかったでしょう。現時点で、わたしたちのどちらか、あるいは両方に犯行とつながりを持たせることは、計画の一部かもしれません」

「あれはいいパーティだった」ホイットニーはちょっとほほえんだ。「番号口座は確認しているのか？」

「フィーニー警部が確認中です。許可を得て、その方面にロークの協力を得たいと思っています」

「まだ手伝っていないのが驚きだが」

「彼にはまだ最新情報のすべてを伝えられずにいます。忙しい朝だったので、部長」

「さらに忙しくなるぞ。きみと被害者とのつながりを秘密にするのはまちがいだ。そのうち明るみに出るだろう。きみから明らかにするのがいい。ナディーンを利用しなさい」

イヴは自分とマスコミのパイプ役を思い浮かべた。しばらく考える時間がほしかったが、部長の言うとおりだった。さっさと終わらせて、離れる。あとは流れにまかせよう。「いますぐ彼女に連絡します」

「それから、マスコミ交渉担当班にも連絡を。逐一、報告するように」

「わかりました、サー」

「下がっていい」

扉に向かって歩き出したイヴは、ふと立ち止まって、振り返った。「ホイットニー部長、蚊帳《かや》の外に置いてすみませんでした。二度としません」

「そう願おう」

励ますようにぽんと背中をたたかれたのか、罰としてぴしゃりと手の甲をたたかれたのか、よくわからないまま部屋を出た。たぶん両方だろう、と判断して殺人課へもどっていく。

イヴが刑事部屋に足を踏み入れたとたん、デスクに向かっていたピーボディはぴょんと立ち上がり、小走りでイヴのあとについて彼女のオフィスに入っていった。

「依頼されたデータが集まりました、警部補、それから、報告書もできています」

「いいわね。コーヒーがないわ」

「あの忌まわしい過《あやま》ちはすぐに正されますから、サー」

「わたしのブーツをなめるつもりなら、ピーボディ、もうちょっとわからないようにやってよね」

「わたしの舌はそんなにだらりと垂れ下がっていましたか？　ひっぱたかれて当然だと思います――それだけの価値がなかったとは言いませんが、罰に値します。マクナブとわたしは本音を言い合って誤解を解き、きちんとわかり合いました。彼は、わたしに捨てられると思っていたんです。どうしようもないあほです」

愛情たっぷりにほとんど歌うように言われ、イヴは両手で頭を抱えた。「お尻を蹴っ飛ばされたくなかったら、それ以上くわしく説明するのはやめて」

「失礼しました。コーヒーをお持ちします、サー。お好みの淹《い》れ方で。自動販売機でなにか買ってきましょうか？　おごります」

イヴは顔を上げ、流し目でピーボディを見た。「いったいどれくらい愛し合ってきたの？　いや、いいの、知りたくない。なんでもいいから買ってきて、ナディーンに連絡して。ミーティングが必要になった、って」

「了解しました」

ピーボディが急いで出ていくと、イヴはロークの私用リンクに連絡をした。髪をかき上げながら、ボイスメールに転送されるのを待つ。

「じゃましてごめんなさい。ちょっとややこしいことになってるの。時間が空いたら連絡して」

肩をすくめ、シューッと息を吐いてから、嫌われ者のマスコミ交渉担当班に連絡を入れる。義務を果たし、ピーボディのデータ・ディスクに接続してスキャンをはじめると、相棒がもどってきた。

「〝ゴー・バー〟を買ってきましたから、これを食べて困難を切り抜けてください。ナディーンはミーティングに来るそうです――じつは、彼女から話があるので、ランチをいっしょにしたい、と」

「ランチ？　ただここへ来るんじゃなくて？」

「彼女、なんか上機嫌でした、ダラス。十二時に〝セントセーショナル〟で会いたいそうです」

「どこ？」

「ええと、すっごい人気スポットなんです。よほどのコネがないと予約も取れないんですよ。住所はわかっています。わたしもいっしょに、って言われたので……」

「ええ、もちろん。ぜひいっしょに。わたしたち、べらぼう《フリーキング》ガールズが集合よ」

# 11

遺留物採取班の報告書によると、〝ハイディ・ホール〟の錠と防犯設備は壊されていたが、イヴは現場に足を運んでオーナーに会った。

オーナーはロイ・チャンシーという名で、不法侵入されたのと同じくらい、ベッドから引きずり出されたことに腹を立てていた。

「どうせガキどものしわざだろう。だいたいがそうだ」太鼓腹をぼりぼり掻き、あくびをして、まだリフレッシュしていない息をたっぷりイヴに吹きかけた。

「いいえ、少年のしわざじゃありません。今朝、七時から九時までどこにいたか、おしえてください」

「ベッドのなか以外のどこにいるっていうんだ？　店は三時までやってんだ。戸締まりをして、シーツにくるまるころにはもう四時近い。俺は昼に寝てるんだ。お天道《てんとう》さんと車の往来があるだけだろう、昼なんてもんは」

「階上《うえ》に住んでいるのね」

「そうだよ。二階がダンス・スタジオで、三階と四階がアパートメントだ」

「ひとり？　ひとり暮らしなの、チャンシー？」

「そうだよ。おい、なんだって俺が自分のうちに忍び込みたがるんだよ？」

「いい質問ね。この女性を知ってる？」イヴはトルーディの身分証明写真を見せた。

よく見ている、とイヴは感心した。警官とバーテンダーはそういうものだ。人の見分け方を知っている。

「知らないな。彼女がここへ連れてこられたのか？」

「いいえ。数日前に殺された女性よ」

「おい、おい、おい！」しょぼしょぼした目にようやく少し力がこもった。「俺の店では人なんか死んでないぞ。いい、いい、いまとこのあいだがちょっとごっちゃになるやつはいるかもしれないが、死んだやつはいない」

「これはどう？」イヴはザナの身分証明写真を見せた。

「いいや。なんと、彼女も死んだのか？　いったい、なにがどうなってんだ？」

「ダンス・スタジオは何時に開くの？」

「八時ごろだ。でも、ありがたいことに月曜は休みだ。休みの日以外は、うるさいだけなんだよ、まったく」

「彼は関係ないですね」ふたりで建物の外に出ながら、ピーボディが言った。

「ないわね」イヴは通りに立ち、建物と、通りに面した扉と、外壁をじっと見た。「建物を見ればすぐにわかるわね。錠は安っぽくて、防犯設備はもっと安っぽい。最低の技術さえあれば侵入できる」

イヴは歩行者と車の流れをじっと見た。「彼女を連れ込むには中程度の危険が伴う、といったところね。うつむいた女性を抱えるようにして足早に歩く男。だれが目を留める？ 少しは勇気をかき集めて、音をたてるとか、抵抗するとか、男を振り払うとかすればいいのに」

「小さな町の若い女性が大都会に出てきて、義理の母親を亡くしたばかりですよ」ピーボディが肩をすくめた。「無抵抗で男に連れていかれても驚くにはあたらないでしょう。なにか突きつけられていたんですから、なおさらです」

「でも、なんかいい加減なのよね。すべてがいい加減な感じ。いい加減なうえにばかげてる。しかも、井戸は想像できないくらい深いとわかってもまだ、二百万ドルしか要求しないなんて。はした金だわ」

「どうかしてますよ」

「そう、だから？」

「そうじゃなくて、お金のことです。二百万ドルをはした金と言えるんですね」

「どうかしてなんかいないわ」批難の言葉は深く胸に突き刺さった。「二百万ドル手に入れようとするうちに、手を血で染めてしまった。流血沙汰になるってことはそれだけかかわり合いも大きくなって、要求額も増えるはずなのに。三流よ、ケチなやり方。トルーディを殺したのは、金以外に理由があるのよ」

「痴話げんかでしょうね。盗人たちには名誉も信用もないですから。たぶん、彼女は男と別れようとしたんでしょう」

「そうね、強欲はつねに動機になりうる」

　車に向かっているあいだに、イヴのリンクが鳴った。「ダラス」

「込み入ったことになった？」ロークの声だった。

「ちょっとだけ」イヴは事情を説明した。「あなたにその気があって時間に余裕があれば、民間人《E》専門家《C》コンサルタント《C》として受け入れる用意があるわ」

「予定どおりにこなすべき用事が二、三あるが、フィーニーに連絡しよう。今夜、自宅でも少し調べられると思う。美しい妻といっしょにね」

　イヴは反射的に背を丸めた。ピーボディがまつ毛をぱたぱたはためかせながらこちらを見ているとわかっていれば、なおのことだ。「きょうはスケジュールがぎっちりなの。これから鑑識に寄って……くそっ、ちがうわ、ミーティングが先で、そのあと鑑識に寄る予定。マスコミに情報提供もしないといけないから、ナディーンとも会うことになってるわ。できれば、アシストをお願い」

「もちろんだ。そのスケジュールに食べ物も押し込むようにね」

「なんとかいうばかげた店でナディーンとランチの約束をしてるの」

「〝セントセーショナル〟」ピーボディが横から一瞬身を乗り出し、リンクのスクリーンに映っているロークに向かって言った。

「おやおや、世界は驚きで満ちているなあ。あとで感想を聞かせてくれ」

一瞬の間を置いてから、イヴは訊いた。「あなたの店なの？」

「つねに新しい分野にも挑戦するべきだからね。僕もきょうはランチ・ミーティングだ。キンレンカ・サラダを試してごらん。とてもおいしいから」

「ええ、試してみるわ。じゃ、またあとで。いまのは花の名前でしょ？」リンクを切ったとたん、ピーボディに訊いた。

「食べられる花です」

「わたしの世界では、花はメニューに載らないものよ」

ロークの世界では、花はまちがいなくメニューに載るものだった。凝ったつくりの店内に入ると、優雅な茎からまるで花が咲いているようにさまざまな色の台が突き出ていて、そのうえの花を試食したり、蜜を吸ったり、香りをかいだりできる。

店内は牧草地の匂いがしていたが、イヴは、それはいいものなのだろう、と思うしかなかった。

床は緑色のガラスの一種らしく、下の洗練された庭園に茂って風に揺らぐ花々が透けて見える。三段組のステップが組み合わされて、床の高さはさまざまに変化していた。背の高い木の陰にあるバーでは、お客がふつうのワインはもちろん、花やハーブを使った飲み物も注文できる。

ナディーンが坐っているテーブルのそばに小さな池があり、睡蓮の花を縫うように金色の魚が泳いでいた。髪になにかしたようだ、とイヴは気づいた。いつものふんわりとウェーブのかかった髪がまっすぐになっていて、つややかな筋になって降り注ぐ雨がさまざまな角度で顔を囲んでいるようだ。

スミレ色に身を包んだナディーンは以前よりきりりっとして洗練されたように見える。イヤホンをつけて、それに向かって小声でしゃべる合間に、強烈なピンク色で泡だらけのなにかをちびちび飲んでいる。

「もう切るわよ。これから一時間、すべては保留にしておいて。そう、すべてよ」イヤホンを引き抜いてハンドバッグに押し込む。「いいところでしょう？　一度来たくてしょうがなかったの」

「その髪型、すごくイカシてます」席につきながら、ピーボディが言った。

「そう思う？　ちょっと試しにやってみたんだけど」女性にしかできない手つきで、斜めの毛先を指先ですく。

頭のてっぺんからつま先まで葉っぱの緑色で飾り立てたウェイターが、テーブル脇にパッと現れた。まるで魔法だ。「〝セントセーショナル〟へようこそ、みなさま。本日、みなさまの給仕を務めさせていただきます、ディーンです。カクテルをお持ちいたしましょうか？」

「けっこうよ」ピーボディが目を輝かせたとたん、イヴが言った。イヴの目は冷静なままで、ピーボディの目が輝きを失った。「ペプシはある？」

「もちろんです、マダム。お客様はいかがいたしましょう？」

「彼女と同じものをもらえる？」ピーボディはナディーンの飲み物を身振りで示した。「ヴァージン」

「かしこまりました」

「そういえば、このあいだのパーティはすばらしかったわ」注文を受けてウェイターが下がると、ナディーンが切り出した。「まだ余韻を楽しんでるくらい。あのときはあまり話ができなかったわね。話さなければならないことはあったのだけれど、話すにはタイミングも場所もちょっとちがうかな、という気がして。だから――」

「その話はあとにしてくれない？　捜査中の事件があって、ちょっと発表したいことがあるのよ」

ナディーンは眉を上げた。「もうつぎのホットな事件なの？　どうしてわたしの耳に入ってないのかしら？」

「犠牲者は女性で、ウェストサイドのホテルの一室で頭を割られていたの」

「うーんと」ナディーンは一分ほど目を閉じていた。「そうそう、それならちらっと聞いてるわ。被害者は観光客で、不法侵入者に出くわして、っていう、あれね。どこが大事件なの?」

「遺体発見者はわたしよ。彼女とは知り合いだった。不法侵入に失敗したあげくの殺人事件じゃないわ」

「録音させて」

「だめよ、頭でおぼえて。記録はだめ、いまはだめ」

「いつも厳しいわね。わかったわ」ナディーンは椅子の背に体をあずけ、グラスを掲げて合図をした。「どうぞ、はじめて」

イヴは基本的な情報の要点だけかいつまんで話した。「どんなにささいなものであれ、わたしと被害者のつながりを公表することが捜査の最大の利益になる、というのが警察の考えよ。それで、わたしとしては……」適切な言葉が思いつかない。「……心遣いをしてもらえたらうれしいな、と。里子の件は、大げさに宣伝してほしくないの」

「しないわ。ほかの局はするかもしれないけど。その問題に対処する覚悟はできてるの?」

「ほかに選択肢はあまりないから。大事なのは――そして、強く印象づけるべき点は――ある女性が殺され、警察が捜査中だということ。証拠によると、被害者は犯人を知っていたらしい、ということ」

「うちの単独インタビューを受ければ、それを自分の言葉で伝えられるわ。そのあいだ、あなたの顔をしっかり映し出す。大衆はまだアイコーヴ事件を忘れていないわ、ダラス、ほんとうよ、わたしを信じて。あなたを観て、あなたの言葉を聞いて、彼らを思い出す。ああ、そうよ、あの常軌を逸したドクターたちと戦った警官よ。それで、番組中にわたしがあの事件についてしょっちゅう口にすれば、視聴者が注目するのはそっちで、起こったばかりの殺人事件の犠牲者とあなたとの取るに足らないつながりじゃないわ」

「かもしれない。かもしれないわ」イヴはいったん口をつぐんだ。ウェイターがふたりの飲み物をテーブルに置いて、きょうの特別料理とシェフのお薦め料理について説明しはじめる。

うっとりと幸せそうに語る料理の説明――なんとかを〝浸出〟させたり、〝香りづけ〟をしたり〝そっとくるんだり〟――がいつまでたっても終わらないので、イヴはウェイターを無視してナディーンの忠告について考えた。

「わたしはなにかパスタをちょうだい」注文する番になるとイヴは言った。「できるだけ早くと言ったら、単独インタビューはいつできる？」

「カメラマンを呼ぶわ。ちょっと早めにランチを切り上げたら、そのすぐあとでもできる。いずれにしても、デザートはぶかなければならないけど」

「わかったわ。いいわね。ありがとう」

「あなたが出るとかならず視聴率が上がるわ。視聴率と言えば、最近、わたしが出る番組のは記録的な伸びを示してる。あなたに話したかったことのひとつはそれよ。アイコーヴ事件では最前線で――ありがたいわね――取材をした結果、いま、いろんなオファーが殺到しているの。出版契約だとか、ビデオの出演契約だとか。それで、すごいのが来たのよ……ドラムロールをお願い」みるみる顔が輝きだす。「……わたし、自分の番組を持てそうなの」

「自分の番組！」ピーボディはシートの上で跳びはねるように体を揺すった。「わお！　最大級のわお！　おめでとう、ナディーン。すごいなんてもんじゃないわ」

「ありがとう。一時間番組で、毎週放送されるの。すべて自分で決められるのよ。自分のスタッフも持てるの。もう信じられないくらい。わたしのスタッフに、わたしの番組よ」笑いながら自分の心臓をぽんぽんとたたく。「なにがあろうと犯罪分野だけ取材しつづけているから、犯罪のことはよく知っているし、そういうレポーターとして知られてもいるわ。番組名は〝ナウ〟よ。いまなにが起こっているのか、直前まで取材をして毎週放映する番組よ。ダラス、その番組で最初にあなたにインタビューしたいの」

「ナディーン、おめでとう、その他もろもろ。冗談抜きで。でも、わたしがその手のがらくたが嫌いなのはあなたも知っているはずよ」

「すごい番組になるわ。いい番組になるわよ。NYPSDでいちばんホットな警官の心のうちに迫る、って感じ」

「ああ、最低」

「あなたがどんな仕事をして、どういうふうに考えているのか、毎日、どんな雑事をこなしているのか。捜査がどのように重ねられ、どう進展していくのか。アイコーヴ事件についても話をして――」

「あの件はもうとっくに結着がついたんじゃなかった？」

「世間が興味を持っているうちは終わらないし、実際、まだ世間は興味津々よ。あの事件については、ライターと組んで本とビデオドラマの台本を手がけるつもり。彼女にはあなたも会ってもらわないと」

イヴは人差し指を上げて、さっと横に振った。「却下」

ナディーンはいたずらっぽくほほえんだ。「あなたが協力してくれても、してくれなくても、やることは決まっているのよ、ダラス。ちゃんとできているかどうか確認したくない？」

「ビデオドラマでは、あなたの役はだれが演じるんですか？」ピーボディは尋ね、目の前に皿が置かれたとたん、オレンジブロッサム・チキンにかぶりついた。

「まだ知らないのよ。取りかかったばかりだから」

「わたしも出てきますか？」

「もちろんよ。セクシーで個性的なパートナーといっしょに殺人者を追いつめる若くて落ち着きのある捜査官よ」

「吐きそう」イヴはつぶやき、無視された。

「かっこよすぎる！　たまらない。マクナブに言うのが楽しみです」

「ナディーン、あなたにとってはいいことよ。あらためて、おめでとう。その他もろもろ、お祝いを言わせてもらうわ」イヴは首を振った。「でも、そういうのは、わたしがかかわりたいことじゃない。わたしがやるようなことじゃないし、わたしらしいことでもないわ」

「テレビ番組やビデオドラマの一部でも、あなたの家で撮影できたら、すごくすてきだと思うのよ」

「一生ありえない」

ナディーンはにっこり笑った。「そうだと思った。いずれにしても、気が向いたら少しでも考えてくれない？　強要はしないから」

イヴはパスタをちょっと食べ、警戒するような目つきでナディーンを見た。「しない？」

「しないわ。ちょっとは文句を言うし、できるときは小細工をするかもしれないけれど、無理強いはしないわ。なぜか」そう言って、空中をコツコツとたたくようにフォークを振る。

「わたしの命を救ってくれたときのことをおぼえてる？　錯乱したモースに公園におびき寄せられ、もうちょっとで全身を切り刻まれそうだったときのことを？」

「うっすらとしかおぼえていないわ」

「わたしにとってはとても大きなことよ」ナディーンはウェイターに合図を送った。「みんなにもう一杯、同じ飲み物を。だから、無理強いはしないわ」さらにつづける。「強くはね。でも、番組がはじまる二月の半ばに、なにか好奇心をくすぐるような事件があれば、取材されるのも悪くないはずだわ」

「メイヴィスが出産予定ですね、そのころは」ピーボディが横から言った。

「ああ、そうだわ。ママ・メイヴィスね」ナディーンは笑いながら言い添えた。「まだイメージがしっくりこないわ。あなたとロークはもう、出産介添え人のためのクラスに通いはじめたの、ダラス？」

「うるさいわね。二度とそのことは口にしないで」

「ふたりともなかなか行こうとしないんです」ピーボディがナディーンに言った。「ぐずぐず先延ばしにしてるんです」

「それを言うなら〝避けている〟のよ」イヴは訂正した。「人はいつだって他人に不自然なことをやらせたがるんだわ」

「出産は自然なことです」ピーボディが言った。

「わたしがかかわると、そうじゃなくなるの」

鑑識へ行って発破《はっぱ》をかけよう、とイヴは思った。これは自然なことだ。鑑識では、クモの脚のような指に、卵型の頭のディック・ベレンスキーがワークステーションに向かい、たるんだ唇のあいだからずるずると音をたててコーヒーをすすっていた。

「データをちょうだい」

「あんたたち警官はいつだって〝ちょうだい〟ばっかりだ。いつだって自分が最優先してもらえると思ってやがる」

「わたしの繊維はどこ？」

「繊維班だ」鼻を鳴らし、スツールに坐ったまま楽しそうにスクリーンの前まで移動して、つま先でトントンと床を打つ。「ハーヴォが調べているところだ。行って、彼女をせっつけばいい。髪の毛のほうはもう済んだらしい。排水口と、ホテルの二部屋から採取した分だ。

あのきったない排水口のパイプは、十年に一度しか掃除をしていないにちがいない。犯行現場からは、被害者のものと、ほかの正体不明者——いまのところだ——の毛髪が採取されている。二番目の部屋の排水口に血液反応はなく、犯行現場とバスルームの流し台の血痕は被害者のものだけだった。被害者と、被害者の息子、被害者の息子の妻、ホテルのメイド、きみの報告書に名前があがっていた以前の宿泊者の髪はすでに確認済みだ。犯行現場の血痕はすべて被害者のものだったとは。いやはや、驚いたよ」

「言葉を換えれば、わたしがすでに知っていることしか話せない、ってことね」

「私のせいじゃない。こっちとしては、きみたちからあたえられたものしか調べられないんだ」

「ホテルの部屋とバーで採取した毛髪と指紋を突き合わせて結果がわかったら、連絡してちょうだい」

「わかってるって」

「きょうは上機嫌でしたね、彼」鑑識のガラスの壁の迷路を進みながら、ピーボディがぼそっと言った。

ハーヴァは自分の作業台でスクリーンを見つめていた。つんつんと立てている赤い髪と対照的に、肌は透けてしまいそうなほど白い。左右の耳に小さなサンタがぶら下がっている。

「どうも」ハーヴァが言った。

「それはうちの繊維？」

「そのとおり。毛髪は終了」

「ええ、ディックヘッドからそう聞いたわ。あなたは毛髪の女王《クイーン》で繊維は得意じゃなかったと思うけど」

「毛髪の女王よ」ハーヴァはガムをぱちんと鳴らして同意した。「繊維の女神《ゴッデス》でもある。つまり、わたしはめちゃめちゃ有能なの」

「それはよかった。なにがわかった？」

「わずかに伸縮素材を含む白いポリエステル。不運な被害者の頭蓋骨と灰白質《かいはく》のなかから見つかった小片と同じ化学的構造よ。靴下かお腹引っ込めパンツの一部ね。でも、ガードルはちょっとちがうかもしれない――伸縮性が少なすぎる」

「靴下」イヴが言った。

「大当たり。この繊維を、現場から採取された片方だけの白い靴下の繊維とくらべたの。そうしたら、まさにぴったり同じ。新品の靴下で、一度も履いていないし、一度も洗っていない。靴下には微量の糊《のり》が付着していた。商品タグについていた糊よ。わたしね、靴下を履いたら、つま先にプラスチックの小さなかけらが入っていたことがあって。ちっちゃなプラスチックの紐みたいなので左右のソックスをひとつに留めているの、知ってる？」

「ああ、嫌いよ、あれ」

「だれだって嫌いよ。そのプラスチックは切らなくちゃいけないんだけど、新しい靴下を履こうっていうときに、ナイフやはさみをすぐに取り出せる人っている？」ハーヴァは口のなかでガムをぱちんと鳴らし、人差し指を持ち上げてくるくる回した。爪はクリスマスらしい赤に塗られ、緑色の小さなツリーが描かれていた。「いるわけないのよ。だから――」ハーヴォは握った両手を付き合わせ、そして、ねじった。「二回に一回は、靴下に穴が開くか、プラスチックのかけらがつま先に残っちゃって、履いたときにちくっとするか、なの」

「むかつくわよね」

「そう」

「商品タグはどうなったの?」

「きょうは運のいい日よ――遺留物採取班は徹底してて、ゴミ箱の中身も持ってきたわ。バスルームにあったやつよ。わたしは繊維の担当だから、とにかく調べたわ」

ハーヴォは椅子に坐ったままさっと移動してきて、イヴにタグを見せた。

「だれでもやるように、丸めてあって、端が破けていたわ。べたべたしてるほうの面に繊維が張りついていた。丸まっているのを伸ばして、破けているところをくっつけたら、ハンディー・バーコードと、商品の型番号が見えたの」

ハーヴォは証拠の品を覆っている保護シールドをとんとんと指先でたたいた。

「女性用のスポーツ靴下で、サイズは7から9。これも、わたしの個人的不愉快リストにある、むかつきものなの。わたしは7サイズなんだけれど、この手の靴下を買うと、つま先が長すぎてあまっちゃう。なんで、ちゃんとぴったりするのが作れないの? 工業技術があって、技能があるのに。こういう足があるのに」

「それは謎よね」イヴは同意した。「指紋は？」

「被害者のが、タグと靴下に。タグにもうひとつ、ほかの人のが残っていたわ。で、調べたの」また、さっとスクリーンまで椅子のまま移動する。「ヒッチ、ジェーン。七番街の〈ブロッサム・ブティック〉で働いている店員よ。さあね、わたしの頭はどうかしてるのかも。でも、まちがいないわ。ジェーンは最近、被害者に靴下を売ったはず」

「よくやってくれたわ、ハーヴォ」

「まあね、いつも自分には恐れ入ってるの」


ジェーンの居場所を突きとめるのは簡単だった。彼女はブティックのカウンターの向こうにいて、最前線の兵士を思わせる集中力と決意をみなぎらせて、売り上げをレジに打ち込んでいた。

店内は客で混み合っていた。大きなオレンジ色の字で〈値下げ〉と書かれた札が、棚にも陳列台にも壁にも、そこらじゅうに貼ってあって、みんなあれに引きつけられたのだろう、とイヴは想像した。途切れなく流されるクリスマス音楽で跳ね上がった騒音レベルは、すさまじい。

そんなに買い物がしたいなら、オンラインでもできるのに、とイヴは思った。おそらく同じ商品をほしがっている人たちと小売販売店に押しかけて、さんざん混乱させられて惨めな思いや苦しい思いをして行列をしたあげく、店員に生のほうれん草より苦々しい思いをさせられたがる理由は、理解の範囲を超えている。

それをピーボディに言うと、「だって、おもしろいじゃないですか！」という元気なひと言が返ってきた。

さまざまな購買者の迷惑そうな声と怒声を無視して、イヴは行列をかき分け、力尽くで先頭まで進んでいった。

「ちょっと！　つぎはわたしよ」

イヴは服の山に埋まってしまったような女性のほうを振り向き、警察バッジを掲げた。

「つまり、わたしのほうが先ってこと。話をさせてほしいの、ジェーン」

「なに？　なんで？　忙しいのよ」

「それはおたがいさまよ。奥に部屋がある？」

「まったくもう。ソル？　二番のレジをお願い。こっちよ」ジェーンは親指を上げて方向を示し、厚さ五センチはありそうな厚底エアソールで短い廊下を歩いていった。「なんなの？パーティをやってたのよ。パーティって、うるさくなるもんなの。クリスマスなんだしさあ、勘弁してほしいわよ。うちの向かいの住人は、超くそババアだ」

「こんどはパーティに誘えばいいですよ」ピーボディが提案した。「自分が騒音の一部だと、文句は言いにくいですから」

「やだ、イモ虫を食べたほうがましよ」

奥の部屋は在庫品と箱と袋でいっぱいだった。ジェーンは下着の山に腰を下ろした。「とにかく、ちょっと休憩させてもらうわ。あっちはもう狂気の世界よね。クリスマスは人をおかしくするわ。それでいて、人に善意を施す日、とか言われてるのよね？　善意とかって、小売店にはまるで縁のない話だわ」

「この木曜日から土曜日のあいだに、あなたはある女性に靴下を売ってるわ」と、イヴが切り出した。

ジェーンは片方の拳を腰にぎゅっと押しつけた。「ハニー、木曜日から土曜日のあいだに、わたしは百組は靴下を売ってるわ」

「警部補よ」イヴは言い、警察バッジを指先でとんとんとたたいた。「白いスポーツソックスで、サイズは7から9」

ジェーンは片手をポケットに突っ込んだ。そういうものなら、黒いシャツやパンツのあいだに十二、三足は売ったかもしれないと思った。あめ玉を引っ張り出して、包み紙を開ける。アイスピックみたいに長く伸ばした爪を、クリスマス飾りの枝のように赤と白のねじり模様に塗っている、とイヴは気づいた。

たしかに、クリスマスは人をおかしくする。

「ああ、白いスポーツソックスね」ジェーンはふてくされたように言った。「すごい手がかりよね」

「写真を見て、見おぼえがあるかどうかおしえて」

「きょうみたいに忙しい一日を終えると、自分の顔だってろくにおぼえてないのに」ジェーンが舌でもてあそぶあめ玉が歯に当たってカラカラと音をたてる。それでも、ジェーンは疲れた目をぐるりと回してから、写真を受け取った。

「やだ、こんなことってある？　ええ、彼女ならおぼえてる。まさに超くそばばあだったから。聞いてよ」そう言って、鼻から息を吸い込んだ。「店に入ってきて、いきなり靴下を一足、つかんだの。どう見てもダサい靴下なんだけど、それで、レジに来るなり、サービスが悪いから特売価格にしろって言うの。たしかに、それは三足まとめて買うと特売価格になる商品だったわ。ディスプレーにもちゃんと書いてあるのよ。一足九ドル九十九セント。三足だと二十五ドル五十セント、って。でも、彼女はその一足を八ドル五十セントにしろってぎゃーぎゃー言うの。計算だとそうなるから、それしか払わない、って。彼女のうしろに並んでるお客の列はどんどん伸びて、六番街に届きそうなくらいだっていうのに、必死で食ってかかってくるわけ。そんなはした金のために」

ジェーンはあめ玉をガリガリとかみ砕いた。「わたしには値引きする権限はないのに、どうしてもあとに引かないのよ。お客たちはいつ暴徒化してもおかしくない感じだし、しょうがないから店長に連絡したの。そうしたら、店長はそれでいいって言うのよ。これ以上、話をややこしくしても意味がないから、って」

「彼女が店に来たのはいつ？」

「ええと、いつがいつだったか、境目がもうぼやけちゃっているのよ」ジェーンはうなじを掻いた。「水曜日からずっと働きづめなの。連続七日間よ、まったく。明日から二連休なんだけど、ほとんどなにもしないで、ぼけーっと過ごすつもり。たしか、ランチのあとだったわ。そのくそばか女のせいでジャイロがうまく消化しないかも、って思ったのをおぼえてるから。そうだ、ジャイロ！」

ジェーンはぱちんと指を鳴らし、派手なアイスピックごと人差し指を突き立てた。「金曜日よ。わたしとフォーンで、金曜日にジャイロ（ギリシャ風サンドイッチ）を食べたから。彼女は週末がお休みで、そのことで文句を言ったのをおぼえてるわ」

「彼女、店にはひとりで来たの？」

「あんなタイプの女にだれが付き合う？　だれかいっしょだったとしても、離れていたわね。気取ってすたすたと、ひとりで出ていったわ。出ていくのを見ていたの」そう言って、ちょっとほほえむ。「背中に向かって中指を立ててやったわ。お客さんが二、三人、拍手喝采してくれた」

「セキュリティディスクはある？」

「もちろん。なにがあったの？　だれかがくそ女をぶっ飛ばしたの？　知ってたら、コートを持っていてあげたのに」

「そう、だれかがね。金曜日の午後のディスクが見たいわ。コピーを取らせてもらうわね」

「すごい。オーケイよ。わお。わたしが厄介ごとに巻き込まれてるわけじゃないわよね？」

「ええ、だいじょうぶ。でも、ディスクが必要なの」

ジェーンは、よいしょと立ち上がった。「店長に連絡しないと」

オフィスにもどったイヴは、またディスクを見直していた。コーヒーを飲み、トルーディが通りに面した扉から店に入ってくるのを見る。タイムスタンプは16：28だ。ロークを訪ねた結果をむかむかしながら振り返る時間はたっぷりあったはずだ、と判断する。パートナーと話し合ったり、あるいは、ひとりで歩きまわりながら計画を練ったとしても、時間的に不自然ではない。

怒っている。映像をいったん停止させ、トルーディの顔を拡大して見て、イヴは思った。ぎりぎりと歯ぎしりする音が聞こえてきそうな表情だ。冷静にじっくり考えているのではなく、完全に頭に血がのぼっている。いずれにしても、いますぐ、という感じではない。衝動にかられている、おそらく。思い知らせてやる、と。

靴下を探して、肘でお客をかき分け、陳列台を縫って進む。そして、求めていたものを見つけた……しかも、特別価格だ。

さらに見ていると、トルーディは陳列台から靴下をつかみ取りながら、うなるように歯をむき出した。靴下の値段を見て眉をひそめたものの、ずかずかと歩いてお客の列に加わる。貧乏揺すりをするようにつま先でこつこつと床を打ちながら、列の前に並んでいるお客をにらみつけている。

じれったそうだ。そして、ひとりだ。

さらに映像を見ていると、店員との口論がはじまった。トルーディは顎を突き出し、両手を拳にして腰に押しつけた。その手に力がこもる。一瞬、振り返って、列のうしろに並んでいる女性になにか怒鳴っている。

はした金をめぐって騒ぎを起こしている。

自分が殺されることになる凶器を安く買っている。

袋にも入れてもらわず、レシートも受け取らない。ただ靴下をハンドバッグに突っ込み、もったいぶった足取りで店を出ていった。

イヴは椅子の背に体をあずけ、じっと天井を見つめた。クレジット硬貨を手に入れなければならなかったはずだ。靴下にずっしり詰められるだけの硬貨を持ち歩いている者などどこにもいない。トルーディはハンドバッグを振り回していたから、あれがずっしり重いはずはない。

「コンピュータ、銀行をリストアップせよ。六番街から十番街の、ええと……三十八丁目から四十八丁目の範囲にある銀行すべて」

作業中……

ディスクを巻き戻して、時間を確認する。銀行はもう閉まっている時刻だ。しかし、トルーディは硬貨を、靴下をいっぱいにするだけの硬貨を調達する時間があったはずだ。

それはあした確認することにしよう。「データをプリントアウトして」コンピュータが銀行のリストを読み上げはじめると、イヴは命じた。「データをファイルにコピー、同じく、わたしのホーム・コンピュータにもコピー」

了解。作業中……

イヴにはわかった。銀行を見つけて、実際にそうであることを確認しなければならないのだが、わかった。ブティックからもっとも近い銀行。それが探している銀行だ。まだかっかしたまま、大股で入っていく。ちゃんと頭を働かせていれば現金を使うだろう、とイヴは思った。クレジットカードやデビットカードの明細に記されるような処理をしては無意味だ。そして、ホテルへもどるまでに銀行の紙袋は捨てたはずだ。

ひとりだ、とふたたび思う。

ひとりで警察署へやってきて、ロークのオフィスへもひとりで行った。だれかがロビーで彼女を待っているようすはまったくなかった。

おそらく連絡をしただろう。銀行の建物を出てから、自分のリンクを使ったにちがいない。リンクがなくなってしまっていては、それをたしかめる術《すべ》はない。殺害現場からリンクを持ち去ったのは賢明だった。

イヴはオフィスを行ったり来たりしはじめ、またコーヒーをオーダーした。

ロークのオフィスを出たとき、彼女はおびえていたはずだ。相棒に、彼女の仲間に連絡を取るかもしれない。そして、泣きごとを言う。仲間といっしょにつぎの計画を練ったかもしれない。

イヴは殺人事件用のボードのほうを向いて、トルーディの顔写真に目をこらした。

「いったいなにがあれば、自分にこんなことができるのよ?」と、つぶやく。「動機になりそうな刺激はいろいろあった。そうとう腹も立っていたはず。でも、あなたをそんな目に遭わせたのはわたしやロークだとか、わたしたちにそそのかされただれかだって、いったいどうやって証明するつもりだったのよ?」

結局、愚かさゆえ、という結論に逆戻りだ。イヴはそう思い、首を振った。愚かな行為は、怒りや衝動や激情に引き起こされるものだ。なにか口実を作り、わたしか、わたしと彼の両方を家の外へ、簡単にはアリバイが立証できないようなところへ引っ張り出すくらいの抜け目のなさがあってもよかったのに。わたしたちにアリバイがないと決めてかかるところが愚かだ。ずさんにもほどがある。

ある記憶がぼんやりとよみがえりかけて、また消えそうになる。イヴは目を閉じ、気持ちを集中させて記憶の糸をたどった。

暗い。眠れない。空腹のせいだ。でも、わたしの部屋は外から鍵がかかっている。トルーディはわたしが近所をぶらつくのを好まなかった――うろついていれば、厄介ごとに巻き込まれるに決まってるのよ。

とにかく、わたしは罰を受けていた。

向かいの家の男の子と、その友だちふたりに話しかけたからだ。年上の少年たちだった。そのひとりのエアボードに乗せてもらったのだ。トルーディは向かいの家の少年やその友だちを嫌っていた。

〝ごろつきよ。非行少年。野蛮人。それ以下よ。そして、あなたはふしだら娘そのもの。九歳でもう男の気を引こうとしてるの。これまでもそうしてきたんでしょ？　階上《うえ》に行きなさい。夕食は抜きよ。うちのゴミに食事をやる気はないんだから〟

男の子と話なんかするんじゃなかった。でも、あの子はボードの乗り方をおしえてくれるって言ったし、わたしは一度も乗ったことがなかったから。男の子たちはいろんな技ができた——ループとか、ウィリーとか、スピンとか。わたしは、彼らを見てるのが好きだった。見られてるのに気づいて、あの子がにっこり笑いかけてきた。おいでよ、って身振りで示した。

行くべきじゃなかった——たいへんなことになるから。でも、あの子がカラフルなボードを突き出して、風を感じてみなよ、って言ったのだ。乗り方をおしえてあげるよ。

それで、わたしがボードに乗ってさーっと滑ったら、あの子は歯のあいだからピーって音を出した。友だちは笑っていた。こいつはタマがついてるんだ、ってあの子は言った。

あれは、あの時点のわたしの人生でいちばん幸せで、いちばん解放された一瞬だった。ほほえんだときの顔の違和感はいまでさえおぼえている。頬が左右に引っぱられて、喉の奥から笑いがこみ上げてて、ちょっと胸が痛くなった。でも、それまでに経験したことがないような、気持ちのいい痛さだった。

もう一回滑ってごらん、とあの子は言った。おまえ、天才だよ。

でも、トルーディが家から出てきて、あの顔をして駆けてきたのだ。あの、たいへんなこと、いいになるわよ顔だ。彼女は叫んでいた。そのろくでもないものから降りなさい、とわたしに向かってわめいていた。

〝庭から出てはいけないって言ったでしょう？　言わなかった？　その貧弱な首が折れたら、だれの責任になると思ってるの？　それを考えたことがあるの？〟

考えていなかった。はじめてボードに乗って、どきどきして楽しいと思っていただけだ。トルーディは男の子たちにも怒鳴っていた。警察を呼ぶわ、とわめいた。なにをしようとしていたかはわかっているのよ。変態、不良。でも、彼らはただ笑って、下品な音をたてるばかりだった。わたしにボードを貸してくれた男の子はトルーディに面と向かって、「くそばばあ」と言った。

これまでにわたしが見たなかでいちばん勇敢なことだ、とわたしは思った。

男の子はわたしを見てにこっと笑い、すばやくウィンクをすると、そのくそばばあから逃げてきたら、いつでもまたボードに乗せてやるよ、と言った。

しかし、それっきり、イヴはボードには乗らなかった。その子にも、その友だちにも、もう近づかなかった。

そして、つかの間のスリルの代償を、腹ぺこのお腹を抱えて支払った。

そのあと、イヴがお腹をぐーぐーいわせながら、自分の部屋の窓辺に立っていたときのことだ。真下の正面玄関からトルーディが出ていくのが見えた。拾った石で、自分の車のフロントガラスと、サイドガラスを割っているのが見えた。ペンキのスプレー缶でボンネットになにか書いているのが見えた——暗いなか、文字がぼんやり光って浮かび上がった。

くそばばあ

トルーディは通りを渡り、スプレー缶をボロ切れでぬぐうと、男の子の家の前の茂みに投げ込んだ。

彼女は笑っていた。自分の家に向かって歩きながら、歯をむき出してにたにた笑っていた。

# 12

勤務を終えるまでにもうひとつ、やらなければならないことがあり、イヴはひとりで片づけることにした。

ロークがボビーとザナのために手配したホテルは、前のホテルよりランクが上だった。とくに驚くような設備があるわけではない。よけいな装飾のないほどほどのところで、観光客や予算のかぎられているビジネスマンが選びそうなホテルだ。

万全とはほど遠いが、防犯態勢をととのえてはいる。

こぎれいなロビーを横切っていたイヴは、エレベーターに乗る前に呼び止められた。

「すみません、ミス。どちらかへご案内いたしましょうか?」

肩をとんとん叩いてきた女性は感じのいい顔つきで、穏やかにほほえんでいた。洗練されたジャケットの脇腹あたりに麻痺銃《スタナー》のかすかなふくらみが見える。

「警察よ」イヴは右手を挙げ、左手をバッジに伸ばした。「ダラス、警部補、イヴ。関係者が五一二号室にいるの。彼らと、任務中の巡査のようすを見に行くところよ」

「警部補。IDをスキャンするように指示されています。ですから……」

「いいわ」どのみち、自分が出した命令だ。「これを」

女性は携帯用スキャナー――警察からのどの支給品より高性能だ――を取り出した。ボタンに軽く触れ、イヴのID写真をスキャナーの画面に当てる。同一人物であるという結果に満足して、バッジをイヴに返す。

「どうぞ階上にいらしてください、警部補。任務中の巡査に連絡して、あなたが向かっていることを伝えましょうか」

「いいえ。彼らを驚かせるのが好きなの」

きちんと部屋の扉の前に立っていたのは、制服姿の巡査にとって幸いだった。たがいに顔見知りだったので、巡査はあえてIDの確認は求めず、ただ腹を引っ込めて肩をそびやかした。「警部補」

「ベニントン。状況は?」

「落ち着いています。この階の部屋は五〇五号室、五一五号室を除いてすべて宿泊客がいます。数人が出たり入ったりしていました――ショッピングバッグやブリーフケースを手にした人たちです。自分がシフトについてから、五一二号室の扉は閉まったままです」

「十分間、休憩しなさい」

「ありがとうございます、警部補。あと三十分で任務を終えるので、それまで警護をつづけます」

「いいわね」イヴは扉をノックして、なかのだれかがのぞき穴から外を確認するのを待った。ザナが扉を開けた。

「こんにちは。きょうは寄っていただけないかもしれないと思っていたわ。ボビーは寝室でD・Kに連絡中よ。呼んできましょうか?」

「いいえ、その必要はないわ」イヴはこぢんまりしたリビングエリアに入っていった。ロークが手配したのは〝エグゼクティブ・スイート〟と呼ばれている部屋のようだった。ソファのある居心地のいいエリアの奥に簡易キッチンが見える。閉まっている片引き戸の向こうが寝室らしい。

「気分はどう?」イヴは訊いた。

「よくなりました、ありがとう」ザナの頬がちょっとピンク色に染まった。ウェーブした黄金色の長い髪に手をやり、落ち着かないようすでふわっとふくらませる。「ふと思ったんだけれど、あなたにはヒステリックになっている姿ばかり見せてしまって。いつもはあんなじゃないんです。ほんとうに」

「理由があってのことだわ」イヴはあたりをくまなく見渡した。プライバシー・スクリーンは使用中だ。よろしい。エンターテインメント・スクリーンには、若い女性向けのトークショーらしき番組が映っている。ボビーが寝室の扉を閉めているのも無理はない。

「なにかお持ちしましょうか? ここのキッチンはいろいろ食料品がそろっているの」そう

言って弱々しくほほえむ。「ベーグルを買いに走る必要はないわ。コーヒーをお持ちしますね。それとも――」

「いいえ、おかまいなく」

「ここは前よりいい部屋だわ。ひどいことがあって移ってきたわけだけれど」

「だからといって、居心地のよさや快適さを否定してもしょうがないわ」

「ええ。そう、そう思います」ザナは結婚指輪をくるくると回している。これも落ち着かないときの癖だ、とイヴは思った。右手の指にも小さなピンク色の石が飾られた指輪をはめて、同じピンク色の石のピアスをつけている。

両方とも口紅《リップ・ダイ》と同じ色だ、とイヴは気づいた。女性たちはどうやって――そして、なぜ――そういうたぐいの細かいことを思いつくのだろう？

「ハンドバッグを見つけてもらって、ほんとうによかったわ。ぜんぶ入っていたの。写真もIDも、買ったばかりのリップ・ダイも、それから……いけない」両手で顔を押さえる。

「坐りますよね？」

「では、ちょっとだけ。ボビーやD・Kとは長い付き合いなんですか？」

「ふたりの会社で働き出したときからよ。ボビーは、ほんとうにすてきな男性だわ。わたし、すぐに夢中になったの。彼は、ほら、女性にたいしてちょっと引っ込み思案なの。そのことで、D・Kはいつも彼をからかっていたわ」

「D・Kとトルーディは反《そ》りが合わなかったと、ボビーが言っていたけれど」

「ええ、そうね」ザナの顔がまたちょっと赤くなった。「たいていは、D・Kのほうが距離を置いていた感じね。相性が悪いんだと思うわ。トルーディは考えていることをそのままぽっと口にしてしまうの。だから、ちょっと腹を立ててしまう人もいるのよ」

「あなたはそうじゃなかった？」

「だって、愛する男性のお母さんだ——だった——から。女手ひとつで彼を育てたんです」その目にきらきらと星がまたたきはじめる。「あんなにすばらしい男性に育ててくれたんだもの。いろいろ忠告をされても、わたしは気にしなかったわ。いずれにしても、わたしは結婚したことも、一家を切り盛りしたこともなかったんだから。ボビーは彼女の扱いがじょうずだったわ」

「そうなの？」

「彼に言われたのは、とにかくうなずいて、賛成して、あとは自分の好きなようにやればいいんだ、って」ザナは声をあげて笑い、その声を抑えるように片手で口を覆った。「彼はたいていそうやっていて、あのふたりのあいだで意地悪な言葉のやりとりはほとんどなかったわ」

「でも、まったくないことはなかった」

「たまに口げんかくらいはあったけれど、家族ならだれだってするでしょ。イヴ——イヴと呼ばせてもらっていいかしら？」

「ええ、かまわないわ」

「わたしたち、もうすぐ帰れると思う?」震えだした唇をきゅっと結ぶ。「ここへ来ることはほんとうに楽しみでしょうがなかったのよ。ニューヨークをこの目で見るんだって、それしか考えられなくなったくらい。それがいまでは、帰りたくてたまらないの」

「捜査のいまの段階では、あなたとボビーにはこちらにいてもらったほうが好都合だわ」

「彼もそう言っていたわ」ザナはため息をついた。「それに、彼はクリスマスのために家に帰るのはいやだって。クリスマスだからという理由で家にもどりたくはないって。わたしは、理解しているつもりよ。だって……」目に涙が光ったが、こぼれはしない。「自分勝手よね」

「なにが?」

「結婚して、はじめて迎えるクリスマスなのに。このままでは、ホテルの部屋で過ごすことになるわ。自分勝手よね」鼻をすすって涙をこらえ、首を振る。「こんなこと、考えるのさえいけないわね。だって、彼のママが……」

「ごく自然なことだわ」

ザナはやましさのにじむ目を片引き戸のほうへ向けた。「わたしが言ったことは彼には内緒ね。お願いよ。それでなくても、彼には考えなければならないことがいっぱいあるんだもの」

片引き戸が開くと、ザナは立ち上がって言った。「ハイ、ハニー。お客様よ」

「イヴ。来てくれてありがとう。仕事の相棒と話をしていたんだ」妻を見て、ボビーはゆっくりほほえんだ。「契約を結んだよ」

ザナは打ち合わせた手をそのまま組み合わせ、ぴょんとつま先で跳ねた。「あの大きな家?」

「あの大きな家だ。今朝、D・Kが買い手と契約書を交わし、手付け金を受け取った」

「ああ、ハニー! なんてすばらしいの。おめでとう」ザナは急いでソファの角をまわってボビーのところへ行き、きつく抱きしめた。「ふたりとも、ほんとうに一生懸命だったものね」

「高額物件なんだ」ボビーはイヴに言った。「販売を請け負ったものの、僕たちも持てあましていてね。あきらめようとしていたところに、先週、有望な問い合わせがあった。それを今朝、僕のパートナーがしっかり契約にこぎつけてくれた」

「あちらの、テキサスで」

「そう。この週末に三度も、お客といっしょに物件のなかを見て歩いたそうだ。それでも、あちらは決断しない。今朝、もう一度見たいと言ってきて、相棒がまた付き合った結果、ようやく決断してもらえたらしい。僕らに入る手数料も大きいんだ」

そして、あなたのパートナーは容疑者リストから除外される、とイヴは思った。同時刻に二か所に存在する術を身につけていないかぎりは。「おめでとう」

「ママがいたら、飛び上がって喜んでくれただろうな」

「ハニー」ザナはボビーの両腕を取った。「悲しまないで。お義母さんはあなたが悲しむことは望んでいないわ。きっと心から誇りに思ってくれたはずよ。そうだわ、お祝いをしましょう。わたしはほんきよ」ザナはボビーの腕をつかんでいる手を少し揺すった。「シャンペンを一本、注文するから、あなたはしばらくゆっくりして、自分をほめてあげるの。ごいっしょにシャンペンをいかが、イヴ？」

「ありがとう。でも、もうおいとましなければ」

「なにかニュースがあったんじゃないのかな、母について」

「捜査は進んでいるわ。いまのところ、わたしに言えるのはそこまでよ。なにかわかったら、すぐに知らせるわ」

「わかった。ありがとう。きみでよかったよ、イヴ。きみだから、なぜか気持ちが少し楽だ」


家に帰れる。そう思いながら、イヴは車の流れに強引に入っていった。その点はボビーより恵まれていると思う。少なくとも、自分の基準ではすべてが正常な家に帰れるのだ。

車が遅々として進まないので、ぴかぴか光っている動画広告塔のひとつに目を留める。クリスマス休暇中に割引運賃でアルバ島（南米ベネズエラの北西沖に浮かぶ島）へ行こう、と派手に宣伝している。

だれもがここではないどこかへ行きたがっている、とイヴは思った。テキサスや、ほかにもあらゆる土地の人がニューヨークへ集まってくる。ニューヨーカーはハイウェーでのろのろとハンプトンズのような保養地へ向かったり、シャトルに飛び乗って南の島へ行く。

島の人たちはどこへ行くのだろう? たぶん、騒々しくて人であふれ返ったどこかの都市だろう。

どうして人は同じ場所にじっとしていられないのか?

頭の上の空路は少しはましでも、車道も歩道も渋滞するばかりだというのに。それでも、やはりイヴには行きたいところがない。

門を抜けて、ようやく明かりに向かって車を進める。

すべての窓に明かりが灯り、ろうそくや、花綱で飾られたツリーが輝いている。まるで絵画だ、とイヴは思う。暗い空に月が昇り、風変わりな形と影の寄せ集めのような邸の、すべての窓が輝いているのだ。

うちに帰れる。

それなのにどうして憂鬱なのだろう? 車を止めて、のろのろと外に出るあいだも、頭蓋骨の下とみずおちが重い。横になりたいのだ、と気づいた。疲れたせいではない。ほんの五分でいいから、頭のスイッチを切りたいだけだ。

サマーセットはそこにいた。広々としたホワイエの、クリスマスらしい彩りのなかに立つ不機嫌な骸骨だ。

「ローク様はご自分のオフィスにいて、あなた様の用事らしきものを片づけていらっしゃいます」

こんな気分のときに批難の言葉をかけられると、ただでさえ重いみずおちをかきむしられるようだ。「喉元にスタナーを突きつけてやらせているわけじゃないわ」嚙みつくように言う。「毎晩、毎晩、わたしが夢見ているのは、あなたにそれをやることだけど」

面倒なのでコートも着たまま、ドンドンと足を踏みならして階段を上っていく。オフィスへは行かない。それは卑劣でまちがったことだと、わかってはいた。それでも、まっすぐ寝室に向かう。コートを着たまま、うつぶせにベッドに倒れこんだ。

五分、とイヴは思った。ほんの五分くらい、ひとりで静かに過ごす権利はあるはずだ。この頭を切り離せたらどんなにいいだろう。

数秒後、小さな足がすばやく床を踏むかすかな音がしたあと、ベッドが揺れた。ギャラハッドが飛び乗ったのだ。首を回して、左右の色がちがう目をのぞきこむ。

ギャラハッドはイヴを見つめ返した。それから、のろのろとその場で回転したあと、イヴの頭の横に丸まり、さらにまた見つめ返した。気がつくと、イヴはギャラハッドに先にまばたきをさせて、にらみ合いに勝とうとしていた。

負けた瞬間、ギャラハッドがにやっと笑ったような気がした。

「相棒、あなたが警官だったら、容疑者はひとたまりもなく陥落ね」

イヴは体勢をちょっと変えて、ギャラハッドの耳のうしろをかきはじめた。馬力を上げたエンジンのようにゴロゴロと喉を鳴らす猫のかたわらで、寝室のツリーのライトが明滅するのを見つめている。

こんなふうにしていられて、なんの文句もないはずだ、と自分に言い聞かせる。広々したベッドに、美しいツリー、魅力的な猫。いったいわたしはどうしたの？

彼が入ってくる音はほとんど聞こえなかった。いつ来るだろうと耳を澄ましていなければ、聞こえなかっただろう。

マットレスが沈んだので、また首を回した。こんどは、奔放であざやかなブルーの目を見つめる。

そうよ、こんなにいい状況はない。

「そっちに行くつもりだったのよ」イヴはつぶやくように言った。「ほんの二、三分、こうしていたかったの」

「頭痛かな？」

「いいえ。ただ……わからないわ」

ロークはイヴの髪を撫でた。「悲しい？」

「なんで悲しくならなきゃいけないの？　こんなばかでかい邸に住んでいるのに。きれいに明かりが灯っているのを見た？」

「見たよ」ロークの手が下がっていって、イヴのうなじを包み込んだ。そこもずっしり重さを感じている部分のひとつだ。

「まとわりついてくる太っちょの猫もいるわ。この子はクリスマスに苦しませてやらなきゃだめね。枝角のかぶりものを着せるの。ほら、トナカイみたいにしちゃうのよ」

「さりげなく尊厳を傷つけるんだな。いい考えだ」

「そして、あなたがいるのに。わたしというケーキの砂糖ごろも《アイシング》よ。自分がどうしちゃったのか、わからない」体を丸めて、ロークにすり寄る。「彼女が死んだことだって、気にも留めていないのに、わたし、どうなってるんだろう?」

「自分に厳しすぎる、というのがきみの問題だよ」

イヴはロークに顔を押しつけたまま息を吸った。そうすると、心地いいのだ。「死体保管所へ行って、彼女を見たわ。たんなる遺体だった。彼女がわたしたちから金を巻き上げようとして、自分につけたあざも見たわ。胸が悪くなった。驚きはしなかったわ——これまで、そのことは考えもしなかった。ほかのだれかに割られた彼女の頭を見たら、こんなふうに思ったわ。あら、そういうことなのね。わたしが考えるようなことじゃないわ、って」

「ほかにはなにをしたんだ?」

「きょう? ホイットニーに報告しに行った。それで、ちょっと小言をもらったわ。それから、ほかとのコネクション強化に必要なナディーンとランチを食べた。そのあと、鑑識に寄ったわ。繊維のつながりを追って、トルーディがこん棒状の武器を作るのに使った靴下を買った小売店に行ったわ。その店とホテルのあいだにある銀行のリストも作った。クレジット硬貨を手に入れる必要があったはずだから。そっちの線は、あした調べるわ。それから、ザナが連れていかれたバーに寄って、オーナーと話をした。ディスクの映像も確認したわ。それから……報告書を更新した。ボビーとザナのようすも見にいった。ホテルのセキュリティはなかなかよかったわ。ロビーの警備員もしっかりしているし」

「それはよかった」

「そして、家に帰ってきたの。ほかにもあるけど、要点を言うとそんな感じ」

「言葉を換えると、きみはやるべき仕事をやった。彼女が死んだことをきみが気にしようとしまいと、殺人者に近づくためにやらなければならない仕事をやった」

イヴは寝返りを打って仰向けになった。「わたし、ガス欠よ」

「ランチはなにを食べた？」

半分笑いながら言った。「〝かわいそうなわたし〟モードから気持ちをそらせようっていうの？　なんかのハーブのパスタっぽいやつよ。おいしかったわ。ナディーンとピーボディがなにを食べていたかは知らないけれど、いかにも女の子っぽく、おいしいおいしいって感激してたわ。店も立派だったし、あなた、またひとつ当てたって感じよ。たいしたもんだわ」

「サービスはどうだった？」

「不気味だったわ。なにかほしいって思っただけで、ウェイターがどこからともなくパッと隣に現れるの。ナディーンは自分の番組をやることになったのよ」

「僕もきょう聞いたばかりだ。よかったじゃないか」

「ビデオドラマと本の契約を結んだって。どれかにあなたがかかわっているとか？」

「じつを言うと」

「彼女、わたしにインタビューしたいって言うの。たぶん、やるけど。それで、ビデオドラマの撮影をこの家でもやらせてほしいって。これはぜったいにだめ」

「ぜったいに」

イヴはまた首をまわしてロークの顔を見た。ひとりの男が、来る日も来る日もこんなにも美しいのはなぜ？「その点については、わたしたちの足並みはそろっていると思ってたわ」

「ここはわが家だ」ロークは一方の手でイヴの手をなで、それから、そっと慈《いつく》しむように重ねた。「僕たちの私的な場だ」

「わたし、いつもわが家に仕事を持って帰ってるわ。ここで仕事をしてる」

「僕も同じだ」

「あなたはわたしみたいに、家にいても警官そのものというわけじゃないわ」

「それはそうだ。これからもそうなる予定はもちろんないよ。きみがここで警察の仕事をすることに問題があれば、僕はそう伝えていたよ」

「きょう、ある記憶が一気によみがえったの」

ああ、とロークは思った。やっと核心にたどりついた。「話してごらん」

「彼女がどうやって自分自身を傷つけたか、考えていたの。出かけていって、わざわざ靴下を買っている。自分の顔面を強打したり体にあざをつくったりするという、ただそれだけの目的のために。ゆがんだ、自滅的な行動よ。それで、こんなことを思い出したの……」

記憶がよみがえったとおりに、イヴはロークに話をした。話すにつれて、さらに思い出したことも伝えた。暑い日だったこと。草の匂いがしたこと。それまでにほとんどかいだことがなかったので、それはイヴにとって奇妙な匂いだった。男の子のひとりがディスク・プレーヤーを持っていて、ガチャガチャと音楽が鳴っていたこともよみがえった。

その夜、警察の車がほとんど音もたてず、滑るように向かいの家にやってきたこと。警官の制服のボタンが、月の光を受けて光っていたこと。

「警官は通りの向こう側の家に向かったわ。夜ももう遅かった。明かりがすべて消えて、どこを見ても真っ暗だったから、かなり遅かったはず。警察がやってきて、通りの向こう側の家に明かりがついて、男の子の父親が扉を開けたわ。警官たちがなかに入っていった」

「なにがあったんだ?」イヴが黙ってしまったので、ロークは訊いた。

「わからない、はっきりはわからない。想像だけど、男の子はなにもやってないって言ったんだと思う。寝ていた、って。でも、もちろん、それは証明できない。警官たちが出てきて、あたりの茂みをつついていたのを覚えているわ。そして、ペンキのスプレー缶が見つかった。警官のひとりがそれを袋に入れて首を振った姿を、いまでもありありと思い出せる。ばかな子だ、って思っていたんだわ、たぶん。ろくでもないガキだ、って。

そのうち、彼女がうちから出ていって、わめき出した。スプレー缶や、自分の車や、男の子の家を指差していた。わたしはただ窓辺に立って見ていたけれど、とうとうそれ以上見ていられなくなった。それで、ベッドにもぐりこんだ。上掛けを頭の上まで引き上げたわ」

イヴは目を閉じた。「学校でほかの子たちが話していたわ。あの子が両親といっしょに警察署へ行ったこととか。わたしは無視していた。その話は聞きたくなかった。二、三日たったら、トルーディは新しい車を運転するようになった。ぴかぴかのかっこいい新車よ。それからしばらくして、わたしは家から逃げ出したの。出ていった。彼女といっしょにいることに耐えられなくなったから。あそこにいて、通りの向こう側の家を見るのに耐えられなくなったから」

イヴは頭上の暗い窓を見上げた。「わたしが逃げたほんとうの理由はそれだって、きょうまで気づかなかった。あんなことをした彼女とあそこにいることと、なにもしなかった自分に我慢できなかった。あの子はわたしに人生で最高の時間をくれて、それで厄介ごとに巻き込まれたのよ。わたしは、彼の助けになるようなことをなにもしなかった。彼女がなにをしたか、ひと言も口にしなかった。なにもしないで、あの子が罪をかぶせられるままにしていた」

「きみは子どもだった」

「それが、助けになることをなにもしなかった理由？」

「そうだ」

イヴは上半身を起こし、ロークを見下ろした。「冗談じゃないわ。あの子は警察署に連れていかれて、たぶん、記録を取られたわ。彼がやったんだって、警察が証明できなかったとしてもよ。両親は車を弁償しなければならなかったはず」

「保険でなんとかなっただろう」

「ああ、ばか言わないで、ローク」

ロークは体を起こし、手のひらでしっかりとイヴの顎を支えた。「きみは九歳で、おびえきっていたんだ。いまごろ二十年前を振り返って、自分を責めるとは。ばかばかしいにもほどがあるぞ、イヴ」

「わたしはなにもしなかった」

「なにができたっていうんだ？　警察へ行って、ある女性——児童保護サービスに承認され、ライセンスも得ている——が自分の車を傷つけて、それを通りの向こう側に住んでいる男の子のせいにするのを見た、と言うとか？　とてもじゃないが、信じてもらえなかっただろう」

「そんなことは問題じゃない」

「問題じゃなくない。それに、おたがいわかっているじゃないか。その子は子ども時代の理不尽な出来事を乗り越えているにきまっている。彼には両親がいて、家もあり、友だちもいた。小さな女の子にエアボードに乗せてあげようと声をかけるような、のびのびした性格の持ち主でもあった。そんな出来事くらい、らくらくと乗り越えただろうと思うね。そして、おとなになったきみは、自分の命を懸けて人びとを守るような人生を切り開いてきた。だから、かつておびえた子どもだったころに、勇気ある行動に出られなかったからといって、自分を責めるのはやめろ」

「できっこないわ」

「ほんきで言っているんだぞ。それから、コートを脱いだらどうだ。まったく、蒸し焼きになるつもりじゃないんだろう？」

ごくたまにだが、イヴはこんな気持ちにさせられる――その気持ちを説明しようとすると、〝恥じ入る〟という言葉しか頭に浮かんでこない。むしろようにしてコートを脱いで、坐っている自分のかたわらに放り出した。「自分のベッドでごろごろしたってかまわないと思うわ」

「僕のベッドでもあるからね。もうたっぷりごろごろしただろう。ほかになにか試す気はない？」

イヴは猫をひょいと持ち上げ、膝にのせた。「ないわ」

「では、どうぞ、すねていればいい。ごろごろするよりはましだ」ロークはごろりと寝返りを打ってはずみをつけ、ベッドから降りた。「僕はワインが飲みたい」

「彼は、一生癒えない傷を負ったかもしれないわ」

「いい加減にしろ」

ロークが酒用のキャビネットを開けると、イヴは目を細めて言った。「あの日、たった一度はめられたせいで、犯罪者として一生を送るのかもしれない」

「こういう考え方もある」ロークは冷蔵セクションから上等な白ワインを選んだ。「きみは彼を逮捕してるかもしれない。そうだとしたら、すてきな皮肉じゃないか？」

イヴはぴくりと唇をひきつらせてから、あははと声をあげて笑った。「以前、まっとうじゃなかったころのあなたは、彼と取引していたかもしれない。いまごろ彼は、テキサスのどこかで顔役になって活躍してるわ、たぶん」

「そして、それはすべてきみのおかげ、ということだ」ロークはワインを注いだグラスをふたつ持って、ベッドにもどってきた。ひとつをイヴに差し出す。「気分はよくなったかい?」

「わからない。よくなったと思うわ、たぶんね。わたし、すっかり忘れていたの。ふつうに、だれでもなにかをすっかり忘れてしまうみたいに。それで、その記憶が一気によみがえったとたん、いっしょに罪悪感も押し寄せてきて。あの子はほんの十四、五歳だった。わたしをかわいそうだと思ったのね。そういう顔をしていたわ。いいことをするとかならず罰を受けるのね」イヴは言い、グラスを掲げて乾杯のふりをしてから、ワインを飲んだ。

「そうしてほしかったら、彼を探してあげよう。テキサスの闇の首領ではなくてなにをしているのか、わかるよ」

「そうでしょうね。考えておくわ」

「ところで、きみにお願いがあるんだ」

「なに?」

「僕は、出会う前のきみの写真を一枚も持っていない」

いきなりちがう話を切り出され、一瞬、ついていけなくなる。「写真?」

「そう、きみがまだ年ごろの若い娘だったり、新任警官でまだ制服を着ていたころの写真だ。制服については、近いうちにまた着てもらいたいと思っている。僕は、愛する人の制服姿が大好きだから。古いID写真にはアクセスできるんだが、きみが探してくれるなら、ほかにもっと見たいんだ」

「あると思うわ。きっと。たぶんね。どうしてなの？」

「僕たちの人生はふたりが出会ったときにはじまったわけじゃない」ロークはイヴの顔に触れた。すてきな指の先で、羽根でかすめるようにそっと。「おたがいに最高のときに出会ったとは思いたい。でも、その前のきみをほんの一部だけでも持っていたいんだ」

「すごく感傷的ね」

「認めるよ。十八歳前後のころの、肌もあらわな写真を見つけてくれたら、さらにいいな」

イヴはこらえきれずに笑い出した。「変態」

「それも認める」

イヴはロークのグラスをさっと取り上げ、自分のグラスといっしょにベッド脇のテーブルに置いた。ベッドの上に脱ぎ捨ててあった自分の黒い革コートを、無造作に床に落とす。

「ほかのなにかをやりたい気分」

「おや？」と、ロークは首をかしげた。「たとえば？」

すばやく、しなやかな動きだった。イヴは一瞬のうちに身をくねらせ、両脚でロークのウエストをはさみつけ、両手で髪をつかんで引き寄せると、熱い口を口に押しつけた。「たとえばこういうこと」長いキスのあと、ようやく顔を上げてロークに呼吸を許して、言った。

「きみのために時間を作らないといけないようだ」

「当然よ」ロークのシャツのボタンをつぎつぎはずすと、身を乗り出して、彼の顎に歯をたてた。「わたしを叱ったわね。ホイットニーに呼び出しを受けたときと合わせて、きょう、お目玉を食ったのはこれで二度目よ」

せわしなく動きつづけるイヴの手がズボンのジッパーに届いたときには、ロークはもう鋼のようにこわばっていた。「部長にはちがう反応をしたことを願うよ」

「彼はとてもすてきよ。心労でやつれた顔の男性が好みならとくに。わたしも彼が大好き」イヴはロークの耳を唇ではさみ、そのままバランスを崩して押し倒して、仰向けにした。

ギャラハッドは太っているかもしれないが、これまでの経験から、さっと身をかわして脇によけた。

「あなたって、とてもかわいい。たまに、アイスクリームみたいになめ尽くしたくなるわ」ロークのシャツの前を広げて、両方の手のひらを胸に置く。「そして、見てよ、この肉、この筋肉。ぜんぶわたしのものよ」胴の中心に歯を立てて、そのまま下へとたどりながら、ロークが小刻みに震えるのを感じる。「女の子ならだれでも、おいしい、おいしいって甘い声をあげるわ」

ロークの両手に体を触れられているのが、イヴにはちょっと刺激的だった。それでも、ロークはイヴに主導権を握らせている。少なくともいまのところは、とイヴはわかっていた。いつ主導権を奪い返されるかわからず、それも刺激的でわくわくする。

イヴは自分のシャツの前を開いて、ロークの手に手を重ねて自分の体へと導き、さらに胸へと引き上げていった。長くて力強い指の感触にうっとりとする。目を閉じて上半身をうしろにそらし、ロークの両手がするすると下りてきて、ズボンのホックをはずすのを感じる。

ふたたびロークに覆いかぶさり、両肘をついて、口づけをした——長々と濃厚なキスの合間に軽く唇をついばみ、ロークの鼓動と自分の鼓動が重なっていくのを感じる。トク、トク、トク。差し出した胸をロークが口に含むと、イヴははっと息を呑んだ。そして、震えながら息を吐き出した。

あなたはわたしのもの。そして、わたしはあなたのもの。体の準備はすべてととのい、燃え上がるばかりだ。ロークは体を半回転させてイヴの上になり、握り合った両手を顔の両側に押しつけた。熱情の塊となったイヴの目が、暗く挑みかけている。

「きみを裸にしたい。服を脱がせるからじっとして」

イヴの唇と、顎のくぼみに唇で軽く触れてから、ちょっと口を開けたままのキスを喉から、左右の胸、腹へと繰り返す。

腰からズボンを引き下ろして肌を露出させ、両脚が合わさった中央の、やわらかなくぼみを舌先でたどる。イヴは体を弓なりにして、震えた。

「しーー」ささやき声でなだめながらも口を動かして、イヴを高みへと押し上げ、やがて、その先へと解き放つ。イヴがぐったりしても、さらに腿へと舌をはわせていく。

ブーツを引っぱって脱がせ、床に積み重なった服の山のてっぺんにズボンを落とす。そしてまた、イヴの体を、上へ、上へと、ゆっくりと、じらすように探求していく。

「ローク」

「見てごらん、この肉、この筋肉」さっきのイヴの言葉をそのまま繰り返す。「ぜんぶ僕のものだ」

ふたたびイヴの体のなかでなにかが渦を巻きはじめ、息をするのも忘れるようなとてつもない圧力がどんどん加わってきて、いまにも内側のすべてがはじけそうになった。もうロークに両手を差し伸べることしかできない。

ロークはイヴのなかに進んでいった。深く、強く。口を口に重ね、指先と指先を組み合わせる。味わい、感じて、抱き合いながら、ふたりは同時に爆発した。

愛に目をくらませながら、イヴは思った。そう、わたしには帰るわが家がある。

ふたりはしばらく静かに横たわり、気持ちと体を落ち着かせていた。ロークはまたごろりと仰向けになり、イヴの頭を肩にのせている。まだ高鳴っている胸にはイヴの手がのっている。

「もっと頻繁にきみを叱るべきだね」

「かならずこうなるとはかぎらないわ。つぎは怒り出すかも。きょうはずっとへんな気分だったわ。あなたが言ったように仕事をしていたけれど、へんな感じだった。自分が仕事をしているのを見ている感じ。受け身になっているっていうか。それってわたしのリズムじゃないわ。調子をもどさないと」

ロークはイヴのお腹を軽くさすった。「調子はばっちりだと感じたよ」

「セックスが効果的なの。あなたとのセックスよ、とにかく」

イヴは上半身をベッドに起こした。「今回の件だけど、頭のなかで最初から振り返らないと。脳をぼやけさせていた膜をこすってきれいにはがして、一からやり直すわ」

ロークはワイングラスに手を伸ばした。「じゃ、これからそれをはじめるんだね」

イヴはロークに渡されたワインをちょっと飲んだ。「これからやるのは、シャワーを浴びて服を着ること。自分で書いたメモと、現場からの報告書と供述書を読み返すこと。一時間かけてそれをやって、頭のなかで整理するわ」

「了解。僕は番号口座の調べにもどって、なにか情報が得られないかどうかやってみる」

「こっちの考えがまとまったら、あなたの情報を聞かせてもらえない？」

「そう言ってもらえなかったら、がっかりするところだ。一時間後にランデブー、ということで、食事をしながら情報交換するというのはどう？」

「それがいいわ」イヴはロークの手を取り、ぎゅっと握った。「きっとうまくいくわ」

ロークはイヴの手の甲にキスをした。「もちろん、うまくいくよ」

# 13

イヴは一時間かけて最初から検討しなおした。現場の記録と、自分のメモと、遺留物採取班と検死官と鑑識からの報告書を、丁寧に読み返して考えた。

供述も聞いて、言葉そのものはもちろん、声の抑揚や、表現の仕方も参考にした。

ボードの前に立って、それぞれの写真をさまざまな角度から検証した。

ロークが自分のオフィスからやってきたので、イヴはそちらに顔を向けた。その目に輝きがもどっているのがわかり、ロークはにっこりして一方の眉を上げた。「警部補」

「そのとおりよ、こんちくしょう。さっきは警官みたいに振る舞って、警官みたいに歩いていても、警官みたいな気分じゃなかったの。いまはもう復帰してるわ」

「おかえり」

「さあ、食べましょう。なにが食べたい？」

「きみが警官みたいな気分なら、ピザがいちばんいいと思う」

「すてき、最高。あなたとセックスしたばかりじゃなかったら、それだけで押し倒してるところよ、きっと」

「それは僕の口座に貯めておいてくれ」

ふたりはイヴのデスクに向き合って坐り、あいだにピザとワインを並べた。おまけにツリーまで運んできたりして、とイヴは思った。ロークの基準では小さいツリーだった。それでも、イヴは窓辺に置かれたそれが、外の闇に明かりをまき散らしているのをながめるのが気に入った。

「さて、この件で問題なのは」と、イヴは切り出した。「さっぱり訳がわからないところよ」

「そうか」ロークはグラスをちょっと掲げてから、口をつけた。「それがはっきりしてよかった」

「ふざけないで。いきなり現場に足を踏み入れると、表面的にはこんなふうに見えるわ。つまり、女性の遺体があって、死因は鈍器で何度も殴られたことで、頭を背後から殴られていた。体にはそれ以前に負った傷もあって、彼女は前の日に傷を負わされたうえに撲殺されたのか、傷を負わされたのはもっと前なのか、ということになる。扉には内側から鍵がかかっていた、窓は施錠されていなかった」

イヴは一方の手にピザをひと切れ持ったまま、もう一方の手を振って自分のボードを示した。「目で見た状況と、基本的な証拠から判断すると、だれかが窓から侵入してきて、彼女を撲殺し、同じく窓から出ていった、ということになるわ。防御創がまったくないことから、捜査員の判断としては、被害者は犯人を知っていたか、自分が危ない目に遭いかけているとはまるで気づいていなかった、ということになる。ところで、ある日、だれかに殴られて、つぎにそのだれかが現れたら、少しは警戒するはずよね」

「前の傷が自分でつけたものでなければ」

「そうね、でも、遺体を見つけた時点でそのことは知らなかった――わかるわけがないわよね？　犯人が被害者の顔の傷に気づかない、というのはありえない。ちゃんと見えているんだから。そして、殺害には同じ武器が使われていた。だから、そのデータをもとにもう一度検討して、彼女を殴った者の犯行にみせかけた殺人ではないか、と考えた」

イヴは大口を開けてピザにかぶりつき、スパイスを味わった。「犯人は以前の傷をうまく利用したのだ、と。悪くないわ。ぜんぜん悪くない。うまい考え方よ。彼女のリンクを持ち去ることに劣らずうまい考えよ」

「被害者の強欲さと暴力的衝動を利用してもいる」

「そうね。でも、ある小さな事実によってこの説は覆《くつがえ》される。ここでも防御創がないのが問題なの。殴られたとき、彼女が縛られた形跡はないし、彼女がどんな形でも反撃に出たり、身を守ろうとした形跡もない。どう考えてもおかしい。そのうち、あざの角度が問題になった。そして、自分でやったんじゃないか、ということになったのよ」

「それで、事件はまるでちがう様相を呈しつつある」

「そのとおり。犯行現場そのものに目を移すと、遺体の位置とＴＯＤが問題になってくるわ」

「死亡推定時刻《TOD》だね」

「そうよ、真夜中に、見知らぬ者が窓から入ってきたら、ベッドから飛び出して逃げようとするわ。叫びもするでしょう。でも、彼女はそのどちらもしなかった。つまり、犯人は扉から部屋に入った。彼女は犯人を部屋に入れたの」

「窓から入ってきた可能性はまだ残るぞ。彼女とパートナーが仲たがいしていたら、扉から入ろうとして拒まれるリスクを負うより、窓から入る方法を選ぶかもしれない」

「窓には鍵がかかっていた。そう記憶されている。記憶はまちがっている場合もあるわ」イヴはまたひと口ピザを食べ、飲み下してからつづけた。「捜査に当たっている警官が被害者を知っているからわかるの――失われていた記憶が一気によみがえって、被害者はいつも扉という扉、窓という窓にしっかり鍵をかけていたと、はっきり思い出したのよ。トルーディの聖書によると、世のなかには泥棒と性犯罪者と悪事があふれているの。昼間、わたしたちが家にいるときさえ、金庫みたいに鍵という鍵がかかっていた。わたし、すっかり忘れていたわ。広くて邪悪なニューヨークで、彼女が窓の鍵をかけないでいるなんて、ありえない。彼女らしくないわ」

「彼女は犯人を部屋に入れているんだ」ロークはさらに言った。「夜遅く訪ねてきた犯人を」

「そう。遅いわね。しかも、彼女はローブを着もしなかった。クロゼットのなかに吊ってあったのに、あえて羽織りもせず、犯人をネグリジェ姿でもてなした」

「よっぽど親しい間柄としか思えない。恋人だろうか?」

「かもしれない。その可能性は捨てきれないわ。身ぎれいにしていたし。顔も体も形成処置を施していたわ。彼女が付き合っていた男性は思い出せない」ふたたび過去を振り返ろうとしながら、つぶやく。「あの家にいたのはほんの六か月くらいだけれど、男性が家に来たり、彼女が男性と出かけたりしたことは記憶にないわ」

「そのころからいままでずっとだとしたら、そうとう長い男日照りだぞ」

「セックスだけが目的の関係がなかったとは言えないだろうけど」イヴはつづけた。「彼女の持ち物、つまり部屋にあったものすべてのリストに目を通したけれど、大人のおもちゃも、セクシーな下着も、コンドームも、性病予防のどんなアイテムもなかったわ。それでも、長い付き合いの相手がいたかもしれない――それらしい兆候はなくても、ひょっとしたらということもありうるわ。でも、相棒ではないわね。対等な関係ではない」

「そうなのか?」

「彼女は主導権を握っていないとだめなの。命令を出すほうじゃないとだめ。人になにをするべきか言って、そのとおりにされているのを見るのが好きなの。彼女の経歴を見て――たとえば、雇用記録。長年のあいだに数十の仕事についているけれど、長つづきしたことは一度もない。命令を受けず、あたえるばかりだからよ」

「だったら、彼女の頭のなかでは、里子の養育は理想的だったわけだ」ロークはうなずいた。「自分がボスになって主導権を握れる。なにもかも支配できる」

「そう思ったでしょうね」イヴは同意した。「もうすぐ六十歳だけれど、結婚したという記録はないわ。正式な同居が一度あるだけ。そうよ、彼女はチームプレーができないの。同等の関係というのはありえない。だから、このときの相手もリンクで呼び出したんだと思う。ここへ来て、話があるのよ、って。そして、ほどほどのワインと薬を飲んだ。たぶん、ちょっとふわっとして気持ちが大きくなるていどに」

「しらふだったら受けてなかったかもしれない扱いを受けてしまったもうひとつの理由だな」

イヴはうなずいた。「リラックスして、薬も効いていたはずよ。そして、あなたから二百万ドルを脅し取ろうと企んでいた。そのために顔をつぶしたの。そうよ、すっかりいい気分になっていたでしょうね。でも、ホテルの部屋に閉じこもっていて、どうやってあなたをゆすれるの？」

「そのことはもう考えてみたよ。きみはすっかり調子を崩していたからね」イヴが尋ねるように眉を寄せると、ロークはそう言って思い出させた。「けがそのものと、襲われたときの状況を、震えながら、おそらくは涙ながらに説明するようすを記録したんだろうと思う。襲撃者はわれわれのどちらか、そうでなければ、両方だという含みをもたせたかもしれないし、あるいは――彼女がこちらで思っているより賢ければ――われわれのどちらか、あるいは両方が、言うとおりにしなければもっとひどい目に遭わせると言っていると、見知らぬ人に告げられたと訴えるのかもしれない」

ロークはイヴのグラスにワインを注ぎ足した。「この記録は、万一、わたしが早すぎる死を迎えた場合、あるいはさらにけがを負った場合に自分の身を守るために作られたものであり、その際、この記録はマスコミ、および警察に届けられるものとする、という声明がつくんだろう。そして、僕が言外の意味をつかむと信じて、彼女はこの記録を僕に送りつける。金を払わないならこれを世間に発表するわよ、というわけだ」

「ええ、ありうるわね」イヴはさらにひと切れ、ピザをつまんだ。「そうやって考えた結果、その記録はどこにあると思う？」

「犯人が持っているのはまちがいない」

「ええ、まちがいないわね。じゃ、なぜ、ザナが連れ去られたときに、番号口座といっしょに突きつけられなかったの？　どうしてあなたは、その記録の写しを受け取っていないの？」

「犯人が、記録を渡せば手がかりをあたえることになると思ったのかもしれない。あるいは、普通便で送ってもだいじょうぶだろうと思うくらいおめでたいか」

「なるほどね」イヴはロークに向かってピザを振ってから、かじった。「賢いかと思うと、抜けてる、賢い、抜けてる。ほんとうはぜんぜん抜けてないのよ。すべて賢くやってるの――抜けてるように見せかけるほど賢いのかも。衝動にかられて罪を犯し、それを隠そうとしてちょっとしたミスをする。そのうち、さらに大きなミスをする。でも、なんだか……なんだか、このミスはわざとじゃないかっていう気がしてきた」

イヴは振り返ってボードを見た。「どうどうめぐりをしてるだけみたい」

「いや、つづけて。悪くないと思う」

「彼女は厄介な女性だった。息子でさえそう言っていたわ。あ、そうだ」ロークの表情を読んでイヴは言い添えた。「彼を容疑者リストからはずしたわけじゃないわ。リストの上のほうにいない理由を説明すると、こういうことよ。犯人は厄介な女性のために下働きをしている。分け前はもらえることになっているけれど、半分、なんていうことはありえない。彼女は犯人に言ったのかもしれない。百万ドルを絞り取るつもりだから、あなたには手間賃として十パーセントあげるわ。下働きしかしていないんだから、悪い額じゃないはず。たぶんそういう流れで、彼女は届けるか送るかするように言って、犯人に例の記録を渡すの」

「まちがいなく金をゆすり取れると信じて」と、ロークが言った。

「そうよ、そして、下働きがちゃんと言いつけを守ると信じて。でも、なにかちょっとでもうまくいかないと投げ出そうとする。彼女はそういう人よ」

「ところが、下働きは彼女が思っていたほど従順ではない。おりこうなワンちゃんさながらに記録を届けるどころか、なかをのぞいてしまう。そして、これはうまくやったらもっと儲けられるぞ、と思う」

　これこそわたしのリズムだ、とイヴは気づいた。ロークとあれこれ意見を交わしながら、行動や、細部や、可能性を検討する。

「そうね。犯人はもどってきて、もっと分け前をくれ、って言うかもしれない。百万ドルなんてケチなこと言ってないで、もっと絞り取ればいい、と言うかもしれない」

「そして、怒りを爆発させるかもしれないと思ったのよ。でも、彼女は腹を立てる」

「冗談じゃないわよ、って」イヴはロークにほほえみかけた。「そして、怒りを爆発させる。ワインや薬を飲んでいたせいもあるわ。ついうっかり舌を滑らせて言ってしまったかもしれない。最初から二百万ドルゆすり取るつもりだったのよ。あ、しまった」

「あるいは、パイのひと切れをもっと大きくしてくれというたのみを、ぴしゃりと断っただけかもしれない」

「いずれにしても、相手を怒らせるには充分だわ。そして、時間は経過して、土曜日の夜なのか、日曜日の朝早くなのか、犯人はまたあの部屋に彼女といっしょにいる。彼女は犯人に背を向ける。犯人は記録を持っている。武器を持っている。犯人には動機があり、機会がある。犯人は彼女を殺してしまう。そして、彼女のリンクと、記録のコピーと、ディスク・ファイルと、犯人に結びつきそうなものすべてと、犯人のためになりそうなものすべてをバッグに詰める。それから、窓の鍵を開けて、その場から逃げ出す」

「こうして、パイを丸ごと手に入れる」そう言って、ロークはふたりのあいだにあるピザを見下ろした。ふたりでほとんど平らげてしまった、と気づく。腹の減る仕事なのだ。

「そして、舞台は変わる」イヴは親指にちょっとついていたソースをなめた。「まぶしいくらい明るい月曜日の早朝、犯人はそれ以外にないという場所にいて、ホテルから出てきたザナをさらっていく。彼女がたったひとりでベーグルを買いに出てくるというのは、うれしい偶然よね」

「トルーディは恋人といっしょにいたんじゃないのかもしれない」

「そうとも考えられるわよね?」イヴはちょっと首をかしげ、食べ過ぎて気持ちが悪くなる前に、ピザを押しやった。「ボビーのかわいい奥さんをよく調べてみるわ」

「ボビーではなくて?」

「そちらもちょっとだけ踏み込んで調べてみる。でも、母親殺しとなると、ふつうはもっと忌まわしいものよ。怒りももっと激しい」

父親殺しがそうであるように、とイヴは思った。父親を殺したときは、文字どおり血の海を泳ぐような状態だった。

そんな記憶は必要ではないし、思い出したくもなかったから、いまにすべてを集中させる。「つまり、動機があいまいということよ。金が目的なら、どうして彼女がゆすり取るまで待たないの? そのあと、自宅にもどってから事故を装って相続してもいいわけよね。一時的な衝動だったのかもしれないけれど……」

「きみは彼に甘いね」ロークは言った。「たしかに甘い」

「そういうわけじゃないわ」ひょっとしたらそういうところはあるかもしれない、とイヴは認めた。「彼があのホテルの部屋の外でも演技していたなら、不動産業なんかやって才能を無駄にしているとしか言えないわ。それに、ザナが冒険中、わたしは彼といっしょにいたんだから、彼に共犯者がいなければつじつまが合わない。あるいは、彼とザナはぐるだとか。ありえないことはひとつもないから、踏み込んで調べなければ。でも、この線はなんだかぴんとこないのよ」

ロークはイヴの顔をじっと見た。「それで、ほかに引っかかっていることがある。そう顔に書いてあるよ」

「被害者に話をもどすわね。彼女は主導権をにぎって、まわりの人を意のままにするのが好きなの。あなたが指摘したように、彼女は補助金だけが目当てで子どもたちを引き取ったわけじゃない。子どもたちを支配下に置いて、言いつけにしたがわせ、彼女を恐れさせたかったから引き取ったのよ。子どもたちみんなのファイルを保管している、と彼女は言っていた。だったら、彼女が最初に手を出したのはわたしとはかぎらないんじゃない？」

「つまり、犯人は彼女のパートナーではない。子分だ、と」

「いい言葉じゃない？」イヴは椅子の背に体をあずけ、左右にちょっとずつ回転させた。「子分。まさにぴったりよ。すでに調べたところによると、彼女が引き取ったのはすべて女の子よ。だったら彼女がネグリジェ姿でもおかしくないわ。相手は女性なのに、わざわざガウンを着る必要がある？　子どものころにこき使って、理由はなんであれ、いまも支配下にいる相手に気を使ったり、恐れたりする必要はないのよ」

「ザナを連れ去ったのは男だ。彼女の言葉をそのまま信じれば、ということだが」

「彼女の言葉を信じて、この仮説でいくなら、相手はふたりいなければおかしい。あるいは、トルーディに男性の協力者がいたか。彼女が引き取った人たちのことをもっと調べなければ」

「では、僕は番号口座のほうをさらに突っついてみよう」

「なにかわかりそう?」

「もう時間の問題だ。フィーニーが動き出して、令状を取った。となると、僕は自分のオフィスの設備が使えるので、コンピュータ警備《コンピュガード》をかわさなくてよくなる」

「楽しみが半分減っちゃったわね」

「たまにはそれもいい」ロークは立ち上がった。「じゃ、調べにもどるよ」

「ローク。さっき、家に仕事を持ち込むとか、家でも警官のままでいるとか言った件だけど。あなたをこういうごたごたに巻き込む、っていうことも加えるべきだったわ」

「自分からごたごたに巻き込まれることも多いんだ。そのためにきみのまわりをうろうろしたりしてね」ロークの唇がかすかにカーブを描いた。「最初にそっちからたのまれるまで待つことを学んでいるところだ」

「わたしのほうがたのんでばかりいるわ。あなたがけがをしたことも忘れていない。最近の二件の大きな事件では、かなりひどい打撃を受けたのよ、最初にこちらからたのんだせいで」

「けがのことは、きみも同じだ」と、ロークは思い出させた。

「わたしはそういう契約をしているもの」

ロークは満面に笑みを浮かべ――女性たちのハートを一気に跳ね上がらせるには充分だった――デスクをまわってきてイヴの手を持ち上げ、彼女の結婚指輪を指でさすった。「僕もそういう契約をしたんだ。仕事にもどろう、警部補」

「オーケイ。オーケイ」小声で繰り返すあいだに、ロークは自分のオフィスにもどっていった。イヴはコンピュータに向き合った。「さあ、給料に見合うお仕事をはじめましょ」

トルーディが里子にした者のリストを呼び出して、それぞれの人生のあら探しをはじめる。

ひとりは、加重暴行罪で三度目の服役中だった。有望な候補者だ、とイヴは思った。現在、アラバマ州モービルにある刑務所で服役中でさえなければ。万が一のことを考えて、刑務所長に連絡をして、収監中であることを確認した。

ひとり消えた。

もうひとりは、マイアミの地下のクラブで踊っていたところを、少数過激派ふたりによる爆破事件に巻き込まれ、ばらばらになって死亡していた。自爆テロだった、とイヴは思い出した。犯人たちが考える女性搾取《さくしゅ》行為に抗議して——自分たちの命と、ほかに百人以上の命を犠牲にして——のことだった。

つぎはアイオワ州デモイン在住で、正式に結婚して小学校の教師として働いている女性だ。子どもはひとりいて、男の子だ。配偶者のデータはなにも記されていない。それでも、ふたりでそこそこの稼ぎを得ているようだ。トルーディはちょっかいを出したかもしれない。

イヴはアイオワに連絡してみた。リンクのスクリーンに現れた女性は疲れ果てているように見えた。なにかたたいたり、壊したりしているような音が背後から聞こえる。「ハッピー・ホリデーズ。神様のご加護がありますように。ウェイン、お願いだから、五分だけ静かにしてくれる？　ごめんなさい」

「いいんです。カーリー・トゥイーンさん？」

「そうです」

「ニューヨーク市警察治安本部のダラス警部補です」

「ニューヨーク。坐らせてもらうわね」長いため息のあと、スクリーンがちょっとかたむいて、妊娠して大きくせり出したお腹がちらりと見えた。またひとり消えた、と思ったが、つづけることにした。

「どういう用件なの？」

「トルーディ・ロンバード。聞き覚えがありますか？」

相手の顔つきが変わり、こわばった。「ええ。わたしが子どものとき、数か月間、里親だったわ」

「最後に彼女と連絡を取ったのはいつか、おしえていただけますか？」

「どうして？　ウェイン。静かにして。どうして？」カーリーは繰り返した。

「ミズ・ロンバードは殺害されました。その捜査をしているんです」

「殺された？　待って、とにかく待って、ちょっと場所を移らないと。ここじゃうるさくて、よく聞こえないの」ふーふーはーはーと、しばらく息づかいが聞こえたあと、カーリーは立ち上がり、よたよたと歩き出した。イヴは揺れるスクリーンを見ながら、居間からオフィス代わりの小部屋へ移動したのだと思った。扉が閉じられる。

「彼女、殺されたの？　どんなふうに？」

「ミセス・トゥイーン、あなたがミズ・ロンバードと最後に話をしたか、連絡を取ったのはいつか、おしえていただきたいんです」

「わたしは容疑者なの？」

「決められた質問に答えようとされないのはどうしてだろう、とは思います」

「わたしは十二歳だった」カーリーは噛みつくように言った。「彼女の世話になったのは八か月間。叔母が保護監督権を得ることができて、わたしを引き取ってくれた。話はそれでおしまい」

「では、どうして怒っているんですか？」

「ニューヨークの警官がいきなりわが家に連絡してきて、人殺しのことでわたしに質問をするからよ。家族がいるのよ。妊娠八か月なんだから。教師なの」

「それでもまだ、わたしの質問に答えてもらってません」

「この件についても、彼女についても、言うことはなにもないわ。なにも。弁護士がいなければ話さない。だから、ほうっておいて」

スクリーンが真っ暗になった。「まあ、こんなもんでしょ」イヴは思わずつぶやいた。

カーリー・トゥイーンがよたよたとニューヨークまで来て、トルーディの頭をたたきつぶすところは思い浮かばなかったが、リストに名前は残しておいた。

つぎの通信はボイスメールに切り替えられた――スクリーンに映ったふたりの顔も、ふたりの声も、サングラスがほしくなるほど光り輝いていた。

〝ハーイ！　プルーよ！

そして、アレックスだよ！

ただいま、お話しすることができません。わたしたちはいま、ハネムーンでアルバ島にいます！〟

ふたりは見つめ合い、頭がどうかしたみたいにくすくす笑った。〝もどったらご連絡します。もどれば、ですけど〟

島への割引運賃を利用した者がここにいたようだ、とイヴは思った。プルーとアレックスが正式に結婚しているとすれば、ごく最近のことで、データがまだ更新されていないのだろう。

そこで、ミシガン州ノヴィの公的機関のデータベースを確認した。プルーとアレックスはたしかに結婚許可証を申請していて、それはついこのあいだの土曜日だ。

ふたりがわざわざ回り道をしてニューヨークで殺人を犯し、そのまま太陽と波とセックスを楽しみに向かったとは思えなかった。

「じゃ、つぎは、ニュー・L・Aのマキシー・グラント、さてと、あなたはなにをしているの？　へえ、弁護士なの？　自分で会社も経営してる。よっぽど仕事がうまくいっているのね。トルーディの触手が動いたかもしれない」

時差を計算に入れて、まずマキシー・グラントのオフィスに連絡をした。

二度目のコールで、きびきびした口調の女性が応じた。こんもりとした大きな赤毛のカーリーヘアが、細い輪郭の顔を囲んでいる。コケのような緑色の目がじっとイヴの目をのぞきこむ。「マキシー・グラントです。ご用件をうかがえますか?」

「ニューヨーク市警察治安本部のダラス警部補です」

「ニューヨーク? 遅くまでお仕事なんですね、警部補」

「ご自分でリンクに出られましたね、ミズ・グラント」

「ほとんどいつもそうしています。ニューヨークの方のなにかお役に立てますか?」

「トルーディ・ロンバード」

マキシーの顔に広がったほほえみには好意のかけらもなかった。「どうか、あなたは殺人課で、あの性悪女は死体置き場に横たわっていると言ってくださいな」

「まさにそう言おうとしていました」

「ほんとうなの? じゃ、音楽隊に演奏をさせて、わたしにチューバを貸して。彼女、どんなふうに死んだの?」

「彼女のファンではなかったみたいね」

「心底憎んでいたわ。あの女のはらわたを構成していた原子まで憎んでいた。彼女を殺《や》った人物をもうつかまえているなら、握手させてほしい」

「この土曜日から月曜日まで、どこにいたかおしえてもらえますか?」

「もちろん。ここにいたわ。このあたり、ということ。ずっとオフィスにこもってるわけじゃないから」ゆったりと椅子に体をあずけて、口をすぼめて考える。「オーケイ、土曜日の八時から十二時までは、聖アグネス校でボランティア。女子バレーのコーチをしているの。必要なら名簿を提出して証明するわ。そのあと、友だちとちょっとクリスマスの買い物をしたわ。散財してしまったけれど、いいのよ、クリスマスだもの。友だちの名前は言えるし買い物のレシートがあるわ。土曜日の夜はパーティ。家に帰ったのは二時過ぎで、ひとりじゃなかった。日曜日の朝は、ベッドでセックスと朝食。ジムへ行ったあと、家でごろごろ。日曜日の夜は、家で少し仕事をしたわ。少しはくわしく聞かせてちょうだい。彼女、苦しんだの? お願いだから、苦しんだって言って」

「彼女が苦しんだらうれしい訳を話してもらえませんか?」

「彼女のせいで、地獄のような九か月を過ごすはめになったからよ。あなたがどうしようもないドジじゃないかぎり――そうは見えないわ――もうわたしのことは調べているはず。わたしは八歳のときに施設に入れられたの。父親がとうとう母親を殴り殺して、刑務所にぶち込まれたあと、だれもわたしを引き取ってくれなかったから。それで、すぐにあのサディストの性悪女のところへやられた。歯ブラシで床を磨かせられたり、毎晩、自分の部屋に閉じこめられたりしたわ。部屋の電源を切られて、暗闇でじっとしていたこともあった。あなたの母親はああいう目に遭って当然だったんだろうし、あなたも同じように死んでいくんだって言われたわ」

深々とため息をつき、すぐそばにあった水のボトルに手を伸ばして、飲む。「わたしはそのころから盗みをはじめて、こっそり逃走資金を貯め出したわ。そして、つかまった。あの女は、腕や脚にできたあざを警官に見せたわ。わたしにやられたんだって言って。わたしは、あの性悪女に指一本触れてないのに。それで、少年院に送られた。それからは、いろんな悪いことをおぼえて、喧嘩もしょっちゅうやったわ。

こういう例は見たことがあるでしょうね」

「ええ、二、三回は」

「十歳のころには違法麻薬を売っていた。ワルよね」そう言って、恥じ入るようにほほえむ。「少年院に出たり入ったりを繰り返して、十五歳のときに取引に失敗したわ。そして、半殺しの目に遭った。それまでのわたしの人生で最高の出来事だった。ある司祭様がいて……なんだか〝今週の感動ビデオ〟みたいに聞こえるかもしれないけれど、ほんとうなんだからしょうがないわ。司祭様はずっとわたしを見守り、見放さなかった。正しい方向へ導いてくださったの」

「そして、あなたは法律の世界を目指した」

「とにかく、わたしにぴったりの仕事だと思ったの。サディストの性悪女に引き取られたとき、わたしは八歳で、おびえきっていた。母が死ぬところを見ていたからよ。あの女はそれを利用して、自分の立場でできる最大限のことをして、わたしを打ち壊そうとした。ほんとうにそうなるところだったのよ。彼女のために花は送らないわ、警部補。赤いハイヒールを履いて、フランス産のシャンペンを飲むわ」

「最後に彼女に会ったのはいつ？」

「直接、顔を合わせたのは四年前」

「直接？」

マキシーはまたひと口、ゆっくり水を飲んだ。「わたしは有能な弁護士だから、代理人を呼ぶべきなのはわかっている。いまはあなたに話すべきじゃないのよ。でも、彼女が死んでうれしくてたまらないから、無謀な道を選んでしまうわ。四年前、わたしは影響力のある法律事務所で働いていた。次席経営者として。そして、上院議員への道が確実視されている男性と婚約中だった。しゃにむに働いて、そうとうな給料も得ていたわ。そんなとき、彼女がオフィスに現れたの。わたしが働いているところに来たのよ、信じられない。満面に笑みを浮かべて言ったわ。驚いたわ、立派になったわねえ、って。吐き気がしたわ」

マキシーはさらにごくごくと水を飲み、また放り出すようにボトルを置いた。「追い返すべきだったのに、不意を衝かれて動揺してしまった。彼女は言ったわ。あなたの記録をすべて保管してるわ。少年院の収監記録、違法麻薬取締法違反、暴行罪、窃盗罪、それぞれの記録。人の目に触れたら、いろいろまずいこともあるんじゃない？　影響力のある会社で、おいしい仕事をしてるあなたには。イースト・ワシントンで要職に就く道が約束されている男性と結婚しようとしているあなたには」

「あなたを恐喝したのね」

「ゆすられたわ。愚かにもほどがある。五万ドル渡したわ。三か月後、あの女はまたやってきた。恐喝ってそういうものみたい。わたしは未経験な青二才じゃないからわかっていたはずなの。でも、また払ってしまった。彼との関係がうまくいかなくなってからも払ったわ。いけないのはわたし。ストレスがものすごかったし、なにがあっても彼に知られてはいけないって思いこんでいたから、払いつづけてしまった」

マキシーはちょっと口をつぐみ、さっきまでとはちがう穏やかな口調でさらに言った。

「残念に思っているわ。いまも後悔している。彼女には二年間、払いつづけたわ。全部で二十五万ドルよ。そして、とうとうもう耐えられなくなった。仕事をやめたわ。また連絡してきた彼女に、好きにすればいいって言った。やんなさいよ、性悪女、最低なことをやればいい。もう失うものはないわ。すでに失ったんだから」静かに言った。

「彼女の反応は？」

「激怒したみたい。少なくともわたしにはそう見えたわ。そのうち、わたしに焼け火箸《ひばし》で目を突かれでもしたみたいに、悲鳴をあげたり泣きわめいたりしはじめた。いい気味だったわ。弁護士の資格を剝奪されるわよ、って彼女は言ったわ。もちろん、大嘘よ。またわたしを雇ってくれる会社はなかったわ。それで彼女も少しは気が済んだかもしれない。知ったことじゃないけど。とにかく、それ以降、金は払わず、彼女は二度と現れなかった」

「警察に届けるべきだったのに」

「そうかもしれない。届けるべきだったし、できないことじゃなかったわね。でも、わたしなりに考えて、届けなかった。いまでは、たいしたものじゃないけど、自分で会社を運営してるわ。しあわせよ。わたしは彼女を殺していないけれど、だれであろうと彼女を殺した人の弁護は無料で引き受けるわ。あの女はわたしを水風呂に入れたの、毎晩よ。わたしのためだって言って。短気が治るんだ、って」

イヴは全身に広がった震えをなんとか抑えこんだ。冷たい風呂のことを思い出したのだ。

「あなたがどこにいたか、それを証明できる人たちの名前をあとでおしえてちょうだい、マキシー」

「おやすいご用よ。彼女がどんな目に遭ったのか、聞かせて」

「鈍器で頭を割られたの」

「そう。なにかもっと奇抜な殺され方だったらよかったのに。まあね、それで満足するしかないわね」

非情だ、とあとになってイヴは思った。非情で、残酷なくらい率直だ。その点を尊重しなければならない。

なによりよかったのは、恐喝の手口がわかりかけたことだ。

さらに、あとふたりに連絡がついた。しかし、事件にかかわっているとは思えなかった。目を見れば、それはわかった。アリバイを確認することにして、さらに調査をつづけたが、あとのふたりには連絡がつかなかった。

コーヒーを淹れようと立ち上がったイヴは、遠回りをしてロークのオフィスをのぞいた。

「なにか進展があった？」

「行きづまってしまって、どうにもこうにもならない」ロークはデスクを押すようにして椅子の背に寄りかかった。いらいらしているようだ。「彼女はまちがいなく番号をおぼえたんだろうか？」

「動揺していたから、まちがっておぼえた可能性はあるわ。でも、あなたに渡したあの番号を二度つづけて言ったわ。よどみなく」

「なんの手がかりも得られない。数字の順番を変えてコンピュータで検索してみようと思っているんだ。それでなにが出てくるか。きみのほうはどう？」

「ある人から、恐喝をされたという証言を得たわ。カリフォルニアの弁護士よ。彼女が犯人だとは思わないけれど、二、三年のあいだに二十五万ドルゆすりとられたあと、トルーディとは絶縁状態になったと言っているわ。ひとりからたんまり絞り取ってる。ほかにもやっているとわたしは見てるわ。それから、トルーディはいくつか秘密の口座を持っていると思う。税務署に申告しない口座よ」

「それなら簡単に見つけられるよ」

「弁護士からは、トルーディに送金したときの口座番号をふたつ、おしえてもらったわ。でも、数年前のことだし、トルーディは預金をあちこちに動かしたかもしれない」

「税務署にかぎつけられないようにするには、それがいちばんだ。まず、そっちの口座から調べてみるよ」

「お金がネット上でやりとりされていたら、ほかの送金元の口座も特定できるわね」

「朝飯前だよ。いい休憩代わりになって、この行きづまり感も少しは解消されるかもしれない」

「コーヒーはいかが?」

「なんと妻らしい。ああ、いただこう。ありがとう」

「いずれにしても、自分のコーヒーを淹れるところだったのよ」

ロークの笑い声を聞きながら歩き出したイヴは、ボードの前でふと立ち止まった。トルーディが恐喝で金を得て、それをこっそり貯め込んでいたら、ボビーはどれだけ遺産を得ることになるのだろう?

不動産会社を活気づかせるにも充分な額だろう、と想像する。

ひとりぼっちでひもじい思いをしていたとき、こっそりサンドイッチを持ってきてくれた少年のことをちらりと思い出す。なにも言わず、かすかにほほえみながら、唇に人差し指を当てていたわ。

そして、コーヒーを淹れたイヴは、彼がじつの母親を殺したかどうか調べる準備に取りかかった。

# 14

イヴはまぶしいくらいの照明のついた部屋に立って、数人の女性とシャンペンを飲んでいた。どの顔も見おぼえがあった。カリフォルニアの弁護士はシャンペンをラッパ飲みしながら、かかとの高い赤いヒールで、腰をくねらせて踊っている。カーリー・トゥイーンは背もたれの高いスツールに坐って、しとやかにちょっとずつワインを飲みながら、空いているほうの手で大きく突き出たお腹をさすっている。

残りの女性たち――イヴと似たような過去を持つ人たち――はひとり残らず、いかにも女性だけのパーティらしくにぎやかにおしゃべりをしている。イヴはファッションや食べ物や男性についてすらすらと楽しくしゃべれたためしはなかったから、泡立つシャンペンを飲みながら、まわりの話し声に身をゆだねている。

全員がおしゃれをしていた。彼女もクリスマス・パーティのときのドレスを着ていた。夢のなかでも――夢だとわかっていてさえ――足が痛む。

部屋の一部が仕切られていて、そこでは子どもたちが坐らされてパーティのようすを見ている。だれかのお古を着て、ひもじそうな顔をした、あきらめたような目つきの子どもたちだ――ガラスの壁で隔てられ、まぶしい照明や、音楽や、笑い声はどの子どもにも届かない。

壁の向こうにはボビーがいて、サンドイッチを配っている。子どもたちががつがつとむさぼる。

実際のところ、そのパーティ会場でイヴだけはよそ者だった。厳密に言うと、みんなとは仲間ではない。だから、残りのみんなはちらちらと横目で彼女を見ては、口を手で覆ってなにかささやき合っている。

それでも、祝いの場の中央で床に横たわっている遺体に、最初に近づいたのは彼女だった。トルーディのネグリジェは血まみれで、光沢のある床に流れ出た血が固まっている。

「この格好はないわよね」マキシーが言い、ほほえみながらシャンペンをぐいぐいラッパ飲みする。「あれだけわたしたちから絞り取ったんだから、もっといい服を買えたはずよ。飛びきりのパーティなんだから、ねえ?」

「彼女はここへ来る予定じゃなかったのよ」

「予定なんてそんなものよ」マキシーはイヴを肘でつついた。「肩の力をお抜きなさい。どのみち、ここにいるみんなは家族なんだから」

「わたしの家族はここにはいないわ」イヴはガラスの壁越しに、子どもたちの目を見つめた。ほんとうにいないのかどうか、よくわからなくなる。「やらなければならない仕事があるの」

「好きにしなさい。わたしが、このわたしがパーティをスタートさせるわ」マキシーはボトルをさかさまにして両手でネックを握り、けたたましい笑い声をあげながら、トルーディのすでに砕けた頭にたたきつけた。

イヴがとっさに飛び出してマキシーの背中を突き飛ばすと、残りの全員がどっと押し寄せてきた。犬のように遺体に飛びかかる彼女たちに殴り倒されて蹴られ、さんざんに踏みつけられる。

イヴは這って騒ぎから離れ、よろよろと立ち上がった。そして、ガラスの向こうの子どもたちを見た。拍手喝采をしている。

子どもたちの背後に影が見えた。イヴの父親の形をした影だ。

〝だから言っただろう、チビ？　やつらはおまえをクモだらけの穴に放り込む、って〟

「いや」イヴはびくりと体を引きつらせ、自分を持ち上げただれかに殴りかかった。

「落ち着いて」ロークがささやいた。「僕だよ」

「なに？　なに？」心臓をどきどきさせながら、イヴは体を揺すって目をさました。いつのまにかロークに抱えられている。「どういうこと？」

「きみはデスクで眠りこんでいた。もう午前二時近いから、無理もない。悪い夢を見ていたよ」

「ちがうわ……」いったん言葉を切って、気持ちを静める。「悪夢とはちょっとちがうの。とにかくへんなの。ただへんな夢なの。わたし、歩けるわ」

「このほうがいいんだ」なおもイヴを抱えたまま、エレベーターに乗り込む。「いい加減に切り上げて眠るべきだったのに、僕がつい夢中になってしまった」

「ぼうーっとしてるわ」イヴは両手で顔をこすったが、疲労はぬぐい去れない。「口座は突きとめられた?」

「なんという質問だろう。いまのところ三口座だ。まだあると思ってる。朝になったら、この件はフィーニーに引き継いでもらおう。本業でやらなければならないことがいくつかあるから」

「それは――」

「もうすぐ朝だ。いずれにしても、夜明けは近い」エレベーターを下りて、そのまままっすぐベッドまでイヴを運ぶ。ズボンを脱がせようとしたロークの手をイヴは軽く払いのけた。

「自分でできるわ。あなたは妙なことを考えそうだから」

「僕にだって守るべき節度はある。その幅は広いとしても、だ」

ふたりいっしょにベッドにもぐりこむと、ロークはイヴをしっかり抱き寄せた。

イヴは、手に入れた情報を少しは明かしてほしいと文句を言いはじめた。そして、つぎに気づいたときはもう朝だった。

ロークは寝室のソファでコーヒーを飲みながら、株式市況と朝のニュース番組に二分割されたスクリーンをながめていた。いまのところ、イヴはそのどちらにも興味はない。そこで、朝の挨拶らしきものをうなってから、重い足取りでバスルームへ向かった。

バスルームから出てくると、ベーコンの香りがした。

テーブルに皿が二枚、置いてある。ロークの魂胆はわかっていた。イヴがなにか食べると見ると、できるだけたくさん食べさせようとする。そういうことならさっさと済ませようと、イヴはロークと向き合って坐り、まずコーヒーのマグをつかんだ。

「で?」

「おはよう。天気はあまりよくないね。天気予報はみぞれで、午前のなかばには雪に変わるかもしれないらしい」

「楽しいことには終わりがないのね。口座よ、ローク」

ロークは人差し指を立てて、食べ物に飛びかかろうとしていた猫を制した。ギャラハッドはかまえるのをやめて、耳のうしろを後ろ脚で掻きはじめた。

「きみが弁護士におしえてもらった口座はもう閉鎖されていた。閉鎖時期は、彼女が金を渡すのを拒んだころだ。ほかに、海外と地球外の口座を突きとめた。もちろん番号口座だが、ちょっと技を使って登録名を探った。ロバータ・トゥルーとロビン・ロンバルディだ」

「本名と大して変わらないわ」

「想像力の豊かさは彼女の長所ではないようだ。強欲は大の得意だろうが。それぞれの口座に百万ドル近く貯め込んでいたよ。記録をさかのぼったら、あの弁護士の送金記録があった。ほかにも六桁の金がトムとカーリー・トゥイーンから振り込まれていた」

「やっぱりね。彼女もいくらかむしり取られていると思ったわ」

「マーリー・ピープルスという人物からもまとまった金が振り込まれていた」

「ピープルス——それは医者よ、シカゴの小児科の。きのうは連絡が取れなかったの」

「ほかにもある。リストを作ったよ。これまでに確認した入金記録でいちばん古いのは十年ほど前だ」

「トルーディが母親専業者の資格を失ったころね。大学生の子どもがいた場合、その子が卒業するか二十四歳になるまで資格は延長できるの」

「なくなった収入を補うには手軽な方法だ」

「でも、彼女はパーティ用にお洒落な服も買わないのよ」

「なんだって？」

「あほらしい夢よ」イヴは首を振った。「あるいは、そうじゃないのかも。それにしても、それだけの金をいったいなにに使ったの？　ニューヨークに来たってエコノミークラスのホテルに泊まっているし」

ロークはベーコンをひと切れつまんでイヴに渡した。「ただ金を持ち、増やすことに意義を感じる人もいる。それでなにが買えるか、ということは関係ないんだ」

指でつまんでいる、という理由でしかたなく、イヴはベーコンを食べた。「ええと、彼女は顔と体に高度な形成処置をしていたって、モリスが言っていたから、そういう方面に少しは使っていたはず。トルーディは高い宝石は家に置いてきたって息子の嫁が言っていたから、そういうのにもある程度は使っていたわけよね。個人的なものよ」イヴは考えた。「外見にかかわるもの。まさに彼女らしいわ。あと、なにかに投資してるかもしれない。ボビーは不動産業界の人間だし。彼女、不動産を持っていたかも。かつて預かっていた子どもたちから金を絞り取り終えたら、そこで隠居生活を送ろうと思っていたかもしれない」

「それは重要だろうか?」

「わからない。彼女がいくら持っていたか、それだけの大金を持っていることをだれが知っていたか、だれと会っていたか。これは重要かもしれない」自分が言ったことについて考えながら、イヴはまた朝食を口に運んだ。「ボビーや彼の妻がちょっとでも怪しいと思われる情報はなにも出てこなかったわ。経済、医療、教育、犯罪の方面から調べてみた。でも、彼女が二百万ドルあまりを隠し持っていることを、ふたりのうちどちらか、あるいは両方が知っていて、それを二倍に増やすチャンスがあると考えたら、たぶん」

イヴはしばらくあれこれ考えてから言った。「その口座を封鎖して、預金は違法な手段で得られたものだと証明できたら……トルーディの恐喝ルートをたどっていくうちに犯人の姿が見えてくるかもしれないわ。犯人を怒らせることもできるかもしれない。そして、迷路のようなわずらわしい手続きを経て、最終的に被害者にお金を返すことさえできるかもしれない」

「そして、すべての人に正義が果たされる」

「完璧な世界ではそうでしょうけど、実際の世のなかは完璧にはほど遠いわ。でも、これはひとつの見方よ。お金が動機なんだったら、そのお金を取り上げたら事態は動くかもしれない」

自分が朝食を食べ終えたことに気づいて、イヴはちょっとびっくりした。立ち上がって、言う。「着替えをして、捜査をはじめる。ボビーとザナにたいする見た目のセキュリティ・レベルを下げるわ。警備が手薄になったように見せかけるの。ある程度の餌をまくことも必要、というわけ」

イヴはクロゼットに向かったが、みぞれが雪に変わるかもしれないというロークの言葉を思い出してドレッサーに寄り、セーターを引っ張り出した。「きょうは二十三日よね?」

「クリスマスの買い物ができるのは、あともう二日だけだよ」

「大事な日を目前にして、任務を軽くするのは筋が通っているわ。よそ者がふたり、ホテルの一室に閉じこめられている。少しは外に出してほしいと、ふたりが愚痴を言いはじめる。だから、われわれはそうさせる。さあ、どうなるかしら」

本署《セントラル》に着いたイヴは、会議室のひとつで打ち合わせをした。フィーニーとピーボディとマクナブに加えて、バクスター捜査官とトゥルーハート巡査も呼び出した。

最新の情報を伝えてから、それぞれの任務を告げる。

「フィーニー、ひきつづき金の流れを追って。最優先ではできないのはわかっているから、時間と人手に融通がつくときにお願い」

「どっちを向いてもだらけきってるからなあ。あした、あさってあたりは、うちの坊やたちもごそっといなくなる。こいつも含めてね」そう言って、親指でマクナブを指す。「それまで、やつらを馬車馬のように働かせちゃいけないいわれはない、と」

「けっこうね。自動誘導装置《ホーマー》が二台、必要になるの」イヴはフィーニーに言った。「小さくて目立たないのがいい。保護拘束しているふたりに使えるように、令状を請求するつもり」

「令状？」フィーニーは強《こわ》い赤毛に指先を突っ込み、頭を掻いた。「装着するようにふたりにたのんでも承諾してもらえそうにないのか？」

「たのむつもりはないわ。だから、ふたりに気づかれないで身につけさせられるようなものがほしいのよ。だから、あなたのおもちゃの袋のなかに、そういうので音声を飛ばしてくれるものがあればうれしいな、と思って」

「これは慎重を要するぞ」フィーニーはじっと考えながら顎をさすった。「その手のものの使用を認める令状の発行には、彼らが容疑者であることを示す証拠のようなものか、あるいは、彼らがあらかじめそれを知ったうえで協力に同意することが必要だぞ」

その問題を回避するにはどうするか、イヴはすでに考えていた。「ふたりはすでに脅迫を受け、ストレスを感じている、というのが主任捜査官の判断よ。自動誘導装置を使用する目的は、彼らの身の安全を守ることなの。女性対象者はすでに一度誘拐されたという話だし」

「という話？」ピーボディが訊いた。

「それについては、彼女の証言しか得られていないから。このふたりが被害者なのか、あるいは容疑者なのかわからないまま、われわれは捜査をつづけることになるのよ。その正しい判断を得るために自動誘導装置を使うの。令状を取るために、ちょっと動きまわってみるわ。必要なら、マイラを呼んで応援してもらうわ。あのふたりに自動誘導装置をつけて、それから籠の扉を開けるの」

イヴはバクスターに顔を向けた。「そこで、あなたとあなたのパートナーが登場するの。普段着姿で彼らを尾行して。彼らがどこへ向かって、どんなようすなのか、知りたいのよ」

「われわれを通りに放り出すつもりかい、クリスマス・イヴに――イヴ……イヴ」バクスターはにやりとした。「だれかが言わなきゃならなかった」

「あなたしかいないわよ。ふたりが別行動を取ったら、あなたたちも別行動に。絶えずおたがいと、そしてわたしと連絡を取り合うように。危険は少ないけれど、雑な仕事は許されないわ。だれかがふたりに近づいてくるかもしれない。ふたりが危害を加えられることはありそうもないわ。可能性は二十パーセントちょっと。可能性をゼロパーセントに近づけつつ、あくまでも抜け目なく、よ」

「警部補？」いつもの習慣で、トゥルーハートは手を挙げた。かつてほどうぶに見えないのは、バクスターに鍛えられたからだ。しかし、イヴが顔を向けると、制服の襟から伸びている喉のあたりがほんのりピンクに染まった。

「もしふたりに接近する者がいたら、われわれはあいだに入って逮捕してもいいのですか？」

「状況を見て、自分で判断するように。そっちを追いかけていって、尾行している相手を見失ってほしくはないわ。危険がなく、近くにいて可能であるなら、逮捕して。そうじゃなければ、位置を確認してわたしに伝えて。どの証拠からも、被害者がとくに狙われた標的だったのはたしかよ。一般市民に危険がおよぶ心配は少ないから、その状況は維持するように」イヴはトルーディの写真のほうを身振りで示した。「それでも、犯人は被害者を殺害したのだから、われわれが追っているのは、動機づけがあれば人を殺せるし、殺してしまうだれか、ということよ。クリスマスは全員が自宅で過ごせるようにしましょう」

みんなが部屋の出入口に向かうと、イヴはピーボディだけ引き止めて言った。「マイラに会いにいって、この件について意見をもらって、令状が発行されるように力になってもらおうと思ってるの。それから、かつての里子たちの名前がわかったわ。連絡がつかなかった人の名前に印がついてる。だから、もう一度、あなたから連絡を取ってほしい。でも、まず最初に、リストにあるカーリー・トゥイーンに連絡してみて。彼女、わたしにはなにも話そうとしないの。妊娠八か月で、おびえていて、気むずかしいのよ。あなたならほんわかと穏やかに話しかけられるはず。事件のとき、彼女の夫がどこにいたか聞き出せれば、なおいいわ」

「彼女に父親はいるんですか？　兄弟は？」

「くそっ」イヴは首をさすった。「おぼえていないわ。里子に出されたくらいだから父親はいないんじゃないかと思うけれど、チェックしてみて」

「了解しました。令状の件、うまくいくといいですね」

　イヴが驚き、ショックを受けたことに、マイラの秘書はオフィスの扉の前に立ちはだかりもせず、通せんぼもしなかった。それどころか、オフィスをブザーで呼び出し、承諾を得ると、なかに入るようにと身振りでイヴに示した。

「あら、メリー・クリスマス、警部補」

「あ、ありがとう。あなたにも同じ言葉を」

　イヴはまだ当惑したまま、ちらりと背後を見た。門番のドラゴンは〝ジングルベル〟をハミングしはじめた。

「秘書の頭を検査したほうがいいですよ」イヴは扉を閉めながらマイラに言った。「急に機嫌がよくなって、いまは歌なんかうたってますから」

「クリスマスは人をそんなふうにさせるものよ。秘書には、あなたならいつでも通すようにと言ってあるの。診療中はべつだけれど。つねに最新情報を知っておくのは重要だもの。捜査の進行状況だけじゃなく、あなたの情緒面についてもね」

「わたしは元気です。調子はいいです。ただ、ちょっと――」

「お掛けなさい、イヴ」

　マイラがオートシェフのほうを向いたので、イヴはひそかに目玉を回した。けれども、言われたとおり、アイスクリームをすくうヘラの形をした、きれいなブルーの椅子に坐った。

「捜査に行きづまってしまったので、なんとか突破口を開きたいんです。それで――」

「お茶をお飲みなさい」

「お茶はあまり――」

「わかっているけれど、言うとおりにしてちょうだい。あまり寝ていないって顔に書いてあるわ。また悪夢を見るようになった？」

「いいえ、そうじゃないんです。ゆうべは遅くまで仕事をしていたので」イヴはお茶のカップを手に取った――ほかにどうしようがあるだろう？「きょうはほんの二、三分と思って寄っただけですから。おかしな夢は見ました。べつにどうってことのない夢だけど」

「いいから話してちょうだい」

診療を受けにきたわけじゃないってば、とイヴは思った。しかし、マイラの専門分野について彼女と言い争うのは、自分で岩に頭を打ちつけるようなものだとわかっていた。

妙な夢の説明をして、肩をすくめて言った。「妙な夢だったわ、大部分がそう。威嚇されてる感じだとか、追いつめられてどうしていいのかわからない、という感じはなかったわ」

「ほかの女性たちが押し寄せてきたときも？」

「ええ、腹は立ったけれど、それだけだったわ」

「ええ。ガラス越しに、子どもだったころの自分を見たのね」

「ガラス越しに、サンドイッチを食べてました。ハムとチーズのだったと思うわ」

「そして、最後には父親が現れた」

「いつも出てくるわ。避けられない感じ。そうだ、わかったわ。あの人が一方にいて、子どもだったわたしが反対側にいる。そして、いまのわたしがまん中にいる。過去と現在。わたしは無理やりそこにいさせられてる感じだけど、そんなのはどうでもいい。そのときにかぎって、だれもわたしを殺そうとしないの」

「ほんとうにちがう感じがするの——ほかと距離がある感なの？　ほかの女性たちと？」

「わたしが知っているたいていの女性とはちがう感じだったわ。うまく言い表せないけど、途中までは彼女たちがべつの生きものみたいに思えたのに、最後には友だちのように感じていた。そうよ、マキシーの気持ちはとくにわかるわ。彼女がどうしてあんな気持ちになったかわかる。少なくとも最初の心境は。彼女をおびやかしていた人が死んだのよ。でも、わたしは彼女のような気持ちにはならない。シャンペンをがぶ飲みするようなことはないわ。わたしが嫌いな人たち全員の死を望んだら、町じゅうが血の海になってしまう。

彼女を責める気はないけれど、同意はできない。死は答えではなく、終わりだわ。そして、殺人は罪。だから、好き嫌いはべつとして、わたしはトルーディの味方よ。彼女を殺した者は、その報いを受けなければならない」

一瞬ためらってから、もうこの話は終わりにしようと思った。たったいま、頭をよぎったことを言って終わりにしよう。「ホテルまで彼女に言いに行ったことを、実際に言えるチャンスがあったらよかったと思うの。直接、ちゃんと話がしたかった。彼女がまだ生きていて、以前の里子たちに何年もつきまとっていいように利用して、お金と心の平穏を奪うようなことをやめさせることにわたしが力になれたら、もっとよかったと思うけれど」

「でも、それはできない」

「そう。人生って、がっかりすることばかりだわ」

「それはうれしい考えね」マイラは言い添えた。

「じゃ、うれしい話をひとつ。彼女には、わたしが手に入れたものを奪えないということ。それがわたしにはわかります。彼女にはわからなかった。わたしを支配して、利用できると思ったんだわ。やったって、できなかったはず。それがわかるから心強いわ。彼女に奪えなかったものの一部は、わたしが何者かっていうこと。わたしは、この事件を解決する警官なの。以上です」

「わかったわ。それで、わたしにどうしてほしいのかしら?」

イヴは令状を得て進めるつもりの計画について説明した。

お茶をちょっと飲んだマイラの表情は、とても納得しているようには見えなかった。「危なっかしいやり方だわ、イヴ」

「預金口座は封鎖しています。お金は引き出せない。ホテルのふたりにはだれも近づけない。そのうち、ふたりを解放しないわけにはいかないわ。たぶん、犯人はそのときを待っています。ふたりがテキサスにもどるのを待っている。保護されなくなったところで、ふたりのどちらかに近づくでしょう。その時点で、彼らを襲う理由はない。そうよ、近づくけれど襲いはしない。金が目的であるなら」

「ほかに目的が？」

「報復、かもしれない。でも、そう考えた時点で行きづまってしまうんです。彼女は、われわれがまだ知らない多くの人を怒らせていた可能性がある——実際に、怒らせていたんでしょう——というのが現実。でも、ザナを誘拐した者は、明らかに金を狙っている。というわけで、最初の袋小路に入りこんでしまうの」

「令状の請求に協力するのは、身体的危険度が低いからよ。護衛付きでホテルに缶詰にされているふたりの精神状態の悪化が問題になるかもしれない。あなたがたの捜査の助けになることに加え、正常な状態にもどすのはふたりのためになるかもしれないわね」

「そう考えていただければ充分。手続きに取りかかります」イヴは立ち上がった。「あした、ピーボディとマクナブはスコットランドへ向かうんです」

「スコットランド？　ああ、そうだったわね、彼の家族がいらっしゃるんだったわね。ふたりともわくわくしているでしょうね」

「ピーボディはそのことで緊張しまくってます。彼の家族のこととか、いろいろ考えて。きょう、なにも進展がなければ、クリスマスのあいだに事件にたいする気持ちが冷めてしまいそう。ずっと熱い気持ちでいるには、いま、チャンスをつかまなくては」

「では、幸運を祈るわ。また会えるかもしれないけれど、言っておくわね。すてきなクリスマスを。あなたとロークに」

「ええ、ありがとう。クリスマスといえば、まだ二、三、やっておかなければならないことがあるんです」

「ああ、ぎりぎり最後の買い物ね」

「そういうわけじゃなくて」

イヴは扉に向かって歩きかけたところで振り返り、またじっとマイラを見た。きょうのマイラは、さび色がかった赤いスーツに同じ色の靴を合わせている。ネックレスは短めで厚みのあるゴールドで、ちりばめられた小さな石がきらめいている。石はさまざまな色で、ひとつひとつが三角形だ。イヤリングも分厚いゴールドの三角形だ。

「ほかになにか？」

「ちょっと思ったんですけど」と、イヴは切り出した。「今朝、そのおめかしをするのに、どのくらい考えて、どのくらい時間がかかりました？」

「おめかし？」マイラは自分の姿を見下ろした。

「だから、服とかいろいろ選んで、髪と顔になんかしたりすることです。その全部。いまみたいになるのにかかる時間です」

「あまりほめられている気はしないわねえ。ほぼ一時間、というところかしら。どうして？」

「たんなる好奇心です」

「待って」マイラは手を上げ、イヴが扉を開けそうになるのを制した。「あなたはどのくらいかかったの？」

「わたし？　わからない。十分？」

「わたしのオフィスから出ていって」マイラは笑いながら言った。

どうしても令状が必要だと、イヴは真正面から強硬に主張した。一時間以上かけ、何度も失敗に終わりそうな状況を切り抜けたすえに、ようやく望みのものを手に入れた。

クリスマスのプレゼントだと思うように、と言われた。

満足して刑事部屋へ向かう。「上着を着て」イヴはバクスターに言った。「あなたの坊やを呼んで。所定の位置について。三十分後にホテルへ」

「雪になるらしいぞ。雪が降りはじめそうなのは、知っているのか？」

「だったら、ブーツを履いて」

イヴはバクスターの泣き言を無視してピーボディのデスクへ行くと、はっとして立ち止まった。「聞こえているわ、カーリー」

ピーボディはイヤピースをつけて、相手が友だちであるかのようにしゃべりかけている。

「もう心配しなければならないことはひとつしかなくなったわ。それは自分の家族よ。かわいくて健康な男の子を産んでちょうだいね。協力してもらって、ほんとうに助かったわ。さあ、もうこんどのことは頭のなかから追いやって、クリスマスを楽しんでちょうだい」

しばらく耳をかたむけてから、ほほえむ。「ありがとう。またなにかわかったら連絡します。あなたのご家族がすてきなクリスマスを過ごされますように」

ピーボディはイヤピースをはずし、両手の爪をシャツで磨くしぐさをした。「たいしたもんだわ、わたし」

「彼女にクリスマスプレゼントを送るのは思いとどまった？　驚いたわ。どんな話を聞き出せた？」

「夫は関係ないです。土曜日は彼女といっしょに病院にいました。仮性陣痛で、ふたりとも数時間、病院にいたそうです。念のため、リンクで彼女としゃべりながら二次チェックをしました。結果は、彼女の言うとおりでした。彼女には兄弟も父親もいません。子どもがひとりいるだけです。ああ、ダラス、彼女はたいへんな人生を歩んでいます」

「歩きながら聞くわ。令状が発行されて計画に取りかかれるから、フィーニーがわたしにどんなおもちゃを選んでくれたか見に行くわよ」

「母親はジャンキーだったそうです。妊娠中もドラッグをやっていたから、カーリーは生まれつき中毒患者だった。親戚の家をたらい回しにされたそうです。手がかかるし、金もかかるし、厄介ごとも多いせいです」

ふたりはグライドに飛び乗った。すがすがしいくらいすいているのは、クリスマスが迫って、可能な者はひとり残らず休みを取っているせいだ。

「やがて、彼女は公共の施設に押しつけられた。そこで身体的な問題は解決されたけれど、引き取ってくれる人はなかなか現れなかった。やせこけていて、肉体的に後遺症が出る心配もあったらしい。そのうち、母親がドラッグをやめた——少なくとも、裁判所に訴えて子どもの親権を取りもどすくらいまともになったけれど、たしかなところはわからない。そして、母親はまたドラッグをやりはじめ、売春をするようになった。十歳だった彼女にとっては最悪の人生です。母親はまた逮捕されますが、それまでに彼女を使って幼児ポルノを作り、ネットで販売していました。彼女はまた施設にもどり、そこでトルーディにあずけられた」

「さらに状況は悪くなった」

「そのとおりです。毎晩、水風呂に入れられて体をこすられたそうです。ほかにもいろいろ虐待を受けた。子どもだった彼女が泣いて訴えてもだれも本気にしなかった。あざひとつできていなかったから。目に見えるような虐待の痕跡がないから、すべて悲惨な生いたちのせいにされてしまった。ついに耐えきれず、彼女は自殺を図ったそうです。両手首をキッチンナイフで切った」

イヴは立ち止まってしばらく動かず、長々とため息をついた。「ああ、なんてこと」

「彼女に気づいて救急車を呼んだのはボビーだったという話です。病院で気がつくと、彼女は里親を襲ったことになっていた。神にかけてそれは嘘だと言ったけれど、トルーディの前腕にはいくつか浅い刺し傷があったということです」

「あの性悪女、自分でやったのよ」

「わたしもそう思います。しかし、カーリーはまた施設にもどされ、こんどは成人するまで州内の学校に通った。

彼女は人生を百八十度変えたんです、ダラス、これは賞賛に値します。必死に勉強していくつか奨学金を得て、大学で初等教育の学位を取りました。そして、心機一転、アイオワで暮らしはじめたんです。過去はすべて封印して。五年前にご主人に出会って結婚した」

「そのうち、トルーディが会いにやってきた」

「あなたみたいな生いたちの人間に自分の子どもを教えられるのを、親御さんたちはいやがるんじゃないかしら、とトルーディは言ったそうです。すべてを箱に入れてしまっておくには、それなりのお金が必要だわ、と。夫婦は金持ちではないけれど、カーリーのことがこわくてたまらなかった。だから、夫婦で金を払ったそうです。わたしたちが金を取りもどそうとしていると言ったら、彼女、泣いていました」

「トルーディは彼女からいくら絞り取ったの？」

「数年間で約十五万ドルだそうです」

結婚したとき、ロークがイヴの名前で銀行に口座を開いたことがあった。今回、警察が彼女の金を取りもどせなかったら、わたしがそれをやろう、とイヴは思った。

ＥＤＤに行ったイヴは、フィーニーが差し出した自動誘導装置《ホーマー》をじっと見た。それは希望していたよりも大きくて親指ほどの大きさがあった。

「対象者に気づかれずに、どうやって身につけさせればいいの？」

フィーニーはいつもの陰気なしかめっ面をイヴに向けた。「おいおい、それはきみが考えることだぞ。きみは音声送信機能をほしがった。簡単なものでいいと言うから、こっちは糸くず並みに小さいやつを作ってやったんだ」

「そうよ、音声も飛ばせるのがほしいの。装着法はなんとか考えるわ」

「どうぞご勝手に」と、つぶやく。

「ごめん、ごめんなさい。まったくもう。あなたは電子技術の神様よ。いろいろやってもらって、感謝してるわ。人手が足りないのはよくわかっているし」

「ほかのことをやったほうがよさそうだな」フィーニーは自分のオフィスの扉のほうを顎で示した。向こうでにぎやかな音楽と話し声がする。

「パーティ中だ。ほんのつかの間だがね。一時間やるから発散してこい、シークレット・サンタ（それぞれがプレゼントを持ち寄り、くじ引きで決めた順番に選んでいく）でもやってこいと言ったんだ。いま、パーティに参加してない連中は、あした、あさってと休みなんだ」

「犯罪もクリスマスは休みだと思うほど、警官はばかじゃないはずだけど」

「そう、そうなんだ。坊やたち数人は、いつでも呼び出しに応じることになっているよ。僕は半日休暇で、情報だけ集めにくるつもりだ。女房がクリスマスのご馳走を作るんだが、ロイヤルファミリー用か、というような手の込んだ料理でね。女房が言うには、ちゃんとした服を着て食べないといけないんだと」

「なーに、あなたたち、いつも裸で食事してるの？」

「ちゃんとした服だ、ダラス。正装とかいろいろ、そういう七面倒くさいやつだ」最初から困ったような顔が、さらに困ったようにゆがんだ。「彼女がそういうばかげた考えを持ったきっかけはきみだぞ」

「わたし？　わたしが？」心外だという思いと、かすかな恐怖が声に表れている。「風変わりな夫婦関係をわたしのせいにしないで」

「きみたちの家で開かれたパーティだよ。集まっていた全員がめかし込んで輝いていた。それで、女房は家族全員に着飾ってもらいたがってる。自分んちでスーツを着なきゃならないんだぞ。スーツ姿でいつものテーブルに向かうんだ」

申し訳ないという気持ちになったイヴは両手で髪をかき上げ、なにかいい考えを引っ張り出そうとした。「すぐにスーツにグレービーソースをこぼせばいいわ」

フィーニーの目が輝いた。「これだから、きみにはそばにいてほしいんだ。しかし、女房のグレービーソースの破壊力といったら。スーツにこぼしたりしたら、腐食して裏地まで穴が開いちまうよ。メリー・くそクリスマス、お嬢さん」

「あなたもね」

自動誘導装置を持って部屋を出たイヴは、はっとして思わず手でぴしゃりと頰を打った。視線の先に見えるのは、ピーボディとマクナブがしっかりと抱き合い、ぴちゃぴちゃと音が聞こえてきそうな熱烈なキスを交わしながら、いっしょに腰をくねらせている姿だ。音楽に合わせて踊っているように見せかけて、立ったままセックスをしているのも同然だ。

「やめなさい！　停止命令にしたがわないなら、公然猥褻《わいせつ》罪で逮捕してべつべつの檻に放り込むわよ」

イヴはそのまま歩きつづけた。追いついてきたピーボディは肩で息をしている。呼吸の乱れは早足で追いかけてきたせいじゃない、とイヴは思った。

「わたしたちはただ――」

「なにも言わないで」イヴは脅すように言った。「しゃべらないで。ホテルへ行くわよ。この装置をふたりに取りつけて話をしてくる。あなたには銀行のリストを渡すから、順番に行ってチェックしてきて。まず、トルーディの写真を見せる。そして、だれか彼女をおぼえている人がいないかどうか調べて。木曜日か金曜日に両替をして、大きな袋にいっぱいの硬貨を持ち帰ったはずだから」

「そのあとはどこに行けばいいですか？」

「あとで連絡して、知らせるわ」

イヴは途中でピーボディを降ろし、さらにホテルへ向かった。警備員を見つけて、近づいていく。

「制服警官の警護任務を解くわ。少なくともそう見えるようにする。彼をどこかの警備コントロール室に入れて、五階の監視カメラを見させてもらうことはできる？」

「できます」

「ロンバード夫妻にはなにも知らせたくないので」

「問題ありません。準備ができたら、彼をわたしのところへよこしてください」

「ありがとう」イヴはエレベーターへ向かい、目的の階まで上昇するあいだに、頭のなかで手順を確認した。

制服警官に指示を告げてから、部屋をノックする。

ボビーが扉を開けた。「なにかわかったんだね」

「少し展開があったわ。現時点で伝えられることはあまりないんだけれど。なかに入れてもらってかまわない?」

「もちろん、どうぞ。悪いね。ザナはシャワーを浴びているんだ。起きたのが遅かったから。寝るくらいしかやることがないからね」

「そのことで話があるの」と、イヴは切り出した。「バスルームへ行って、わたしが来たことをザナに伝えたら?」

「ああ。そうだね。すぐにもどるよ」

「ごゆっくり」

ボビーがバスルームに消えたとたん、イヴは扉の横のクロゼットへと急いだ。室内は整然としていて、ふたりは物をしまうべきところにしまう人だとわかる。コートは予想していたとおりのところにあった。

装置を取り出して、それぞれのコートの襟の下にすべり込ませて固定し、スイッチを入れた。それぞれの上着もあったので、イヴは考えた。

外は寒い。ふたりはテキサスからやってきている。そうなればコートを着るだろう。

寝室の出入口のほうをちらっと見る。「フィーニー、聞こえたらわたしのコミュニケーターを鳴らして」

ビーッという着信音があり、イヴはクロゼットの戸を閉めてその場を離れた。それから少しして、ボビーがもどってきた。

「彼女、もうすぐ出てくるよ」

「ふたりとも、こんな缶詰状態がつづいていらいらしていると思うわ」

「かもしれないね」ボビーはちょっとほほえんだ。「ここからできる仕事もあるんだ。いろいろ手配もしているし。母のことでね。ザナもよく手伝ってくれているよ。彼女がいなかったら、僕はなにをどうしたらいいのかわからない。彼女といっしょになる前に、自分はいったいどうやっていたんだろうと思うよ。彼女には、とんでもないクリスマスを過ごさせてしまうな。小さなツリーでも注文しようかと思っていたんだ。そうじゃなければ、ほかのものでも」

「もう外出してもかまわないわ、許可します」

「外出？」まるで刑務所の鉄格子を見るように窓のほうを見る。「ほんとうに？　あんなことがあったのに、もうだいじょうぶだと思うのかい？」

「あなたがたが、とりわけふたりいっしょにいるときに、だれかに寄ってこられたり声をかけられたりする可能性はきわめて低いと思う。基本的に、ボビー、あなたは最初からなにも見ていないわ。だから、ふたりを証人としてこんなふうに閉じこめつづけることはできない。あなたがたがなにかほかに思いついたり、思い出したりすれば助かるんだけど」

「何度も何度も考えたんだ。あまり眠ってもいない。あの……あのことがあって以来ずっとだ。わからないよ。どうして母は金のためにきみに会いに行ったのか。母は金ならたっぷり持っている――持っていたんだ。僕の仕事もうまくいっている。かなりうまくいっているし、大きな取引も決まったから、もっとよくなっていくはずだ。母はだれかにそそのかされてやったんだ。でも、だれがそんなことをしたのかわからない。やった理由もわからない」

「外に出て、少し頭をすっきりさせてくればいいわ。きっとなにか思い出すはず」そうじゃなければ、とイヴは思った。ふたりとも警察へ連れていって、正式に事情聴取を受けさせる。率直に事実を突きつける。そして、なにが落ちてくるかたしかめる。

「だったら――」ザナが出てきたので、ボビーは言葉を切った。

ザナは白いセーターを着て、茶色と白の細かいチェックのトリムパンツをはいていた。わざわざ時間をかけて口紅と頬紅も少しつけている、とイヴは気づいた。

「お待たせしてごめんなさい。きょうは起きたのが遅くて」

「いいのよ。気分はどう？」

「だいじょうぶよ。なにもかもが長くて奇妙な夢のように思えてきたわ」

「しばらく外出してもいいってイヴが」ボビーが告げた。

「ほんとうに。でも……」ボビーがやったようにザナも窓のほうに目をやって唇を噛んだ。

「でも、もしかして……あの人が監視してるかもしれないわ」

「僕がいっしょだから」ボビーは近づいていってザナの肩を抱いた。「外に行って、小さなツリーを買おう。ほんものの雪も降ってくるかもしれない」

「あなたの言うとおりなら、ほんとうに出かけたいわ」そう言って、イヴを見る。「わたしたち、ずっと閉じこもっていたから、ちょっと気持ちがへんになりかけているみたい」

「リンクを忘れずに持っていって」と、イヴは忠告した。「ときどき確認の連絡をするわ」

扉に向かって歩き出し、ふと立ち止まる。「外はかなり寒いわ。歩きまわるつもりなら暖かい格好をしていったほうがいいわね」

エレベーターに向かって歩きながら、またコミュニケーターを取り出す。「ピーボディ、状況を」

「二ブロック西にいます。捜しているものは一発で見つかりました」

「ホテルの前で会うわよ」

「ゴーですか？」

「ゴーよ」イヴは言った。バクスターに切り替える。「位置についたわ。シグナルは入ってるわね？」

「入っている」

「しばらく泳がせるわ。ふたりの一日をどうやって過ごすのか、拝見しましょ」

通りに出て、あたりを見渡す。トルーディを殺した犯人が移動先のホテルまでふたりを追ってきていたら――なんだってありうる――どこで待ち、どこで見ているだろう？　いくらでも考えられる。レストラン、ホテルのべつの部屋、限られた時間なら路上もあるだろう。

しかし、その可能性はかなり低い。ふたりのあとを追うのは簡単ではない。技量と知恵と運が必要だろう。ふさわしい場所を探して何日もふたりを見張るには、たいへんな忍耐が必要だ。

それに、そこまでする目的はなんだろう、とイヴは思った。金が目的なら、もしわたしが金を払ったとして、その金はたんにふたりを経由するだけだ。ふたりを通さないほうがよほど賢明だし、簡単だろう。

被害者の息子の妻を脅すより、わたしをゆするほうがより賢明で簡単だ。

イヴは自分の車に寄りかかってピーボディを待っていた。金がほしくて殺したなら、どうして犯人はもっと執拗に金を要求しないのだろう?

ピーボディが足早にやってきた。寒いなかを歩きつづけたせいで頰がバラ色に染まっている。

「もしも金が隠れ蓑《みの》に使われていたらどうする?」

「だれの蓑ですか?」

「隠れ蓑よ、ピーボディ。どう考えても、動機は金を得ることじゃなくて報復だという気がしてくるの。そのほうがぴったりくるのよ。でも、報復が目的なら、どうして彼女がわたしに会いにニューヨークへ来るまで待つの? どうして彼女がわたしやロークと会ったあとに、頭をたたきつぶすの? どうして彼女が金を手に入れる前に殺すの? 彼女が地元にもどるのを待って殺したほうが、事故に見せかけるにしても簡単だったんじゃないの?」

「たぶん、犯人はこっちに住んでいるんでしょう。ニューヨークに」

「そうかもしれない。でも、いままでのところ、彼女のファイルにニューヨークの住人は見当たらない。衝動的に殺したとしたら、どうしてそのあとさっといなくならずに、ザナを脅して、彼女が持ってもいない金を絞り取ろうとするの？」

「いまになって欲が出てきたんでしょう」

「そう、欲はいつだって動機になりうるわ」しかし、イヴは納得しかねた。

車に乗り込む。ロンバード夫妻が出てきたときに、ホテルの前にいるところを見られたくなかった。

「そっちはなにがわかった？」イヴはピーボディに訊いた。

「ブティックから一ブロックのところにあるナショナル・バンクでした。窓口係のひとりが、写真を見てすぐに思い出しました。金曜日の午後、店が閉まる直前にやってきたそうです。一ドルのクレジットを二百ドル分、求めたらしいです。横柄な態度だったと窓口係は言っていました。ばらばらの状態でほしがったそうです。袋も、筒状の包装もいらない、と。ハンドバッグに直接、ざーっと入れていったそうです。あ、令状がないとセキュリティディスクは渡せないと言われました」

「あとで渡してもらうわ。さあ、すべての筋道をつなげにいくわよ」

「どこへ向かっているんですか？」

「殺害現場にもどるのよ。コンピュータで犯行を再現してみたの。それを実際に現場でためしてみたい」イヴは受信装置を取り出し、ダッシュボードに固定した。「バクスターとトゥルーハートでうまく尾行してくれるだろうけど、いずれにしても、わたしたちも見守っていなければ」

「まだ動いていないですね」ピーボディが装置を見て言った。

「そのうち動くわ」

イヴはウェストサイド・ホテルの路上二階スペースに車を止めた。「この町の商品はもうすべて買われてしまったんじゃない?」路上に下りながら、人の多さに眉をひそめて言う。

「これ以上、ほかになにがほしいっていうの?」

「わたしの場合は、たくさん、たくさん、いくらでもほしいです。光沢のあるリボンを結んだ箱の山がいくつもあればいいと思う。それから、マクナブがきらきら輝いているものを買ってくれなかったら、ぶっ飛ばさざるをえません。たぶん雪になりますね」ピーボディは猟犬のようにくんくんと空気の匂いをかいだ。「匂います」

「この町で、町の匂い以外のなにが嗅げるの?」

「わたしの鼻は特別によくきくんです。ソイドッグが焼ける匂いがすると思ったら、一ブロック先に屋台があったりします。クリスマスにここにいられないのを、ちょっと寂しく感じたりすると思います。どういうことかというと、スコットランドに行くのはわくわくする――こわくもある――けれど、しょせんニューヨークじゃないってことです」

ホテルに入っていくと、フロントでは以前と同じドロイドが働いていた。「ちょっと!」

と、呼びかけてくる。「部屋の封印はいつはずしてくれるんですか?」

「正義が果たされたとき」

「そのことで支配人に責められているんですよ。予約が入っていますから。大晦日に向けて、来週は満室なんです」

「犯行現場の件で問題があるなら、直接わたしに連絡するように言って。新年までの予定を伝えるわ」

目的の部屋へ向かうあいだに、自動誘導装置を確認する。「移動しているわ。バクスター?」コミュニケーターで呼び出す。「ホテルから出ようとしているわ」

「把握してる。音声を聞いている。五番街へ向かって、ウィンドウ・ショッピングをしようと話し合っている。探すのは卓上ツリー」

「こっちも音声受信中。これから音を落とすわ。わたしが知るべきことがあったら連絡して」

「ふたりが出ていくところだ。こっちも若い相棒といっしょに散歩に出かけるぞ。われわれも外に出た」

イヴはコミュニケーターをポケットに入れ、封印を解くべくマスターキーを取り出した。

向かいの部屋の女性が扉を細く開けた。

「あなたがたはおまわりさん?」

「そうです」イヴは警察バッジを取り出した。

「つい二、三日前、その部屋で女性が殺されたって聞いたの」

「事件があったんです。心配するようなことはなにもありませんから」

「口で言うのは簡単だわ。ラリー！　ラリー、殺人事件があったって言ったでしょ。いまちょうど、おまわりさんが来てるわよ」また扉のあいだから顔を突き出した。「いまビデオを持ってくるって。あした、子どもたちに見せられるものが撮りたいのよ」

満面に笑みを浮かべたラリーが扉を押し開け、ビデオをかまえながら現れた。「やあ、どうも！　手を、こう、武器の上に置いて、警察バッジをかかげてもらえるかな。わたしは強いのよ、っていう顔をして。子どもたちが喜ぶと思うので」

「いまはちょっとまずいので、ラリー」

「ほんの一分だけだから。なかに入るの？　いいねえ！　一瞬、なかを映させてもらおうかな。血とかまだある？」

「なんなの、あなたは十二歳？　それを下ろして自分たちの部屋にもどらないと、超非常識罪で逮捕するわよ」

「いいね！　すごい！　そういう感じでつづけて」

「あきれた、こういう人たちってどこから現れるの？　どっかの暗い穴からわたしの目の前に吐き出されるわけ？　ピーボディ」

「すみません、恐れ入りますが、部屋にもどっていただかなければなりません。警察の捜査なので」ピーボディはラリーの視界をさえぎりながら声をひそめてつづけた。「あの人をおこらせないほうがいいです。悪いことは言いませんから」

「名前、言ってくれる？　スミス巡査だ、停止命令を発する、みたいな感じで」

「巡査ではなくて捜査官ですし、ほんとうにやめないと――」

イヴはさっと一歩前に出て、ラリーの手から小型ビデオカメラを引ったくった。

「おい！」

「これがわたしの手から落ちて、どういうわけかわたしのブーツの下敷きになる前に、部屋にもどりなさい」

「ラリー、もうやめて」女性はラリーを肘でちょっと押して、下がらせた。「カメラはわたしが」

「いいのが撮れてるぞ」さらに妻に押されて部屋に入りながら、ラリーは言った。「こういうのは店では買えないんだ」ラリーの姿が見えなくなって、ようやく扉が閉まった。

イヴは扉に背を向けた。ラリーがのぞき穴から撮影をつづけているのは百も承知だった。

四一五号室の封印を解除して、親指でピーボディを指し、先に行くように告げる。ピーボディがなかに入るあいだ、できるだけなかが見えないように扉を押さえてから、彼女のあとにつづく。

「くそばか野郎」イヴは部屋を見渡し、廊下でのできごとを頭から振り払った。「金曜日、彼女はかっかしながらここにもどってきた。そして、新たな計画を練る。パターンは、わたしたちがこれまでに見てきたのと同じ。だれかのせいにするためなら、自分の体や自分の持ち物を傷つけるのはへいちゃら。あのふたりの人生をかき回してやる。目にもの見せてやる。食料はそれまでにいくらか買ってあった。これはあとでマーケットで要確認。特定はむずかしいだろうけど。でも、それ以外の買い物をしなければならない。ワインや、スープや、食べやすい食料よ」

「自分を傷つけたあと、どう対処するかも考えていますね。鎮痛剤と、安定剤のようなものも必要だ、と」ピーボディが言った。

「旅行中の常備薬として持ってきていなければ、そうね。これも要確認。最初にワインを飲んだのはまちがいないはず。そう。ワインをごくごく飲んだと思う。このときはまだ歯ごたえのあるものも食べたかも。きっとうまくいく、と思っている」

イヴは部屋のなかを歩きながら想像した。「彼女、犯人に連絡するかしら？　わからない、わからない。なぜ？　これは彼女だけの計画。彼女がすべてを取り仕切っている。そして、彼女は頭に血がのぼっている。カッカしている」

「よっぽどくやしくないと、自分にあんなことはできないです」

「彼女は、どうなるだろうと考える。これで、ロークはどんなダメージを受けるだろう、と。わたしをはねつけたりできると思ってるの？　じゃ、どうなるか見せてあげるわ。買ってきた靴下を引っ張り出す。タグをむしり取って、丸めて、捨てて、一対の靴下をひとつひとつにバラす。片方を、床か、ドレッサーの上に放り投げる。残りの片方にクレジット硬貨を詰める。重さをたしかめる。たぶん、あらかじめ鎮痛剤を呑む。痛み出す前に呑む」

イヴはすたすたとバスルームへ歩いていった。「ここ。やるのはここ。あまりの痛みに吐き気がするかもしれないから。部屋で吐いて床を汚したくないでしょ。だれが後始末するのよ？」

洗面台の前に立って、鏡をのぞきこむ。「じっと自分を見つめる。彼女はかなりの金をかけて容姿をととのえていた。でも、かまわない。それでいい。もっと多くを得られるから。それに、わたしをあんなふうに扱ったろくでなしに思い知らせるには、こうするしかない」

イヴは拳を強く突き上げ、顎の下ぎりぎりのところで止めた。そのあまりのすばやさと迫力に、背後にいたピーボディは縮み上がった。

「ああ、もう。痛っ、て思いましたよ」

「星が見えた。痛みがきしみながら胃袋まで下がってくる。くらくらして、ちょっと吐き気がする。最後までやらないと。まだ度胸と力が残っているうちにやらないと」さらに殴る真似をして、想像する。前のめりになり、その場にしゃがみこまないように洗面台の縁をつかむ。

「洗面台から彼女の指紋は採取されてる？　どのあたり？」

ピーボディは手のひらサイズのコンピュータ《PPC》を取り出し、ファイルを呼び出した。「ほぼ、いまあなたがつかんでいるところからです。鮮明な指紋です――親指と、残りの四本。左手です」

「でしょうね、彼女はまだ右手に靴下製のこん棒を握ったまま、左手で体を支えて立っているのよ。しっかり握ってるから、鮮明な指紋。顔から少し出血したと思う」

振り返って、洗面用タオルに手を伸ばす。「二枚あったはず。彼女はそのうちの一枚で顔を押さえた。たぶん、あらかじめ水で濡らして絞ってから。だから、流し台からは微量の血液反応しか出なかった。でも、彼女の遺体を見つけたときから、もう一枚のタオルは見当たらなかったわ」

「犯人が持っていったということですか？　なぜ？」

「ほかのだれかに殴られたという誤解を守るため。トルーディはタオルを手に取り、たぶん氷を包んで顔を冷やした。ネグリジェ以外、彼女が身につけていたものに血痕はなかったわ。だから、自分を殴ったときにネグリジェを着ていたのはまちがいないと思う。きれいな服を台無しにしたくないから。それに、いずれにしてもしばらく横になりたいから。眠って痛みをまぎらわすのよ」

「わたしにはまだ納得できません」

「彼女の所持品のリストを呼び出して。ビデオカメラはあった？」

「ちょっと待ってください」ピーボディは髪を押さえてPPCを操作し、ファイルを見つけた。「ビデオカメラはありません、けど……あれ。ビデオ用のディスクがありました。未使用です。ハンドバッグに入っていました」

「ビデオカメラを持たずにニューヨークにやってくる観光客はいないわ。さっきの、われらがラリーのようにね。それに、彼女は前にビデオカメラを使ったことがあるし。まずは眠って痛みを癒す。自分のけがを記録するときは、ぬかるわけにはいかないから。舞台をととのえて、いくらか涙を流したり震えたりするのよ。そして、ロークかわたしにやられたと告げる。あるいはふたりにやられたと言うかも」

イヴはベッドのほうを見て、そこに坐っているトルーディを思い描いた。腫れ上がった顔を涙が伝い落ちている。「〝こんなふうにされたんです。命の危険を感じています〟あとはこの映像をダビングして、ロークかわたしに送るだけでいい。記録したということに言外の意味があるわけよ。〝どうしたらいいのかわからない。警察へ行くべき？　でも、彼女は警官なのよ。ああ、どうしよう〟とかなんとか、いろいろ。〝彼はたいへんな金持ちで、影響力もけた外れ。この記録をマスコミに渡したら、いったいどうなるかしら？　わたしは無事でいられるかしら？〟」

「あなたがたが言外の意味をつかむと思っているんですね」

「それで、わたしたちが連絡をすると、彼女はどちらかひとりに会いにきてほしいと言う。リンクでの会話じゃうまくいかないかもしれないから。直接、顔を合わせる。お金を渡さないなら、あなたたちを破滅させてやる、と。でも、そこまでたどり着けなかった」

「使いっ走りに命を奪われたから」

「彼はドアから入ってきた。わたしは窓から侵入したというシナリオは気に入らないわ。この警備は手薄よ。入ろうと思ったら、だれでも正面玄関から入ってこられる。あるいは、この同じホテルに滞在していたのかも。そうやって、そばに置いて意のままにしていたということも考えられる。指図し放題だったのかもしれない。もう一度、宿泊者名簿をよく調べてみなければ。なにかつながりを見つけるのよ。子分はそばに置くほうがいいものね。彼女は彼に部屋に来るように言った」

「たとえ鎮痛剤を服用し、アルコールを飲んでいても、最高の気分とは言いがたかったでしょう」

「そう、彼女はだれかに文句を言って甘えたがると思う。飲み物をつくってちょうだい。スープを持ってきて。それから、たぶん――もうディスクを彼に託して送らせていたとしたら――なんでまだわたしやロークが反応しないんだろうと愚痴ったり。あのふたりはなにをぐずぐずしているの？　とか。ゆすろうとしている金額をついうっかり口にしたのかもしれないし、ただ怒らせてしまったのかもしれない。でも、彼女は気にしなかった。ネグリジェ姿で部屋を歩き回っていた。彼女はそこにいたのよ」

ピーボディにトルーディの位置がわかるように指で示す。「彼に背中を向けていたの。彼は靴下製のこん棒をつかみ、彼女を打ちのめした。倒れこんだはずみで、彼女の手のひらがカーペットに強くこすれる。両手両脚をついて、ピーボディ」

「警官は威厳とは無縁ですね」ピーボディはカーペットによつんばいになり、さらに両手を投げ出して突っ伏した。

「そして、もう一撃、こんどは真上から。そして、念のために、さらに一撃。血が噴き出す。彼は返り血を浴びたはず。さあ、こんどは考えなければならない。どうやったら自分がいた痕跡を消せるか。凶器と、リンクと、ビデオカメラを持ち去らなければ。記録はハードディスクにあって、見られる可能性がある。抜かりのないように。洗面タオルも、バスタオルも、靴下も。彼女の血がついているものもすべて。すべてバスタオルにくるむ。そして、窓から外に出る。窓は開けたままに。これで、殺人犯はここから入ったと思われるだろう」

いつのまにか窓辺に寄っていたイヴは外をながめた。「ここから下りていって逃げた、というのもあり。あるいは……」隣室の窓の外の避難台までの距離を目測する。「隣は空室だった。ひょっとしたら……」

イヴは振り向いた。「隣室を遺留物採取班に見てもらわなきゃ。排水口から血液反応が出るかどうか調べてほしい。いますぐ呼び出して。わたしは階下《した》へ行って、受付のドロイドと話をつけてくる」

ドロイドはいい顔をしなかった。部屋は使われていて、べつの部屋へ移動させられて喜ぶ客はまずいない。

「部屋に現場鑑識チームが押し寄せてきて部屋じゅうをかきまわしたら、お客はもっといやでしょう。われわれの捜査が終了するまで、このホテルを営業停止にする令状を取ることになれば、あなたがたにはもっと具合が悪いはず」

これは功を奏した。ドロイドが対処しているあいだ、イヴはバクスターに連絡を入れた。

「どんなようす?」

「ふたりは失われた時間を取りもどしている真っ最中だ。そんなこんなで、五くそマイルは歩いたと思う。しかも、湿った雪も降りはじめた」

「じゃ、しっかりボタンをかけて。ふたりはなにをしているの？」

「ほぼ買い物だな。マンハッタン行政区にある小さなツリーをすべて見て歩いたあと、たったいま、小さなツリーを買ったばかりだ。ありがたいことに、そろそろ帰ろうかと話している。俺と、俺の忠実な助手のほかにふたりを尾行するやつなんか、ぜったいにいないね」

「ふたりから離れないで」

「糊みたいにくっついてるよ」

ミッドタウンのバクスターは、コミュニケーターをコートのポケットにしまった。ランチをどうしようかと言っているザナの声がイヤホンから聞こえる。なにかドッグを買うことにして、もうしばらく外にいる？　それとも、いったんもどって荷物を部屋に置いて、ホテルでなにか食べる？

「ホテルだ」と、バクスターはつぶやいた。「ホテルにしろ。通りを挟んで向かいに感じのいい暖かいコーヒー・ショップのあるホテルだ」

トゥルーハートは肩をすくめた。「外は気持ちがいいですよ。いろんな飾りつけをすべて見られます。雪も降ってきたし」

「俺を殺す気か、坊や。気温はマイナス一度で、風もあって、これは雪というよりみぞれだ。歩道では人が押し合いへし合いしているし、われわれは靴の底をすり減らして歩きつづけている。くそっ。ちくしょうめ。ドッグを買う気らしい」

「それと、グライドカートのコーヒーか」こんどはトゥルーハートが首を振った。「これは後悔するでしょうね」

「で、かみさんはウィンドウ・ショッピング中だ。典型的な女性だな。旦那がショッピングバッグをいくつも持って、ドッグを買って、落っことさないようにバランスを取りながら運んでくるあいだも、かみさんはふたりには買えるわけもないきらきら光るもんの塊を見てため息をついている、と」

「ふたりがゆすり屋なら、買えますよ」

バクスターは誇りと賞賛の目をトゥルーハートに向けた。「おいおい、そういうたぐいの皮肉は好きだぞ。いいか、旦那がドッグを買ったら、おまえもカートに接近するんだ。コーヒーをふたつ、注文する。このへんは人でぎっしりだ。目で追うだけではいつ見失うかわからない。かみさんの希望でふたりが店に入っていく場合に備えて、俺はうしろのほうにいる」

バクスターが右に移動してビルへ向かう途中、ザナの姿がちらりと見えた。振り返って、食べ物と紙袋のバランスを取りながら近づいてくるボビーにほほえみかけている。

「ごめんなさい、ハニー!」笑い声をあげ、紙袋とドッグをひとつずつ引き取る。「なにもかもあなたに持たせて置いてきてしまって、いけなかったわね。ちょっとのぞきたかったから」

「店に入りたい?」

また声をあげて笑う。「入りたくないっていう声ね。いいの、見たかっただけだから。でも、帽子をかぶってきたらよかったと思って。耳が冷たくて」

「ホテルにもどってもいいし、帽子を買ってもいいよ」

ザナはボビーを見てにっこりした。「まだもうちょっとだけ外にいたいわ。通りを渡ったところによさそうな店があるの」

「こちら側に渡ってくるときに通り過ぎた店？」

「そうなの、そうなの」ザナはくすくす笑った。「帽子もマフラーも売っていたわ。セール中だったし。あなたも帽子をかぶればいいのに、ハニー。暖かくておしゃれなマフラーも。いまはまだあのホテルの部屋にはもどりたくないわ、ボビー。刑務所から出てきたみたいな、そんな気持ちなの」

「わかるよ。たぶん、僕も同じ気持ちだ」そう言って、ツリーの入っている紙袋を持ち替える。「帽子を買いに行こう。それから、また歩いて、スケートをやっている人たちを見たり、また大きなツリーを見たりしよう」

「それ以上のことってないわ。ニューヨークの外のカートで焼かれるソイドッグって、どうしてこんなにおいしいのかしら？　この地球上では、ニューヨーク以外でほんとうに焼いたドッグを食べられるところって、ぜったいにないわ」

「ほんとうにうまい」ドッグを頬ばりながら言う。「とくに、なにが挟まっているのか考えずに食べるとおいしいね」

ザナはこれ以上はないというほど幸せそうに、ころころと笑った。「考えないようにね！」

人混みに押されて交差点の角まで来ると、ボビーはかろうじてまたひと口、ソイドッグを食べた。「こんなにお腹がすいていたなんて気づかなかった。ふたつ買えばよかったな」

ふたりで縁石ぎりぎりまで進む。ボビーが通りに一歩踏み出そうとすると、ザナがはっと息を呑んだ。とっさにボビーがザナの腕を強くつかむ。

「コーヒーをこぼしただけよ。もう、やだ」

「火傷をした？」

「ううん。平気よ」コートにこぼれたコーヒーを手で払う。「ほんと、ドジね。ちょっと押されちゃったの。ああ、しみにならなければいいんだけれど。あら、信号が変わってしまったわね」

「急ぐことはないよ」

「ほかのみんなにもそう言って」ザナは小声で言った。「まわりの人たちがあんなに押してくるから、コートにコーヒーをこぼしちゃったんだわ」

「買い物をしたら――」

ボビーは前のめりになり、近づいてくるタクシーの進路に倒れこんだ。

紙袋が飛んでいく。ザナの悲鳴とキーッと耳をつんざくようなブレーキ音を聞きながら、ボビーは舗装道路にたたきつけられた。

ホテルの部屋から宿泊客が退去して、遺留品採取班が到着するのを待つあいだ、イヴはトルーディのデビットカードとクレジットカードの明細書を確認した。請求額と引き出し額はすぐにわかった。金曜日にドラッグストアで数ドル使っている。タイムスタンプから、靴下を買って銀行で両替をしたあとの買物だとわかる。

時刻ごとの行動を確認する。

マーケットにも行ったはずだ。

そのときのビニール袋はどうしたのだろう？

仮説を組み立てていると、コミュニケーターが鳴った。

「ダラス」

「問題が発生した」バクスターの表情にいつもの皮肉っぽさはかけらも見えない。「尾行対象の男性がタクシーにはねられた。場所は五番街と五十二丁目の角だ」

「ああ、なんてこと。重傷なの？」

「わからない。医療員が現場に到着している。妻はひどい興奮状態だ。ふたりは歩道にいて信号が変わるのを待っていた。俺は音声を拾っていて、トゥルーハートは適度な距離を置いて対象者を見ていた。しかし、交差点の角はひどく混み合っていた。男が頭から車道に倒れこむところしか見えなかったそうだ。衝撃はかなりのものだったようだ、ダラス、見ればわかる。死亡事故でもおかしくない。タクシーはまだ現場だ」

「制服警官に運転手を本署まで連れてこさせて。調書を取るわ。対象者から離れないでよ。

被害者はどこへ搬送される？」

「ボイド・ヘルス・センターのＥＲ。五番街をまっすぐ下っていったところだ」

「じゃ、そっちで会いましょ。あなたたちのどちらかは、彼に付き添って救急車に乗って。わたしがそっちへ行くまで、ふたりから目を離さないで」

「了解。しかし、なんてことだ、ダラス。男はドッグを食いながら、まずいコーヒーを飲んでいたんだ。そうしたら、つぎの瞬間、はね飛ばされていた。医療員が彼のかみさんに、なにか気持ちが落ち着くものをあたえている」

「彼女が正気でいられるようにして。ねえ、バクスター、気絶されても困るのよ」

「気をつけるよ。じゃ、行くから」

イヴはくるっと回れ右をして扉に向かい、ノブをつかんで開けようとした。ちょうどそのとき、ピーボディが向こう側から扉を押し開けて入ってきた。「遺留品採取班が上がってきます」

「すぐにはじめてもらうわ。行かなければならないの。ボビーが病院に向かっているわ。タクシーにはねられたの」

「はねられたって――なんてこと」

「なにも訊かないで。わかってないんだから。とにかく、こっちははじめてもらって、わたしたちは病院へ向かうわよ」

イヴの車はサイレンを鳴り響かせ、少しでも先に進もうと熱くせめぎ合っている混んだ車列に入っていった。イヴは、ちくちくと刺されるような罪悪感を無視しようと最大限の努力をしていた。

わたしのせいで、ボビーは傷つけられるような立場になったのだろうか？　警官がふたりで尾行し、音声回路付きの自動誘導装置を装着していたのだ。それでも、足りないのか？

「たんなる事故かもしれません」イヴの運転する車が、安っぽい塗料をほとんどこするようにしてバンとタクシーのあいだに割り込んでも、ピーボディはなんとか愚痴を呑み込んだ。「人は、とくによそから来た人たちは、毎日のようにニューヨークで交通事故に遭っているんです。車道へ大きくはみ出したり、目指すところをちゃんと見ていなかったり。信号を見る代わりに、ビル群にぽかんと見とれていたりして」

「彼を傷つけたってなんの得もないのよ。なんの意味もない」そう言って、イヴはげんこつをハンドルにたたきつけた。「なにを考えているのよ？　知りもしない男がどうかしたからって、ロークは二百万ドルを払ったりしない。どうして彼じゃないといけないの？　どうして彼なの？　ボビーを傷つけたって目的は遂げられないのに」

「バクスターからの報告で、彼は歩道のへりでなにか食べたり飲んだりしていたって言ってましたよね。だれかにぶつかられたか、滑ったかしたんですよ。みぞれが降っていて滑りやすくなっていたんでしょう。ダラス、とにかくなにかが起こってしまうことってあるんです。運悪くそうなってしまう、ということが」

「今回はちがうわ。ぜったいに偶然なんかじゃない」イヴの声はとげとげしく、怒りに満ちていた。「われわれが見落としたの、それがすべてよ。なにかを、だれかを見落とし、そして、いま、証人は緊急治療室にいる」

「あなたのせいじゃないです」

「指示をあたえたんだから、わたしの責任よ。音声記録のコピーを作って。そして、すぐに鑑識に送って。なにもかも聞きたい。音声すべてを」

イヴは緊急用の入口に車を進めた。「止めておいて」そうピーボディに命じて、車から飛び降りる。「先に行かせてもらうわ」

大股で扉に近づき、なかに入っていく。

そこは痛みとは切り離せない場所だ。被害者が話を聞いてもらい、助けてもらおうと待っている。具合の悪い者たちがぐったりと椅子に身を沈めている。健康な者たちは、付き添ってきた者が治療を受けたり、退院したり、入院を認められたりするのを待っている。

イヴはトゥルーハートを見つけた。スウェットシャツにジーンズ姿で、どういうわけかいつもより若く見える。泣いているザナに寄り添って坐り、彼女の手を握って、なにかささやいていた。

「イヴ！　イヴ！」ザナがはじかれたように立ち上がり、イヴの胸に飛び込んできた。「ボビーが。ああ、どうしよう。ぜんぶわたしのせいなの。ボビーがけがをしたの。ひどいけがをしたの。わたし、どうしたらいいのか――」

「そこまで」イヴは体を引き、ザナの両腕をつかんで一度だけ強く揺すった。「けがはどのくらいひどいの?」

「なにも言ってもらえないの、おしえてくれないの。血が出ていたわ。頭から。頭と、脚も。意識がなかった」どっと涙があふれ出す。「脳しんとうって言ってるのが聞こえたわ。それから、なにかが折れてるって。それから、たぶん——」

「オーケイ、なにがあったの?」

「よくわからないの」ザナは崩れ落ちるようにまた椅子に坐った。「わたしたち、信号が変わるのを待っていただけよ。ソイドッグとコーヒーを買ったの。寒かったけれど、外に出られてとても気持ちがよかったわ。それで、わたしが帽子を買いたいって言って、そのお店が通りの反対側にあったの。それで、わたしがコーヒーをこぼしちゃって、そのあいだに信号が変わってしまって、道を渡れなくなった。だから、また信号が変わるのを待っていたら、彼が倒れたの。滑ったのかもしれない。よくわからないわ。わたしは、彼のコートをつかもうとした。コートには触れたの。触れたと思うの」

ザナは自分の手を見下ろした。軽く包帯が巻かれている、とイヴは気づいた。「その手はどうしたの?」

「コーヒーをこぼしたの。彼をつかもうとしたときに、バシャッてそこらじゅうにこぼしちゃって。それで、ちょっと火傷しちゃったの。わたし、倒れそうになったの。たぶん。だれかが引っぱってくれたわ。でも、ボビーは……」

ザナは両腕をウエストに巻きつけるようにして、前後に体を揺すりはじめた。「タクシーが彼をはねたの。止まろうとしたんだけど、スピードが出すぎていて、彼にぶつかって、彼ははね飛ばされて、地面にころがった。たたきつけられたの」

「彼はどこ?」イヴはトゥルーハートを見た。

「処置室2に運び込まれました。バクスターが出入口に立っています」

「ザナ、ここにいるのよ。トゥルーハート、彼女から離れないで」

イヴは待機エリアをどんどん抜けて行き、すぐ横を通り過ぎた看護師に止まるように大きな声で言われてもかまわず、右に曲がった。観音開きの扉の前にバクスターが立っていた。

「最悪だぞ、ダラス。われわれは三メートルと離れていなかったんだ。両脇を固めていた」

「彼は滑ったと、妻は思っているわ」

「そう、そうだ、たぶん。見込みはどうなんだ? いま、処置中だ。腕の骨は折れている。それはまちがいない。おそらく腰もだ。頭にひどい傷を負っている。どのくらいひどいのかはわからなかったし、医療員もなにも言ってくれなかった」

イヴは両手でごしごしと顔をこすった。「彼がタクシーの前に行くように、だれかが手を貸したような気がした?」

「いま、あらためてよく考えているんだ。われわれはうまく尾行して、しっかり観察していた。しかし、外はもう異常な状態だったんだ、ダラス。一年のこの時期がどんなようすかは、きみも知っているだろう。歩道にも人があふれんばかりで、だれもが、めちゃくちゃ急いでいるか、ぽかんと口を開けてビデオを撮ってるか、どちらかだ。スリはこのクリスマス休暇の一週間で、ふだんの六か月分以上の稼ぎを得るそうじゃないか。あやしい者はそばを通らなかったと誓えるか、と訊かれたら、それはできない。問題は……」

「なに？」

「その直前に彼女はコーヒーをこぼして、それが自分にかかっている。だれかにぶつかられたと、彼女は言った。それを聞いて、俺はなにかちょっと引っかかるものを感じて、少しだけ彼らに近づきはじめた。そのとき、彼が宙に舞ったんだ」

「ちくしょう」

# 15

バクスターにトゥルーハートといっしょの任務にもどるように言い、イヴは処置室の扉の前を行ったり来たりしはじめた。つんと鼻を突く匂いと、忙《せわ》しげな物音が体を通り抜けていくようだ。

病院も、医療センターも、緊急処置センターも大嫌いだった。病気と痛みに満ちた場所だ、と思う。死と悲嘆の場所。

待ちつづける場所。

ボビーをここへ来させたのはわたしだろうか？　わたしが捜査を進める必要にかられたから、彼が危険な目に遭ったの？　わたし個人として必要な捜査だった、といまになって思う。過去のこの部分の扉をぴしゃりと閉ざして、またしまい込みたかったのだ。自分の心を穏やかにさせるためだけではない。それができると証明するためだ。そのためにリスク——計算し尽くしたリスクだが、リスクに変わりはない——を負った。

そして、ボビー・ロンバードがその代償を支払っている。

それとも、これはばかげた事故なのだろうか？　滑りやすくて混み合った歩道で、急いでいる人がぶつかったり、押し合ったりした結果なのか。事故は毎日起こっている。それどころか、毎時間起きている。そんな単純な話、ということもありえる。

しかし、イヴはそうは思えなかった。確率を計算するプログラムにかけて、百パーセントという数字が出たとしても、受け入れられない。

意識を失い、あちこちの骨を折り、血を流している彼を外に出したのはわたしだ。それも、犯人の臭いをかぎつけるために。

いまでも、彼かもしれないという疑念はある。殺人を犯したのはボビーかもしれない。じつの母親が殺される事件は珍しくない。緊張や、いらだちや、もっと悪いものが長年積もりに積もって、内面のなにかがぽきんと折れてしまうのだ。骨のように、とイヴは思った。そして、殺してしまう。

イヴも殺した。ダラスのあの忌まわしい部屋でぽきんと折れたのは、イヴの腕の骨だけではなかった。彼女の心もぱちんとはじけて、ナイフが彼に突き刺さった。何度も何度も。いまも思い出せる。あの血も、血の――生臭くていやな――臭いも、両手や顔を流れ落ちた血の生温かい感触も。

歳月という霧を通しても、折れた腕の痛みはおぼえていた。そして、彼を殺したときの――彼と自分の――咆哮《ほうこう》も。

獣のような声だと人は言うが、それはちがう。本質的に人間的だ。根本的に人間的だ。

イヴは両方の手のひらの手首に近いところで両目を押さえた。

ああ、病院なんか大っ嫌い。そこで意識を取りもどすと、自分の記憶の――たいしたものではないが――大部分が失われていたことを思い出すのは、心底いやだった。

いたたまれないような恐ろしさと、あの独特の身がすくむような感じ。見知らぬ人たちがわたしの顔をのぞき込んでいた。あなたの名前は？　なにがあったの？　どこに住んでいるの？

わかるわけがないでしょう？　おぼえていたとしても、心が閉ざされ引きこもりもしていなかったとしても、言えるはずがないでしょう？

わたしを治すためとはいえ、治療は痛かった。それもおぼえている。骨をもとどおりにして固定するのも、繰り返しレイプされて裂けたり傷ついたりした体の内側を治療するのも痛かった。しかし、わたしが築いた心の壁の奥にある秘密に気づいた者はひとりもいなかった。

病院のベッドに横たわっている子どもが、なにかにとりつかれたようになって人を殺し、人間らしく咆哮したことは、だれにも知られなかった。

「ダラス」

はっとわれに返ったが、振り向きもせずに言った。「まだなにもわからないわ」

ピーボディはただイヴの隣にやってきた。丸いのぞき窓の向こうで、緊急医療チームがボビーの手当てをしているのが見える。どうしてこういう場所にガラスをはめるのだろう、とイヴは思った。どうして処置室でやっていることを人に見せたがるのだろう？　治すために痛い思いをさせているところを。

実際に見なくても、血が噴き出したり、機械類がピーピーいっているのを想像するだけでたくさんじゃない？

「あなたはもどって、バクスターと話をして」イヴは言った。「彼が聞いてきた目撃者の証言をすべて知りたいわ。目撃者の名前も。タクシー運転手の許可証も確認したい。それが済んだら、バクスターとトゥルーハートをもどして。音声記録は鑑識にまわして。あなたはザナについていて。いまの時点で、彼女から聞けることはすべて聞き出すのよ」

「彼の病室に制服警官をよこしますか？　処置が終わってから護衛が必要では？」

「そうね」前向きに考えよう、とイヴは決めた。彼は病室へ移される。死体保管所ではなく。

イヴはひとりで見ていた。見つづけようと努力していた。そして、小さな女の子だった自分――丸いガラスの向こうに見えている部屋とそっくりな部屋のベッドに横たわっていた――と、いま起こっていることはどう関係しているのだろうと考えた。

医療チームのひとりが部屋から飛び出してきた。イヴは彼女の腕をつかんだ。「彼の容体は？」

「持ちこたえているわ。ドクターからもっとくわしい話があるはず。ご家族の方は待合室でお待ちください」

「家族じゃないわ」イヴは警察バッジに手を伸ばした。「あなたがたの患者はある殺人事件の重要証人よ。命に別状がないかどうか知る必要があるの」

「見通しは明るいわ。運がいいんです。タクシーにはねられたのがクリスマスのちょっと前だった、っていうのは幸運です。骨折が何か所かと、打撲、裂傷。内出血もあって、これは止血処置しました。いまは安定していますが、いちばん気がかりなのは頭部の外傷です。これ以上のことは主治医と話をしてください」

「彼の奥さんがわたしのパートナーといっしょに待合室にいるの。彼女は最新情報を伝えられるべきだわ」

「伝えてください」

「重要証人はこのなかの処置台に横たわっている。わたしは扉の前に立っていなければならないの」

一瞬、いらだたしげな表情を見せたものの、看護師はさっと空中を払うように手を動かして言った。「オーケイ、オーケイ。わたしが伝えます」

イヴは扉の前に立っていた。背後の緊急治療室からあわただしさと混乱が伝わる音がする。ブザー音、呼び出し音、どこかへ急ぐスタスタという足音も聞こえる。

そのうち、だれかが酔っ払ってろれつがまわらないような口調で「メリー・クリスマス！」と叫びだし、笑ったり歌ったりしながら連れ去られていった。すすり泣きと泣き叫ぶ声に送られて、台車付きの担架に横たわった女性が急いで廊下を運ばれていく。付添婦が嘔吐物の臭いのするバケツを持って通り過ぎていく。

だれかに肩をとんとんとたたかれたので振り向くと、自家製ビールと、ろくに歯も磨いていない口の臭いをまともに顔に受けた。口臭の主である男性はきたならしいサンタの衣装を着て、白い付けひげを一方の耳からぶら下げている。

「メリー・クリスマス！　プレゼントがいるかね？　はい、ここにあんたへのプレゼントがあるよ！」

男は股間をつかんだかと思うと、ペニスを引っ張り出した。精神状態は同じでも、いまより少し落ち着いていたときに、それをキャンディ・バーそっくりに色づけしたらしい。

イヴは赤と白のストライプをまじまじと見つめた。

「あら、おいしそうだけど、わたしからあなたにあげるものがなにもないわ。待って、そうそう、あるわ」

イヴが警察バッジを掲げると、満面の笑みを浮かべていた男が真顔になった。

「おや、まいったね」

「猥褻行為と、公然猥褻罪――でも、ねえ、色づけはじょうず――と、この地球の内外を問わず最悪の口臭を振りまいた容疑であなたを逮捕しないのは、忙しいからよ。わたしがそこまで忙しくないと思ったとたん、あなたはトラ箱でクリスマスを過ごすことになるのよ。だから、さっさといなくなりなさい」

「それから、子どもが見たらこわがるから、さっさとそれをしまいなさい」

「おや、まいったね」

「サンタ、ここにいたのね」さっき治療室から出てきた看護師がイヴを見て目玉を回し、サンタの腕をぐいとつかんだ。「さあ、行きましょうね」

「プレゼントがほしいかい？　ここにあんたへのプレゼントがある」

「はいはい。クリスマスにほしいのはそれだけよ」

イヴが扉の前にもどったとたん、その扉が開いた。とりあえず、いちばん近くの手術着姿の男性の腕をつかんだ。

「彼の容体は？」

「奥さんですか？」

「いいえ、警官です」

「タクシー対人間なら、ふつうはタクシーが勝ちます。でも、彼は安定してますよ」ドクターはV字にした指で鼻筋をこすり上げ、両方の目頭をもんだ。「腕を骨折、腰骨にひび、腎臓に傷がついています。もっとも深刻なのは頭部の傷です。しかし、合併症がなければだいじょうぶでしょう。運に恵まれていました」

「彼と話をしなければなりません」

「かなりの薬剤を投与しています。状態を安定させる必要がありましたから。階上《うえ》に運んでいくつか検査をします。おそらく二、三時間もすれば、薬の影響も薄らいで会話ができるでしょう」疲れきった目が好奇心をおびて輝き出した。「以前にお会いしましたか？　警察の方、でしたね？　以前、この魔法の手で治療したことがあるような」

「ダラスです。たぶん、そうだと思います」

「そう、ダラスだ。すっかりよくなられましたね。そうだ、患者の奥さんに話をしなければ」

「わかりました。彼には護衛をつけます。こちらから指示するまで、彼にはわたし以外のだれとも話をさせたくありません」

「どういうことです？」

「彼は重要証人です。わたしは殺人課の所属」

「ああ、そうだ。そうそう！　アイコーヴ事件だ。あの訳のわからないろくでなしども。あなたの重要証人は命をとりとめ、歌えるくらい元気になりますよ。私はそれくらい腕利きです」

イヴは脇によけ、台車付きの担架で運ばれていくボビーを見ていた。通りには彼の皮膚がこびりついていた、と思い出す。道路に張りついたそれは骨のように真っ白だった。鎮痛剤の投与量が減らされたときの痛みは尋常ではないだろう。それでも、彼は自分で呼吸をしているのだ。

「わたしもいっしょに階上へ行きます。制服警官が来るまで、彼のそばにいなくては」

「好きなようにしてください。じゃまにならないように気をつけて。では、よいクリスマスを。あと、ほかにもいろいろ」と、ドクターは言い添え、待合室へ向かった。

イヴはまた廊下に立っていた。さっきとはまたちがう階の、ちがう扉の前だ。ボビーはさまざまなスキャナーによる診察を受けているところだ。待っていると、エレベーターのドアが開いた。ザナが飛び出してきた。すぐあとにピーボディがつづいた。

「彼はだいじょうぶだって、ドクターが言ってくれたわ」ザナの顔を流れ落ちた涙が乾いて、メイキャップがまだらになっている。イヴの両手をつかんで、ぎゅっと握りしめる。

「彼は元気になるって。いまは検査をしているだけなの。もしかして……もしかしてって思っていたから――」言葉が引っかかってうまく出てこない。「そんなことになったら、わたし、どうしていいかわからない。ほんとうにわからないわ」

「なにがあったか話してちょうだい」

「捜査の人に話したわ。彼女に――」

「わたしに話してほしいんです。ちょっと待って」

イヴは、エレベーターから出てくる制服警官のほうへ歩いていった。「警護の対象はボビー・ロンバード。殺人事件の重要証人よ。彼から一瞬たりとも離れないこと。彼が運ばれる部屋の安全を確認し、彼に近づこうとする人はすべて――文字どおり、すべて――身分証明書を提出させて照合すること。該当者が見つからなかったら、わたしに連絡して知らせて。いい？」

「わかりました、サー」

イヴは満足してザナのもとへもどった。「オーケイ、わたしたちはどこかいい場所を探して、坐りましょう。すべて聞かせてもらうわ。細かいところまですべて」

「わかったわ、でも……わたしには、こんどのことはぜんぜんわからないの」ザナは唇を噛んでちょっと口をとがらせ、イヴに引っぱっていかれながら、振り返って検査室の扉を見た。「ここにいて、待っていてはだめな――」

「遠くへは行かないから」イヴは警察バッジを掲げて見せるだけで、通りがかりの看護師を立ち止まらせた。

「なんと」と、看護師は言った。「逮捕されてしまった。ということは、五分は腰を下ろせるぞ」

「あなたたちの休憩室を借りたいの」

「休憩室というものがたしかあったような気はするけれど。椅子と、テーブルと、コーヒーのあるところか。ここをまっすぐ行って、左に曲がったところです。あ、そうだ、入るにはキーカードが必要なんだ。セキュリティがどんどん厳しくなっていくばかりで。案内しましょう」

看護師は先に立って休憩室まで行くと、キーカードで扉を開けて三人をなかに入れ、顔だけ部屋に突っ込んで言った。「オーケイ、コーヒーの香りがする。そんなにまずくないですよ」看護師は顔を引っ込め、廊下を歩いていった。

「坐って、ザナ」と、イヴは言った。

「動きまわっていないとだめなの。じっとしていられないのよ」

「わかったわ。なにがあったのか振り返ってみて」

「前に言ったとおりよ。捜査の人に言ったとおり」

「もう一度話して」

ザナが話しはじめると、イヴは細かな点を確認していった。「だれかにぶつかられて、あなたはコーヒーをこぼした」

「コートにこぼしたの」ザナは椅子の背にかけていたコートを手に取った。「こんなにひどくなかったのよ。最初のときは。もっとこぼしちゃったのは、ボビーが……ああ、いまも目に浮かぶわ」

「彼はぶつかられたの、それとも、押されたの？」

「ええと、わからないわ。ぶつかられたんだと思う。ほんとうにたくさん人がいたから。わたしは頭のどこかで、なんてわくわくするんだろうと思っていたわ。外に出て、おおぜいの人に混じって、ウィンドウ・ショッピングしたり、にぎやかな町の音を聞いたりできるんだもの。わたしたち、ソイドッグや、買い物をした荷物も持っていた。ホテルに帰るべきだったわ。ボビーがそうしたがっていたのはわかっていたの。でも――」

「でも、あなたがたは帰らなかった。そのことでボビーはなにか言った？　彼が転ぶ前になにか見た？」

「いいえ……わたしはコートのことが気になって、下を見たまま、きれいに落ちればいいけど、って思っていたわ。たぶん、彼が手を差し出して、わたしのコーヒーを持ってくれようとしたんだと思う。しみの手当てがやりやすいように。そうしたら、彼が倒れこんでいって。わたし——わたしは、彼をつかもうとしたわ」うわずりはじめた声でようやく言う。「クラクションが鳴って、急ブレーキの音がして。恐ろしくてたまらなかったわ」

ザナは肩を震わせ、両手で顔を覆った。ピーボディがそばに行ってコップの水を差し出した。ザナはちょっとだけ水を飲み、何度か震える息をついた。「まわりの人たちが立ち止まって手を貸してくれたわ。ニューヨーカーは冷たくてちょっと意地悪だとかみんな言うけれど、あの人たちはちがう。感じがよくて親切だったわ。助けようとしてくれた。そのうち警察が来たわ。いっしょにここまで来てくれた人たちよ。ボビーは出血していて、呼んでも目を開けなかった。それから、医療員の人たちが来たわ。いますぐ彼に会わせてもらえると思う？」

「確認してきます」ピーボディは扉のほうへ歩き出し、いったん立ち止まって訊いた。「コーヒーを飲みますか？」

「もう二度とコーヒーは飲む気になれそうもないわ」ザナはポケットに手を入れて、ティッシュペーパーを引っ張り出した。それを顔に押し当てる。

イヴはザナをそこに残し、ピーボディと廊下に出た。

「わたしもあれ以上は聞き出せませんでした」と、ピーボディが言った。「彼女は、だれかが意図的に襲ってきたのかもしれないということは考えていないようです」

「ボビーがなんと言うか聞かなくては。音声記録は？」

「バクスターが直接、鑑識に届けているところで、わたしはコートの自動誘導装置をふたつとも回収してきました」

「よく気がついたわ」

「バクスターがつくった目撃者のリストと、現場で集めた証言のコピーを受け取ってきました。タクシーの運転手は本署で待機中。免許は有効です。運転手になって六年。二、三度、車両との接触事故を起こしています。大きな事故はありません」

「すぐに彼のところへ行って。最初の供述書を取って、それ以外に追跡捜査に役立ちそうなことがあれば詳しく聞き出して。それが終わったら、家に帰していいわ。報告書をまとめたら、わたしとホイットニーにコピーを送って」イヴは時間を確認した。「くそっ。それ以上はもう無理ね。わたしはボビーに話が聞けるようになるまで、ここで待つことにする。本署で作業を終えたら、そのまま帰っていいわ。じゃ、よいクリスマスを」

「いいんですか？　あなたが報告するまで待っていますよ」

「必要ないわ。なにかあったら連絡するから。荷造りを終えて、スコットランドへ行きなさい。そして、あれを……なんだった？　あれを飲んで」

「ワッセル酒（香料入りエール）。ワッセル酒だと思います、とくにあそこではそう呼ばれてるはずです。わかりました、ありがとうございます。でも、あした、シャトルが離陸するまで指令待ちだと思っていますから。

よいクリスマスを、ダラス」

たぶんね、とイヴは思い、ピーボディが立ち去ると、振り返って休憩室のほうを見た。それでも、最悪のクリスマス休暇を過ごすことになる人もいるのだ。


ボビーが検査を受けて、病室に移されて落ち着くまで、イヴは一時間待った。病室に入っていくと、ボビーは顔をイヴのほうへ向けて、縁が赤くなってどんよりとした目の焦点を合わせようとした。「ザナ？」ゆるんだような口調は薬のせいだ。

「ダラスよ。ザナは元気にしているわ。もうすぐここに来るわよ」

「聞いたんだけど……」舌で唇を湿らす。「僕はタクシーにはねられたんだ」

「そうよ。で、どんなふうにはねられたの？」

「わかんないな。頭のなかがごちゃごちゃなんだ。すごくへんな感じだ」

「薬のせいよ。あなたはちゃんと回復するって、ドクターは言ってるわ。何か所か骨が折れて、頭にひどい裂傷を負ったって。脳しんとうも起こしたのよ。あなたは信号が変わるのを待っていた。通りを渡ろうとしていた」

「信号が変わるのを待っていた」内出血してまわりが黒くなった目を閉じる。「歩道の縁のあたりは人がぎゅうぎゅう詰まっていて、ほら、なんだったっけ、サーディンみたいにね。いろんな音が聞こえていた。ザナも音をたてたんだ。びっくりしたよ」

「どんな音?」

ボビーはイヴを見上げた。「こんな感じ。あっ……」と、息を吸い込みながら声をあげる。「みたいな。でも、コーヒーをちょっとこぼしただけだった。コーヒーとソイドッグと紙袋。両腕とも荷物でいっぱいだ。帽子もほしかったし」

「眠らないで、ボビー」彼のまぶたが震えて、また閉じかけたのを見て、イヴは言った。「それから、どうなったの?」

「僕は……彼女があのほほえみをくれたんだ。あのほほえみなら、ちゃんとおぼえている――〝おっと、やっちゃったわ〟っていう笑顔。それから、わかんない、わかんないなあ。彼女の悲鳴が聞こえた。いろんな人が叫んで、クラクションが鳴り響いた。僕はなにかにぶつかった。あっちが僕にぶつかったんだって言われたけど、僕があっちにぶつかって、それから、ここで気がつくまでのことはおぼえていないよ」

「滑ったの?」

「だろうねえ。人がおおぜいいたから」

「だれかを見た? だれかがあなたになにか言った?」

「思い出せない。へんな感じだ。自分じゃないみたいだ」

ボビーの顔色は体を覆っているシーツより白いので、黒っぽいあざや赤い擦り傷が飛び出してくるように――さらには、イヴの罪の意識にまともに飛び込んでくるように――見えた。

それでも、イヴはさらにひと押しした。「あなたたちは買い物をしていたの。ツリーを買ったのよ」

「ツリーを買った。ちょっと気分を盛り上げるためにね。ツリーはどうなった？」ボビーはいったん白目をむいていから、またイヴに目の焦点を合わせた。「これって、ほんとうに起こっていることなのかな？　家に帰りたいよ。とにかく、家に帰りたい。ザナはどこ？」

これ以上は無駄だ、とイヴは判断した。すでに時間とエネルギーを無駄遣いしている。

「呼んでくるわね」

イヴは病室を出た。ザナは組み合わせた両手をねじるようにして廊下に立っていた。「入ってもいいでしょ？　お願い。彼の気持ちを乱したりしないから。わたしはもう落ち着いているわ。ただ彼に会いたいの」

「ええ、入ってもだいじょうぶよ」

ザナは背中をぴんとさせ、笑顔をつくった。イヴはザナが病室に入っていくのを見ていた。楽しげな声が聞こえた。「あら、すごい格好！　わたしに帽子を買わないですむ、いい方法を見つけたわね」

イヴは待ちながら鑑識に連絡した。ほしいものが二十六日まで得られないと知らされ、文句を言った。しかし、イヴがどれだけ腹を立てても、優先されるのはクリスマスらしい。

こっちの捜査は進められなくても、本署はべつだ。イヴは病院から本署に連絡して、交代制で勤務中の制服警官に、ホテルのザナと病院のボビーを二十四時間態勢で警護させるように指示した。

「そうよ」と、嚙みつくように言う。「クリスマスだろうと同じよ」

いらいらしながらロークに連絡する。「遅れるわ」

「ご機嫌ななめらしい。病院でなにをしているんだ?」

「けがをしたのはわたしじゃないわ。話はあとで。いろんなことがクソみたいになっちゃったから、シャベルできれいに片づけてからじゃないと退出時間を記録できないのよ」

「僕も休みを取る前に片づけておかなければならないことがかなりある。どこか外で会って食事をするというのはどう? 仕事を終えるめどがついたら連絡してくれ」

「ええ、わかったわ。たぶんね」ザナが病室から出てきた。「切らなくちゃ。あとで」

「彼、疲れているわ」ザナは言った。「でも、冗談を言っていた。もう一生、ソイドッグは食べないって言っていたわ。病院に残ってくれてありがとう。知っている人がそばにいてくれると心強いわ」

「ホテルまで送るわ」

「ボビーのそばにいたいわ。ベッドの横の椅子で寝られるし」

「あなたもボビーもしっかり体を休めたほうがいい。あすの朝、あなたを迎えにパトロールカーをホテルへ向かわせるわ」

「タクシーで来れるのに」

「予防措置を取ることにしましょう。より安全な道を選ぶだけのこと。ホテルの部屋も警官に警備させるわ」

「どうして?」

「たんに用心のため」

ザナはさっと手を出してイヴの腕をつかんだ。「だれかがボビーを襲ったと思っているの? だれかが企んだことだって?」

いつもより何オクターブも高い声で尋ね、イヴの腕に指が食い込むほどきつく握りしめる。

「それを立証するものはなにもないわ。用心するに越したことはないの。ホテルの部屋へもどるのに、なにか必要なものがあれば帰り道に店に寄るわ」

「彼は滑ったのよ。滑っただけ」ザナはきっぱりと言った。「あなたは用心しているだけ。わたしたちの面倒をしっかりみてくれているだけ」

「そのとおりよ」

「ここにギフトショップみたいなお店があれば、のぞいてもいいかしら? ボビーにお花を買ってあげたいの。きっと小さなツリーもあるわね。きのう、買ったんだけど、ぶつかってだめになってしまったと思うわ」

「もちろん、どうぞ」

イヴはじれったい思いを抑えこみ、階下へ行ってギフトショップに入った。そして、ザナがさんざん悩み抜いてふさわしい花を選び、卓上用のいじけたツリーに飾りつけをするのを店内をうろうろしながら待った。

　つぎにギフトカード選びという問題もあって、こちらはさらに悩みが深そうだった。

　三十分かかってようやく、イヴなら三十秒で終えられそうな買い物が終わった。それでも、花とツリーはまちがいなく一時間以内に階上の病室に届けられると告げられると、ザナの頬にはほんのりと血の気がもどった。

「目をさましたときにお花やツリーがあれば、きっと彼は喜んでくれるわ」病院を出て外を歩きながら、ザナはイヴに言った。風が肌を刺すように冷たく、コーヒーのしみのついたコートのボタンをとめる。「あのお花、ごてごてし過ぎだと思わなかった？　女らし過ぎなかったかしら？　男の人のために花を選ぶのは、ほんとうにむずかしいわ」

　このわたしにそんなことがわかるわけがないじゃない？　とイヴは思った。「気に入ってもらえると思うけど」

「ああ、冷えるわね。また雪が降ってる」ザナは立ち止まり、空を見上げた。「ホワイト・クリスマスを迎えられるかもしれないわね。すごいわ。テキサスのわたしたちが住んでいるところはほとんど雪は降らなくて、降っても、ふつうはまばたきする前に溶けてしまうの。はじめて積もっている雪を見たときは、なにも考えられなくなってしまったわ。あなたはどうだった？」

「ずっと昔のことだから」はじめて窓から雪景色を見たのも、またべつのきたならしいホテルの一室からだった。シカゴ、だったような気がする。「おぼえていないわ」

「わたしは、雪玉を作ったのをおぼえているわ。手がほんとうに冷たかった」ザナは両手を見下ろし、寒さに耐えかねてコートのポケットに突っ込んだ。「夜、雪が降って、朝になって外を見ると、なにもかもが真っ白で清らかなのよね」

ザナは車の横に立ち、イヴがドアのロックをはずすのを待った。「それで、その日は学校がお休みになるかもしれないと思うと、わくわくしちゃって、胃のあたりがぎゅーってなるのよね?」

「そうでもないわ」

「べらべらひとりでしゃべってばかりね。気にしないでちょうだい。気持ちが高ぶるといつもそうなの。あなたはもうクリスマスの準備は終えているんでしょうね」

「だいたいは」イヴは巧みにハンドルをさばいて車の列に入りこんだ。おしゃべりには付き合うしかないとあきらめていた。

「ボビーは今年じゅうにお義母さんのお葬式をしたがっていたわ」ザナは手をじっとさせておけないのか、コートのいちばん上のボタンをねじりながら言った。「彼がけがをしてしまったから、できるかどうかわからないわね。年内に終えてしまうのがいいだろう、というのが彼の考え――わたしたちの考え――だったのよ。そうすれば、悲しみはすべて過去のことにして新しい年を迎えられるから。わたしたち、もうすぐ家に帰れるかしら?」

とどめておくことはできない、とイヴは思った。理由をつけて帰宅時期は延ばせても、ボビーに長距離の移動が許可されたら、ニューヨークにとどまるようにと合理的な要求をするのは無理だ。「ドクターがなんと言うかたしかめないと」

「わたしたち、二度とここへはもどってこないと思う」ザナは横の窓から外をながめた。

「ここでは、あまりにいろいろなことが起こってしまったわ。悲しい思い出も多すぎる。あっちに帰ってしまえば、たぶん、あなたにもう二度と会わないと思う」

ちょっと口をつぐんでから、また言った。「ママ・トルーを殺した人が見つかったら、ボビーはまたこっちに来なければならないかしら？」

「状況による、としか言えないわ」

イヴはホテルに入り、ザナの部屋に変わりがないことを確認して満足した。ロビーのセキュリティ配置図を求めて、受け取ると、部下を配置してホテルを出た。

本署にもどると、デスクの上に派手にラッピングされた箱がふたつ、置いてあった。ちらりとカードを見ると、ピーボディとマクナブからのプレゼントだった。ひとつはイヴに、もうひとつはロークに。

すぐに箱を開けるほどクリスマス気分は盛り上がっていなかったから、脇に押しやって仕事をはじめた。報告書を書いて、ピーボディの報告書を読み、承認のサインをした。

それから三十分、静かに坐ったまま、殺人事件用ボードと自分のメモをじっとながめて、すべてのことがらを頭のなかでぐるぐると旋回させた。

部屋を出る前に、マイラにもらったプリズムを吊った。

きっと効果があるはず。

きっと心の平静を深めてくれる。

暗い窓辺で鈍く光っているプリズムに背を向けて、リンクを引っ張り出しながら、プレゼントの包みを脇に抱え、オフィスを出た。

「片づいたわ」

「ぺこぺこのお腹になにを入れたい？」ロークが訊いた。

「誘導的な訊き方ね」イヴはバクスターの姿を見て手を上げ、立ち止まった。「シンプルにいきましょう」

「ちょうど僕もそう思っていた。〝ソフィア〟に」早口に住所を告げる。「三十分後」

「ちょうどいいわ。あなたのほうが先に着いたら、ワインの、すっごく、すっごく大きいボトルをたのんでおいて。大きいの。わたしには大きなグラスにあふれるほど注いで」

「おもしろい夜になりそうだ。じゃ、すぐにまた、警部補」

イヴはリンクをポケットにしまい、バクスターのほうに体を向けた。

「ついていって、すっごく、すっごく大きいボトルのワインをお裾分けしてもらえる、とか？」

「いっしょに飲むつもりはないわ」

「そういうことなら、ちょっといいかな？　個人的な話だが？」

「いいわ」オフィスにもどり、照明オン、と命じる。「よかったらコーヒーをおごるわ。それ以上は無理だけど」

「じゃ、遠慮なく」バクスターは自分でオートシェフに近づいていった。彼はまだ私服姿だ、とイヴは気づいた。明るいグレーのセーターに濃いグレーのズボンをはいている。ズボンに少し血が――ボビーの血だろう、とイヴは思った――ついている。

「どう考えていいのかわからないんだ」バクスターは言った。「たぶん、いい加減だったんだろうな。考えれば考えるほど、くそ、混乱していくみたいだ。頭のなかで繰り返してみた。紙にも書いてみた。それでもまだわからない」

バクスターはオートシェフからコーヒーを取り出し、振り返った。「俺は坊やを前にやった。俺が指示したんだから、やつのせいじゃない。とんでもないことだが、ドッグを買いに行かせたんだ。ちょうど彼が買っているところだから、つづけて買いに行けばいい位置につけると思った。そして、ちくしょうめ、ダラス、俺は腹がへっていたんだ」

バクスターが罪悪感にかられているのは顔を見ればわかった。そして、たったいま、イヴは鏡を見ているような気がした。「とんでもないことだって、わたしに責められたい？　できない相談じゃないわ」

「かもしれない」バクスターはコーヒーをにらみつけ、ごくりと飲んだ。「ふたりの会話を聞いているが、とくに気になることはなにもない。ただのおしゃべりだ。ふたりの姿ははっきりは見えないが、男のほうは背が高いから後頭部は見える。彼女のほうを向いたときに、横顔も見える。彼女がコーヒーをこぼしたと聞いて、俺はちょっとふたりのほうへ進んだが、なにもなかったのでほっと力を抜いた。ふたりが十二時の方向だとしたら、トゥルーハートは十時、俺は三時の方向だった。そのとき、彼女の悲鳴が聞こえた」

イヴはデスクの端に腰かけた。「なにか気配は?」

「なにも。飛行船がやかましい音をたてて頭上を飛んでいた。街角のサンタのひとりがベルを鳴らしまくっていた。人びとは行き交い、あるいは交差点で信号が変わるのを待っていた」

バクスターはさらにコーヒーを飲んだ。「彼女が悲鳴をあげるとすぐ、俺は前方へ突っ込んでいった。急いで立ち去る者はいなかった。野郎はただ突っ立っていたかもしれない。目撃者のひとりかもしれない。あるいは、まわりの人混みにまぎれていったのかも。きょうの五番街の通行人の多さといったら、尋常じゃなかったからな。滑ったり転んだりする者もいただろう」

イヴはさっと顔を上げて唇をすぼめた。「その前に、それとも、あと?」

「前も、その最中も、あとも。思い返すと、そういう女性がいたぞ——赤いコートを着て、金髪を大きく結い上げていた。ちょっと滑ったんだ。ザナが立っていた右後ろにいた。押されたと、彼女が最初に言ったときだ。コーヒーがこぼれたとき。男が半回転する。どうしたんだ、と彼女に訊く。心配そうに。コートにコーヒーをこぼしただけだと彼女が言い、彼はほっとする。俺も同じだ。そして、彼が前のめりになる。その場は大混乱におちいる」

「じゃ、わたしたちはおたがい、ある男性が自分でふらついて倒れたのを自分のせいにして責めてるのかもしれないのね」

「偶然なんて嘘っぱちだ」

「嘘っぱち」とりあえず、イヴはちょっと声をあげて笑った。「そう、そうよね。だから、わたしたちは記録を再生したり巻き戻したりするの。彼は身動きできないほど混み合った歩道に立っていた。だれも彼には近づけない。彼女も同じ状態よ。じゃ、ろくでなしの鑑識のクリスマス休暇が明けたら、記録を検討しましょう。これが百万回に一度の本物の偶然なのかどうかわかるまで、自分たちを責めたり、わたしがあなたを責めたりしても意味はないってこと」

「こんなことになった原因が俺なら、知らせてもらわなくちゃ」

イヴはかすかにほほえんだ。「あら、それなら、バクスター、約束できるわ。ちゃんと知らせてあげる」

# 16

やせてひょろりとした長身を豪華な黒い革のコートに包んだ〝僕のおまわりさん〟が店に入ってくるのを、ロークはじっと見ていた。疲れた目をしている、と思った。店内をさっと見渡す目つきにも、ストレスからくる緊張がにじんでいる。

それでも、警官は警官だとロークは知っていた。一日二十四時間、一週間に七日間ずっとだ。反対の角のボックス席に何人の客がいたか、それぞれどんな服装だったか、ひょっとするとなにを食べていたかも、訊けばイヴはおしえてくれるだろう。彼らに背中を向けたまま、答えるだろう。

なんとすばらしい。

イヴはコートをあずけて片手をひらりと振り、テーブルへ案内しようとしたにちがいないウェイターの申し出を断った。そして、ロークが愛する幅の広いゆったりした足取りで、ひとりでレストランを横切ってきた。

「警部補」ロークは立ち上がってイヴを迎えた。「まさに一幅の絵だ」

「なんの絵？」

「自信と権威にあふれている。とてもセクシーだよ」軽くキスをして、イヴが店に入ってくると同時に注いだワインのグラスを身振りで示した。「大きなコップではないが、底のないグラスだと思ってほしい」

「ありがとう」イヴはごくごくとワインをあおった。「ひどい一日だった」

「そのようだね。まず、注文をしてから、話を聞かせてもらおうか？」

イヴは、音もなくかたわらにやってきたウェイターを見上げた。「赤いソースのスパゲティ・ミートボール。そういうの、この店にある？」

「もちろん、ございます、マダム。前菜《スターター》はいかがいたしましょう？」

イヴはワイングラスを掲げた。「もうスタートしてるわ」

「ミックスサラダ《インサラーダ・ミスタ》を」ロークは言った。「ふたつ。私にはチキン・パルメザンを」すでにテーブルにあったハーブで香りをつけたオイルにパンをつけて、イヴに渡す。「ワインといっしょにいかがかな？」

イヴはパンを口に押しこんだ。

「さっきのウェイターの特徴を話してくれないか」

「なに？　どうして？」

「おもしろいからだよ。さあ、言って」

イヴは肩をすくめ、またごくりとワインを飲んだ。「白人男性、三十代半ば。黒いパンツ、白いシャツ、黒いローファースタイルの靴。百七十三センチ、六十八キロ。茶色の髪、茶色の目。なめらかな肌。下唇が厚く、高くてやや目立つかぎ鼻。左に八重歯。まっすぐで濃い眉。ブロンクス訛りを隠そうとしている。右耳にピアス――なにか青い石の。左の薬指に厚みのあるシンプルな銀の指輪。ゲイ。たぶん、配偶者あり」

「ゲイ?」

「そう、わたしじゃなくてあなたをじっと見てた。それで?」

「なるほど。さっきも言ったとおり、おもしろかった。それで、きょうはなにがうまくいかなかったって?」

「なにがうまくいったっていうの?」イヴは反問し、話をはじめた。

話の途中にサラダが運ばれてきたので、それをつつきながらさらにつづける。

「つまり、そういう状況なの。バクスターもトゥルーハートも――わたしが知りうるかぎりでは――ちゃんと仕事をしていたから、ふたりを責めることはできない。そして、彼らがやっていたのは、わたしが指示した仕事よ」

「つまり、きみは自分を責めている、ということだね。大事なことはなんだ、イヴ?　彼がだれかに押されたなら、その理由は?　それで得をするのはだれだ?」

「やはりお金のため、ということになるわね。トルーディはかなりの金持ちだったし、ボビーの仕事も順調よ。あるいは、復讐のため、とも考えられる。彼女が里子を預っていたとき、彼はその場にいて、あの家に住んでいたわ。もちろん、彼女の肉親だし」

「彼はきみに食べ物を持ってきてくれた」ロークはイヴに思い出させた。「彼がそういうことをした相手は、きみひとりじゃなかっただろう」

「たぶん、そうね。でも、彼は立ち上がらなかった。母親に反抗するべきだったと思う人はいるはずよ」

「きみもそう思う？」

イヴはさらにサラダをつつき、ワインを飲んだ。「いいえ。血は水より濃いし、自衛本能って強いものだし。わたしは彼を責めるようなことはひとつもないと思ってる。わたしがあの家にいたとき、彼はまだ子どもで、わたしとほとんど変わらなかった。でも、彼女が里子を預るのをあきらめたころは、彼も成長していたはず。彼も報いを受けるべきだと思う人もいるかもしれない」

「黙っていたから共犯だと？」

「そんなところね。でも、ふたりを殺すにしても、地元のほうがやりやすくない？　たしかに、知らない町で、しかも人がおおぜいいる、というのはプラスかもしれない。でも、毎日の動きを観察したりするのは、地元のテキサスのほうがやりやすいはず。そうなると、少なくとも部分的には、衝動にかられての犯行、という気がしてくるわ」

「ボビーのかわいらしい新妻、という線は？」

「ええ、いまでもそれは考えている。おそらく、あの姑にたいして、彼女は口で言っているほどは寛容じゃなかったと思う。わたしだったら、とてもじゃないけど耐えられない。彼女は好機を得て、それを利用したのかも。ママ・トルーを始末して、金はボビーのポケットへ。そして、そうだわ、まん中にいる男も厄介払いしちゃったらどう？　ということに。彼を消して、そこへ彼女が。でも、わたしがそれに気づかないと思うほど、彼女っておめでたい？」

「調べたら、なにが出てきた？」

「証言からも、記録からも、〝わたしが人殺しよ〟と叫んでいるようなものはまだなにも飛び出してこないわ。でも、わたしに言わせれば、彼女って、あまりにかわいらしくて、女々しいの」

ロークはちょっとほほえんだ。「若い女性が女々しいというのは、あるのかな？」

「わたしの世界ではあるわ。なにもかもピンクだとかパステルカラーっぽくて、〝ママ・トルー〟なんて言ってるし」イヴはさらにパンを口に押しこんだ。「見るたびに泣いてるし」

「そうは言っても、姑が亡くなり、「自分がなにものかに誘拐され、こんどは夫が入院したんだ。ちょっとくらい泣いてもおかしくないだろう」

イヴはただ指先でとんとんとテーブルをたたいている。「彼女の記録を見るかぎり、とてもそんなだいそれたことをしそうには思えないわ。それに、金が目的でボビーと結婚する人がいるとも思えない――彼の金に加えて、トルーディが汚い手を使ってささやかな蓄えをしていることを、たとえザナが知っていたとしても」

「百万ドルもあれば、暮らし方によっては一生を快適に送れるんだよ」ロークはイヴに言った。

「もう、ピーボディみたいなことを言わないで。べつに金銭感覚がおかしくなっているわけじゃないわ」イヴは文句を言った。「金を得るために相手やその母親を殺さなければならないような結婚、という意味よ。あまりに無理がありすぎる。それに、トルーディがあちこちに小金を貯めていることを、彼女が前もってどうやって知ったかが疑問だわ」

「トルーディがゆすっていた女性のだれかとつながりがあったとか？」ロークが言った。

たいしたものだ、とイヴは思った。これを言うとうんざりした顔をされるが、ロークはまるで警官のように考える。「そうね、そういう考え方もあるわね。そう思ってちょっと探ってもみたわ。でも、いまのところはなにも出てこない。目撃者の報告を読んだら、彼女が彼をつかもうとした、通りに倒れ込みそうになった彼の腕をつかもうとしていた、と言っている人がふたりいるわ。彼女が言っていたとおりよ」

「それでもやはり、疑わしく思う」

「そう、疑わしく思う。どちらの出来事があったときも現場にいたのは彼女だけよ。しかも、被害者ふたりとつながりがある。そして、金が目的なら、いまのところ、もっとも得をするのも彼女よ」

「じゃ、彼女に護衛をつけたのは、彼女の身を守るだけじゃなくて、彼女を見張るためでもある、と」

「それ以上のことは二十六日までほとんどなにもできないわ。鑑識もほぼ休業状態だし、わたしの部下の半分も、どこかへ行ってしまったか、心がどこかへ行っちゃってるか、どちらか。当面、この町の住人に危険は迫っていないから、鑑識をせっつくこともできないわ。遺留物採取班さえ、現場の隣室で作業した結果の報告書をあげてこないし。クリスマスのせいでにっちもさっちもいかないわ」

「なんと、大げさな」

「そう言えば」イヴは人差し指をロークに突きつけた。「きょう、キャンディ・バーをあげよう、って言われたけど断ったわ」

イヴが酔っぱらいのサンタの話をしているうちに、それぞれのメインディッシュが運ばれてきた。

「きみのような仕事をしていると、とてつもなくおもしろい方面の人たちと会えるようだね」

「そうよ、あなたの言う、なんでもありの折衷主義《せっちゅう》よ」いまは頭の片隅へ追いやろう、とイヴは自分に言い聞かせた。きょうのことはとりあえず、頭の片隅に追いやって、わたしにも生活があることを思い出そう。「それで、あなたの世界のことはもう片づいたのね」

「だいたいはね」そう言って、たがいのグラスにワインを注ぎ足す。「あしたも少しだけ仕事があるんだが、正午にはオフィスを閉めるつもりだ。ちょっとした細かいことを二、三、家で片づけるつもりだ」

「細かいこと」イヴはフォークにパスタを巻きつけながらじろりとロークを見た。「なんでもかんでもやっているあなたに、ほかになにがあるっていうの？　トナカイの輸入とか？」

「ああ、もうちょっと早く気づいていればよかった。そうではなくて、ちょっとしたあれやこれやだ」ロークはイヴの手に手を重ねて、そっとさすった。「去年のクリスマス・イヴはじゃまが入ったんだったね」

「おぼえているわ」ピーボディのところへとんでもないスピードで急いだことも、手遅れになったらどうしようと心臓がつぶれるような思いだったことも、忘れようにも忘れられない。「今年、彼女はスコットランドよ。だから、自分の面倒は自分でみなければならない」

「きょう、彼女から連絡があった。彼女とマクナブから、ありがとう、と。プレゼントはきみのアイデアだと言ったら——ふたりとも——驚いて、感動していたよ」

「言わなくてもよかったのに」

「それでも、きみのアイデアだから」

「あなたのシャトルよ」イヴはちょっともじもじした。

「おもしろいなあ。きみは贈り物を受け取るのも苦手だが、渡すのも苦手なんだね」

「それはあなたがいつも桁外れのものをくれるからよ」ロークをにらみ、フォークでミートボールを突き刺す。「今年もそうなの？」

「ヒントがほしいのかな？」

「そうじゃないわ。たぶん。ヒントはいらない」イヴはきっぱり決めた。「こんなに優秀な人なのに、とにかくあなたはわたしをからかうのが好きなのよ」

「なんてことを。そんなことを言っていると、靴下のなかに石炭しか入っていない、ということになるぞ」

「二、三千年もしたらダイヤモンドになるから、そうしたら……。そのお金で彼女はなにをしようとしてたんだろう？」

ロークは椅子の背に体をあずけ、にっこりした。警官がもどってきた。

「こっそり貯め込んで？　なんのために？　彼女は隠し口座に預金をしていた。贅沢な暮らしをしないのは、金を持っていることを知られたくなかったから。でも、きれいな装飾品は持っていて、身にはつけずにながめていた。宝石類には保険をかけていた」と、イヴはロークに言った。「関連書類を見たわ。光りものは総額二十五万ドル以上。あと、顔や体に形成処置をしていた。でも、そんなのはすべて微々たるもの。お金はちょっとずつしか入ってこなかったわけだから。でも、こんどは大きい取引になるはずだった。たんまり、たっぷり、どっさり入ってくる、って当てにしてたんでしょうね。少しは使い道も考えたにちがいないわ」

「不動産だろう、おそらく。あるいは、旅行。美術品、宝石類」

「宝石を手に入れても、家の外ではめったに身につけられないのよ。金持ちだって、人に知られてしまうから。でも、彼女が引っ越すつもりだったら……彼女が有効なパスポートを持っているかどうか確認しないと。いつ取得したのか、あるいは更新したのか。彼女にはボビーがいたけれど、いまではもう大きくなって結婚してしまった。言いなりになることもあまりなくなった。これはむかつく」

「新たな場所に新しい家を得る。自分にふさわしい暮らしができるどこか。スタッフみたいな手伝いの者も雇えばいい」

「そう、いばり散らせる相手が必要なのよね。これから得るのは、どこかの銀行にぽいと預けるような金じゃない。だって、彼女はほかのだれでもないあなたから――これは賭けてもいい――金をゆすりつづけようとしていたんだから。知っている人ばかりの古きよきテキサスにじっとしてなんかいられない。わたしはもうめちゃくちゃ金持ちなんだから。楽しまなくちゃってこと」

「となると、きみの捜査はどうなる？　彼女が不動産や旅行の下調べをしていたのがわかったら、時間ばかりかかる仕事のほかに、なにが得られる？」

「時間ばかりかかる作業こそ大事なのよ。彼女はたぶん、ボビーかザナかほかのだれかに、口を滑らせていると思う。ここはピーボディのお気に入りを真似てみるわ――そっちにはセクシーな若い恋人がいるのよ。彼女が思いのままにできる彼か、いまや欲の塊になってしまった彼か。そうなると、また復讐の線も出てくるわね。元里子のひとりが彼女を監視しつづけていたか、ゆすられていて、そのうち、彼女に大金が入ってきそうだとかぎつけた、と」

イヴは料理の皿をそっと押して脇へやった。「その線で調べてみたい。もう終わった？」

「ほとんど。デザートはいいのかな？」

「もうこれで充分」

「ジェラートもあるよ」一瞬、目もくらむような笑顔を見せる。「チョコレートの」

「ろくでなし」イヴは心のなかで戦った。大好物を相手に戦った。「持ち帰りができると思う?」

関係があるようには思えない方向を見るのもおもしろい、とイヴは納得した。いまはパズルの小さなピースが山になっているようなものだろう。まだパズルにはめこむ状態ではなく、ほかのピースとどこかがぴたりと合うのを待っている。

「彼女のパスポートは有効よ」イヴは言い、不健全なほどの喜びとともに濃厚なチョコレートをすくい取った。「十二年前に取得してる。海外旅行もしてるわ。旅行のことをだれも口にしなかったのはへんね。スペイン、イタリア、フランス。ヨーロッパ好きみたいだけど、リオ、ベリーズ、ビミニ諸島へも。エキゾチックなところね」

「地球外へは行ってない?」ロークが訊いた。

「このパスポートを使っては行ってないわ。まちがいなく、彼女は堅い土地《テラ・ファーマ》にくっついているのが好きなんだと思う。地球外旅行は時間も費用もかかり過ぎるわ。旅行中は――わずかに例外もあるけれど――入国して二、三日で出国している。いちばん長いのは、ここにあるイタリアで、十日間。フィレンツェから入国してるわ。その後、また一日だけ訪れて、その一週間後にニューヨークに来てる」

「トスカーナ州が大好きなんだろう」ロークが言った。

「それにしても、あわただしい旅行よね」指先でとんとんとデスクを打ってから、またジェラートを口に運ぶ。「こっそり行ったのかもしれない。息子に黙って。さかのぼって調べてみないと。旅行は彼女ひとりで行ったのか、同行者がいたのか」

イヴはデータに目をこらした。「こっちへ来て大金を得る直前にイタリアを再訪したのには理由があったはず。あちらでなにかを見ておきたかったのは、まちがいない。自分が住む別荘を探したかったのかも」

「いくらか時間はかかるだろうが、彼女があちらの不動産業者といっしょに物件を見てまわったかどうか調べることは可能だ」

「息子が業界の人だから、彼女も不動産のことにはかなりくわしいでしょうね」

イヴは椅子の背に体をあずけて、ため息をついた。「じゃ、ひとつの考え方としては、こうね。彼女はよその土地で暮らそうとしていて、あなたから金を巻き上げてから優雅な暮らしにどっぷり浸かる予定だった、と」

「その言い方はいやだね。だれも僕から金を巻き上げられない」

「そうね。そして、彼女も実現できなかった。これからは苦労して貯め込んだ金で楽しむわよ。保険料を払いつづけてきた光りものでおしゃれをするの。思う存分浮かれ騒ぐわ。そのために体のお手入れもしてきたんだから。収入源は減ったけど、いずれにしてもゼロになったわけじゃない。思いがけない幸運をつかんで、つぎの一歩を踏み出すの。あこがれの隠退生活よ」

「家族にはなんと言うつもりだったんだろう?」

彼女になったつもりで考えなさい、とイヴは自分に命じた。そんなにむずかしいことではなかった。「息子はもう母親から妻に乗り換えている。恩知らずのろくでなしだ。あんなやつになにも言う必要はない、と思ったはず。言うつもりだったとしても、なにか適当に話をつくったにちがいないわ。宝くじに当たったとか、遺産を相続したとか、なにか突然に大金を得たことにしたんでしょう。でも、彼女はもうボビーを必要としていない。意のままに操れて、必要なときに退屈だけど厄介な仕事をやってくれる人ができたから。でも、ふたりにはいっしょにニューヨークに来てもらわなければならない。万が一に備えて」

イヴはぐるぐると両肩を回した。「あるいは、新しい土地で生活をはじめたら、それまでの子分は捨てて新たにだれか雇うつもりだったかもしれない。イタリアのそのあたりにいるあなたの知り合いで、不動産を扱っているっていう人は、この件でわたしたちに力を貸してくれるかしら?」

「そういう知り合いが、ひとり、ふたりいる。でも、あっちはいま、午前一時過ぎだ」

「ああ、そうね」思わず時計をにらむ。「時差とか面倒くさくて大嫌い。まったく、いらいらする。オーケイ、そっちは朝まで待つことにする」

「言いたくないが、あしたはクリスマス・イヴだ。オフィスが開いているとは考えにくいね。とくにヨーロッパでは仕事を休むのは意味のあることだからね。コネを利用するのは可能だが、急を要さないかぎり、この件で人の休暇のじゃまはしたくない」

「わかったわ、わかった」——イヴはスプーンを振った——「なにかっていうと、クリスマスに足を引っぱられてしまう。いいわよ、あとで。あとでいい」と、繰り返す。「もっと大事なのが、旅行中の彼女に同行者がいたかどうか、ということ。これは、ちょっとしたひとつのミスにすぎないかもしれない。ささやかなこの一点が、全体に大きく影響するかもしれない」

「じゃ、そちらを手伝おう」

「彼女が利用したすべての便の記録にアクセスしてほしいの」

「すべての？」

「そうよ、すべて。それで、それぞれの乗客名簿を調べて、同じ名前がないかどうか探す。あるいは、わたしの事件ファイルのリストにある名前はないかどうか探す」イヴは指についたアイスクリームをなめ取った。「そして、ええ、わかってる、移送機会社《トランスポ》のオフィスが休みだってことは。まったく、ぐうたら野郎どもめ。それから、乗客の情報にアクセスするには、たいてい許可が必要だってこともわかってる」

ロークはにこやかにほほえんだ。「僕はなにも言っていない」

「わたしはただ見るだけで、なにもしないわ。そして、なにか見つかったらすぐに引き上げて、つながりを探る。でも、遅々として調べが進まない状況は死ぬほど嫌いなの。うんざりなんてもんじゃないわ」

「まだ僕はなにも言ってない」

「でも、考えているわ」

「僕が考えているのは、きみはそこから動くべきだ、ということ。そっちのきみの席に坐らせてほしい」

「どうして?」

「必要なデータにアクセスするのはきみより僕のほうが早いことはおたがいにわかっているから、僕がそのデータを手に入れるなら、その椅子とデスクを使うべきだ。きみは皿洗いでもやったらどうだい?」

イヴは不服そうになったものの立ち上がった。「運がいいわね。わたしにもクリスマスの善意っぽいものがあって〝皿洗いでもやったらどう〟なんてクソ発言をされてもあなたをぶっ飛ばさないから」

「ホー、ホー、ホー」ロークはイヴの席に坐り、腕まくりをした。「コーヒーが飲みたいな」

「危ないわよ、コンピュータの達人さん。あなたの高級靴の下で薄い氷にひびが入ってる」

「あと、クッキーも。僕のジェラートはきみにほとんど食べられてしまったからね」

「食べてないわ」イヴはキッチンから声を張り上げた。まあね、たしかに食べたけど、そんなことはどうでもいい。

自分もコーヒーが飲みたかったから、あっさり彼の分と合わせてふたつ、マグを取り出した。自分用に、かろうじてイヴの親指の先くらいの大きさのミニクッキーをひとつだけ、つまみ出す。ミニクッキーとコーヒーマグをプレートにのせた。

「あなたがわたしのために時間を割いてくれているとき、せめてわたしにできるのは、コーヒーとクッキーを運んでくることくらいよ」背後からロークに近づいて身をかがめると、彼の頭のてっぺんに、いかにも妻らしくキスをした。

そして、プレートを置いた。ロークはそれを見て、それからイヴを見上げた。「さすがにこれはないだろう、イヴ」

「知ってるわ。でも、おもしろい。なにがわかった？」

「彼女の口座にアクセスして、旅行にどこの移送機会社を使ったか特定しているところだ。それがわかったら、パスポートにあるのと同じ日付のフライトを調べる。利用した便がわかったら乗客名簿を手に入れて、検索する。そこまですれば、もっと豪華なクッキーがもらえると思うけどね」

「このくらいのね」イヴは背後に隠していた飾りつけされたシュガークッキーを差し出した。サマーセットについて言うべきことは山ほどあるイヴだが、お菓子作りの名人だ、というのもそのひとつだ。

「それでなくちゃね。ついでに、こっちへ来て、僕の膝に坐らないか？」

「いいからデータを手に入れてよ、相棒。こんなことを訊くのは失礼だってわかっているけれど、今回はコンピュータ警備《コンピュガード》に苦労させられそうなの？」

「クッキーをもらったことに免じて、いまの発言は無視してあげよう」

あとはロークにまかせて、イヴは予備のコンピュータに向かった。

そして、ふと思った。わたしたち以外の結婚したカップルは、夕食のあとになにをするのだろう? たぶん、いっしょにのんびりスクリーンを見たり、それぞれの部屋で趣味を楽しんだり仕事をしたりするのだろう。リンクで友だちや家族と話をするのかもしれない。人を招いておしゃべりをする、というのもあるだろう。

そんなことをふたりもたまにはする。たまに。ロークの影響でイヴはビデオに夢中になった。とくに、二十世紀初期から半ばの古い白黒映画は大好きだ。ときどき、そんなふうにして――大部分の人はごくありきたりだと思うだろう、とイヴは想像した――夜の二、三時間を楽しく過ごす。

たいていの公共のものより広い――しかも、まちがいなく贅をこらした――自宅内の劇場で夜の二、三時間を過ごすのがありきたりだとすれば、の話だが。

人生にロークが登場する前、イヴは夜はたいていひとりで過ごして、メモを読み返しながら事件について頭を悩ましていた。メイヴィスに、楽しみやゲームの場に無理やり引っ張り出される場合はべつだが。あのころ、だれかに夢中になっているいまの自分は想像もできなかっただろう、と思う。たがいに根本的なちがいはあっても、これほどぴったりだれかと寄り添い合っているいまの自分は。

いまでは、ほかの自分というのが想像できなかった。

結婚についてあれこれ考えた流れで、イヴはボビーとザナについて調べはじめた。結婚してまだ間がないふたりだから、いっしょに過ごす時間はかなり長いだろうと思う。いっしょに仕事をして、いっしょに暮らしているのだ。今回の不幸な旅行ではちがっていても、旅行中もいつもいっしょだっただろう。

探しているうちに、ボビーのパスポートのデータにたどり着いた。最後のスタンプは四年前のものだ。行き先はオーストラリア。その前に、二度、旅行をしていて、その間隔は一年ほどだ。一度はポルトガル、もう一度はロンドンを訪れている。

バケーションだ、とイヴは思った。年に一度の小旅行。しかし、オーストラリア以降、パスポートが必要な旅行はしていない。

おそらく、国内旅行をしたのだろう。新たに会社を立ち上げて働いていたのだ――もっと短期間で安上がりな旅行をしたはずだ。

旧姓でも結婚後の名前でも、ザナのパスポートは見つからなかった。そう、生まれた国から一度も外に出たことのない人はおおぜいいる。ロークと出会う前はイヴもそうだった。しかし、イヴは椅子にゆったり坐って考えた。ボビーは新妻を連れてたっぷり旅行を楽しもうとは思わなかったのだろうか？　新婚旅行でもなんでも。世のなかの一部を、とくに自分が旅をして楽しんだところを、彼女に見せたいと思わなかったのか？

いずれにしても、それはロークの考え方だ。きみに世界を見せてあげよう、というのは。

たしかに、時間がなかったのかもしれない。出費は控えたかったのかもしれない。まだ、いまのところは。母親がニューヨークへ行きたいと言い出したのを受けて、これをきっかけにあちこち行くつもりなのかもしれない。それはそれで納得のいく考え方だ。

しかし、この点はもう少し考えなければならないだろう。

イヴはまたほかの里子たちのデータを呼び出し、つながりはないかとあれこれ試した。ひとりは服役中で、ひとりは亡くなっている。

でも、もしかして――

「乗客名簿が手に入ったよ」

上の空でロークのほうへ目をやる。「もう?」

「いまでも僕は充分に慎み恐れられていいんだが、いつの日か、きみもそれに気づいてくれるだろう」

「あなたは、みずからを慎み恐れるくらいのお金持ちだわ。重複する名前はあった?」

「早く結果がほしいなら、半分はきみが調べてくれ」そう言って、いくつかキーをたたく。

「はい。送ったから。そっちからできるだろう?」

「検索とマッチングのやり方なら知ってるわ」イヴはつぶやき、必要なキーを打ちこんだ。

椅子をくるっと回転させて、ロークを見る。「まったくの当て推量なんだけど、ふたつ考えたの。ほんとうに、ただの思いつきよ。里子のひとりはおもに暴行罪で服役中。家族はいないわ。知られているかぎりでは、これといった仲間もいない。個人記録を見ると、真に抜け目のないタイプでもないみたいだし、一貫性も見えてこないわ。でも、これまでの流れから見て、トルーディは彼女からも金を搾り取ろうとしたと思う。そうなると、根っからの暴力的傾向のある彼女としては、逆にトルーディから金を巻き上げようとしたかもしれない。近くにいるだれかか、目標に近づけるだれかと手を組んだのよ。反対にこっちから脅して——復讐を果たして——いくらか金もせしめよう、と」

「われわれをゆすって金を得ようと考えたトルーディがニューヨークへ来ることを、どうやって知り、どうやってこんなにすばやく殺人を実行できたんだろう？」

「殺したのは、その場のなりゆきかもしれない。わたしはまだその可能性は捨てていないわ。それに、そうよ、ただの思いつきだってことはよくわかってる。でも、クリスマスが終わったら、看守ともう一度話をしてみるつもりよ。彼女を最後に逮捕した警官とも連絡を取るかもしれない」

「そして、もうひとつの当て推量は？」

「里子のひとりは、二、三年前に爆破されたクラブでダンサーをしていたの。マイアミよ。頭のどうかした連中が何人か、店に押し入って、悪行だかなにかに抗議した事件。おぼえてるでしょう？　手ちがいがあって爆弾が破裂した。百五十人以上の命が奪われたわ」

「悪いが、おぼえていない。きみと知り合うまで、そういうことにいまほど注意を払っていなかったから」そう言いながら、ロークはふと手を休めて、しばらく考えてから言った。「じゃ、彼女は生き残ったのか？」

「いいえ。少なくとも、死者のひとりに数えられているわ。でも、あそこは秘密クラブで、対応もいい加減だった。爆発で、死者はばらばらになって飛び散ったわ。血と、恐怖と、混乱の現場だったはず」

「しっかり目に浮かんだよ、ありがとう」ロークは椅子に深く腰かけ、イヴの考えを読み取ろうとした。「じゃ、死んだとされた彼女はどうにかして生き延び、トルーディ殺しを計画したと?」

「ひとつの考え方よ」イヴはあくまでも言い張った。「ほかにも可能性はあるわ。彼女と親しかっただれかがやったのかもしれない。そうなると、また復讐説よね。彼女の恋人か、親しい友人。どのみち、生存者たちと話はできると思う。彼女がいっしょに働いていた人たちよ。少なくとも、彼女という人のイメージが明確になるはず」

イヴは立ち上がり、部屋のなかを歩きはじめた。「それから、ほかにどうしても気になって、頭から離れないことがあるの。トルーディは、預ってきた女の子たちにこっそり食べ物を渡しているボビーを見つけたことはなかったのか? 見つけたなら、彼女はどうしたと思う? 女の子に。ボビーに。それから、あとで大人になってから、ボビーは女の子のだれかに連絡を取らなかったのか? あるいは、女の子のだれかが彼に近づくことはなかったのか? その件について、彼はなにも口にしていないわ。トルーディに近づくいちばん簡単な方法は、ボビーを通じてだと思う」

「またザナ説だね」

「そうよ」

「言ってみてくれ。いろいろあっても、やはりザナ・ロンバードではないかときみに思わせるものはなんなんだ？」

「ええと、前にも言ったけれど、泣いてばかりいるから」

「イヴ」

「むかつくのよ。でも、個人的に気に入らないっていう以外にもある。彼女は、ふたつの事件とも現場にいたのよ。彼女が誘拐されたという、その犯人を見たのは彼女だけだし」

「どうして誘拐されたなんて話をでっち上げるんだ？　そんなことをしたって目立つだけじゃないか。うしろに引っ込んでいるほうがいいだろう？」

イヴは殺人事件用ボードに近づいていって目をこらした。「犯人はいつだって、言うべきこと以上のことを言い、やるべきこと以上のことをやって、ことをややこしくするのよ。頭脳犯でさえ、そう。自分を足してしまう。わたしがうまくやったのを見てよ、って。でも、だれにもわからないのよ。だれも〝わお、なんて賢いんだ。一杯おごるよ〟とは言ってくれない」

ロークは眉を上げた。「彼女がやったと思っているね」

イヴは人差し指でトルーディの写真を指し、そのまま、ボビーの写真、ザナの写真へとたどっていった。とてもわかりやすい三角形だ、とイヴは思った。きちんとした、きれいな三角形。

「扉を開けて、トルーディが死んでいるのを見たときから、彼女がやったと思っていたわ」

ロークは椅子に坐ったまま体をねじり、イヴの顔を見つめた。「その思いを胸の奥にしまいつづけていたのか？」

「ふくれることないわ」

「僕はふくれたりしない」ロークは立ち上がった。そろそろブランディーを飲みはじめるころだと思った。「たまに腹を立てることはある。いまみたいにね。どうしてもっと早く言わなかったんだ？」

「彼女のことを調べるたびに、潔白だと思わざるをえなくなるから。決定的な事実もなければ、データもない。証拠も明らかな動機もないのよ」

イヴは一歩前に出てザナの写真に近づいた。大きなブルーの目、ウェーブした金髪。悪意のかけらもない乳搾りの女そのものだ、と思う。乳搾りの女がなんなのかはさっぱりわからないが。

「彼女が犯人である確率を求めてみたら、かなり低い数字だった。頭で考えてさえ、彼女じゃないってわかるのよ。でも、やっぱり犯人なんだって、わたしの本能的な部分が告げてくるの」

「きみはたいてい自分の本能を信じるからね」

「今回はちがうの。だって、犠牲者とつながりがあるということで、わたしの本能はすでに影響を受けてしまっているから」イヴはボードから離れ、予備のコンピュータのあるステーションにもどった。「そして、わたしの本能にもとづく容疑者リストのトップに彼女はいるわけだけど、わたしはまだこれといった明確な理由を見いだせずにいる。彼女の行動も、反応も、発言も、態度もほとんど、いまの状況ではそうであるべきだ、と思われるものよ。でも、彼女を見ると思わずにはいられない。あなたのはずだ、って」

「そして、ボビーは？」

「彼女といっしょにやったかもしれない。ひとりかもしれないし、ふたりともかもしれないけれど、トルーディがなにをしていたか知っているわ。ひとりかもしれないし、ふたりともかもしれないけれど、セックスや、愛や、お金を――そのすべてを――使って、相手を味方に引き入れているの」

イヴはいったん言葉を切り、ボビーの傷を写した最新の現場写真を取り出すと、立ち上がってボードに近づいてそれを留めた。

「でも、これ、ボビーを病院へ送り込んだこの事故は、当てはまらない。わたしは、彼女より先に彼に会ったわ。彼を見れば、彼女に裏切られたとはまったく思っていないってわかるわ。町を歩きまわっているあいだ、ふたりの会話はモニターされていて、バクスターが言うには、買い物とランチの話ばかりしていた、って。トルーディや、企みや、計画のことはまったく口にしなかった。とにかく、彼がやったという気はしないし、ふたりでやったという気もしない。でも――」

「きみは、彼との思い出が直感をゆがませているんじゃないかと恐れている」

「そうかもしれない。細かいところまで、もっと徹底して調べないと」

作業が終了しました。現在、開いているファイルと乗客名簿に合致する名前はありません……

「うまくいかなかったわ」イヴは不満そうに言った。「偽名を使っているだろうから、名前の組み合わせを考えて探さないと」

「僕がセッティングしよう」

カフェインに関する講義は聞きたくなかったので、ロークが背中を向けるのを待って、イヴはコーヒーを注ぎ足した。「だれかと結婚しているとして――仕事をするのも、暮らすのも、寝るときもいっしょよ――その相手にだまされているとしたら、うすうす感づくと思わない？　だって、昼も夜もずっといっしょなのよ。だましているほうだって、ついうっかりすることがあるだろうし、そうしたら、だまされているほうだって警戒すると思う」

「〝恋は盲目〟という言い回しを聞いたことがあるだろう」

「それって、でたらめだと思うわ。そう、短期間なら、肉欲に目がくらむことはあるわね。でも、愛は視界をクリアにする。よく見えるようになるし、よりくっきり見えるようになるわ。前より感覚が鋭くなるからよ」

ロークは口元をほころばせてイヴに近づいて、彼女の髪に触れ、顔に触れた。「思うに、いまのはきみの口から出て、僕が聞いたなかでいちばんロマンチックな言葉だ」

「ロマンチックじゃなくて、それは――」

「しーっ」ほんの一瞬、唇を唇に重ねる。「じっくり味わわせてほしい。そして、きみが言うこともっともだが、愛のせいで、ものごとがそうであってほしいという理由で、自分の見たいようにものごとを見てしまうこともあるんだ。それから、きみは――きみの勘を信じて、彼女が犯人だとした場合――彼女が彼を愛しているかもしれない、という点を計算に入れていない。彼女には破壊的で危険にさえ感じられる影響から彼を自由にする、というのも動機の一部かもしれない」

「あら、ロマンチックなのはどっち？　彼女が殺人者だとしたら、二、三時間前に夫をタクシーの前に突き飛ばしたのも彼女なのよ。あれがたんなる事故だったり、偶然だったりするわけがないわ――彼女がトルーディを殺したとすれば」

「だんだんそんな気がしてきた」

「いいえ、まだなにもわかっていないのよ。重要証人であり容疑者でもあるひとりは入院中。もうひとりはホテルの部屋で監視されている。いまのところ、どちらかの犯行であることを示す証拠も、ほかのだれかの犯行である証拠もないわ。それを探し当てなければならない。いろいろな事実をいろいろに組み合わせてちがう角度から見て、つついていかなければ」

イヴは音声記録や、ロークのさまざまな技能や、彼の超一流のコンピュータ・システムを思った。それを自分のために使ってほしい、自分のために時間を割いてほしいとたのむのは可能だ。

でも、それは正しくない。公正ではない。こんな夜遅くにはじめるべきではない。

「きょうはこのくらいにしたほうがいいと思うわ。最後の検索の結果はあすの朝、確認すればいいわ」

「それがいい。これからちょっと泳ぐというのはどう？　凝りもほぐれるよ」

「ええ、それがいいわ」イヴはロークといっしょにエレベーターに向かいかけ、ふと立ち止まって目を細めた。「それって、わたしを濡らして裸にする策略とか？」

「たしかに、愛はきみを盲目にはしていないね、警部補。僕はすべて見透かされている」

# 17

クリスマス・イヴは雪にはならず、またひとしきり凍えるような氷雨《ひさめ》が降って、妙に明るい音をたてて窓を打っては滑り落ちていく。通りや歩道が氷で覆われ、シフト勤務につくはずの市の職員たちはまたひとつ、仕事を休む口実を得るのだろうと思い、イヴはうんざりした。

彼女自身、もうちょっとのところで彼らの仲間に加わるところだった。その気になれば、スケートリンク化した通りに出ていかなくても、スエットシャツ姿のまま家で仕事ができる。そのほうが暖かいし、快適だ。仕事に出かける支度にとりかかったのは、ただひたすら頑固さゆえだ。

それが少しも苦ではないのは自分でもわかっている。

「必要なものはなんだってここにあるのに」ロークは言った。

「ないわよ」武器用ハーネスを肩から下げながら言う。「たとえば、フィーニーがいないわ。マイラもいない。これから彼女にたっぷり時間をもらって、ザナとボビーのプロファイリングをしてもらうつもりなんだから。運悪く、きょうが出勤日の鑑識もここにはいない。それに、ホテルと病院に寄って、捜査のつづきもやるつもりだから」

「たぶんまだ聞いていないんだろうが」ロークは両脚をにゅっと伸ばして、二杯目のコーヒーを手に取った。「テレリンクと呼ばれるすばらしい発明品があるんだ。ここにあるのもそうだが、ホログラム会議ができる装備もある」

「本物と同じ、というわけにはいかないわ」武器を身につけ、そのうえにジャケットを着る。「きょうはずっと家にいるの？」

「そうだと言ったら？」

「嘘をついてる、ってことになるわね。あなたはわたしと同じように出かけて、ひとりで用事を片づける。スタッフは早く帰すつもりでいるのよね、おセンチさん。でも、あなたは果敢に出かけていく」

「きみが家にいるなら、僕も家にいる」

「わたしは出かけるわ。だから、あなたも出かけるの」口ではそう言いながら、イヴは近づいていってロークの顔を両手で挟んでキスをした。「じゃ、数時間後にね」

「気をつけるんだよ、いいね？　こういう日の道路は、予測不能で危険なことこのうえないからね」

「鉛蓄電池を抱えた異常者も予測不能だけれど、ちゃんと対処してきたわ」

「こうなることもあるかと思って、全地形車の一台をまわしておいた」イヴが眉を寄せると、ロークは一方の眉を上げた。「僕も同じ車を使うから、文句はないだろう」

「いいわ、オーケイ」時間を確認する。「ええと、細かいことをあれこれ心配している暇があるなら、シャトルのピーボディが無事に旅立ったかどうかたしかめて」

「もう確認したよ。ふたりとももう飛行中で、天気の関係ない雲の上だ。手袋をするんだよ」扉を抜けて廊下に出ていくイヴに向かって声を張り上げる。

「なんて口うるさいの」イヴは声をひそめて言った。

しかし、手袋はもちろん、以前からコートの一部だったようになじんでいる薄くて柔らかい毛皮の裏地もありがたかった。いったいいつのまに、どうやって加工したのだろう？

外は火星のように寒く、上空からちらついているのがなんであれ、針でちくちく刺されるように顔が冷たい。いかにも馬力のありそうな車に乗り込むと、車内はすでに強力なヒーターで暖まっていた。あの男には手抜かりというものがない、とイヴは思った。それはもう恐ろしいほどだ。

ぬくぬくと暖かい思いをして、牽引力《けんいん》も馬力もジェット・タンク並みの車でダウンタウンへ向かうあいだずっと、ハンドルを握るイヴの両手は醜い戦いを繰り広げていた。家を出る前は、仕事をずる休みしてクリスマス休暇を増やそうとする連中を、怠け者の役立たずと罵ったイヴだが、いまは、なんだってあんたたちは家でじっとしていないのよ、と声を荒らげていた。凍りついた道を走れない車を運転してるんじゃないわよ。

車を止めて外に出て、負傷者がいないかどうか確認してから交通隊に援助を求めるような軽い衝突事故にも二件、遭遇した。

何度も車の流れが止まるのを経験するうちに、イヴは目の前につながっている車を押しつぶして進んでいくのはどんな感じだろうと想像した。わたしが乗ってるタンクならそれができる。

本署に着いたイヴの計算によると、車を止めたパーキング・フロアでは、二十パーセント以上の駐車スペースが空いていた。

殺人課に入っていくと、ひとりの捜査官が声をかけてきた。

「スレーダー、夜中から朝までのシフトじゃなかったの？」

「そうです、サー。巡回を終える二時間ほど前に、ひとり逮捕したので。男はいま留置場です。被害者は男の弟で、地方からクリスマス休暇を過ごしに訪れていたようです。首が折れて、階段の下で死亡しているのが発見されました。留置場の男はセントラルパークのそばの高級住宅地で暮らしています。被害者はダメ人間で、住所不定、これといった職業にもついていません」

「階段から突き落とされたの？」

「ええ、もちろん」スレーダーはかすかに口をゆがめて苦笑いをした。「弟は薬で朦朧としていたと男は言い――薬毒物検査をします――所持品からいくらかクスリも見つかっています。容疑者は、ベッドで横になっていたらなにかが落ちる音がして、見に行ったら弟が階段の下で倒れていた、と主張しています。要するに、被害者の顔のあざにわれわれが気づかないと思っているのか、あるいは、階段から落ちたときの傷だと判断するだろうと期待しているようです。しかし、容疑者の両手の甲に擦り傷があり、唇も切れていることから、われわれはちがう判断をしています」

イヴはうなじを掻きながら思った。人というのは信じがたいくらい愚かなのかもしれない。「正当防衛か過失致死の線で捜査するつもり？」

「ええ、でも、男はあくまで自分の話を通そうとしています。広告会社の重役だそうです。名前がスクリーンに出るとまずいんでしょう。もうちょっと頭を冷やさせてから、また話を聞きます。がたがたになって、二度、泣き崩れたんですが、自説は曲げようとしない。それで問題は、警部補、われわれは超過勤務をしなければならない、ということです」

「根気よく追いつめて、一気に落としなさい。超過勤務は許可するわ。パトロール隊の半分はまだもどっていないようね。それについては見逃すつもりはないわ。その男は弁護士を呼んだ？」

「まだです」

「行きづまったら連絡して。すっきり片づいたら、ゆっくり眠ることね」

まだ手をつけていない書類と、ひと晩のうちに新たに山積みになった書類にざっと目を通してから、コートをオフィスに置いて廊下に出る。書類って繁殖するんだわ。そう思いながらEDDへ向かう。ウサギみたいに。

このときばかりは、EDDの壁も話し声や音楽やにぎやかな電子音を受けてはずんではいなかった。デスクに向かって仕事中の捜査官はほんの数えるほどで、マシン類には稼働中のものもあったが、この課にしては不気味なほど静まりかえっている。

「犯罪は、家にいてばかみたいにクリスマスの靴下を吊っている警官の数に比例して増えるのよ」

フィーニーが顔を上げて言った。「なにもかもほぼ平穏だよ」

「どかんとたいへんなことが起こる前ってそういうものよ」イヴはそれとなく脅すように言った。「なにもかもほぼ平穏になるの」

「きみは楽しそうじゃないか。じゃ、きみが不機嫌になるような話をしよう」

「まだ口座を特定できないのね」

「まだ口座を特定できないのは、口座がないからだ。あの数字があの順番で並ぶ口座はない」

「彼女が数字の順序をまちがえたのかもしれない。その口座番号の数字の順序を変えて、任意で検索したら――」

「きみはそこにそうやって立って、電子関連の作業の進め方を僕におしえるつもりかい？」

イヴはふーっと息を吐き出し、フィーニーの来客用の椅子にどすんと坐った。「いいえ」

「要するに、数字が多すぎるんだ。少なくともひとつはよけいだ。だから、番号をひとつだけ抜いたり、複数個抜いたりして任意で検索すると、ダラス、おびただしい数の口座にヒットしてしまう」

「ああもう、くそっ」頭のなかの思いを最高に上品な言葉で表現すると、こうなった。

「特定できっこないんだ。任意の口座は提示できるが、それをすべて提示しろと言われたら時間がかかる。こういうやり方は、帽子からウサギを取り出すのに等しいってことだ」

イヴは指先で自分の腿をとんとんとたたいた。「提示してくれたら、かならず探り当てるわ。まず、相互参照からはじめて」

フィーニーはいつものすまなそうな表情でイヴを見た。「頭が割れそうな頭痛に悩まされるだけだ。問題は、ダラス、脅迫されて精神的ストレスを受けている女性からデータを得ていることだよ。そもそも、その女性がおしえられた番号をそのままきみに伝えたかどうかもわからないんだぞ」

「どうして犯人は彼女に記録させなかったの？　書き留めさせればよかったのに。彼女がちゃんとおぼえたかどうか、たしかめる方法はあったわけでしょ？　二百万ドルをオンラインで得ようというのに、恐怖におののいた女性の記憶力を信用するわけ？」

「人は、半分以上はばかなことをやるもんだ」

誓ってまちがいのないことだ、と納得できても、まったくイヴの助けにはならなかった。

「人を殺して、自分と犯行を結びつけるものをすべて消し去り、だれにも見られず立ち去った犯人は抜け目ない人物、ということになっているわ。ひとりの女性を拉致して、すれちがった人たちにまったく気づかれないまま閉ざされた建物に連れ込んだ犯人は抜け目ない人物であるはず。ここでも、犯人に結びつくような遺留物はなにも残していないし。でも、いちばん大事なところでへまをしてるってこと？　わたしたちが殺人の動機だと信じているものにからんでミスをしているの？　そんなの信じられる、フィーニー？」

「そうだなあ、そんなふうに言われると、信じるわけにはいかなくなるなあ」フィーニーは下唇を引っぱった。「彼女の作り話だと思うのか？」

「ひとつの可能性として探ってみるべきだと思う。それに、わたしがずっと考えている仮説にひとつ現実味が加わるわけだから、悪い気持ちはしないわ」

「もう少しいっしょに考えてみるかい？　時間はあるし、コーヒーもある」

彼にはたっぷり訓練してもらった、とイヴは思い出した。ふたりで数えきれないほど事件について話し合い、ひとつひとつ検討して、細かなことであら探しをし合ったものだ。まずいものを食べ、もっとまずいコーヒーを飲みながら。

フィーニーからは、捜査のときにどう考えるか、どう見て、そしてなにより、どう感じるべきかを教えてもらった。

「かまわないけど、あなたがコーヒーって呼んでる泥水を我慢して飲むのはいや。あなたにクリスマスのおまけみたいなものを持ってきたんだけど、それを分けてくれるならいいわ」

イヴがプレゼントの袋をフィーニーのデスクにぽんと置くと、クリスマスの朝の子どものように彼の目が光り輝いた。「なかはコーヒーか？　本物の？」

「わたしも飲むのに、代用品を持ってくるなんて意味ないわ」

「やったぞ！　ありがとう。では、扉を閉めてくれるか？　用意をしているあいだに、だれにも知られたくないからな。そうだ、僕のオート《A》シェフ《C》に錠をつけないと、うちの坊やたちがイナゴみたいに群がってきてしまう」

扉がぴたりと閉じられると、フィーニーはオートシェフに近づいてセッティングとプログラミングという家庭的な作業に取りかかった。「ほら、家では女房が僕にもデカフェを飲ませようとするんだ。言わせてもらうなら、あんなものを飲むくらいなら水道の水を飲むほうがましだね。でも、これは……」

深く長々と鼻で息を吸い込む。「これは最高だな」首を曲げて、イヴににっこりほほえみかける。「ドーナツがふたつ三つ、セットしてあるんだ。坊やたちに気づかれないように、エンドウ豆のスープと登録してね」

「賢い」イヴは、オフィスのどこにキャンディ・バーを隠しても見つけてしまう泥棒相手の苦労を思い出した。フィーニーのやり方を試してみるといいかもしれない。

「女性の感覚で見ると、どんな感じなんだ？」

フィーニーがコーヒーを淹れて、ドーナツの準備をしているあいだに、イヴはこれまでの捜査のあらましを伝えた。

フィーニーはコーヒーを飲み、光沢のあるドーナツにかぶりつきながら、耳をかたむけていた。砂糖の混ざったかけらが、シャツの胸元に点々と落ちる。「身内の犯行なら、息子の可能性のほうが高いな。血のつながりがあるほうがより殺し合うものだ。彼女を追いつめて、仲間に引き入れたのかもしれない。ねえ、いいことをおしえようか、ハニー？　たったいま、ママを殺してきたんだ。だから、僕といっしょにここにいたって言わないとだめだよ。赤ん坊みたいに寝ていました、って」

「そうかもしれない」

「しかし、女と女というのもまた捨てがたい組み合わせなんだ」フィーニーは最後のドーナツを身振りで示してから、ぽんと自分の口に放り込んだ。「義母っていうのがさらに可能性を高める。なんでも頭を突っ込んできて、もううんざりなのよ、くそばばあ。そして、嫁は夫にすがる。ああ、どうしよう、事故だったのよ、ひどい事故。あなた、わたしを助けて」

「ゆすりとの関係も、あったとされる誘拐事件も、ボビーの入院も、なにひとつ説明がつかなくなるわ」

「いや、そうでもないだろう。容疑者の一方、あるいは両者は、ゆすりで得る金を求めていないか、すべて求めているか、どちらかだ。誘拐は虚言。おそらく、たんなる虚言だろう。そのうち、自分の首を絞めることになる。大きな墓穴を掘っているようなものだ。たぶん、きみが考えているとおり、事件の根っこは過去にあるんだろう。不運は子ども時代に起こって、一生つきまとうもんだ」

イヴはなにも言わず、フィーニーは自分のコーヒーをじっと見つめた。ふたりとも、イヴの子ども時代を話題にするのは避けた。

「彼女――あるいは彼――に関するなにかをつかまないとだめだな。プレッシャーをかけるのに利用できるなにかだ。玉ネギをつかんだな」

「なにをつかんだって？」

「玉ネギだ。一枚一枚、むきはじめるんだぞ」

玉ネギ、とイヴは思った。むきたければフィーニーがむけばいい。とはいえ、それがきっかけでいままで思いもしなかったことが頭に浮かんだ。

マイラのオフィスへ行くと、クリスマス聖歌が低く流れるなか、秘書がデスクで時間つぶしの作業中だった。「きょうの彼女のスケジュールはどんな感じ？」

「とても楽よ。正午から二十六日の就業開始時刻までオフィスは休み。先生はいま、ほかの警察の方とお話しされてるわ」時計をちらっと見る。「もうすぐ終わるわね。十五分後にもうひとつ予約が入っていて、それが終わったら、正真正銘の自由の身になれる予定」

「予約までのあいだに、ちょっとだけ会ってもらえるとありがたいんだけれど。待っているから」

「いいわ、でも、先生に用事を作ろうなんて思っていないでしょうね。先生はご主人といっしょに過ごされる予定なのよ」

「時間は取らせないし」言いかけたところで、オフィスから警官が出てきたので、一歩うしろに下がった。

「ちょっと待ってね」秘書は人差し指を立てて立ち上がると、マイラのオフィスの扉まで歩いていった。「ドクター、ダラス警部補がおみえです。少しだけお会いしたいとおっしゃっています」

「もちろん、お会いするわ」デスクに向かっていたマイラは立ち上がり、部屋に入ってきたイヴを迎えた。「休暇が終わるまで、もう会えないと思っていたわ」

「お願いがあって。犯人像が知りたいんです。容疑者の印象だけでも聞かせてもらえたらと思って」

「ロンバードの件ね」

「ええ。息子の妻に注目しているんです」

「そうなの？」マイラは椅子に坐って背もたれに体をあずけ、イヴがこれからの予定を手短に話すのを聞いた。

「彼女のいるホテルか病院までわたしといっしょに行っていただきたいんです。一時間後に彼女がどっちにいるか、いまはまだわからないので。まずホテルに連絡してみます。あなたに予定があるのは承知しています。用件が済んだら、わたしが車で自宅までお送りしますから」

「それはかまわないけれど――」

「よかった。ほんとうに」マイラの気持ちが変わらないうちにと、イヴはすかさず出入口に向かった。「一時間後にここへ迎えにきます。これから準備をしなければならないので」

急いで廊下に出て、リンクでホテルのザナの部屋に連絡をした。

「一時間後くらいにそちらに寄ろうと思っているの」イヴはザナに言った。

「あら。病院へ行きたいと思っていたのよ。たったいま連絡したら、ボビーはまだ眠っているって言われたの。でも――」

「病院まであなたを送るように手配するわ」一瞬待って、さらにつづける。「ご主人の容体は？」

「安定してる。安定しているって言われたわ。でも、少なくてもあと二十四時間は入院させておきたいって。観察のために。それから、彼が退院するまでにこっちで準備しなければならないこともあるわ。車椅子を借りなければならないし、薬のこともいろいろ――」

「必要なものの手配は病院でやったらどう？　そうすれば、あしたまでにきちんと準備して彼を迎えられる。制服警官にあなたを病院まで送らせるわ。帰りもホテルまで送らせる」

「ええと、いいわね、いいと思うわ。いずれにしても、彼は眠っているんだし」

「よかった。一時間後にそちらへ行くわ」

イヴは、部長に送る最新情報を書き上げようとオフィスにもどった。半分ほど書いたころ、スルーダーが扉を開けて頭だけのぞかせた。

「落としました、警部補」

「さっきの兄ね？　自白したの？」

「ジャンキーの弟が家にもどってきて、そう、兄は彼がもどってくるのを待っていたんです。アパートメントからいくつかものがなくなっているのを見つけたらしいです。高級リスト・ユニットと、なにかの電子装置のたぐいです。弟を問いただして、追い出すつもりだった、と。夜遅くなって、弟はもどってきた。クスリで完全な朦朧状態だったそうです」

「薬毒物検査の結果で立証できるわね？」

「ええ。犠牲者は冥王星まで飛んでいってもどってこれるくらいたっぷり、ぶち込んでいました。兄の部屋からかっぱらった品を質に入れて、クスリを手に入れたみたいです。兄は弟に出ていけと言い、喧嘩がはじまった。死んだ弟が最初に手を出した、とわれらが兄は言っています。そうかもしれないし、そうじゃないかもしれない」

スレーダーは肩をすくめた。「でも、どちらにも殴られた痕跡はあります。ろくでなしの弟は階段をまっさかさまに落ちていって、首を折った。兄はパニック状態におちいり、自分はベッドにいて、弟はうっかりして階段から転げ落ちたんだと見せかけようとした。なんとか第二故殺にはできるでしょうが、検察官は気に入らないでしょうね。兄は第三故殺を得ようと、進んで捜査に協力しています。いまのところは、こんなようすです」

「上出来よ。亡くなった男が、その品を質に入れたことをたしかめて。それを確認したら捜査は完了よ」

「それは相棒が調べているところです。確認できたら、捜査はおしまい、と。あほ野郎――生きてる兄のほうです――が最初から喧嘩のことをちゃんと話せば、時間も手間も大幅に節約できたのに。人はとにかく警察に嘘をつくのが好きですね」

たしかにそうだ、と思ったとたん、べつの思いが浮かんだ。玉ネギの皮。そうだ、一枚むいてみよう。

ガレージで、マイラは全地形車をまじまじと見ていた。「これは市警察の車じゃないわね」

「ちがうわ。ロークの。道が凍結しているから」イヴは肩をすくめ、車に乗り込んだ。「これなら、たぶん北極圏だって横断できるわ。この車でわたしにニューヨークを走り回らせて、ロークは満足しているの」

「乗り心地がいいわね」マイラは座席にゆったりおさまった。「ロークにはあなたの安全を管理する術がほとんどないから、できることは強引にやらせたがるのだと思うわ」

「ええ、わかっています」

「デニスも、きょうは危ないから家にいたほうがいいって、それはうるさくて」マイラは首に巻かれたおとなしい模様のスカーフに触れて、位置をなおした。「結局、運転手を手配して、やっと納得してもらったのよ。心配してくれる人がいるのは、いいことだわ」

「そう思いますか？」イヴはちらりとマイラの顔を見て、車をバックさせた。「そうかもしれないです」と、納得する。「たぶん、そうでしょう。でも、いつもだれかを心配させているとわかっているのは、つらいです」

「わたしも以前はそうだったわ」

「そうなんですか？」

「チャーリーによく言われたの。きみはどうしてそんな危ないことをするんだ。どうしてその種の暗闇で浮かれ騒ぐ連中にかかわる仕事をするんだ？　きみが彼らのなかに入り込めるなら、彼らだってきみのなかに入ってこれることがわからないのか？って」マイラはちょっとほほえみ、暖かな車内で優雅に両脚を伸ばした。「殺人課でこういう仕事をするに当たっては、ふたりでさんざん話し合ったし、べつの角度からもいろいろ話し合いを尽くしたわ」

「喧嘩をしたの？　あなたとミスター・マイラが？」

「結婚しているんだもの、もちろん、喧嘩はしたわ。いまもするわよ。彼はとてものんきに見えるかもしれないけれど、筋金入りの強情っぱりよ。わたしはそこが大好き」

マイラは髪をかきあげながら首をめぐらせ、イヴを見つめた。「あなたとロークの喧嘩に匹敵するようないさかいも二度、三度は経験してきたと思うわ。でも、彼らはパッケージで買ったのよ、そうじゃない？　あなたというパッケージ、わたしというパッケージ。わたしが彼、あなたがロークというパッケージを買ったのと同じように。だから、譲り合い、妥協し合って、うまくやっていける道を探していかなければ。その結果、ひどい天気の日に、あなたはこの大きなマシンを運転しているの。ある意味、とてもセクシーな行為だわ」

イヴはついにやりとした。「そういうことですよね？　それで、あなたたちは結婚してどのくらいで角を突き合わせたんですか？」

「ああ、そうね、はじめていっしょに暮らすアパートメントで、はじめて買うソファのことで意見が衝突してしまったわ。こんなに大事な買い物はあとにも先にもない、という気持ちだったのね。どちらも折れなかったから、結局、一か月近く、ソファは買わないままだったのよ。それで、それぞれがほしがっていたものとまったくちがうソファを買って、ワインを開けて、その上で熱烈に愛し合ったわ」

「ストレス、ですよね？　大部分はストレスで、あとは相手を理解する行為だと思う。結婚してまだ間がないと、ふたりともまだ、そう、非現実的で、暇さえあればウサちゃんみたいにセックスばかりしてるけど、ちょっとしたことで言い争ったりする。そこに大きなストレスが加わると、それが緊張感のようなものに変化する」

「一般的に言うとそうね。ロンバード夫妻に限定して言えば、この数日のあいだにいさかいがなかったとしたら驚きだわ。でも、ほとんどの場合、人はそういう私的な争いごとは隠そうとするものよ」

「でも、見せる場合もあるわ。とくに専門家には。あのふたりは傷ひとつないガラスみたいになめらかで、ちゃんとし過ぎているの。彼女は妻らしい振る舞いを宣伝するポスターのモデルみたい。とにかく、なにかちがう、って思えるの」イヴはシートに坐ったまま体をもぞもぞさせた。「わたしだって、妻ってものがよくわかっているとは言えないけれど、彼女を見てるとつい鼻を鳴らしたくなる。姑が殴り殺された翌朝、コーヒーとベーグルを買いにわざわざ出かける？　勘弁してよ」

「心の傷を癒そうとして、毎日やっているようなありふれたことをするのは珍しくないわ」

「だったら、ルームサービスをたのめば済むでしょう？　たしかにあそこは大衆的なホテルだけれど、ルームサービスはやってるわ」

「その考え方はちょっと無理があるわね」マイラは言い、片手を上げた。「彼女はそういうことに慣れていなくて、食べ物を店で買ってきて並べるほうが身についてる行動なんだわ。状況からしても、ルームサービスをたのむほうが簡単で気がきいているけれど、買いにでかけたのを疑わしい行動と見るのはむずかしいわ」

「まだあるわ。彼女自身のことよ。なにかするときはかならずそうなの。チェックリストを確認しながらやってるみたいなのよ。オーケイ、ここで涙を流す。はい、ここで前向きなことを言って、下唇を噛み、つぎに、悪意のかけらもない協力的な視線を夫に向ける、という感じ。メイクアップとヘアスタイルはいつも完璧よ。そこになにか嘘くささを感じて、それが彼女の残りの部分とどうしてもかみ合わないの」

「彼女を好きじゃないのね」

「ええ、まあ、そうです」赤信号で止まると、イヴは指先でとんとんとハンドルをたたきはじめた。素手だ、と気づく。本署に手袋を忘れてきてしまった。「彼女を好きにならない理由は見当たらないの、表面上は。だから、彼女はまともではないと感じているのは、わたしの勘に過ぎないのよ。彼女のなにかがまともじゃない、って、それだけ。すべて見当ちがいで、軽率に結論を出しているのかもしれない。というわけで、あなたの印象が重みを持ってくるの」

「でも、プレッシャーはかけずに」マイラがつぶやいた。

「彼女には、カウンセリングが受けられるようにあなたを連れてきたと言います」車を止めながら、イヴはつづけた。「つづけて二度も精神的打撃を受けているから、力になりましょう、という具合」

「それを信じるかしら?」

イヴは薄ら笑いを浮かべた。「芝居ができるのは彼女だけじゃないわ。降りるとき、気をつけて。そっち側の歩道はすべりやすいですから」

「いいわね」と、マイラはさらりと言った。「心配してくれる人がいるのは」

なんとなくばつの悪い思いをしながら、イヴは車の流れが切れるのを待って車から降りた。ホテルに入って警備員の姿が見えると会釈をして、マイラの名前を記録した。「階上でなにか動きは?」女性警備員に尋ねる。

「なにも報告されていません」

「彼女は、なにか食事を注文した?」女性警備員が一方の眉をあげたので、イヴはさりげなく言った。「自己管理がちゃんとできているかどうかと思って。それから、警備の警官たちがルームサービスをたのんでいるなら、予算もあるから目を光らせていないといけないし」

「そういうことなら、お調べしておきます」

「ありがとう」エレベーターまで歩いていって、マイラといっしょに乗り込んだ。「彼女がちゃんと健康に気を使っているかどうか確認したいだけよ」マイラからの無言の質問に答える。「彼女がなにを食べたか知るのも、おもしろそう」

扉の前で警備についている部下の警官を認めて、告げた。「証人を病院へ送り迎えしてほしいんだけど、いますぐじゃないの。わたしがここを離れて三十分たったら、彼女を病院まで送って。いい?」

「はい、サー」

イヴは扉をノックして、待った。ザナが扉を開けて、一瞬、おびえたようにほほえんだ。

「来ていただいて、ほんとうにうれしいわ。いま、ボビーの看護師さんと話をしたばかりで、彼、目をさまして、それで……あら」マイラに気づいて、いったん言葉を切る。「ごめんなさい。こんにちは」

「ザナ、こちらはドクター・マイラ。わたしの友だちなの」

「ああ、あの、お会いできてうれしいです。どうぞ、お入りください。あの、コーヒーをいかがですか?」

「おかまいなく。あとでわたしがやるわ。ドクター・マイラはカウンセラーなのよ。こういうことになってしまって、だれかに話を聞いてもらいたいんじゃないかと思って。たぶん、ボビーも同じだと思う。マイラはだれより優秀なの」イヴはほほえみ、仕事上の付き合いではなくもっと親しい友だちらしく見えるように、マイラの肩に手を置いた。「彼女にはわたしもほんとうに助けられたの……話を聞いてもらって」

「なんと言っていいのかわからないわ。わたしの、わたしたちのことを気にかけてくださって、ほんとうにありがとう」

「あなたは、とても大変な目に遭ったわ。暴力がからんだ苦境を経験した人は、自分がどんなストレスにさらされているか完全にはわかっていないことがあるのよ。あなたがボビーとわたしのほかに話をする相手も、警官ばかりだったし。でも、よけいなお世話だと思うなら――」

「いいえ、とんでもない。そこまで考えていただいてうれしいわ。夜はほとんど、ホテルのなかをうろうろ歩きまわるばかりだし。話し相手もいないわ。わたし、これまでにカウンセラーの人と話をしたこともないの。なにからしゃべっていいのかわからないわ」

「坐りませんか?」マイラがうながした。「ご主人の容体はよくなられました?」

「はい。あと一日か二日、入院する必要はあるそうですけれど、そのあとは外来に通えばいいと言われました。わたし、医学用語もよくわからなくて」

「そういうことでもお力になれますから」

「あの、わたしはキッチンにいるわ。席をはずして、コーヒーを淹れてきます」

「ここにいらしてもかまいませんから」ザナがイヴに言った。「あなたはなんでもご存じだし」

「いずれにしてもコーヒーは淹れてくるから、しばらくおふたりでどうぞ」

イヴは部屋を横切り、壁の凹みを利用しているような狭いキッチンに入った。さてと、とイヴは思った。不慣れなオートシェフ《AC》ユニットのボタンをまちがって押したとして、だれがわたしを責められる?

ザナの声が聞こえていた。涙をこらえているのか、かすれている。ああ、じょうずねえ、あなたは。でも、わたしのほうがもっとじょうずよ。

ディスプレーを操作して、この二十四時間の注文を再生する。

チーズ、ラズベリー、ポップコーン――バター増量。ゆうべ、だれかがビデオを観たって賭けてもいい、とイヴは思った。そして、今朝は栄養たっぷりの朝食だ。ハムオムレツ、トースト、コーヒー、オレンジジュース。

コーヒーをプログラムしてミニ冷蔵庫のドアをそっと開けた。赤ワインが一本。残りはグラス二杯分くらいだろうか。ソフトドリンク類。乳成分を含まないフローズン・デザートのダブルチョコレート添え――半分なくなっている。

トラウマも悲劇も、ザナの食欲には影響しないようだ。

コーヒーを淹れてもどると、ザナはティッシュペーパーで顔をぬぐっていた。「最初にあんなことがあって、すぐにまたこれ」ザナはマイラに言った。「気持ちのバランスがとれないんだと思います。わたしたち、ここへは楽しみに来たんです。ボビーはわたしを旅行に連れていって楽しませたかったんです。わたしへのクリスマスプレゼントの一部でした。彼のママもすごく行きたがっていたし。ほら、何年かぶりにイヴと話ができる、って。それなのに、すべてがこんな恐ろしいことになってしまって」

ザナはティッシュペーパーを細かく裂きはじめ、それが白い雪のように膝に散らばった。

「かわいそうなボビー、強くなろうってがんばっていたら、あんなけがをしてしまって。とにかく、少しでも楽にしてあげたいわ。なんとしてでも」

「だいじょうぶ、あなたがそばにいるだけで彼は心強いと思うわ。でも、自分の体のこともきちんと考えることが大事よ。あなたにとっても身近だった女性の死を、我慢しないで素直に悲しむのよ。そのプロセスをきちんと経験するべきだわ、ザナ。そして、きちんと体を休ませて、体調を崩さないこと」

「いまはまだ自分のことは考えるのさえ無理だわ。どうやったら考えられますか？」

「わかるわ。危機に際して自分のことをあとまわしにするのは人間らしいことよ。とくに女性はその傾向が強いわ」マイラは言い、ザナの手をそっとなでた。「これから何日も、何週間も、ボビーには気持ちのうえでも肉体的にもあなたが必要だわ。親を――ありがとう、イヴ――親を失うのはつらいし、それは家族のだれであっても同じよ。でも、暴力によって家族を失った場合はより複雑で、ストレスも悲しみもいっそう増してしまう。あなたがたの受けたショックは並みたいていのものではないわ。この先テキサスへもどったら、あちらでもこんなふうに話ができる人が見つかるといいわね。よかったら、その地域で薦められるカウンセラーのリストをお渡しするわ」

「ありがとうございます。そうしていただけなかったら、どこからはじめていいのかもわからなかったと思います。これまで、カウンセラーと話をしたこともなかったの」

「お母さんを失ったとき、悲しみを癒すためのカウンセリングは受けなかったの？」イヴは訊いた。

「ああ、ええ。そんなことは考えもしなかったわ。そういうことを考えつくようには育てられなかったんだと思うわ、たぶん。ただ……わからないけれど、そのまま生活をつづけたんだと思う。でも、受ければちがうと思うわ、それはわかります。とにかく、ボビーにとって最善のことがやりたいわ」

「それなら、受けたほうがいいわね」

「ちょっと聞かせてもらいたいんだけれど、ザナ。あなたがおしえてくれた口座番号に問題があるの。あなたを誘拐した男におぼえさせられた番号よ」

「わたしにはわからないわ」

「その番号の口座を見つけられないのよ。実際、番号が多すぎるの。数字の順番をまちがえたとか、よけいなものを加えてしまった気はしない？」

「ええと、わからないわ」落ち着かないようすで、膝に置いていた両手を引き上げる。「まちがいないと思っていたのに。男の人に言われたとおり、何度も何度も繰り返しておぼえたのよ。あの人が……あの人が出ていってしまってからも、頭のなかで繰り返したわ。でも、すごくこわかったから。どうしたらいい？　わたしはどうすればいい？」

「催眠術を試したらいいわ」イヴはコーヒーをちょっと飲み、カップの縁越しにマイラと目を合わせた。「きょうは、そのこともあってドクター・マイラにいっしょに来てもらったの。こうして顔を合わせてなじんでいれば、催眠術の話も進めやすいから。ドクター・マイラは殺人課のこういった捜査で何度も力になってくれているの」

「きっと役に立つわ」マイラは話を合わせてつづけた。「催眠術によって、あなたを誘拐されたときの状態にもどして、なんの心配も不安も感じさせないまま、もう一度経験させることができるの」

「ああ、わからないわ。どうしたらいいのかわからない。催眠術」ザナは一方の手を上げ、首にかけている三連の細い金の鎖のネックレスに指先をからませた。「どうしよう。考えただけでちょっとこわいわ。考えさせてちょうだい。いま、ボビー以外のことを考えるのはむずかしくて」

「あなたが催眠術を受ければ、ボビーの母親を殺した犯人が見つかるかもしれないのよ」イヴはさらに少し強く迫った。「そして、罪を犯した者が特定されて、逮捕され、自分がやったことの報いを受けるとわかれば、傷ついた人たちの癒しの後押しになるわ。そうでしょう、ドクター・マイラ?」

「ええ、それはまちがいないわね。催眠術がどのように行われるか、それが説明されている資料をお送りしましょうか? それを読めば、少しはプロセスが理解してもらえると思うわ」

「ええ、それがいいと思います、たぶん。でも、ああ、わからない。あの経験をもう一度する、頭のなかだけすると考えただけでもう、こわくてたまらない。わたしは、あなたみたいに強くはないから」ザナはイヴに言った。「わたしはごくふつうだから」

「ふつうの人たちが毎日のように驚くべきことをやっているわ」そう言ってマイラはほほえ

み、立ち上がった。「あなたに資料が渡るようにするわね、ザナ。そして、あなたの力になれるようなら、また喜んでこうしてお話しするわ」

「ほんとうにありがとうございました。ありがとう。おふたりとも」ザナも立ち上がり、両手をイヴに差し出した。「あなたがわたしたちのために一生懸命働いてくださっていると知るのは、とても大きなことだわ」

「また連絡するわ。あなたが病院まで送ってもらえるように手配するわね。そのうち、迎えの者がくるから。わたしも病院に寄ってボビーに会うつもりだけれど、寄れないときは、彼によろしく伝えてちょうだい」

「わかったわ」

イヴはエレベーターに乗り込むまで待って、マイラに訊いた。「どう思いました？」

「どれだけあなたの助けになれるかわからないわ。彼女の行動も反応も、充分に予想の範囲内よ。反応はもっともらしいわね。そうねえ、ちょっとばかり――さっきのあなたの言葉が耳に残っているのもたしかだけれど――教科書どおり過ぎるかしら。でも、教科書には、それがトラウマや暴力にたいする行動や反応だから書かれているわけだし」

「催眠術と聞いて、尻込みしてたわ」

「それはあなたも同じね」マイラは指摘した。「はじめて勧められたときの反応としては、珍しくないわよ」

「わたしが催眠術を受けても、殺人犯がつかまるわけじゃありません。彼女が承諾していたら、わたしは自分との賭けで百万ドル失っていたわ。彼女、ゆうべはポップコーンを食べていたんですよ」

「癒し系のスナックだわ」

「ワインもほとんど空だった」

「二、三杯も飲んでいないと聞くほうがびっくりするわ」

「あなたの言ったとおり」イヴはいらだたしげに言った。「捜査の助けになってませんね。彼女はこってりした朝食をたっぷり食べているし、ゆうべはルームサービスでご馳走をたのんだにちがいないのよ」

「だれもがストレスを受けると食べなくなるわけじゃないわ。人は食べ物に慰めを見いだし、埋め合わせのために過食に走ることも珍しくない。食べなかったり食べ過ぎたり、どちらに振れる場合もあるのよ、イヴ。おたがいにわかっているはずよ。あなたの考えは勘であって、証拠はまだない、と。いまのところ、状況証拠さえないのよ」

「くそっ。あなたをまた家まで車で送ることがあるかどうかわからないわ」

イヴはエレベーターを降り、警備員のところまでまっすぐ歩いていった。「ルームサービスの注文があったかどうか、調べてもらえました？」

「調べました。あなたの部下の、警察関連からはありません。ホテルのお客様から、ローストチキンの新ジャガとにんじん添えの注文がありました。その前に蟹サラダと、最後にキーライム・パイを注文されています。お飲み物は、ミネラルウォーター一本と、赤ワインのメルローが一本です」

「たいした食欲ね」イヴは感想を言った。

「ええ。力をつけようとなさっているようですね」

その皮肉っぽい口調に気づき、イヴは好感を持った。「彼女が部屋のリンクを利用した記録がほしいんだけれど」

「そうだと思っていました。発信が三本。ゆうべ、病院に一本と、今朝、病院に二本です。着信はありません」

「わかったわ。ありがとう」

イヴは大股にすたすた歩きながら言った。「夫が病院で苦しんでいるときに、ワインを飲み、パイを食べてごろごろしているなんて、とんでもないわ。そうでしょう?」

「そうね。あなたはそう思うはず。でも、パイを食べるのは罪じゃないし、それを食べることが、ノーマルなはけ口じゃないとは言えないわ」

「彼女はどうして、ボビーの友だちや仕事のパートナーに連絡して、彼がけがをしたことを伝えないんだろう?」

「自分のリンクでもう連絡したかもしれないわ」

「そうね、それは確認しなければ。わたしはぜったいにしていないと思ってる。連絡しないのは、こっちへ飛んできてほしくないか、詳しい話を求められて長電話しなければならなかったり、しつこく連絡されるたびに最新情報を伝えなければならないのがいやだからよ。しばらくはパイとふたりきりの時間がほしかったのよ」

マイラは声をあげて大笑いしてから、咳払いで笑いを抑え、眉を寄せて言った。「ごめんなさい。笑うようなことじゃなくて、ただのイメージだってわかっているわ。あなたは人物評がほしいのよね。いまから話すわ」

車にもどってシートベルトを締め、マイラは言った。「対象者は若くて経験の浅い女性で、言いつけを守ることが身についている――そして、従順である――ように見えるわ。判断はすべて夫にまかせ、自分はもっと家庭的なことを取り仕切っている。ここが彼女にとっていちばん居心地のいいエリアよ。臆病ではずかしがり屋でいながら、注目されるのを好む。きちんとしていて、きれい好きで、おとなしい性格でしょうね」

「あるいは、そういう人格を体にぴったりした競技用ウェアみたいに着込んでいる」

「そうね、あるいは、あなたの言うとおりであれば、イヴ、とても頭がよくて、とても抜け目のない女性よ。ゴールへ到達するためなら、そうとう長いあいだでも、自分の本来の性格を消し去っていられる人物よ。相手の男性と結婚してまだ数か月だから、毎日、かなり密接な関係にあるはず。それ以前も彼を知っていて、彼のもとで働き、彼に求愛された。もともとの性格を押し殺してべつの人格を保ちつづけているとしたら、たいした離れ業《わざ》だわ」

「たいした離れ業をやっているにちがいないわ。ほかの可能性やほかの容疑者を脇へ押しやるつもりはないけれど」イヴはさらに言った。「彼女を容疑者に加えるだけ」

そして、容疑者リストのいちばん上に置きつづける、とイヴは思った。

# 18

イヴが病室に足を踏み入れると、ボビーはベッドで上体を起こしていた。彼は目を閉じ、娯楽《エンターテインメント》ユニットが作動している。本のディスクを聞いているのだろう、とイヴは思ったが、いずれにしても、真剣で激しい言い争いのような音が漏れている。

眠っているなら、聞く必要はないだろう。起きているなら、気づいてほしい。そこで、イヴはユニットに近づいていった。「プログラム停止」と、命じる。

突然の静寂に起こされ、ボビーは目を開けた。

「ザナ？　ああ、イヴ。うとうとしていたみたいだね。ちょっと本を聞いていたんだ。つまらない本だった」そう言い添えて、ほほえもうとした。「もうすぐザナが来るって、看護師から聞いたから」

「ちょっと前までいっしょにいたのよ。彼女の病院への送迎を制服警官ふたりにたのんだわ。外はひどい天気よ」

「そうだね」窓の外を見るボビーの表情は陰鬱だ。

「さて。気分はどう？」

「わからない。こんなことになって、情けなくて、あほらしくて、腹が立っている。落ち込んでるよ」

「無理もないわ」

「そうだね、自分で自分にそう言い聞かせている。花に、ツリー。あれはいい」

小さな作り物のマツの木がミニチュアのサンタで飾られているのを、身振りで示す。イヴには、陽気な年寄りの小人が何人も、絞首刑にされているようにしか見えない。

「きみが選ぶのを手伝ってくれたって、ザナから聞いたよ」

「それほどのことはしてないわ。その場にいただけよ」

「彼女がそんなもののことを考えなければならないとは。あんなちっぽけなもの。彼女にとっては、ほんとうに、みじめな、最悪のクリスマスだ」

「あなたにとっても同じよ。ほんとうに、ひど過ぎるにもほどがあるでしょうけど、ボビー、もっといやな気持ちになってもらわないとならないわ。あれからなにか思いついたことはないか、ほかに思い出したことはないか、聞かせてちょうだい。あなたのお母さんに起こったことについて、あなたに起こったことについて」

「なにもないんだ。ごめん。あのいまいましい通りさえ渡れない
あほ
みたいにこうして横になって、考える時間はいくらでもあったのにね」深々とため息をつき、けがをしていないほ

うの腕を持ち上げ、ばたんと下ろす。「考える時間はたっぷりあった。きみが言ったこと、母がやったときみが言ったこと。母がなにをしようとしていたか。母は、ほんとうにきみに金をくれと言ったのかい？」

イヴは近づいていってベッドの脇に立ち、ボビーの顔を見た。「クソみたいな話をどのくらい受け入れられそう？」

ボビーは一瞬目を閉じた。ふたたび開いた彼の目を見て、イヴはそこに宿っているのは力であってほしいと願った。「頭の上からまともにぶっかけてもらうのがよさそうだな。それよりましなことが思いつかないよ」

「あなたのお母さんはいくつか番号口座を持っていて、そこにかつて自分の里子だった女性たちからゆすり取った金を預けていたの」

「なんてことだ。信じられない。なにかのまちがいか、なにかが混乱した結果か、誤解に決まっている」

「そんな女性のふたりから陳述書を得ているのよ。あなたのお母さんが接触してきて、要求した額の金を払わないなら、子どものころの記録を人目にさらすと言って脅してきたと立証する陳述書よ」

すでに傷ついたボビーの表情にさらに衝撃が広がった。やがて、イヴを見つめるボビーの目には信じられないという思いやショックではなく、痛みと闘っている男の凝縮された思いがにじんだ。

「陳述書」と、ボビーは繰り返した。「ふたりからの」

「捜査が終わるころには、ボビー、もっと増えているはず。わたしの夫にも、金を払わないなら、わたしのファイルのコピーを持っているから、それを興味を示したマスコミに売ると伝えてきたそうよ。彼女はかつて面倒をみていた里子たちを、長年にわたって恐喝していたの」

「彼女たちはほんの子どもだった」ボビーは声をひそめて言った。「僕たちはみんな、ほんの子どもだったんだ」

「彼女がかつての里子のひとりに手伝わせて、ロークを通じてわたしを脅そうとして、その手伝わせた人物に殺された可能性もあるわ」

「不自由な思いはぜったいにさせなかったのに。母がなにかほしがれば、できることはやって手に入れていた。それなのに、どうして母はこんなことを？　きみが考えていることは理解できる」ボビーは言い、そして、イヴの背後の窓のほうをまた見つめた。「きみがなにを考えているかはわかっている。きみがまだ子どもで、うちに預けられていたとき、母はきみをないがしろにして、虐待していた。だから、いまだってだれかを利用して、ひどいことをしていてもおかしくないだろう、ときみは思っている」

「わたしはまちがっている、ボビー？　わたしの記憶ちがい？」

ボビーは震える息をそっと吐きだした。「いや。母はよく言っていた。しょっちゅう僕に言ったものだ。あの子たち――母が預かった子どもたち――は、ちゃんとした家を提供してくれる人がいて運がいいのよ。心配して引き取ってくれて、マナーをおぼえさせ、しつけをして、尊敬するということをおしえてくれる人がいて運がいいのよ。きみを閉じこめたときもそう言っていた。受け入れがたい行為をした結果なのよ、と。通りで生活をするはめになっていたら、もっとずっとひどかったのよ、と」

「そうだと思う、ボビー?」

「わからない。当たっているところもあるだろう。母は一度も僕を傷つけたことはなかった」ボビーは首の角度を変えて、イヴの目を見つめていた。「そういう扱いはぜったいにしなかった。母に言わせると、僕は言われたとおりのことをしていたから、ということだ。でも、そんなことはなかった。いつも言うことをきいていたわけじゃない。そんな僕を見つけると、母はたいてい声をあげて笑い、〝男の子のいたずらはしかたない〟と言ったものだ。相手が女の子だと母は……理由はわからない。内面の問題なんだろう。母は母親を嫌っていた。あのばばあがいなくなってよかったと、よく僕にも言っていた。たぶん――わからないけれど――たぶん、母の母親も同じことをしていたんだろう。連鎖、そうだろう? 虐待はそういうものだと言われているんじゃなかったか? 連鎖するんだ」

「ええ、引き継がれてしまうことは多いわ」こう言われるとボビーはほっとするだろう、とイヴは思った。「あなたはどう、ボビー? 母親にたいする思いを受け継いだ? あなたにとって母親は苦労の種だったはず。新妻を得て、新しいビジネスをはじめたあなたのことに、なにかといっては頭を突っ込んできて、過度な要求ばかりしてくる女。大金を隠し持っているきつい女よ」

一瞬、ボビーの目がうるんだ。まばたきで涙をこらえる。「きみがそんなことを言っても、考えても、責めるわけにはいかない。これは記録してほしいんだが、僕は供述真偽確認テストを受けるよ。きみが手配してくれたらすぐに、自分からテストを受ける。母をあんな目に遭わせた者を、きみに探してほしいんだ」

ボビーは大きく息をついてから言った。「母を愛していたんだ、イヴ。きみにわかってもらえるかどうかはわからないが、母がどんな人間で、なにをしたかわかってもやはり、愛している。母がなにをしているか知っていたら、なんとかしてやめさせる方法を見つけただろう。金を返させて、やめさせていた。そうしたいんだ。金を返したい。母が金をゆすり取った人たちに金を返すために、きみに手を貸してほしい。それで罪が消えるわけじゃないだろうが、ほかにどうしていいのかわからないんだ」

「ええ、あなたの力になるわ。あなたなら、どうやって彼女を止めていたと思うの、ボビー?」

「わからない。母は聞き入れたはずだ。僕が本気で怒っているとわかったら、耳を貸しただろう」ボビーは小さくため息をついた。「あるいは、聞き入れるふりをしたか。いまとなってはもうわからない。こんな話をすべて、ザナにどう伝えたらいいのかもわからない。もういやというほどたいへんな思いをしてきたのに」

「彼女はあなたのお母さんと仲がよかった」

「うまくやっていたよ。ザナはだれとでもうまくやっていく。母との付き合いに関してはかなり努力していた——努力が必要な相手なんだ」ボビーはまたほほえもうとした。

「ほら、女性って独特のやり方で仲良くなるでしょう。男性には話さないようなことを打ち明け合ったりして親しくなる。あなたのお母さんが自分のやってることをザナに伝えたとは考えられない？」

「ありえない」言いたいことを強調するように、ボビーは背中をぴんとさせかけたが、折ったほうの腕が動かず、思わず毒づいた。「ザナは……彼女はきちんとした人だ。あれほど根っから誠実な人を僕はほかに知らない。もし母から知らされたとして、おそらく、彼女が母と口論するようなことはなくて、こわくなって僕に打ち明けていただろう。僕たちのあいだに隠しごとはないから」

人はそう言いたがる、とイヴは知っていた。しかし、相手が秘密を持っていないと、どうやってわかるのだろう？　たがいに情報は完全に開示していると、どうやってわかるというのだろう？

「ザナは約束を守るタイプ？」

ボビーは表情全体に愛情をにじませた。「約束を破るくらいなら、指を一本切り落とすだろう」

「だったら、あなたにもほかのだれにも言わないと、あなたのお母さんに約束していたら、かなりつらい思いをしていたでしょうね」

ボビーが口を開け、また閉じるのを見て、新たな可能性と闘っているのだとイヴにはわかった。「知っていたとして、彼女がどう対処していたかはわからない。でも、僕には話してくれていたと思う。少なくとも、母が殺されたあとには。自分だけの胸にしまってはいなかっただろう、ぜったいに。彼女はどこにいるんだろう」ボビーの指先が不安げにシーツを引っぱりはじめた。「もう着いてもいいころなんだ」

「すぐに問い合わせて、こっちへ向かっているかどうか確認するわ。それで、いつごろ退院できそうなの？」

「あした以降と言われているけど、もっと早くしてほしいと言っているんだ。少しはクリスマスらしいことがしたいから。たぶん、前にも言っただろうが、ふたりで迎えるはじめてのクリスマスなんだ。せめて、こっちでなにか買い物をして、ザナにプレゼントを開ける楽しみをあげたい。まったく、もう、これは――さっき、きみはなんて言ったかな？ああ、そうだ、ひど過ぎるにもほどがある」

イヴはコートのポケットに手を入れて、小さな袋を取り出した。「こういうの、好きかもしれないと思って。クッキーよ」ボビーのけがをしていないほうの手のひらに置く。「病院では、クリスマスのクッキーも食べられないんじゃないかと思ったから」

「ありがとう」ボビーは袋の中をのぞいて、もう少しで笑顔になりそうな表情を浮かべた。

「ほんとうに。病院の食事はひどいからね」

以前、ボビーに食べ物を持ってきてもらったイヴがいま、その親切に報いたのだ。これで借りはなくなった、とイヴは思った。あるいは、そう思いたかった。

イヴは制服警官に確認を取り、ザナはまもなく到着すると伝えてボビーを安心させた。

そして、すべてを頭のなかでごちゃまぜにしながらハンドルを握り、長くて厄介な道のりをアップタウンへ向かっていた。

ポケットのリンクの着信音が鳴り、一瞬、どう反応していいのかわからなくなる。戦いのような道のりを両手を使って乗りきれるように、全地形車の不慣れなシステムにリンクをつなげていたからだ。「ダラス。いい話じゃないと承知しないわよ。ひどい渋滞に巻き込まれているんだから」

「わたしは巻き込まれてません！」ピーボディの声から発散されるどきどき、わくわくした感じは、凍えるような雨とまるで対照的だ。計器盤のスクリーンに映るピーボディの顔が、キャンドルのように輝いている。「わたしはいまスコットランドにいて、こちらは雪が降っています。大きくて、ふわふわの、超きれいなぼたん雪が降ってます」

「ヤッホー」

「えっと、そういう感じじゃなくて。ただ、無事に着いたことと、こっちは寒いなんてもんじゃない寒さだってことを伝えなければならないと思って。マクナブ家の家はすごくて、めちゃくちゃ大きい山小屋みたいな感じで、そばに川や山があるんです。マクナブのパパは訛り《バー》があります」

「へえ、突起《バー》があるなら、引き抜けばいいじゃない？」

「いえ、そうじゃなくて、独特の話し方っていうことです。ぜんぜんちがうんです。それから、みなさん、わたしを気に入ってくれてます、ダラス。とにかく、すっごく親切にしてくれるんです」

「もう一回、繰り返すわ。ヤッホー」

「なんであんなにぴりぴりしたり、こわがったりしたんだろうと思います。なにより、とにかく楽しくてしょうがないです。シャトルのなかはすごく豪華で乗り心地もよくて、それから、景色が、もう、わお、どうしようもないくらいすてきで。ビデオかなにか観てるみたいで、それから——」

「ピーボディ、あなたが楽しんでるのがわかって、わたしもうれしいわ。心から。でも、いまは家にたどり着こうとしてるところで、わたしもクリスマスのちょっとした楽しみを味わいたいな、と思っているの」

「すみません、ほんとに。あ、待って、まず、デスクに置いておいたプレゼントを受け取ってもらえましたか?」

「ええ、ありがとう」

「えーと」ピーボディの表情が何度もくるくる変わって、ふくれっ面で止まった。「どういたしまして」

「まだ包みを開いていないのよ」

「ああ! そうですね、オーケイ」ふくれっ面がはにかんだような笑顔に変わった。「あしたまで待っていたいんですよね。どうだったかなと思っただけです。それで、あの……例の事件について、わたしが知っていたほうがいいことがありますか?」

「あなたがもどってからで間に合わないことはなにもないわ。さあ、あの——なんだったか——ハギスでも食べてらっしゃい」

「それもいいかも。すごくこくのあるウィスキーをもう飲んじゃってて、アルコールが頭のなかで踊ってます。でも、気にしません! クリスマスなんですから。それに、去年、あなたとわたしはおたがいに腹を立てていて、いまはそうじゃありません。愛してます、ダラス。あと、ロークと、やせっぽちのマクナブのすべても。それから、彼のいとこのシーラも。よいクリスマスを、ダラス」

「ええ、もちろんよ」ピーボディがまたしゃべり出す前に、イヴはリンクを切った。それでも、笑みを浮かべながら、邸へつづく門を抜けていった。

もう夜であるかのように邸には明かりが灯り、それを受けて、地面を覆う冷たい霧がぼんやり光って見える。ツリーが輝き、ロウソクの炎が光を放つのが見え、冷たく強い雨が車のルーフを打つ音がする。

イヴは車を止めた。私道のなかほどで、とにかく車を止めた。ただ見て、そして考え、忘れないために。邸のなかは暖かく、本物の薪がぱちぱちと音をたてて燃えている。これまでの人生のすべてに導かれて、わたしはここへ来たのだ、とイヴは思った。あらゆる恐怖と、痛みと、血と、猟犬のようにつきまとう悪夢すべてに、ここへ引き寄せられてきた。わたしはそう信じている。

これを手に入れたのは、ほかを生き延び、乗り越えてきたからだ。これを手に入れたのは、彼が道の反対側で待っていてくれたからだ。彼自身の深くて長い溝を、誘導してくれたからだ。

わたしには、ロウソクがかがやいて薪が燃えている家がある。立ち止まってそれを思い出すのはいい。ほかのどこを向いていようと、ここに家があるとわかっているのはすばらしい。

その家を、これから二十四時間楽しめなくて、なんの意味があるの？

イヴは邸のなかに駆け込み、頭をぶるぶるっと振って雨粒を飛ばした。いつもホワイエにぬっと立っているサマーセットの姿は、このときにかぎってなかったが、むしり取るようにしてコートを脱いでいるあいだにも、客間からふらりとロークが姿を現わした。

「おや、帰ってきたね」

「思ったより遅くなったわ、ごめんなさい」

「僕もほんの何分か前にもどったばかりだよ。サマーセットといっしょに暖炉に当たって一杯やっていた。おいで、いっしょに坐ろう」

「ああ、えーと」サマーセット。きょうはおたがい、不作法なことは避けなければならない。それは祝日の決まりのようなものだ。「その前に、片づけなければならないことがあるから」小さな袋を背中にまわして隠す。「ほんの二、三分、待っていて」

「秘密だね」ロークはキスをしようとイヴに近づいた。肩越しにちょっとのぞく。イヴはさっと体をかわして、ロークの胃のあたりを人差し指で突いた。

「やめて。すぐに下りてくるから」

ロークはイヴが階段を上っていくのを見届けてから客間にもどり、暖炉の前にサマーセットと坐ってアイリッシュコーヒーを味わった。「彼女は、土壇場になって手に入れた贈り物をこっそり持ち込んだようだ」

「ほう。この雨のなか、あの方が乗り捨てたにちがいない車を車庫に入れなければなりません。もうちょっとしたら」

「もちろんだ。きみたちはなにかというとけなし合いを楽しんでいるようだが、ボクシングデー（十二月二十六日。使用人などに祝儀をあたえる）までは一時停止にしてはどうだろう」

サマーセットは一方の肩を上げた。「すっかりリラックスされているようですね」

「しているとも」

「それほど前のことではありませんが、あなたがなにかの大物をクリスマスのぎりぎりまで追い回していたことがありました。あのとき、あなたは当時付き合っていた女性とどちらかへ出かけていった。サンモリッツかフィジーでクリスマスを過ごされたはずです。どこであろうと気の向くままに。でも、ここでは過ごされなかった」

「そう、ここではなかった」ロークは、サマーセットがつややかな赤い皿に盛りつけた砂糖をまぶした小さなクッキーをひとつ、つまんだ。「いま気づいたんだが、ここで過ごせば、自分はひとりぼっちだということをいやでも思い知らされたからだろう。ひとりきりだ。女性たちがいて、取引があり、かかわる人たちがいて、パーティがあり、ほかにもいろいろあったにもかかわらず。心から大事に思えて、僕をここにつなぎとめてくれる相手がいないかぎり、ひとりきりなんだ」

ロークはコーヒーをちょっと飲み、暖炉の炎を見つめた。「僕がこんな人生を送れるのもきみのおかげだ。この人生をくれたのはきみだよ」サマーセットが異議を唱えるような声を出すと、ロークは強く言った。「そして、僕は——僕なりのやり方で——ここを築き上げた。そして、僕のためにここの面倒をみてくれときみにたのんだ。きみには、一度たりとも落胆させられたことはないよ。しかし、僕には彼女が必要だった。たったひとり、彼女だけが、この場所をわが家にできたんだ」

「彼女は、私があなたのために選んだ方ではありません」

「おお」半分笑いながら、ロークはクッキーをかじった。「それは知っている」

「でも、彼女はまさにあなたにふさわしい。あなたのための女性です」サマーセットはゆっくりとほほえんだ。「欠点だらけであるにもかかわらず、というか、だからこそ、でしょう」

「きみのことを、彼女も同じように考えているような気がするよ」

イヴが近づいてくる足音がしたので、ロークは振り返った。イヴは武器をはずして、ブーツからスキッドに履き替えていた。包みをひとつ持ってツリーに近づき、ほかのプレゼントといっしょに置く。

ロークは、自分が積み上げたプレゼントの山をながめるイヴの表情を見ていた。集中、困惑、さらに、ある種のあきらめの表情が浮かび、ロークは楽しくなった。

「どうしてこんなことをするの?」プレゼントの山のほうに手を振りながら、強い調子で訊く。

「でしょうね」

「病気なんだ」

「僕たちは、コーヒーにアイリッシュを入れて飲んでいるんだが」

「アイリッシュっていうのがウィスキーのことなら、わたしはいらない。文句のつけようのないおいしいコーヒーをそうやって台無しにする理由がわからないわ」

「これもまた病気なんだ。きみにはワインを注いであげよう」

「自分でやるわ。帰ってくる途中に、ピーボディから連絡があった。無事、スコットランドに着いて元気でいるだけじゃなくて、すっかり酔っ払った顔をして、もうどうにかなっちゃいそうなくらい楽しそうだった。ついでに、彼女はあなたを愛してる、って。わたしも、マクナブの骨張ったお尻も——それから、彼のいとこのシーラさえ」サマーセットを見てちょっとほほえむ。「あなたのことは言っていなかったけれど、うっかり忘れたにちがいないわ」

イヴは椅子に坐り、両脚をにゅっと伸ばした。「あれはうまいプレゼントよね。大成功よ。あなたは、片づけなければならないものはすべて片づけたの?」

「片づけたよ」ロークは訊いた。「きみは?」

「できなかったけど、知るもんか、って感じ。鑑識に連絡を取ろうとしたら、『ジングル・ベル・ロック』の録音を聞くはめになったわ。なんであんなう曲っていつまでも残っているわけ？　いまも頭にこびりついて離れない」

猫がサマーセットを無視してイヴの膝に飛び乗り、大声で文句を言ってから、前肢でイヴの腿をもんだ。

「きみを口説《くど》いている」ロークはカップで猫のほうを示した。「クッキーがほしくて。そういうことだと、僕もサマーセットもおよびじゃない、ってことか」

「あら、クッキーはあげられないわ、おデブちゃん」イヴは猫を持ち上げ、鼻と鼻をくっつけた。「でも、あなたのためにいいものを持ってきたの」ひょいと猫を床に下ろして、ツリーのところまで行く。いくつもの包みに触れながら探して、あるギフト用バッグをつかんだ。

なかから、猫用の付け角一対と、おもちゃのネズミを取り出す。

「この堂々とした猫はそんなものは付けないし、あほらしいおもちゃで大騒ぎしたりもしませんよ」サマーセットが抗議した。

イヴはただ鼻を鳴らした。

「キャットニップよ」ネズミのしっぽをつまんでギャラハッドの顔の前にぶら下げる。「そう、そうそう」ギャラハッドは後肢で立ち上がり、前肢でネズミをつかんだ。「猫用ゼウスよ」

「そして、正式に任命された警察官であるきみが」と、ロークは言った。「違法取引にかかわっているとは」

「もう調べはついてるのよ」イヴは言い、新しいおもちゃと無我夢中で転げまわっている猫の頭に角をつけた。「オーケイ、ほんとうにあなた、ばかみたいだから、角は今夜だけにするわ。わたしたち人間はどこかで楽しまなければならないの」

「彼はそれを食べようとしているんだろうか」ロークが不思議そうに言った。「それとも、愛を交わそうとしているんだろうか？」

「そういうことはあまり深く考えたくないわ。でも、もうクッキーのことは考えていないわね」

イヴはまた椅子に坐り、両足をロークの膝にのせた。ロークがなにげなくイヴのふくらはぎをなで上げると、サマーセットはそれを合図と受けとめた。

「こちらのお部屋で召し上がるのではと思い、夕食にはシンプルなものをご用意しました。私は町で友人といただいてまいります」

い、い、い、あなたに友人が？　イヴはつい訊きそうになったが、それを見越したロークにぎゅっと足首をつかまれた。

「すべて、キッチンのユニットに入っています」

「では、楽しい夜を過ごしておいで」

「そうします。おふたりも」

また足首をつかまれ、イヴはびくっとした。「あ、そうね。楽しんできて」

ふたりきりになると、イヴはロークの腕を突いた。「もうちょっとゆったりかまえたらどう？　わたしだってなにか言うつもりだったわ」

「なにを言おうとしていたかはよくわかっているよ。地球上の、われわれがいるこの一画がボクシングデーまで平和であってほしいんだ」

「いいわ、彼がそうできるならわたしもできる。それから、わたし、今夜はべろべろに酔っ払うつもり」

「そういうことなら、お手伝いしましょうか？」ロークは立ち上がり、イヴのグラスにワインを注ぎ足した。

「あなたはどうする？」

「少しは飲むが、ふたりのうちどちらかは冷静でいるべきだと思うから。あの猫はすっかりハイになっているな」ロークは言い、みだらな体勢でネズミに体をこすりつけているギャラハッドを見下ろした。

「でも、去勢されちゃってるわけだから、この子はもうぜったいにセックスはできないのよ。クリスマスくらい少しはわくわくするべきだと思ったの。わたしの場合は、ほどほどにわくわくできる当てがあるけれど」

ロークは一方の眉をあげた。「それもお手伝いできますよ」

「クッキーの話をしたつもりよ」

ロークはどすんとカウチに坐り、イヴにぴったり体を寄せた。口と口をしっかり重ねる。

「まだ酔いが足りないわ」イヴはつぶやいた。

「もっと足りないものがあるんだが」

「いちゃいちゃに取りかかるつもりなら、あの扉を閉めてちょうだい。本人はもう出かけたかもしれないけど、そのへんの廊下をまだサマーセットの魂がうろついてるから」

「僕は妻にキスをしているだけだ」ロークはイヴといっしょに上半身を起こした。カウチにふたり並んで足を延ばし、暖炉の火をながめながらワインを飲める体勢になる。キスや愛撫もできる。

「すばらしいわ」イヴはひと息ついて、ロークにキスをすると、体のすべての細胞をリラックスさせた。「クリスマスが終わるまで、この部屋を、いいえ、このカウチを離れないかもしれない」

「そういうことなら、交替で食料を持ってこなければ。食料を調達してきて、薪をくべる」

「オーケイ。じゃ、あなたから」

ロークは笑い声をあげ、イヴの髪を唇でかすめた。「きみはおいしそうな香りがする」鼻をくっつけてくんくんさせながら、顔から首へと下りていく。「なにかつけてるね」

「わたしだってたまにはそのくらいするわ」

「なかなかいいよ」

「アイルランドの親戚とは連絡を取ったの?」

「ああ、取ったよ。赤ん坊やらケーキ作りやらで、てんやわんやの大騒ぎらしく、みんな楽しそうにしていた。きみにも、幸せなクリスマスを、と言っていたよ」

「あなたはあちらへ行かなくてだいじょうぶなの?」

「僕はこうしていたい場所にいるよ」イヴの顔を自分のほうに向かせて唇にキスをする。

「まさにいたい場所だ。きみはもっとワインを飲んだほうがいい」

「もうほろ酔い気分」

「ランチを食べなかったからだろう」

「ああ、そうよ、なにか忘れてるのはわかっていたの」ロークが注ぎ足したワインを手にする。「すっかり酔っ払って、あなたの体を一インチ平方ずつくまなく味わってセックスしたあと、一トンの料理をたいらげるわ」

立ち上がっていたロークが扉に近づいていって、ぴたりと閉じる。

カウチに坐ったまま、イヴはにっこりした。「さあ、こっちへ来て、わたしの包みをときはじめて」

うれしさと興奮とともに、ロークはイヴの足元に坐った。「ここからはじめていいかな?」そう言って、イヴの靴を脱がせる。それから、両手の親指で一方の土踏まずを押した。イヴが猫が喉をならすように、息を吐く。

「まさにそこよ」目を閉じて、さらにちょっとワインを飲む。「ねえ、あとで、あなたが酔っ払って、わたしがそれをやってあげるのもいいわね」

「だれかさんにはクリスマスの精神があるね」そう言って、足首のまわりにキスをする。

「いやだと言ってもやっちゃうわ。左足も、右足も、下から上へたっぷり」小刻みな快感が両脚を駆け上っていく。「逃げてもいいけれど、結局は虜《とりこ》になるのよ」

ズボンの留め金をはずされ、イヴは片方の目を開けた。「手が早いのね」

「ゆっくりのほうがいい？」

「まさか、とんでもない」イヴはにっこりほほえみ、首をもたげてロークをつかもうとして、ふたりの上にワインをこぼしてしまった。「あーあ」

「ほーら、やってしまった。ふたりとも、脱いだほうがいいな。万歳をして」ロークは言い、首から引き抜いてセーターを脱がせた。「さあ」ワイングラスを差し出して、ガラスの曲面を両手でしっかり持たせる。「気をつけて」

「もう充分かも」

「まだ足りない」

ロークはイヴの服をすべて脱がせてから、自分も裸になった。グラスを受け取ってかたむけ、イヴの胸と胴にワインの滴をふりまく。

イヴは自分の体を見下ろし、ロークを見上げた。「あーあ」またそう言って、笑い出す。

ロークはワインをなめ、肌をなめ、その取り合わせに酔いしれた。そんなロークの体の下でイヴは身もだえ、うめき声をあげる。ロークの両手の動きを受けて、背中をそらして、そのままぶるぶると震える。

やがて、イヴは両腕と両脚でしっかりロークにしがみついた。弾みをつけて体勢を入れ替える。どすんとロークの体の上にのしかかり、含み笑いをもらす。「痛ーい」

「よく言うよ」さまざまなやり方でイヴに刺激され、そのたびにロークがため息を漏らす。お返しだとばかりに、またロークが体勢を入れ替える。唇と指を使ってくすぐり、イヴに金切り声をあげさせる。刺激して、あえぎ声をあげさせる。

ばかばかしさと、情熱と、体じゅうをめぐるワインの酔いという、くらくらするような組み合わせがイヴを高みへと押し上げていく。ロークを受け入れたイヴは、息ができなくなるくらい笑いながら、両腕でしっかり彼の首にしがみついた。

「メリー・クリスマス」なんとか言った。「ああ、もうだめ」のぼりつめて笑いながらあえぎ、ロークを極みへ引き上げる。

「メリー・クリスマス」ロークは言い、イヴのなかに自分を解き放った。

イヴはカウチに横たわり、とろんとした目でツリーを見上げていた。「ああ、リボンを結んで仕上げるって、まさにこんな感じね」

しばらくして、イヴはロークに何度も言われ、彼からの最初のプレゼントを開いた。ちょうどいい感じだから、とロークは言い、あとに引かなかったのだ。たしかにそのとおりだと、くすんだ黄緑色で裾の長いカシミアの部屋着を着て、イヴは思った。

ふたりは暖炉のそばで食事をして、サマーセットが作ってくれたシンプルなロブスター料理をシャンペンで流しこんだ。事件のことを訊かれ、イヴは首を振った。ここにそれを持ち込みたくはない。わたし――わたしたち――には、血と死を締め出したふたりだけの世界で二十四時間を過ごす権利がある。その世界でわたしたちは、ツリーの下で子どものように床にあぐらをかいて、さまざまな色の包装紙を破くのだ。

「ロークの世界？」ロークは、ケースに入ったディスクのラベルを読んだ。

「フィーニーに手伝ってもらって作ったのよ。いいわ、わかった、作ったのはほとんどフィーニーだけど、コンセプトを思いついたのはわたし。ホログラム映像でも、コンピュータでも使えるわ」

イヴはまたクッキーに手を伸ばした。甘いものを食べ過ぎてちょっと胸焼けがしたが、かまわないと思った。それがクリスマスじゃない？「あなたを題材にしたゲームで、なにもないところからはじまるの。ほとんど頭の体操みたいなものよ。お金を稼いだり、武器や土地を手に入れたりするの。建物を建てたり、戦《いくさ》をしたり。ほかの人――わたしたちがみんないるのよ――を仲間に加えられるの。そして、名高い敵なんかと戦う。だましたり、盗んだり、血を見たりもするわ。でも、罠もたくさんあって、結局は、破産したり、貧乏暮らしに追い込まれたり、刑務所に入ったり、敵の拷問を受けるはめになったり。あるいは、既知の宇宙を支配するようにもなれる。画像はかなり素敵よ」

「きみも登場する？」

「ええ」

「だったら、負けるわけにはいかない」

「むずかしいゲームよ。フィーニーが二、三週間やって、レベル12までしかいけなかったって言っていたし。怒っていたわ。いずれにしても、あなたはもう現実社会では盗みはしないから、ヴァーチャルな世界で大いに楽しめると思うわ」

「最高のプレゼントとは、僕を知ってくれている女性がそばにいることだな」ロークは身を乗り出してイヴにキスをして、ワインとシュガークッキーの味を感じた。「ありがとう。つぎはきみの番だ」

「もう百万個の包みを開けたわ」その範囲は、きらきら光るものからばかばかしいもの、贅をこらしたものからセクシーなものまで、じつにさまざまだ。

「もうすぐ終わるから。さあ、これだ」

渡された箱のリボンをほどいて首にかけると、ロークがちょっと首をすくめた。なかから出てきたのは、銀の握りのついた拡大鏡だ。

「古いものだよ」と、説明する。「〝拡大鏡も持っていなくて、なにが捜査官だ?〟と思ったんだ」

「すごいわ」イヴは片手をかかげて拡大鏡でじっとながめたあと、そのままにやにやしながら近づいてきて、拡大鏡を通してロークの顔を見た。「あらまあ。このほうがますますきれい」それから、体の向きを変えて、いびきをかいて眠っている猫を見た。「あなたはだめね。ありがとう」

ロークが自分の唇を指でとんとんとたたくので、イヴはため息をつくふりをしてから、身を乗り出してキスをした。

「じゃ、これを開けて」ロークに箱を押しつけた。いいんじゃないかと思ったんだけど」まだ拡大鏡で遊びながら、イヴはロークに箱を押しつけた。「子どものときにこんなのを持っていたら、まわりの人をかんかんに怒らせたと思うわ」

「おもちゃや道具って、そういうものだろう」顔をあげたロークは、また拡大鏡で観察されていることに気づいた。イヴにリボンを投げつける。「ほら、これを観察してごらん」

ロークは箱を開け、なかの懐中時計をそっと取り出した。「イヴ、これはすばらしい」

「これも古いものよ。あなたがどんなに古いもの好きか、知っているから。ほかの骨董品といっしょに棚に飾ってもいいなと思って。もうなにか刻まれちゃってるの」ロークが時計の蓋を開けると、イヴは言い添えた。「でも、それは……」

「〝時は止まる〟」ロークは静かに読み、そして、はっとするほど青い目でただイヴを見つめた。

「そう、止まるわ、って思ったの」イヴは手を差し伸べ、ロークの手を握った。「止まるわ」

ロークはイヴをかき抱き、喉と頬に唇を押しつけ、そのまま抱きしめつづけた。「宝物だ。きみと同じように」

「こういうのっていいわ」イヴはつぶやいた。品物そのものではない、と思った。それはロークも理解しているとわかっていた。ふたりで分かち合うことがすばらしいのだ。その存在にこめられた思いが。「愛しているわ。わたしもこういうのが、うまくできるようになってきたわ」

ロークは声をあげて笑い、もう一度キスをしてから、イヴの体を引き離して言った。「きみにもうひとつ、あるんだ」

また宝石だ。箱のサイズを見てイヴは気づいた。この人はとにかく、きらきらしたものでわたしを飾るのが好きなのだ。箱を開けたとたん、これはきらきらするばかりではなく、太陽のように目をつぶしかねないものだ、と感じた。

耳から下げるタイプのダイヤモンドのイヤリングだ――いくつものダイヤモンドが花の形に組み合わされ、その光り輝く花から滴るように、完璧な円形で徐々に小さくなる三つのダイヤモンドがぶら下がっている。

「うなるしかないわね」イヴは言った。ロークが黙ってただほほえんでいるのを見て、はっと気づく。「四十七丁目で盗まれた、ビッグ・ジャックのダイヤモンド。わたしたちが取りもどしたあれ」

「半世紀近く隠されていた」

「押収されたはずよ」

「盗んだわけじゃない」ロークは笑い、ゲーム・ディスクをつまみ上げた。「おぼえているだろう？　最近はバーチャルな世界だけだ。交渉して、完璧に合法な手段で手に入れた。これは日の目を見るにふさわしいものだ。きみにふさわしい。きみがいなければ、まだ子どものおもちゃのなかに封じ込められていたかもしれない。きみがいなければ、警部補、チャド・ディクスはいまごろクリスマスを祝っていなかっただろう」

「わたしのために作り直させてくれたのね」それがなにより心に響いた。イヴは拡大鏡を手に取った。「鑑定してみましょう」そう言って、宝石を調べるふりをする。「いい仕事をしてるわ」

「きみへの勲章だと考えればいい」

「警察がくれるどんな勲章よりはるかに華やかよ」ロークが喜ぶと知っているから、イヴはイヤリングをつけてみた。やはりロークはうれしそうだ。

「よく似合う」

「これだけきらきらしていれば、だれがつけても映えるわ」それでも、イヴは両腕をロークに巻きつけ、身をすり寄せた。「これがどこからやってきて、あなたがどうしてわたしのために細工し直させてくれたかわかるから、とてもうれしいわ。わたし――」

イヴはさっと体を引いて、目を見開いた。「これをぜんぶ買ったんじゃないわよね?」

ロークは首をかしげた。「おや、きみはそんなに欲深じゃないだろう」

「ちがうけれど、あなたは強欲よ。ぜんぶ買ったんだわ。わかってる」

ロークはイヴの顎のくぼみをなぞった。「もっとシャンペンが必要だと思うな。きみはぜんぜん酔っていない」

イヴはさらになにか言おうとして、やめた。この人には自分の好きなように金を使う資格がある。そして、あることに関して彼は正しい。つまり、ビッグ・ジャックのダイヤモンドは警察の地下金庫にしまわれていてはいけない、ということだ。

「あそこの下にもうひとつある」立ち上がろうとして、ロークは気づいた。「きょう、きみが持ってきたやつだ」

「ああ、そうね」忘れていてくれたらいいと、イヴは心のどこかで願っていた。「ええ、でも、たいしたものじゃないの。つまらないものよ」

「僕は強欲なんだ、おぼえているだろう？　さあ、こっちにわたして」

「オーケイ、もちろん」手を伸ばして袋をつかみ、ロークの膝にぽんと落とす。「シャンペンを取ってくる」

ロークは立ち上がろうとしたイヴの腕をつかんだ。「なにをもらったのか見るまで、ちょっと待って」薄紙を開いてそれを取り出し、ひと言「おお」と言った。

イヴは身をよじりそうになるのをなんとかこらえた。「あなた、写真がほしいって言ったから。ほら、昔のが」

「おお」ロークはまた言った。首から顔にかけて、みるみる赤くなっていく。「きみだ、たしかに」ロークの目が写真からほんもののイヴへと移る。その目にあふれる喜びと、驚きと、愛に気づいて、イヴは胸が詰まった。

「やっと見つけて、選んだ額に入れたの」

「撮ったのはいつ？」

「アカデミーに入ってすぐ。ときどきいっしょにいた女の子がいて、彼女はいつも写真を撮っていたの。わたしは勉強をがんばろうとしていて、彼女は――」

「きみの髪」

ちょっと気まずくなって、イヴはもじもじした。写真のイヴはデスクに向かっていて、まわりにはいくつもディスクの山が見える。さえないグレーの警察学校のスエットシャツを着ている。髪は長く、三つ編みにして背中にたらしている。

「そう、あのころはいつも長かったの。うしろでひとつにまとめちゃうとじゃまにならないし、面倒じゃないと思っていた。そのうち、格闘のトレーニングで相手に髪を引っぱられて倒された。それで、切っちゃったの」

「この目を見てごらん。このときでさえ警官の目をしている。まだほんの子どもなのに、もうわかっていたんだ」

「このときわかっていたのは、彼女がカメラをわたしの顔に向けて勉強のじゃまだから、やめないとぶん殴ってやる、ということよ」

ロークは笑い声をあげてイヴの手を握ったが、あいかわらず写真を食い入るように見つめたままだ。「彼女はどうなった?」

「一か月くらいでやめちゃったわ。悪くなかったのよ、彼女。ただ――」

「警官じゃなかった」と、ロークはあとを引き継いで言った。「写真をありがとう。まさにこういうのがほしかったんだ」

イヴはロークの肩に頭をもたせかけ、ツリーの明かりにうっとりしながら思った。だれがシャンペンなんか必要とするだろう？

# 19

イヴは目を覚ました。目を覚ましたと思った。壁がガラスで、目がくらむほど照明が明るい部屋にいる。ダイヤモンドのイヤリングをして、カシミアの部屋着を着ていた。部屋の隅にマツの木がそびえていて、天井に届きそうだ。枝をしならせてぶら下がっている飾りを見ると、死体だ。クリスマスらしい赤い血にまみれた何百という死体がぶら下がっている。

ツリーのまわりに集まっているのは、すべて女性だった。

「あまりお祝いらしくないわね」弁護士のマキシーが言い、肘でちょっとイヴを突いた。「でも、あなたはこれで間に合わせなければならない、そうなんでしょ？　このうち何人があなたの？」

ポケットにずっしり重さを感じる拡大鏡を使うまでもなく、だれの顔なのか、だれの体なのか、だれの遺体なのかはわかる。「すべてよ」

「それってちょっと欲張りだと思わない？」マキシーは振り返り、部屋の中央に大の字に横たわっている死体のほうを顎で示した。「彼女はまだ吊られてないのね」

「ええ、まだ吊れないのよ。死んでないから」

「わたしには死んでるように見えるわ。でも、じゃ、これで」マキシーはクレジット硬貨でずっしり重い白い靴下をイヴに放った。「おやりなさい」

「それじゃ答えになってないわ」

「あなたがまだちゃんとした質問をしていないからよ」

気がついたら、ガラスで囲まれた部屋に子どもたちといっしょにいた。子どもだったころの自分が床に坐って、疲れた目でこちらを見上げた。

「わたしはひとつもプレゼントがもらえないの。べつにいいけど」

「これをあげる」イヴはその場にしゃがみ、警察バッジを差し出した。「必要になるから」

「彼女にはあんなにプレゼントがたくさん」

イヴがガラス越しに見ると、死体のまわりにプレゼントが山と積まれている。「きっと彼女も喜んでいるわ」

「彼女もわたしたちと同じよ」

イヴは振り返り、小さな女の子でいっぱいの部屋を見渡した。それから、子どもだったころの自分の目を見つめた。「ええ、知ってるわ」

「あなたはどうするの?」

「あれをやった人をつかまえるわ。人を殺すとそうなるの。代償を支払わなければならない。報いを受けなければならない」

子どもだったころのイヴが両手を広げると、血にまみれている。「わたしもそうなるの？」「いいえ」そして、夢を見ているにもかかわらず、イヴはそれが夢だとわかり、腹の痛みを感じた。「いいえ」と、繰り返す。「あなたはそうはならない」

「でも、ここから出られないの」

「いつか出られるわ」イヴはまたガラス越しに向こうを見て、眉を寄せた。「ちょっと前は、もっとたくさんプレゼントがあったのに」

「人って盗むものよ」子どもは血まみれの警察バッジをシャツに留めた。「人ってぜんぜんいいものじゃないわ」

イヴははっとして飛び起きた。夢はすでに消えかけていた。自分自身と話す夢を見るのは奇妙な感じだ。

それに、あのツリー。金モールの代わりに死体で飾られていた不気味なツリーを思い出す。気持ちをまぎらわせようと寝返りを打ち、飾り窓におさめられたツリーを見る。一方の手で隣のシーツをまさぐると、冷たい。

ロークが自分より先に起きていても、シーツのぬくもりが消えてしまうくらい前に起きていても驚きはしなかった。しかし、もう午前十一時近いと知ったのはショックだった。

体を横に回転させ、ベッドの自分の側から降りようとすると、かたわらのテーブルに置かれたメモキューブが明滅しているのが見えた。スイッチを入れると、彼の声がした。

「おはよう、ダーリン・イヴ。僕はゲームルームにいる。こっちに来て、いっしょにプレーしよう」

イヴはほほえんだ。「なんてあほなの」と、つぶやく。

シャワーを浴びて、服を着て、コーヒーを手にすると、階下《した》へ行った。わたしもあほなんだってわかるわ、と思う。

ロークはメインスクリーンを使用中で、そこで自分が流血の大激戦を繰り広げているのを見て、イヴはまたびっくりした。どうしてブラスターではなく剣を操っているのかはわからない。

ロークはイヴと背中合わせになって戦っていて、現実でもそうだった、と思い出した。さらにピーボディもいて、傷を負っているがまだ元気だ。それにしても、彼女のパートナーの服装はいったいどうなっているのだろう？

さらに問題なのは、イヴの服装だった。剣をさばくよりもSMなんとかに似合いそうな革のコスチュームだ。

自分が相手の首を叩き切るのを見て、イヴはかっこいいと思った。しばらくして、ロークがゲームをセーブすると、コンピュータの音声がレベル8に達したと告げた。

「わたしって有能」イヴは誇らしげに言い、ロークに近づいていった。

「ほんとうに。そして、僕も有能だ」

イヴは一時停止しているスクリーンをちょっと顎で示した。「服装はどうなっちゃってるの?」

「フィーニーはコスチューム・オプションをつけてくれているんだ。ヨーロッパと北米の大部分を支配するのはもちろん、ワードローブにあれこれ頭を悩ます一時間も楽しい。よく眠れたかい?」

「まあまあ。また奇妙な夢を見たわ。たぶんシャンペンのせい。それと、午前二時にがつがつ食べたチョコレートスフレのせい」

「ここでいっしょにくつろがないか? このゲームは複数で遊べるようにもプログラムされている。僕の縄張りに侵入を試みてもいいし」

「またこんど」イヴはさりげなくロークの髪をなでた。「夢のことが頭から離れないの。夢って、なにか意味があったりするんでしょ? なにかあるのよ。わたしはまだちゃんとした質問をしていない」と、小声で言う。「ちゃんとした質問ってなに?」

お遊びの時間はもうおしまいだ、とロークは思った。

「軽いブランチでも食べようか? ゲームで遊んでて。食べながら話せばいい」

「いいえ、あなたはつづけてゲームで遊んでて。わたしはコーヒーで充分よ」

「僕もきょうは寝坊をして、起きたら九時だった」

「だれかさんは外を見て、世界はまだ地軸を中心にして回っているかどうか確認したのかしら?」

「その時点で」と、ロークはそっけなくつづけた。「トレーニングをした——スフレも食べた。それから、一時間ほどオフィスで仕事をしたあと、ここへ下りてきて贈り物のひとつで楽しんでいた」

イヴはコーヒーカップの縁越しにじっとロークを見つめた。「働いたのね」

「そうだ」

「クリスマスの朝に」

「有罪だな」

イヴはカップを下ろして、にっこりほほえんだ。「わたしたちって、ほんとうにおかしな人間よね？」

「われわれはとても健全な人間で、なにが自分たちにいちばんぴったりするか知っているのだ、と思いたいね」黒いジーンズとセーターを着た猫のような身のこなしで、ロークは立ち上がった。「そして、われわれにぴったりなのは、町をわがもののように見渡せる階上のサンルームでなにか軽いものでも食べながら、きみが最新の奇妙な夢の話をする、ということにちがいないと思う」

「ゆうべ、わたしがなにを言ったか知ってる？」

「酔っ払ってるときかな、しらふのときかな」

「どちらのときも。愛しているって言ったのよ。いまもだわ」

ふたりは、ガラス越しに空が見える邸の最上階で新鮮な果物を食べた。空はニューヨークとそのあたりの沿岸に休憩をあたえようと決めたらしく、青く澄みわたっていた。

クリスマスだからミモザを飲むべきだというロークの意見にイヴは反論しなかった。

「きみは彼女——といっても、きみなんだが——に警察バッジをあげた」

「理由はよくわからないの。マイラならたぶん、解釈して、ほかにもいろいろ精神科医らしいことを言ってくれると思うわ。わたしとしては、あれはわたしがいちばんほしかったものだと思ってる。あるいは、最終的にいちばんほしいものか」

「ツリーの飾りについては、そのままだ」

「そう、わたしでもわかる。彼らは死んでるから、わたしのもの。でも、トルーディはまだ吊せない」

「彼女の件はまだ解決していないから。ほかの死体といっしょに吊すわけにはいかない——〝片づける〟と言わないのは、きみはけっして犠牲者を脇へ押しやって片づけたりしないからだ。事件が解決するまで、きみは彼女を吊さない」

「あの弁護士がまた現れたのよ。彼女は事件にはかかわっていないわ。それはわかっているんだけど、彼女とは話をしているの。どちらの夢のときも」

「きみがいちばん理解できるのが彼女だからだと思う。彼女はきみにたいしてとても率直で、トルーディへの思いもあけすけに語って、はぐらかしたりしなかった。そして、最終的に彼女はトルーディに立ち向かった」

ロークはイヴにラズベリーを差し出した。「彼女は立ち上がった、きみと同じように」

「わたしたちの仲間よ。それはわかっていたわ、というか、子どもだったわたしはわかっていた」

「あのころでさえ、きみの一部は警官だった」

「あの子は、たいていの人間はいい人じゃないということも知っていたわ」イヴはさらりと言い、またラズベリーをつまんで食べた。そして、ぴんと背筋を伸ばした。「ちょっと待って、ちょっと待って。プレゼントよ。ちょっと考えさせて」

テーブルを押しのけるようにして立ち上がり、鉢植えの木や、音楽のような水音を響かせる噴水のあるサンルームをうろうろ歩きはじめた。

「プレゼント、強欲、クリスマス、買い物。彼女は買い物をしたわ。わたしたちのどちらかにたかりに来る前にトルーディが買い物をしたのはわかっているの。彼女のクレジットカードとデビットカードは確認したわ。短いあいだにがんがん買っていた」

「それで？」

「彼女の部屋に袋が、買ったものが入ったままの袋がいくつかあったわ。そこに商品があるのに、わたし、ひとつひとつ、口座や請求書と突き合わせなかった。彼女はそう、ダイヤモンドみたいなものは買っていないわ。服とか、香水とか、靴とか、そういうものよ。彼女は新しい靴が目当てで殺されたわけじゃないから、わたし、ぜんぶを確認しなかったし、照合もしなかった。ただざっと見ただけ。買ったのに、そこになかったものもあって、それは彼女が店から配送させたのよ。それはチェックした。でも、商品をひとつひとつ確認したわけじゃない」

「どうして、そうしなければならない？」

「強欲、羨望、切望よ。女性はいつも〝あーー、かわいいわね、あなたのその服、その靴、そのイヤリング〟とか、いろいろ、そんなことばかり言ってる」イヴが言葉を探して片手を軽く回すと、ロークは笑い声をあげた。「こっちに着いてから、三人はいっしょに買い物に出かけたわ。ザナはトルーディがなにを買ったか知っている。買ったもののなかには配送されたものもある。なんでわざわざ、さえないシャツがちゃんとテキサスに届いているかどうか確認しなければならないの？　そんなことをしても、面倒くさがられるだけじゃない？」

イヴはくるっと振り返った。「表面上はそうじゃなくても、彼女は虚栄心が強いわ。いつもそれを隠している。これは賭けてもいいけれど、トルーディは自分のためになにかいい品を買っていて、あのふたりの服のサイズはほとんど同じよ。彼女を殺した犯人がいちばん気に入ったものをふたつ、三つ、自分のものにしていたとして、だれにわかる？　ボビーは気づかないわ。男の人ってそういうもの。この場にいるだれかさんは例外だけど」

「それで、きみはその推理を、プレゼントに囲まれた死体の夢を見て思いついた」

「思いついたのは、とにかく追い求めているから。それから、よくわからないけれど、潜在意識が働いてなにかと結びついたとか。大事なのは、この推理がわたしのザナにたいするイメージと合っていることよ。その場その場で都合のいいように動くご都合主義なのよ。仮に、彼女があの部屋からなにか持ち去っていて、彼女があの部屋からなにか持っていったと、わたしに証明できたとしても……それはまだ的はずれな状況証拠でしかないわ。職について一週間の新人警官にだって欠点を突かれるだろうけど、彼女を刺激することはできる」

イヴは椅子に腰かけた。「彼女はわたしたちと同じだった。そして、わたしたちはいいものはあたえられなかった。もらいものや古着ばかり。ほかのみんなは分厚く切り分けたケーキを食べていても、わたしたちが食べられるのはテーブルに落ちたくずだけ」

「ベイビー」

「わたしはそういうのはどうでもいいの」イヴはロークの肩をさすった。「ほんとうに、気にしたことがない。でも、彼女はぜったいに気にするはずだし、気にしていたはず。そして、格好の機会が訪れた」イヴは目を閉じ、飲んでいることを意識しないままミモザを飲んだ。「さあ、ニューヨークよ――だれにでも、なんだって起こりうる、大きくて邪悪な街。目的の相手が金をだまし取っているなら、ますますやりやすい。さあ、やってくださいって、大皿にのっているようなものだもの。武器はすぐそこにあって、使い方も簡単で、処分もしやすい。窓から逃げなければならなくても、だいじょうぶ。隣の部屋は空室なのよ。汚れものを洗わなければならないけれど、自分たちの部屋やトルーディの部屋で洗うわけにはいかない。空き部屋で洗ったにちがいないわ」

イヴはまた立ち上がった。「くそ、くそ。武器も、血だらけの服も、タオルも、あそこに隠したのよ。完璧よね――これもまた格好の機会ってこと。すべて隠して、ボビーが眠っている部屋に堂々ともどってくる。彼は彼女の変化にまるで気づかない。そして、翌朝、その現場へやってきて、亡くなった女性の部屋の扉を叩いたのはだれ？」

「そこへきみがやってきた」

「そう、彼女は予期していなかったでしょうけど、しっかり適応した。理解が早くて、賢いの。辛抱強くもある。翌朝、こっそり部屋を抜け出して、空き部屋から隠していたものを持ち出した。捨てる場所はいくらでもあったでしょう。ホテルから、彼女が誘拐劇を演じて、ご丁寧にハンドバッグまで置いてきたバーのあいだの、どの再生処理機《リサイクラー》にでも捨てられた。もう処理されちゃったわね。こんちくしょう。武器も血のついた服も、あんな遠くまでは探さなかった」

「つづけて」イヴが口をつぐむと、ロークは言った。「引き込まれるようだ」

「これはたんなる憶測よ。でも、正しい感じがする」捜査に取りかかって以来はじめて、まさに正しいと感じられた。「そして、彼女の証言をもとに、警官たちは誘拐犯を捜し、ありもしない口座を追跡していた。いい時間稼ぎよ。いまや彼女は犠牲者。彼女はトルーディのディスクも持っている。ファイルも、トルーディがけがのようすを撮った記録も持っている」

そう、見えるわ、とイヴは思った。必要なものと、ほしいものをかき集めている彼女の姿が。自分につながる痕跡はけっして残さない。

「彼女はディスクをとっておくかしら？ 将来、うまく利用できるかもしれないものをぽいと捨てるのはむずかしいわね。そのうち、ゆするのに使えるかもしれないのよ」

「しかし、機は熟しても利用していない」ロークが指摘した。「匿名で録音のコピーを送りつけ——そんなものがほんとうにあれば、という話だが——口座の番号と指示をあたえればいいのに」

「タイミングがよすぎるのよ。そう、よすぎてあぶない。図に乗る必要はないでしょう？ 彼女には、そちちの角度からじっくり考える時間が必要なのよ。女の警官と金持ちの男を相手にする価値はあるか？ たぶん、ない。あとでまた考えよう。でも、彼女が賢明なら、たしかに賢明なのよ、たしかめるはず。問題の時間にわたしたちにアリバイがあるかどうか。そして、わたしたちにアリバイはあった。だったら、だれかを雇ってやらせたと思われるかもしれないけれど、ここでまた彼女は考える。それでうまくいくだろうか、と。わたしたちはゆすられて大金を払うだろうか、それとも、拒むだろうか。もっと言えば、仕返しをしようと追ってくるだろうか、と」

イヴはしばらく考えてから言った。「ここは待つのがより賢明よ。あなただってそうするでしょう？ わたしならそうするわ」

「僕なら、カメラとディスクをたたき壊していただろうね。自分をあの部屋に結びつけるものは残らず。自分だってことがバレたら刑務所行きだ」ロークはふたりのカップにコーヒーを注いだ。「割りに合わないね。トルーディが貯め込んでいたものがすべてこっちにころがってくるなら、なおさらだ」

「それよ。当然ながら、ボビーが死ねば、すべてが手に入る。もっと大事なのは、彼が事故に遭えば、それで命を落としてもそうじゃなくても、警察はまた目に見えない男を求めて捜査に乗り出す。そのあいだ、彼女はすべて事故だったっていう芝居をする。ああ、あれはまちがいなく事故で、すべて彼を買い物に引っ張り出したわたしのせいなんだわ。コーヒーをこぼしちゃったし。えーん、えーん」

ロークはつい声をあげて笑った。「ほんとうに彼女が嫌いなんだね」

「最初からよ。肩甲骨のあいだがぞぞーっとしたわ」その感触を振り払うように背中をもぞもぞ動かす。「さあ、ボビーは病院に運ばれ、そこには——彼を含めて——みんながいる。中心にいるのは、彼女。その場にふさわしい彼女。もううんざりするほど長いあいだ、あの性悪女のうしろに坐りつづけてきたんだわ、そうじゃない？」

イヴはあらためてロークを見た。きょうはジーンズにセーター姿だ。休みの日だから、だいじょうぶだろう。思いきって、言ってしまえ。「ねえ、お願いするわ。お願いするなんて、ばかみたいでいやなんだけど、でも、お願いする。尾行したときの録音よ。運がよければ、あした、鑑識に言って聞けるようにしてもらえるかどうか、という状況よ。それで、それぞれの声と口調を、雑音と切り離して鮮明な音声で聞けたらいいな、と思って」

「コンピュータ・ラボでできる」

「ええと、お礼はするから」

「どんなふうに？　具体的に言ってごらん」

「いっしょにあのゲームをやるわ。ホロ《ホロ》グラム・モードで」

「それだけじゃ足りない」

「コスチュームを着るわ」

「ほんとうにー？」みだらな感じに語尾を延ばす。「勝利者は戦利品がもらえる？」

「わたしが戦利品になってもいいわ」

「中世という設定だ。僕をサー・ロークと呼ばなければならないぞ」

「もう、悪のり し過ぎ」

ロークは声をあげて笑った。「たしかにやり過ぎかもしれない。やってみてのお楽しみだな」ロークはテーブルに両手をついて立ち上がった。「ディスクはどこに？」

「持ってくるわ。わたしは、買い物三昧から取りかかる。ありがとう。ほんとうに」

ロークはイヴが仕事に持っていけるようにコーヒーを渡した。「ほかにどうやってクリスマスの午後を過ごすっていうんだい？」


仕事に出かけたイヴは、ふと、こうして熱いコーヒーの入ったポットと大量の資料をたずさえ、また仕事にもどれて幸せだ、と思った。なにを見つけても、見つけられなくても、この観点から捜査を進めるなら、店員たちから話を聞く必要がある。となれば、クリスマスの翌日に、子どもたちとその母親がひしめき合って贈り物としてもらった商品を交換したり、掘り出し物を探したり、クレジットカードのことで口論したりしている小売店に足を踏み入れる、という恐ろしい思いもしなければならない。

トルーディはよほど金に恵まれていたようだ、とイヴは思った。同じ店で六足も靴を買っている。まったく、人と靴の関係はどうなってしまったのだろう、と思う。二足をのぞいて自宅に送られていた。結局、彼女が履くことのなかった四足だ。

一覧表と照らし合わせて、六足すべてを確認した。ふたつは自宅に送り、ひとつはお客が持ち帰ったという。一覧表を見て、イヴはにやりとした。

ハンドバッグも三つ、同じ店で買っていた。ふたつは自宅に送り、ひとつはお客が持ち帰ったという。一覧表を見て、イヴはにやりとした。

「そうよね、六百ドルのハンドバッグを見て、我慢するのはむずかしかったに決まってる。ロッピャクドルよ」首を振る。「ものを入れて持ち歩くだけなのに、まともな人間なら、そんな高いものに入れてどこかに行く必要はほとんどないはず。さて、あなたがほかにどんなものを買ったのか、見に行きましょうか」

つぎの店に着く前に、ロークが自宅のリンクから連絡してきた。

「用意ができたよ、警部補」

「なに？　もう？　まだ三十分くらいしかたってないわよ」

「前にも言ったと思うが。僕は有能なんだ」

「すぐに行くわ。それにしても、今回は必要以上に高いお礼をすることになっちゃったわ」

「なにかを得るためには支払わなくては」ロークは言い、リンクを切った。

ロークはいくつものユニットを調整して、個々の指令が処理されるように準備をととのえていた。「こうしておけば」と、ロークはイヴに言った。「どんな混合でも組み合わせでも、応じられる。照合させたい場合もあるかと思って、彼女の声紋も分析しておいた」

「それは役立つかも。最初だから、すべて通して聞いてみましょ。わたしもまだぜんぶは聞いていないの」

そして、イヴはさまざまな声を聞いた。自分の声、バクスターの声、トゥルーハートの声。装置をチェックする声、さらに重ねてチェックする声。どこへ行こうかと話し合うザナとボビーの声。ふたりが屋外用の防寒具を身につけているガサガサいう音。

〝ふたりで外に出られて、ほんとうにうれしいわ。きっとふたりにとっていいことね〟（ザナ）

〝きみにとってもとんでもない旅行になってしまったね〟（ボビー）

〝ああ、よして、ハニー、わたしのことは心配しないで。とにかく、この二、三時間だけでも、恐ろしい事件のことは忘れてちょうだい。わたしにはあなたが、あなたにはわたしがいることを忘れないで。それが大事なことなんだわ〟

ザナがクリスマスツリーの話をはじめ、ふたりは外に向かう。

外に出ると、ニューヨークの音がした。クラクションの音、話し声、飛行船のプロペラの音、まぎれもない大型《マクシ》バスが排気ガスを吐き出す音。それらはすべて絶え間ないおしゃべりの背景だ。天気のこと、ビルのこと、車の流れのこと、店のこと。たまにバクスターとトゥルーハートが方角について意見を言ったり、無駄話をしたりする。

〝なあ、あの男の苦しみがわかるか？　神は男であり、俺は彼の気持ちがわかるぞ〟（バクスター）

〝神は女かもしれません、サー、あなたが持てないものを使って、意図してあなたを誘惑するんですから〟（トゥルーハート）

「悪くないわよ、坊や」イヴはつぶやいた。「ああもう、こんなクズみたいなのを聞いてると、退屈で死にそうになるわ。〝うわー、あれを見て、ハニー。まあ、すごい〟とかなんとか、つまんないことばかり」

「早送りするかい？」ロークが訊いた。

「いいえ。最後まで我慢する」

イヴはコーヒーを飲み、我慢した。卓上ツリーと追加の飾りを求めて、ふたりがつぎつぎと店を見てまわるあいだも、実際に買っているあいだも。ボビーにイヤリングを買ってもらうときに、後ろを向いて目をつぶるように言われ、ザナがくすくす笑っているあいだも。さらに、クリスマスまで包みを開けてはいけないと言われたザナが甘ったれ声を出しているときも、我慢した。

「具合が悪くなるかもしれない」

ふたりはランチについて話し合った。そして、これをやるべきかしら、あれをやるべきかしら、という話。

「もう、なにかやんなさいよ！　観光客ってやつは」と、イヴは言った。「わたしたちを殺す気よ」

またくすくす笑うのだろう、とイヴは思った。ソイドッグを食べて騒ぐのだろう。チューブ状の代用肉について、ひとしきり騒ぐにちがいない。そう思ってうんざりしていたイヴは、椅子に坐ったままぴんと背筋を伸ばした。

「待って、止めて。もう一度聞かせて。いま、彼女がしゃべったところ」

「どうしてもと言うならやるが、グライドカートのメニューについて熱に浮かされたように語るところは、僕でももうたくさん、という感じなんだが」

「いいから、聞いて、彼女がなんて言っているのか聞いて。どう言っているのか聞いて」

〝ニューヨークの外のカートで焼かれるソイドッグって、どうしてこんなにおいしいのかしら？　この地球上では、ニューヨーク以外でほんとうに焼いたドッグを食べられるところって、ぜったいにないわ〟

「止めて。どうして彼女は知っているのよ」イヴは強い調子で訊いた。「彼女は〝ほかにどこにもない〟とは言っていない。〝こんなにおいしいドッグは食べたことがない〟とも言っていない。〝ぜったいにない〟と、意見を言っている。知っていて、それを思い出して言っているのよ。マンハッタンではじめて、街角で売られているソイドッグを食べた女性――そう自分で言っていたし、だからこそカートのドッグを食べることになったのよ――の意見じゃないし、口調でもない。わあ、すごい、わたしは一度も食べたことがないから、おもしろそう。そう言っていた性悪女は、嘘をついていたのよ」

「反論はしないが、たんにそういう言い方をしてしまっただけかもしれない」

「かもしれないけど、そうじゃないと思う。再生をつづけて」

イヴは耳を澄ました。帽子やマフラーや、もう少し外にいたいという話がつづく。通りを渡らなければいけない。コーヒーをこぼす。不安と、かすかに恐怖がにじんだボビーの声。ほっとした声。

そして、悲鳴、叫び声、クラクション、ブレーキの音。嗚咽。

〝ああ、どうしよう、だれか、救急車を呼んで。レディ、彼を動かさないで、動かそうとしないで〟

バクスターがすぐに移動してきて警察であると名乗り、混乱状態に対処しはじめる。

「いいわ、ふたりの声だけを聞きたいわ。背景の雑音をのぞいて、ふたりがソイドッグを買ってからバクスターが現れるまでを」

ロークは必要な操作をして、再生ボタンを押した。

ふたたび会話がはじまる。穏やかで、快活なやりとりだ。彼はやさしく温かい、とイヴは思った。それから、かすかに息を呑む音。すかさず彼が応じる。いらだたしげな彼女の声。そして、悲鳴。

「彼の声を」と、イヴは命じた。コーヒーがこぼれたところから。

イヴは読み出しのグラフ――呼吸と、音量と、音質の表示――も見ていた。「いま、いまのところ、聞こえた?」

「息を吸い込んだ。通りに倒れ込むのを予期したんだ」

「一秒前。その瞬間。滑ったのかもしれない、そうね、でも、押されたのかもしれない。つぎは彼女の声を。同じ場面で」

イヴは身を乗り出して、グラフを読み、音を聞いた。「深く息を吸っている。すばやく、短く。グラフで見ると、彼が息を吸うほんの一秒前。そして、わずかに躊躇したあと、金切り声で彼の名を呼び、悲鳴をあげはじめる」

イヴがロークを見る目は冷静で鋭かった。「彼女に押されて、彼は道路に倒れ込んだのよ。まちがいないわ。格好の機会。いましかないという瞬間。まただわ。じゃ、背景の声と、雑音と、ひとりひとりの声を——同じ場面よ——通して聞かせて。なにかほかに飛び出すかどうか、たしかめるわ」

退屈な作業だが、イヴはほかとちがう音をすべて納得するまで聞きつづけた。

「しっかりした形になりつつある」イヴは落ち着いた声で言った。「わたしにとっては、ということ。告発はできないわ。いまのままでは、ホイットニーを通して逮捕状を請求しても、検察官に鼻で笑われてオフィスから追い出されるだけ。でも、なにがわかっているかはわかっている。これからは、それをどうやって彼女に結びつけるか、ということ」

「彼は彼女を愛しているね」

「なに？」

「彼は彼女を愛している」と、繰り返す。「彼の声を聞けばわかる。彼は打ちのめされるよ、イヴ。母親のときよりもっと。きみが思っているとおりなら、というか、僕はきみを信じなければならないんだが、この件で彼はもう立ち上がれなくなるかもしれない」

はずよ」

「気の毒だわ。でも、毎日、人殺しにだましつづけられるより、はっきりさせたほうがいいはずよ」

このことで彼がどんなに傷つくか、イヴはまだ考えられなかった――考えようとしなかった。いまはまだ。

「トルーディが買った商品の照合作業はまだ進んでいないけれど、ハンドバッグがひとつなくなっているのはわかってる。そのバッグと、まだ確認できていない商品すべての詳しい説明は、あした、手に入れるわ。それをザナが自分のものにしているのを見つけなければならない。彼女から話を聞くつもりよ。そのときに、この件をぶつけてみる。事情聴取よ。まだ証拠はなくて、状況証拠がいくつも散らばっているだけよ。だから、尋問室で彼女に立ち向かうのはこのわたし、ということ。あそこで化けの皮を剝いでやる」

ロークは話をしているイヴの顔をじっと見ていた。「きみはたまに、この僕さえおびえさせるようなことを言う。だから、警部補、うまくいくよ」

イヴは冷ややかな薄ら笑いを浮かべた。「そのとおり」

# 20

イヴが朝目覚めて最初にやったのは、鑑識をつつき、叱りとばし、文句を言い、怒鳴りつけることだった。ニックス（全米プロバスケットボール協会のチーム。ニューヨークが本拠地）の試合のコートサイドのチケットで買収しようかとも思った。しかし、彼女があたえた恐怖が思ったより早い結果をもたらした。

着信音が鳴ると同時に、イヴはコンピュータに飛びついた。「コンピュータ、届いたデータをスクリーンに表示して、印刷せよ」

了解。作業中……

データにさっと目を通し、手のひらに拳をぽんと打ち当てる。「しっぽをつかんだわよ、性悪女」

「いいニュースだと解釈していいかな」ふたりのオフィスを隔てる出入口の枠に、ロークが寄りかかっていた。「最初に、不運な鑑識技術者はセラピーの世話になるだろうと言わせてもらおう。何年も通うことになるかもしれない」

「光が見えてきたわ」ぐっと我慢していないと勝利の踊りを披露してしまいそうだった。「問題の時間に空いていた部屋の寝室のカーペットと、バスルームの床と、シャワー装置から血液反応が出たわ。血液型はまだ判明していないけれど、すべてトルーディのものだとわかるはず」

「おめでとう」

「まだ逮捕したわけじゃないけれど、かならずそうするわ。血液よりもっといいもの、はるかにいいものがあるの——ザナも客室清掃係も完全な清掃と言えるようなことはしなかったおかげよ。窓の下枠の内側から指紋が採取されてるの。ザナのよ。廊下に面した扉からも、もうひとつ」

「徹底的にやれば報われる、ということだな。いや、彼女の場合は、徹底しなかったせいで報われなかった、というべきか」

「そう、そのとおり。そんな細かいところまでは頭がまわらなかったというか。わたしたちがそこまで見るとは思わなかったのね。避難台に点々と、きれいに血痕を残したから、そこまで考える必要はないと思ったんだわ」

「それで、状況は?」

「クリスマスの翌日に、小売店員の手をわずらわせるという厄介な作業を逃れられた、というのが状況」イヴはたまらず小躍りした。「指紋があれば、捜索令状を取るには充分だから。これで彼女に事情聴取ができる。その前に、ほかに二、三、確認して、彼女への最初のアプローチを確実なものにしたいわ」

「忙しい一日になるね」

「覚悟はできてるわ。最初の作業は、静かなここでやることにする。いずれにしても、あと二、三時間しないとピーボディは出勤してこないから」

「じゃ、僕はいなくなるとしよう。そろそろ出かけなければならないし」しかし、ロークはまずイヴに近づき、顎を手のひらで包んでキスをした。「この二日間、きみを独り占めにできてよかった」

「独り占めにされてよかったわ」

「その言葉を忘れないでほしい。きみをたぶらかして、二、三日、遠いところへ行くつもりだから。太陽、砂浜、海」

「つらい思いはしそうにないわね」

「では、一月二日に印を付けておいて。きっと行こう」

「オーケイ」

ロークは部屋から出ていこうとして、戸口で立ち止まった。「イヴ？　彼女に理由を訊くかい？　訊くのは意味があるかな？」

「訊くわ。理由はいつも変わらず重要よ」

ひとりになったイヴは、かつての里子たち全員のデータと画像を呼び出した。もう一度、彼女たちのあいだになんらかのつながりはないかと探す。学校、職場、ケースワーカー、教師は共通していないか。しかし、結局、つながりは中心にいるトルーディだけだ。

「一名は死亡」と、小声で言ってみる。「ほかの全員は生きていて、消息がわかっている」

そこで、亡くなっているひとりを調べてみた。

ラルストン、マーニー、母親は死亡、父親は不明。ザナの記録に、母親は死亡、父親は不明とあったのとまったく同じだ、と思った。身分をすり替える場合、データはできるだけ実態に近づけるのが利口だ。

マーニーのファイルをスクリーンに呼び出す。

少女のころのいろいろな記録だ。万引き、軽微な窃盗、破壊行為、故意による器物損壊、麻薬所持。犯した罪はつぎつぎとエスカレートして、若干《じゃっかん》十五歳で車両窃盗罪で補導されている。

精神鑑定家によると、不応性の病的虚言者で、社会病質的傾向がある。知能指数は高い。

精神科医の記録を読む。

対象者はずば抜けて聡明で、有能である。権力に自分の知力を見せつけて楽しんでいる。系統立ててものを考え、自分の目的の達成にもっとも役立つと信じるものになることに秀でている。

「よしよし、いいわよ」イヴはつぶやいた。

まとまった期間、協力的に振る舞うことができるし、実際、そのように見えるが、これは意図的かつ意識的に行動を調整しているのである。善悪の区別はつくが、自分がもっとも得をする、すなわち注目を集めたり、特権を得られたりできると信じると、手段を選ばない。彼女が人をだます理由はふたつある。ひとつは、利益のため。もうひとつは、支配的立場の者に自分のほうが上回っていることを示すためであり、これは過去の虐待やネグレクトの経験に根ざしている。

「そう、そうかもしれない。あるいは、嘘をつくのが好きなだけかもしれない」人は警察に嘘をつくのが好きだ、とイヴは思い出した。人によっては、ほとんど反射的に嘘を口にする。

つづいて彼女の医療関連を含む経歴を呼び出した。

手の骨折、鼻骨骨折、打撲傷、裂傷。目のまわりの黒あざ、脳しんとう。医療施設や、警察、児童保護サーヴィスの報告書によると、こうしたけがはすべて母親の暴力によるものとみなされていた。その母親は刑務所に入り、子どもは公の施設に放り込まれた。どすんと落ちたのが、トルーディの膝の上だった。

　しかし、記録にあるけがをしたのは精神科医が報告書を書く前である。彼女が車両窃盗で補導される前だ。そして、マーニー・ラルストンは十二歳から十三歳のあいだ、一年近く、トルーディと暮らしていた。

　そこから逃げ、二年近くたって車両窃盗罪で補導されるまで、当局の目を逃れつづけていた。そう、たしかに利口な少女だ。若い娘がそれだけ長いあいだ、決まった家もなく町で生きつづけるには、利口で、機知に富み、とにかく運に恵まれていなければならない。

　補導された利口な少女は――精神分析医の裁定にもかかわらず――またべつの家に引き取られた。数週間後にふたたび逃走して、十八歳になるまで姿をくらました。

　厄介ごとには巻き込まれなかった――あるいは、巻き込まれても明るみには出なかった――のね、とイヴは思った。そのあいだ、短い期間でつぎつぎと職を変えている。ストリッパー、ダンサー、クラブやバーでも働いていた。

　そして、記録によると、爆発事件に巻き込まれてボーンだ。

「わたしはそうは思わない」

　イヴはマーニー・ラルストンのもっとも新しい身分証明書の顔写真を呼び出し、スクリーンをふたつに分けて、ザナの映像とくらべた。マーニーの髪は茶色で、ストレートのショートカットだ。表情はややきつい。なんの迷いもなくやりたいことをやっているような強さが感じられる。

イヴはヤンシーかほかの似顔絵作成係《アイデント・アーティスト》を呼ぼうかとも思ったが、もうしばらく自力でやってみることにした。

「コンピュータ、両方の画像の、目だけを拡大表示して」

処理が終わると、椅子の背に体をあずけて、じっと見くらべる。目の色はほとんど同じだ——ちがいがあるとすれば、それはスクリーンに映写するときの変動か、対象を拡大したことによると思われる。目の形はちがう。マーニーは垂れ気味であるのにたいして、ザナの目はもっと大きくて丸い。

眉を見くらべる——ザナのほうがはっきりした弓形だ。鼻——ザナのほうがすっとしていて、先がかすかに上を向いている。

こういったちがいは改善した結果と考えられるだろうか？ 虚栄心の強い女性が、もっと魅力的になると信じたら金を払ってやることだろうか？ とりわけ、ほかの理由で見かけを変えたいと思っているかもしれない人がやることだろうか？。

しかし、口を拡大してくらべたイヴは、自分の口の両端をきゅっと上げた。「ああ、やったわ、唇は気に入っているみたいね。コンピュータ、いま表示している画像を比較して。このふたつは同じもの？」

作業中……表示している画像は同じものです。

「髪と目と鼻には手を入れた。頬骨も削ったけれど、口だけはそのまま。二、三ポンド太ったのね」身長と体重をたしかめながら、声に出して言う。「ふっくらやわらかい感じになってる。でも、身長はどうしようもなかったわね」

見たままをきちんと文章にして、補強証拠をすべて列記する。直接、検察官、それから判事に会いに行って、令状を求めるつもりだった。

ステップを下りているとリンクの着信音が鳴った。「ダラスよ、急いで話して」

「あの、帰ってきて、出勤しました。あなたはまだですね。わたしたち――」

「検察官のオフィスに連絡して」ピーボディのうれしそうな挨拶をさえぎって言った。「できたら、レオを連れてきて。彼女はいまのところ彼らの人気娘《ゴールデンガール》だから」

「なにが――」

「できるだけ早く意見を聞いて、彼女の後押しを得て太っ腹な判事に掛け合って、令状を二、三枚、出してもらおうと思って」

「令状って、だれの？　なんの令状ですか？」

「ザナよ。ホテルの部屋と、彼女の所持品の捜索令状よ。殺人容疑と、殺人未遂容疑。そこから一気に捜査を進めるわよ」

「ザナ？　でも――」

「さっさと取りかかって、ピーボディ」イヴは階段の親柱にかかっていたコートをつかみ取り、勢いよく弧を描いて袖を通しながらサマーセットの横を通り過ぎた。「なんとかして検察官を味方につけないと。遅れを取りもどしたいなら、あなたのデスクのコンピュータに報告書を送ったから、それを読んで。わたしは、この件について直接、部長に説明するわ。じゃ、そっちへ向かうから」

「ああ、わたしが休暇を取るたびに、なにか起こるんだから」

「さっさと動き出しなさい。わたしは、きょうの午前中に彼女を尋問室に呼びたいと思ってる」

イヴはリンクを切った。彼女の車は、コートと同じようにすでに正面でイヴを待っていた。いまは気分が高揚しているから、サマーセットのうっとうしいほどの有能さに感謝できる、とイヴは思った。

とにかく血がたぎっていた。おそらくふつうの状態ではないのだろうが、分析するのはあとでいい。いま、わかっているのは、もうあともどりはできないということ。あっと驚かせて有利に立つつもりだった。ザナのような相手には有効なやり方だ。マーニーのような、と訂正する。これからは、彼女のことはこの名前で考えるべきだ。

解決するのだ、とイヴは思った。そして、終わりにする。うち捨てて、忘れてしまう。トルーディ・ロンバードと不愉快な日々のことはもとのところへしまい込んでしまえばいい。

これが終わったら、と考えながら車の流れに入っていく。そうよ、ロークといっしょに二、三日休みを取る。そして、ふたりの島へ行き、猿みたいに裸で走り回って、砂浜でばかみたいにセックスしまくろう。太陽と波をちょっとつかんで、これからやってくる長くて寒い冬にそなえるのだ。

またリンクが鳴った。「ダラスよ、なに？」

「よー、おはよ！　超ごきげんなクリスマスだった？」

「メイヴィス」気持ちを切り替えなければならず、頭のなかを百八十度、回転させた。「ええ、よかったわよ。あのね、いま、仕事に向かっているところなの。あとでまた連絡していい？」

「オーケイ、いいよ。あんたとロークが出産の介添え人クラスのことを忘れないように、確認したかっただけだから。二週間後だからね」

「忘れてないわ、だいじょうぶ」そのクラスにたいする恐怖は、ガラスに刻まれたレーザー・アートのようにイヴの心にしっかり刻まれている。

「そうしてほしかったら、レオナルドとあたしもいっしょに参加するからね。終わったら、いっしょに御飯でも食べよう」

「ええ。そうね。もちろん。ええと、こんな時間にもう起きてるなんて、あなたにしては早くない？」

「ベイビーに早く起こされちゃうんだ。いい練習になってると思うよ。ねえ、見て、見て、あたしのハニーパイが自分の手だけで、こんなのを作ってくれちゃったんだ！」

メイヴィスがなにか小さくて足のついてるもの――ミニチュア版スキンスーツの一種のようだ、とイヴは思った――を持ち上げた。全体が血のようなどぎつい赤で、銀のハートと曲がりくねった線が一面に描かれている。

「ええ。わお」

「ベイビーはバレンタインデーより前に出てくるからね。もうすぐだよ。ベリーってどう思う？」

「どんなベリー？」

「そうじゃなくて、名前だよ。ベイビーはあたしたちの甘くてちっちゃなベリーみたいになるし、男の子でも女の子でもだいじょうぶだから」

「いいわね。学校に通う年ごろになって、ブルーベリーとかハックルベリーとかボイゼンベリーとか呼ばれるのがいやじゃなければね」

「ああ、そうだね。うひゃー。もう少し考えてみるよ。じゃ、またね」

友人の腹のなかに、目と足のある巨大なフルーツがいるようすを想像して、イヴはぶるっと身震いをした。そして、そのイメージを振り払おうと、ホイットニーのオフィスに連絡を入れた。

「部長」本人につながれるとイヴは切り出した。「ロンバード殺しに関して、新たな展開がありました」

ぎゅうぎゅう詰めになっても早いほうがよかったので、ガレージから直接、エレベーターで上に向かった。いますぐ動きたかった。すばやく。それが顔に表れていたのだろう。イヴが刑事部屋に入っていった瞬間、デスクに向かっていたピーボディははじかれたように立ち上がった。

「サー。レオはこちらに向かっています。現在までのデータを全部送りましたから、すべてわかっているという前提で彼女と話ができます。あれ、わたしが編んだセーター、着てくれているんですね」

一瞬なんのことかわからず、イヴは自分を見下ろした。今朝はいろいろなことに気を取られて、着るものにまで頭がまわらなかった。しかし、いまになって見ると、たしかにピーボディのセーターを着ている。

「ああ……暖かいわりに、軽いし。気に入っているわ。これ……あなたが編んだの？」

「ええ。両方とも――ロークのも。それから、マクナブにすっごくすてきなジャケットも。彼に見つからないように階上《うえ》のメイヴィスの家で編みました。久しぶりに本格的な編み物をやったんです」

ピーボディは手を伸ばしてイヴのセーターの袖をいじった。「マクナブが毛糸を買ってくれて、染色はいっしょにしました。いい感じですよ」

一瞬、どうしていいのかわからず、イヴはセーターを見下ろした。やわらかくて、暖かく、混ぜ色の入った濃淡のあるブルーのセーターだ。「すてきよ」だれかにセーターを編んでもらうとは、それどころか、なんであろうとだれかに編んでもらえるとは、思ったこともなかった。レオナルドだけはべつだ。彼の場合はそれが仕事なのだから。

「ほんとうにすてき」と、さらに言った。「ありがとう」

「なにか人とはちょっとちがうことがやりたかったんです。あなたがたがユニークな存在だから。あと、個人的なものにもしたかった。だから、気に入ってもらえてうれしいです」

「気に入ってるわ」ピーボディが編んでくれたとわかって気に入ったのだ。それまではただのセーターだった。

「バクスター、トゥルーハート。いっしょに来て」そう言って、イヴは自分のオフィスに入っていった。四人が入るには狭すぎたが、会議室を予約して時間を無駄にするのはいやだった。

「令状を取るべくがんばっているところよ。ザナ・ロンバード」

「あのテキサスの主婦か?」バクスターがさえぎるように言った。

「そのテキサスの主婦は、かつてトルーディ・ロンバードの里子だったと、わたしは証明できると信じてる。彼女は被害者の息子に取り入って近づき、その母親に復讐を果たすという——少なくともひとつにはその——目的のために他人になりすましているわ。わたしはこの企みを暴きたいの。だから、令状が発行されたら、彼女をここに連れてこさせる。表向きは、彼女の陳述をもう一度確認して、最新情報を伝えるため、とかなんとか言って。彼女が出ていったら、ホテルの部屋に入ってもらうわ。これが探しているものよ」

イヴはディスクを取り出した。「被害者が買ったハンドバッグと、香水と、セーターと、エンハンスメントについて細かく説明してあるわ。ザナは、実際はマーニー・ラルストンなんだけれど、とにかく彼女はトルーディ・ロンバードを殺害したあと、その品を自分のものにしてるわ。その品物が見つかったら、わたしに知らせて。

ピーボディ」

「待ってました」

「マイアミの爆破事件を担当した捜査官に連絡を取って。二〇五五年春、クラブ・ゼドよ。データはファイルに入ってる。遺体は具体的にどうやって身元が確認されたのか知りたい。具体的にね。レオが来たら、すぐに通して」

「彼女が彼を通りに押し出したんだ」バクスターが言った。「だから、彼らをつけていたやつの姿は見当たらなかった。だれかが近づくのも見えなかった。彼女がやったんだ」

「わたしもそうだと思ってる」安堵と怒りの表情がバクスターの顔をよぎるのを見て、イヴは自分と同じ反応だと思った。「そして、あそこで起こったことは、そうなると予想できなかったわたしの責任よ。さっき言った品と、ほかになんでもいいから、殺人があった晩、彼女がトルーディといっしょにいたことを証明するものを探して」

イヴは三人をオフィスから出して、扉を閉めた。デスクに向かい、ちょっと時間をとって気持ちをととのえてから、ホテルにいるザナに連絡を取った。

「あら、ごめんなさい。起こしてしまったみたい」

「いいの。うとうとしていただけだから。あら、もう九時過ぎなのね」ザナは子どものように目をこすった。「ボビーはきょうの午後、退院できる予定なの。もしかしたらあしたになるかもしれないけれど、わたしはきょうだといいなと思ってる。連絡してくれることになっているのよ。彼のためにしっかり準備ができるように」

「それはいいニュースね」

「最高のニュースよ。ほんとうにいいクリスマスになったわ」けなげなかわいらしい妻が逆境に最善を尽くしてる口調だ、とイヴは思った。「あなたもそうだったでしょうね」

「ええ、とても楽しかったわ。ねえ、ザナ、あなたを外出させるのは心苦しいんだけれど、報告書をまとめるのに、あなたにいくつか確認したいことがあるの。事務手続きよ。クリスマスで、お定まりの形式的手続きが中断していたから。あなたにここまで来ていただけると、ほんとうに助かるんだけれど。とにかく忙しくて。車を迎えに行かせるわ」

「あら……ええと、あの、ボビーはわたしがいないと困ると……」

「たとえ退院がきょうでも、それまでに少しは時間があるはずよ。ダウンタウンまで出てくれば病院に近づくことになるし。そうそう、途中、なにか買わなければならないものがあれば、制服警官に車でまわるように言うし。ボビーが退院するときも手伝うように伝えるわ」

「ほんとうに？　それはほんとうに助かるわ」

「わたしもこっちを片づけられるようにがんばって、お手伝いするわ」

「この二、三日、あなたがいなかったらどうしていただろうと思うわ」予想どおり、大きなブルーの目がうるむ。「着替えて準備をするのにちょっと時間がかかってしまうけれど」

「急がなくてだいじょうぶ。とりあえず、先に片づけなければならない用事もあるし。いずれにしても、あなたの準備ができしだい、こちらへ送るように制服警官に伝えるわ。それでいい？」

「オーケイ」

扉をノックする音がして、イヴはため息をついた。「行かなくちゃ。けさのこちらのあわただしさといったら、もうたいへん」

「想像もできないわ。できるだけ早くそちらへ行くわね」

「ええ、そうしてちょうだい」ザナが通信を切ると、イヴはつぶやいた。「どうぞ、入って、レオ」一体の曲線が美しい金髪の地方検事補を見て、イヴはうなずいた。「わたしのクリスマスはすばらしくて、あなたもきっとそうでしょう。とか、あれこれあれこれ。で、本題に入るわ」

「すてきなセーターね。とか、あれこれあれこれ。あなたが把握しているのは、すべて状況証拠と推論よ。告発はできないし、起訴なんてとんでもない」

「もっと手に入れるわ。まず、令状が必要なの」

「捜索令状は出せないことはないと思うけど。ほしいのは、被害者の部屋からなくなった品、隣の部屋の血痕と指紋のほかに、被害者の息子の妻の指紋。口が同じ、というのに気づいたのはいいわね。いい後押しになるでしょうけど、それだってまだ推論の域を出ていないわ。上下の唇だけではたしかな身分証明にはならない」

「もっと手に入れるわ」と、イヴは繰り返した。「手に入れつつあるの。捜索令状と逮捕令状を出させて。彼女が尋問室に来るように手配してるの。彼女にどう働きかけるかはわかっているわ」

「自白させないと逮捕はできないわ」

イヴはにっこりほほえんだ。「自白させるわ」

「そう言われると、見学したくなるじゃないの。いいわ、捜索令状を出してもらうわ。彼女を逮捕して」

レオとの話を終えると、イヴはバクスターとトゥルーハートに伝えにいった。「彼女はこちらへ向かっているわ。すぐに行って、わたしが必要としているものを見つけて。見つけたら、それを持ってもどってきて、わたしのコミュニケーターを鳴らして。こっちの準備がととのったら、ピーボディに取りにいかせるから」

「彼女はごく正常に見えました」トゥルーハートが言った。「感じもよかったし」

「まちがいなく、彼女も自分でそうだと思ってるわ。でも、そのへんはマイラの専門ね」もうひとり、イヴが見にきてほしいのがマイラだった。

マイラのオフィスに連絡をして、やっとのことで秘書を通じてマイラをつかまえる。「尋問室Aの傍聴室に来てほしいの」

「いま?」

「二十分後に。ザナ・ロンバードを参考人聴取するんです。彼女はじつはマーニー・ラルストンという人物で、ロンバード家に入り込むために別人になりすましたとわたしは考えているの。いますぐ報告書を送ります。検察も動き出してくれているわ。あなたにも力になってほしいの」

「思いこみだけで捜査が進まないように、わたしにできることはするわ」

それは必要なことだ、とイヴは思った。さらに二、三か所に連絡を取ると、椅子の背に体をあずけて気持ちを静めた。

「ダラス?」ピーボディがオフィスの扉から顔をのぞかせて言った。「彼女が到着して、上がってくるところです」

「オーケイ。さあ、ショータイムのはじまりよ」

イヴがそちらへ向かうと、殺人課の前の、人がひっきりなしに行き交う廊下に、ザナとエスコート役の制服警官たちが立っていた。

それらしいファッションで決めている、とイヴは思った。イヴがまちがっていなければ──服装に関して的を射たことが言えるようにはなってきている──ザナは明るいブルーで袖に花の刺繡《ししゅう》飾りのついたクルーネックのカシミアのセーターを着ていた。そして、それはトルーディが買った商品のひとつの説明と一致する。

いい度胸だ、とイヴは思った。思い上がっている。

「来てもらって、ほんとうに感謝します。休暇のせいで、もうなにもかも浮《うわ》ついた感じになっていて」

「わたしとボビーのためにあんなにいろいろやってくださったんですもの。せめてこれくらいやらせてください。ホテルを出る直前にボビーと話をしたの。病院からホテルへもどるときもお手伝いしてくださるって、彼にも伝えたわ」

「そうするつもりでいます。ところで、べつの部屋で報告書の仕上げをしたいと思っているんです。わたしのオフィスより居心地もいいわ。なにか飲みますか？　すごくまずいコーヒーか、自動販売機で飲み物も売っていますけど」

ザナは通りにいる観光客のように、行き交う人の多い廊下できょろきょろした。「あの、ソーダが飲みたいわ。レモン味以外ならなんでも」

「ピーボディ？　買ってきてもらえる？　わたしはザナとAに行くわ」

「はい、わかりました」

イヴは歩きながらファイル・ホルダーを持ち替えた。「書類仕事はもうほんとうにたいへん」と、気さくな感じで言う。「たいていはいやいややっているようなものなんだけれど、あなたとボビーが自宅にもどれるように、細かなところまできっちり記録しておきたいの」

「もう帰りたくてうずうずしているのよ。仕事が山積みになっているから、ボビーは早くなんとかしたいみたい。それに、とにかくわたしたちに大都会は合わないんだと思うわ」

イヴが押さえている扉を抜けて部屋に入ったザナは、一瞬、たじろいだ。「これが尋問室なのね。スクリーンでやってる警察ドラマに出てくる部屋でしょう？」

「そうよ。陳述書を確認するにはここを使うのがいちばんだと思って。ここでいいかしら？」

「ええ、だいじょうぶだと思うわ。なんだかちょっとどきどきするわね。警察署に入ったのははじめてだから」

「ボビーはけがをしているから、供述書はホテルで承認することになるわ。でも、あなたのはここでさっと片づけて、ふたりを早くテキサスに帰してあげなければ。さ、坐って」

「あなたも、ここにおおぜい犯罪者を連れてきた？」

「仕事だから」

「よくできるわね、すごいわ。いやだと思ったことはない？」

「おぼえているかぎりでは、ないわ」イヴはテーブルを挟んでザナと向き合って坐り、ぐったりと椅子の背にもたれかかった。「トルーディも連れてきたかったかも」

「どういうことかしら」

「いっしょに住んでいたころ、この人は感情のコントロールができないんだと思っていたわ。わたしは無防備だったから。とてもつらい時期だった」

ザナは目を伏せて言った。「ボビーが言っていたけれど、彼女はあまりあなたにやさしくなかったんですってね。それが、いま、あなたは彼女を殺した人を見つけ出そうと一生懸命に働いている。なんだか……」

「皮肉よね？　わたしも、ちらっとそんなふうに思ったわ」ピーボディが部屋に入ってきたので、そちらを見る。

「チェリー味にしました」と、ザナに言う。「あなたにはペプシを、ダラス」

「チェリーは大好きよ、ありがとう」ザナはチューブとストローを受け取った。「それで、これからなにをするの？」

「すべてを正式なものとするために——それから、ザナ、わたしとトルーディの以前の関係を考えると、手続きをきちんとすることは必要なので——改訂版のミランダ準則を読み上げるわね」

「あら。まあ、そう、すごい」

「あなたの権利を守るためよ。わたしの権利も守られるわ」と、イヴは説明した。「この事件が未解決《コールド》ファイルに入ることになったら——」

「コールド・ファイル？」

「未解決」イヴは首を振った。「そうなる可能性もあるかと思うとつらいわ。でも、そうなったとしても、すべてを正式なものにしておけば安心」

「ええ、わかったわ」

「レコーダーをセットするわね」イヴは時間を声に出して言い、つづけて、日付、同席者の名前、事件ファイルの名称を言ってから、改訂版のミランダ準則を読み上げた。「あなたは、この件に関するあなたの権利と義務を理解していますか？」

「はい。ああ、ちょっとどきどきしてきたわ」

「気を楽にして。そんなに長くはかからないわ。あなたはボビー・ロンバード、つまり被害者であるトルーディ・ロンバードの息子と結婚しています。まちがいないですか？」

「はい。結婚してもうすぐ七か月です」

「あなたは被害者のことはよく知っていました」

「ええ、それはもう。わたしはボビーと結婚する前から、ボビーと彼のパートナーが経営する会社で働いていました。そのころからママ・トルーを知っていたわ。彼女のことはそう呼んでいました。あ、ええと、ボビーとわたしが結婚してから、そう呼ぶようになったんです」

「あなたと彼女は仲がよかった?」

「ええ、よかったです。わたし、ちゃんとできてるかしら?」答えたあとで、ザナは声をひそめて尋ねた。

「いい感じよ。被害者は、あなたの以前の供述と、ほかの人の記録にある供述によると、むずかしい女性だった」

「ええと……そういうところもあったかもしれないわ。要求が多すぎると言えるかもしれないけれど、わたしはそんなに気にしていませんでした。わたしはじつの母親を亡くしているので、家族と呼べるのはママ・トルーとボビーしかいないんです」ザナは壁を見つめ、目をぱちぱちさせた。「いまはもうわたしとボビーだけになってしまったわ」

「あなたは、母親を亡くしてから仕事を求めてテキサス州コッパーコーヴへ引っ越した、と述べています」

「ビジネスカレッジを卒業したのもきっかけよ。新たな気持ちでスタートを切りたくて」そう言って、口元をゆるめる。「そして、ボビーを見つけたの」

「それ以前に、被害者やその息子に会ったことはない」

「ありません。出会ったのは運命だと思うわ。そういう相手と出会ったときって、とにかくそうだってわかるのよね？」

イヴはロークを思った。葬式会場でふたりの目が合ったときのことを思い出した。「ええ、わかるわ」

「その場にわたしとボビーしかいないみたいだったわ。D・Kに、ええとボビーのパートナーのデンシル・K・イーストンによく言われたものよ。わたしたちがなにか話すたびにおたがいの口から小さなハートが飛び出していたって」

「すてきね。今回、ニューヨークへ来るというのは、だれが言い出したことですか？」

「ええと、そうね、ママ・トルーよ。あなたと話がしたいって。クローン事件に関するマスコミ報道で姿を見て、あなただって気づいたのよ」

「彼女が亡くなったときに宿泊していたホテルを選んだのはだれ？」

「彼女です。いまになって考えると、ほんとうに恐ろしい話だわ。自分が死ぬことになる場所を選んだんだもの」

「それも皮肉な話だと言えるわね。殺人があったとき、あなたとボビーは、廊下を挟んで向かい側の、被害者の部屋から三つ目の部屋にいた」

「ええと、うーん。廊下の反対側というのはおぼえているわ。でも、いくつ目かはよくわからないけれど、そのくらいだった気はするわね」

「殺人があったとき、あなたとボビーは自分たちの部屋にいた」

「はい。その夜は外で食事をしたの。ママ・トルーは行かなかったわ。それで、わたしたち、ふたりでワインを一本、空けたわ。部屋にもどってから……」そう言って、愛らしく頬を染める。「あの、その晩はずっと部屋にいたわ。朝になって彼女の部屋に行ったのは、リンクをかけても彼女が出なかったから。具合が悪いのか、そうじゃなければ、前の晩にふたりだけで出かけたわたしたちにちょっと腹を立てているのかと思ったわ。そうしたら、あなたが来て、それで――それで、あなたが彼女を見つけたのよ」

ザナはまた目を伏せ、いつわりの涙を二粒、三粒、こぼした、とイヴは思った。「恐ろしかったわ、ほんとうに恐ろしかった。彼女は倒れていて、そして、血が……あなたはなかに入っていったわ。どうしてそんなことができるのかしら、とわたしは思った。ほんとうにたいへんだと思うわ。女性の警官の方たちは」

「報われるときもあるわ」イヴはファイルを開き、事実を確認するように書類をぱらぱらとめくった。「ここにわたしの行動が時間を追って記してあるわ。読み上げるので、同意するかどうか聞かせてちょうだい」

イヴが読み上げるあいだ、ザナはせわしなく下唇を噛んでいた。「まちがいないと思うわ」

「よかった、よかったわ。それでは、ほかに確認が必要なことに移ります。ところで、すてきなセーターね」

ザナは得意げな顔をして、自分でもセーターを見下ろした。「ありがとう。この色が大好きなの」

「あなたの目の色にぴったりじゃない？　トルーディの目はグリーンだった。彼女にはあまり似合わなかったと思うわ」

ザナは目をぱちくりさせた。「そうかもしれないわ」

扉をノックする音がした。フィーニーが部屋に入ってきた。スケジュールどおりだ、とイヴは思った。フィーニーは証拠用保管袋に入ったポケットリンクを手で覆い、はっきり見えないようにしている。「ダラス？　ちょっと来てほしい」

「もちろんよ。ピーボディ、月曜日の殺人以降の行動を、時間の流れにしたがって確認しておいて」イヴは立ち上がり、ピーボディと交代してフィーニーに近づいていった。

「いつまで恐ろしげな顔をしてここに立ってればいいんだ？」フィーニーが声をひそめて言う。

「とにかく、振り返って容疑者を見て」イヴも同じように、振り返ってザナを見た。それから、フィーニーの腕を取り、引っぱるようにして部屋を出た。「彼女にしばらく考える時間をやりましょ。これはほんとうに、被害者が登録していたのと同じタイプのリンクなの？」

「そうだ、形も、型も、色も同じだ」

「いいわね。ちらっと見て、彼女もそれがわかったはずだわ」

「あれだけのことなら、うちの坊やたちのだれかにやらせてもよかっただろう」

「あなたのほうがちゃんとした感じで、見た目もこわいからいいのよ」もうしばらくザナに冷や汗をかかせたくて、イヴは両手をポケットに突っ込んで言った。「きのうはどうだった？　ちゃんとした格好での食事」

「孫息子のひとりにグレービーソースの入れ物をひっくり返すように言いつけた。あれはいい子だ。いい絆ができたよ」にっこりほほえむ。「それと、駄賃を二十ドルやったよ。その価値はあった。ほら、女房も孫はそうきつくおこれないし、僕もスーツを脱ぐことができた。大成功だよ、ダラス。感謝する」

「力になれてうれしいわ」イヴのコミュニケーターが鳴った。「ダラスよ」

「バクスターだ。セーターは見つからないが――」

「彼女が着てるわ」

「嘘だろう？　なんて大胆で不愉快な女だ。でも、ハンドバッグも、香水も、エンハンスメントも見つけたぞ。それから――きっと気に入ると思うんだが――捜索令状にはコミュニケーション機器と電子機器も含まれていたから、トゥルーハートに彼女のリンクのログを見させてみた。彼女はバリ島への航空便を調べていた。マーニー・ゼーンの名で、来月の便を一名分、予約もしている。ひとりだぞ。片道だ。搭乗地はテキサスじゃなくてニューヨークだよ」

「それはおもしろいわねえ？　バッグとかほかにもいろいろ、ピーボディに取りに行かせるわ。いい仕事をしたわね、バクスター」

「俺と坊やは尾行のへまを取り返さないとならなかったから」

「彼女を追いつめたな、ダラス」イヴがコミュニケーターを切ると、フィーニーが言った。

「そうね、でも、檻に入れてやりたいわ」

イヴはそ知らぬ顔で尋問室にもどった。「ピーボディ捜査官、バクスター捜査官のところへ行って、いくつか品物を受け取ってきてほしいの」

「はい、サー。月曜日の時刻ごとの行動は確認しました」

「オーケイ」ピーボディが出ていくと、イヴは椅子に腰かけた。「ザナ、被害者が亡くなった日に、時刻を問わず、彼女とコミュニケーターで連絡を取った？」

「ママ・トルーと？あの土曜日に？彼女からわたしたちの部屋に連絡があって、きょうは部屋にいたいって言われたわ」

イヴは一瞬、リンクをテーブルに置いてから、そのうえにファイル・ホルダーを置いた。

「その日の夜、また彼女にリンクで連絡を取らなかった？」

「ええと、よくおぼえていないわ」ザナは親指の爪をかんだ。「なんだか記憶がごちゃごちゃになっていて」

「じゃ、はっきり思い出させてあげる。彼女のリンクからあなたに連絡があったのよ。あなたは彼女と話をしているわ、ザナ。前回、事情を訊いたときも、あなたはそのことに触れなかった」

「たぶん、話したんだと思うわ」そう言って、警戒するような目でホルダーを見る。「話すたびにそのことをおぼえているのはむずかしいわ。とくに、あんなことがあったんだもの」

悪意のないほほえみをイヴに向ける。「それは大事なことなの？」

「ええ、ちょっとばかりね」

「ああ、ごめんなさい。すごく動揺してたし、すべてをおぼえているのはむずかしいわ」

「そんなに簡単に忘れられるようなことじゃないと思うけど。あの晩、彼女が殺された晩に、彼女の部屋に行ったことは。彼女、顔がめちゃめちゃになっていて、一度見たらとても忘れられない姿だったはずよ」

「彼女には会っていないわ。わたしは――」

「会ってるわ、あなたは彼女に会ってる」イヴがホルダーを脇へ押しやったので、ふたりを隔てるものはなにもなくなった。「あの晩、ボビーが寝ているあいだに、あなたは彼女の部屋へ行った。そのときに自分のものにしたのが、いま、あなたが着ているセーターよ。彼女が亡くなる前に、木曜日に買ったセーターよ」

「彼女がセーターをくれたのよ」ザナの目にみるみる涙があふれたが、その奥がなにかをおもしろがるようにきらりと輝くのを、まちがいなくイヴは見た。「彼女が買ってくれたのよ、早めのクリスマスプレゼントだと言って」

「そんなのは大嘘だし、それはおたがいにわかっているはずよ。彼女があなたになにかくれたことなんか、一度もないはず。セーターは彼女がくれたんじゃない……」そう言って、またべつの証拠品保存袋を持って入ってきたピーボディのほうを見る。「ハンドバッグも、香水も、口紅《リップ・ダイ》も、アイシャドー《ガンク》も、彼女がくれたんじゃない。でも、あなたは、彼女が持っていてもしょうがないと思わざるをえなかった。彼女は死んでいるから。なんでわたしが身につけて楽しんじゃいけないの？　なんでわたしがぜんぶもらっちゃいけないの？」

イヴは身を乗り出した。「彼女が救いようのない性悪女だったのは、あなたもわたしも知ってるわ。あなたは格好の機会を逃さなかっただけ。あなたはそれが得意なのよね。前からずっと、それが得意だったわね？　マーニー」

# 21

ほんの一瞬、それはたしかに彼女の目を横切った。ショックだけではない、とイヴは思った。興奮だ。そして、また以前のままの無邪気でつぶらな目にもどった。赤ん坊のように健全な目だ。

「なにを言っているのか、わからないわ。ここにはもういたくない」ここだけは変えたくなかった大好きな唇が震える。「ボビーに会いたい」

「ほんとうに、そんなふうに思ったことがあるの？」イヴは訊いた。「それとも、彼はただ扱いやすかったから？　でも、それもすぐにわかるわ。もう演技するのはおやめなさい、マーニー。そのほうがおたがい、幸せでしょう。だって、一心同体で動き回るのに、ザナくらい退屈な相手はいないと思うもの」

マーニーはあわれっぽく鼻を鳴らした。「なんて意地悪なの」

「そうよ、わたしに嘘をつく相手には、そういう接し方をするのよ。あなた、少しは楽しんでいたのよね。でも、汚れを落としに行ったトルーディの隣の部屋では、ちょっと仕事がずさんだったわ。血痕を残していた。もっと悪いことに、自分の指紋も残してしまった」

イヴは立ち上がり、テーブルをまわっていって、マーニーの肩越しにのぞきこんだ。かすかに花の香りがして、マーニーは今朝、トルーディの新しい香水をつけてきたのだろうか、と思った。死んだ女性が選んだ香りをしゅっと自分に吹きかけて、どんな感じがしただろう？

いいわ、と思ったにちがいなかった。おそらく、吹きかけながらくすくす笑っていただろう。

「別人になりすますのはうまくやったわね」イヴは静かに言った。「でも、完璧ではありえない。そして、トルーディのリンク。ささいなことよ、マーニー、でも、足元をすくわれるのは、いつも決まって小さなことがきっかけよ。あなたはとにかく、彼女のものをちょっとばかり自分のものにしないと気がすまなくなった。盗み癖があるのよね。いつもそうだった」

イヴは手を伸ばしてテーブルの上のファイルを開き、拡大した画像を二分割したスクリーンで比較している写真と、マーニー・ラルストンのデータと犯罪歴の一覧を見せた。

「落ち着きのない、忙しい娘。あなたを見て、そう思ったわ。たぶん、トルーディの部屋の外の廊下で会ってすぐ、そう感じた。見た目は主婦だけど、中身は落ち着きのない、忙しい娘だ、って」

「あなたには、なにも見えてなかったんだわ」マーニーは小声で言った。

「そう思う？　まあね、いずれにしても、香水を持っていたのはまずかったわよ、マーニー、すてきなセーターや、あのすごい高級ハンドバッグを持っていったのもまずかった」

「あれはもらったのよ。ママ・トルーが――」

「でたらめばかり。あなたは嘘つきの大ばかね。賢くなりたかったら、また涙を振り絞って、盗みました、どうしても我慢できませんでした、って言えばいいのよ。恥じ入っています、って。あなたもわたしも、トルーディが人になにかあげるなんて、ぜったいにないって知ってるはずよ」

「わたしを愛していたのよ」マーニーは両手で顔を覆い、涙を流した。「愛していたの」

「また嘘を」イヴはさらりと言った。「嘘つきの、救いようのない大ばかよ。問題は、彼女を知っているうえに、彼女をおぼえていた警官に出くわしたこと。あの朝、いろいろ片づけたり洗ったり拭いたりする前に、わたしが現れるとは思ってもいなかったはず。わたしが捜査の主任になるとは思ってもいなかったはず」

マーニーの肩を軽く叩いて、テーブルの端にひょいと腰かける。「その確率はどのくらい？」イヴはピーボディをちらっと見た。「知りたいわ、本気で」

「だれも予想できなかったでしょう」ピーボディは言った。「それから、あれはほんとにすごいハンドバッグです。あれを無駄にさせておくのは恥ずべきことだと思います。わたしがなにを考えているかわかりますか？　誘拐をでっち上げたのはやりすぎだ、ということです。ずっと目立たないところにいればスマートだったのに。でも、ささやかなスポットライトを浴びるチャンスをつかまずにいられなかったんでしょう」

「あなたの言うとおりだと思う。目立つのが好きなのよね、マーニー。これまでずっと、規則に縛られてきたんだから。警察でも、児童保護サーヴィスでも、トルーディのところでも。それで、脱走しては、しばらくのあいだ鬱憤を晴らしていた。でも、いくらそんなことをやっても足りない。でも、あなたは賢いわ。チャンスにお尻を蹴っ飛ばされるようにして、自分の思いどおりにやってきた」

「なにがあったかわからないから、勝手にでっちあげて」

「でも、わたしはよくわかってるの。あなたを賞賛するわ、マーニー、ほんとうよ。計画も、演技もすばらしかった。うまくやり遂げるコツを知ってるのね。もちろん、彼女はみごとにはまってきた。こっちへやってきて、わたしから金をせしめようとした。そして、昔からのパターンにしたがって、自分自身を傷つけてほかのだれかのせいにしようとした。あなたがあともう何か月かけなげな妻でありつづけ、かわいい嫁でいつづけていたら、いい思いができたかもしれないわね。ねえ、マーニー」イヴは身を乗り出した。「わたしに話したいんでしょう、わかってるわ。あれを経験した者以上にあなたを心から理解できる者がいる? 彼女には毎晩、水風呂に入れられたの? バスタブを磨かされた? 何度、暗い部屋に閉じこめられた? あなたにはこれっぽっちの価値もないんだって言われた?」

「彼女になにがあったか、どうしてそんなに気にするの?」マーニーが穏やかに訊いた。

「だれが気にしてるって？」

「そうだと思ったわ。これだけど」マーニーは証拠品保存袋のほうを身振りで示した。「マ・トルーはぜんぶわたしにくれたの。わたしを愛していたの」

「この地球の内外を問わず、彼女が自分以外で愛した人はただのひとりもいないわ。でも、あなたなら陪審員団にそう思いこませられるんでしょうね。どう思う、ピーボディ？」

ピーボディはじっと考えるように唇をすぼめた。「うまくいくでしょうね。とくに、タイミングよく涙を流したりすれば。でも、それ以外の話になれば、うまくいく可能性はがた落ちです。だって、警部補、いい資料があるじゃないですか——拡大した写真です。他人になりすましたかもしれないんですよ——まだ確実な証拠はありませんが、説得力はあります」

ピーボディは一方の肩をすくめた。「しかも、それは人を殺すためかもしれないんです。彼女が被害者の息子と結婚した目的はただひとつ、かつての里親に近づいて殺すためだと陪審員団に言ったらどうなりますか？　ありえないほど冷酷な行動ですからね。さらに、お金の問題があります。殺したのは金を得るためでもあった、と。彼女はおそらく、地球外施設での終身刑でしょう。きついですよ」

ピーボディはマーニーを見た。「殺してしまったのは、あらかじめ計画してのことではないと、わたしたちを納得させられる可能性もあるわ。ひょっとしたら、正当防衛を主張できるかもしれない。わたしたちが共感できれば、という話だけれど」

「弁護士を呼ぶべきかもしれないわね」

「いいわ」イヴはテーブルに手をついて立ち上がった。「わたしからの共感は期待しないで。あなたを逮捕するのはわたしなんだから。弁護士を雇うのは、マーニー、あなたの権利よ。弁護士を呼んで正直に話しているうちに、わたしの共感と賞賛もたっぷり得られるかもしれない。だれか特定の人を呼ぶの?」イヴはさらりと尋ねた。「それとも、国選弁護士がいい?」

「待って。ちょっと待って」マーニーはソーダを持ち上げ、ちょっと飲んだ。容器をテーブルに下ろしたとたん、誠実そのものだった表情はずる賢いそれに変わっていた。「彼女はあなたたち、あなたと旦那から徹底的に金を搾り取るつもりだった、って言ったらどうなる?わたしはそれを阻止したんだ、って。そうなると話はちがってくるかも」

「たしかにそうね。聞かせてちょうだい」イヴはまた椅子に腰かけた。「でも、わたし個人に話したいということね。そういうことなら、最初から話してくれない?」

「いいわよ。まず、わたしは死ぬほどザナが嫌いよ。その点について、あなたはまちがってなかった。そこに、わたしの子どものころの資料があるでしょう?」

「ええ」

「実際はそんなもんじゃないのよ。あなたならわかるはず。わたしは、子どものころからなにかというと蹴っ飛ばされていたわ」

「医療関係の資料も見たわ。ひどい目に遭っていたようね」

「そのうち、蹴られたら蹴り返すことをおぼえたわ。自分の面倒は自分でみた。だれもみようとしてくれないからよ」うんざりしたように、ソーダの容器を脇へ押しやる。「コーヒーをもらえる？　ブラックで」

「もちろん、わたしが持ってきます」ピーボディは扉に近づき、するりと外に出ていった。

「国のシステムはひどいもんよ」マーニーはつづけた。「さんざん人を打ちのめしておいて、こんどは刑務所で働かせようっていうんだから」

イヴはまっすぐマーニーを見つめたまま言った。「わたしは主導権を握るのが好みよ」

「ええ、ええ、そうでしょうね。警察バッジを手に入れたんだから。最高の武器よね。そのへんのばか野郎を毎日のように蹴飛ばしているんでしょ。思う存分、それを利用して、たまには仕返しにも使ったりしてるのが目に見えるようだわ」

「あなたの話をしましょ」

「わたしがいちばん好きな話題よ。それで、ようやく、最悪な母親からわたしを保護して、連中はどうしたと思う？　トルーディに引き渡したのよ。最初は思ったものよ。ちょっと、これはうまくやれそう、って。家もなにもかもきれいだったし、慈善家ぶっただれかさんと、息子がいたわ。でも、彼女はわたしの母親よりひどかった。わかるでしょ」

「わかるわ」

「彼女は力が強かった。当時のわたしは、ほんとにちっぽけで弱々しかった。毎晩——一日も欠かさずよ、こんちくしょう——彼女の宗教儀式みたいに、水風呂に入れられた。そのあとは、部屋に閉じこめられたわ。それはべつによかった。静かだったし。考える時間がたっぷりあったし」

ピーボディがコーヒーを持ってもどってきて、テーブルの上に置いた。

「彼女のイヤリングを盗んだら、食事のなかになにか入れられて具合が悪くなったこともあったわ」マーニーはコーヒーをちょっと飲み、しかめ面をした。「警察に来るのは久しぶりよ。あなたたちはまだ、ちゃんとしたコーヒーも飲めないままなのね」

「われわれの仕事は犯罪と戦うことですから」ピーボディがそっけなく言うと、マーニーは声をあげて笑った。

「たいしたものね。わたしの話にもどるわよ。それから、二度目に逃げ出してつかまったとき、あの性悪女はわたしの髪を切ったわ。きれいな髪だったのよ。あのころは短くしていたけれど、きれいな髪だった」

マーニーは片手を上げて、肩にかかる髪を背中に払った。「丸刈りみたいに短く切ったのよ――よくわからないけど、戦争犯罪者かなにかみたいだった。それで、ソーシャルワーカーには、わたしが自分でやったんだって言ったわ。そのまま、だれがなにを調べるでもなく、その件はおしまい。なにかやったら仕返しを受けるんだって、そのとき知ったわ。いつの日か、どんなかたちでも。髪を切られたように」

イヴはほんのちょっとだけマーニーに同情した。「それで、また脱走した」

「そうよ。彼女がいるときに家に火をつけて逃げようと思ったけれど、それは賢くないと思い直したの。そんなことをしたら、徹底的に追われてしまう」

同情心はあとかたもなく消し飛んだ。「放火や殺人を犯して逃げれば、そう、警察は必死であとを追ったわね」

「いずれにしても、わたしはまだ若かった。復讐する時間はいくらでもあったわ。でも、彼らはやっぱり追ってきた。あなたたち警官は、だれかをただあるがままに放っておくってことを考えないの？」

マーニーは首を振り、またコーヒーを飲んだ。

「そして、十三歳のときに、とうとうあの家から逃れた。あなたのこれまでの人生の半分、ということね、マーニー。それから長いあいだ、恨みを抱きつづけていた」

マーニーはコーヒーにも負けない苦々しさをこめて言った。「しつこく持ちつづけないで、なにが恨みなのよ？　あなたは娼婦だって、あの女に言われたわ。生まれながらの娼婦で、娼婦のまま死んでいくんだ、って。醜くて、能なしだ、って。なんの価値もない、って。毎日、いっしょにいるあいだはずっと言われていた。居間に新しい家具がほしくなった彼女は、それまであった家具をめちゃくちゃに壊して、わたしがやったんだって言ったわ。州はあの女に小切手を切って弁償し、わたしに罰をあたえた。あの女のせいで、わたしの人生は一年近く、まるで地獄も同然だったのよ」

「その復讐を果たすのに、ずいぶん長いあいだ待ったのね」

「ほかにもやることはあったわ。でも、いつチャンスがめぐってくるかわからないから、ずっと目は離さなかった。そうしたら、うまくめぐってきたというわけ」

「マイアミで爆発事件があった夜のことね」

「運命の時って、ただ膝の上に転がってくるとか、そんな感じ？　その晩、わたしは具合が悪くて、仕事を代わってくれる子を探したのよ。代わったところでべつにだれも気にしないような、安いナイトクラブよ。わたしの身分証明《ID》を渡して、パスコードをおしえるだけでいい。その子は楽屋に入れて、ロッカーに入ってる衣装に着替えられる。事故のことはスクリーンのニュースで知ったわ。クラブは吹き飛び、ほぼ全員が死んだって。遺体はばらばらだって。あら、まあ、わたしって運がよくない？　働きに行っていたら、ばらばらになっていたのよ。正直言って、ぞっとしたわ。それで、考えたの」

「そして、思った。〝なりすましちゃえばいいじゃない？〟」

「まあね、こういうことよ。わたしは、あちこちで小金を借りていたの。死んだことになれば返さなくて済む。だから、死んだ友だちのＩＤと、彼女の金を持って逃げたの。けっこう貯め込んでいたのよ、彼女」

「彼女の名前はおぼえてる？」

「だれの？　ああ、彼女の名前？　ロージー、そうよ、ロージー・オハラ。どうして？」

「肉親が探しているかもしれないわ」

「どうだか。流しの公認《L》コンパニオン《C》で、麻薬の常習者よ」自分の身代わりになって死んだ女性を、まるでまずいコーヒーであるかのように冷ややかにはねつける。「彼女のＩＤをいつまでも使うわけにいかないから、さっさと捨てて新しいのを手に入れないと、と思ったわ。そんなとき、ザナみたいになろうと思いついたの。どこへ行ってだれに賄賂を払えばいいか知っていれば、新しいIDとデータを手に入れるのはそれほどむずかしいことじゃない。体も顔もところどころ変えたわ。記録は残らないようにした。自分の姿を見て、悪くない投資だと思ったわ。ボビーのことを知ってからはなおさら」

「格好がよくて、独身で、野心もある男」

「そのとおりよ。しかも、まだママにべったり。これだけははっきりさせておくけれど、彼女を殺す気はなかったわ」マーニーは両手を持ち上げ、左右の人差し指でイヴのほうを指して念を押した。「ほんとうに、これは断言する。〝身を潜めて待っていた〟とか、そういうクソみたいなことじゃない。ただ、彼女の坊やを横取りして、わたしがされたみたいに彼女の人生をみじめなものにしてやろうとは思っていた。居心地のいい巣から卵を盗んでやる、って感じかも」

「入念に計画された詐欺ね」イヴは言った。

「そのとおり。ボビーは簡単だった。だいたいにおいて悪い人じゃないわ。退屈だけど、悪くない。それに、ベッドのなかでもまあまあだし。それから、トルーディ？」

マーニーは椅子にふんぞり返り、にんまりした。「彼女はうれしくてたまらないみたいだった。おとなしくてちっちゃなザナっていう、あたらしい奴隷を手に入れたと思っていたみたい。ああ、ママ・トルー、喜んでわたしがやりますから。汚れる仕事をやらなければならないなら、このわたしがやりますから。そのうち、びっくり仰天するようなことがわかった。彼女は金を隠し持っていたのよ。しかも、かなりの大金を。それって、わたしも分け前をもらっていいんじゃない？ ヘルパーになったつもりで、彼女の家の家事もやっているんだし。彼女の家にはほかに優秀なスタッフもいたわ。雇うのは金がかかるはずよ。その金ってどこからくるの？ ちょっと調べてたら、すぐにわかった。恐喝よ。それがわかれば、彼女との関係を逆転させることもできる。必要なのは少しばかりの時間。そして、じっくり考えたわ」

マーニーはテーブルに肘をつき、拳に顎をのせた。「金の一部を吸い上げるのにいちばんいい方法はなんだろうって考えて、彼女の悪事を暴くことだと気づいたの。彼女にわたしが閉じこめられたように、彼女も刑務所に閉じこめられたらいいと思った」

彼女は楽しんでいる、とイヴは思った。こうしているあいだも一分一分を味わい尽くしている。

「そのうち、彼女はマスコミの報道であなたの姿を見て、どうしてもニューヨークへ行くって言い出した。わたしはこれをうまくまとめてぴかぴかの包装紙でくるんで、あなたの膝にぽんと置くつもりだった。そして、一歩後ずさりをして、大きな目をさらに大きく見開いて、恐れおののく。わたしの夫のお母さんがゆすり屋だったなんて。そして、お腹がよじれるほど笑うはずだった」

「いい計画ね」イヴは認めた。「でも、また格好の状況があなたを目指して飛んできた」

「あなたが脅しに負けて金を払っていたら、ちがう状況になっていたと思うわ。それを考えるのもおもしろいかも」マーニーは言い、コーヒーの容器を持ったまま身振りを交えてつづけた。「あなたたちは彼女に金を払うか、少なくとも二、三日は考えると思ったわ。そうしたら、そのあいだに、すっかり動転したわたしがあなたのところへ行って、愛する夫のママについて知ってしまったことを純粋無垢な目をして話すつもりだった」

マーニーはコーヒーを脇へ押しやった。「あなたもわたしも、かつての経験が心に染みこんでいるわ。以前、彼女に虐待された子どもたちはひとり残らず、あの経験を忘れられずにいる。でも、あなたは彼女を追い払った。ロークは？ 彼は彼女をオゾン層まで投げ飛ばしたようなものよ。彼女は代償を支払わせるつもりだった。大きな代償をね。彼女にはもうそれしか考えられなかった。だれかにやられたら、やり返す。何倍にもしてね。そして、彼女が自分になにをしたか、見たでしょう？」

「ええ。ええ、見たわ」

「あなたも言っていたけれど、はじめてじゃないわ。言わせてもらえば、あの女は根深い問題を抱えてる。わたしに連絡してきたとき、彼女はもう自分を打ちのめしたあとだった。ボビーでは――彼女がやろうとしていることに協力しそうにないから――だめだった。彼なら母親を止めたり、やめさせようとしたりしたはず。でも、わたしは？ 彼女の息子の従順な嫁は？ わたしなら当てにできるし、強い態度に出てもだいじょうぶだとわかっていたのよ。彼女の部屋へ行ったときは無理に演技する必要もなく、驚いたわ。顔がめちゃめちゃだった。彼女はわたしになんて言ったと思う？ 知りたい？」

イヴは答えた。

「なんとしてでも」イヴは答えた。

「あなたにやられたって言ったわ」

イヴは驚いたようにのけぞった。「ほんとうに？」

「ええ、ほんとうに、大げさに声を張り上げて言ったわ。見てよ、彼女にこんなにされたわ。引き取って、住むところをあたえてやったのに。しかも、女性警官なのよ！　だから、わたしはすぐに望まれてる役になり切ったわ。ああ、なんてこと、ああ、どうしよう。病院に行かなくちゃ。ボビーに知らせて、警察を呼ばないと！　でも、彼女はそんなわたしを叱りつけたわ。だめよ、だめ、だめ。これは警官がやったのよ。しかも、彼女は影響力のある男と結婚している。人生に慎重になっているはず、そうでしょ？　それで、彼女に言われてわたしは記録を撮ったわ。身を守るためだ、って彼女は言ったわ。わたしは、彼女がやろうとしていることがよくわかった。あなたが思いどおりのことをしなければ、記録のコピーをマスコミや市長や警察本部長に送りつける。すべてバラす、って。わたしはコピーを作って――オリジナルは彼女が保管する――本署のあなたのところへ直接持っていくことになっていたわ。ボビーにはなにも言わず。ぜったいに言わないって、彼女に誓わされたわ」

マーニーは声をあげて笑い、胸の前で十字を切るふりをした。「それから、彼女のためにスープを作って、よく効く鎮静剤を混ぜて、ちょっとワインも加えて出したわ。それを食べて、彼女は眠ってしまった。その時点で殺すこともできたわよね。そう考えたいんでしょうね」

「そうかもしれないと思っているところよ」

「わたしは部屋のなかを探して、彼女が作った靴下のこん棒を見つけた。あなたに関する資料のコピーも見つけた。おもしろい、と思ったわ。それで、すべて部屋に持ち帰ったの。つぎに彼女が連絡してきたとき、いまは話せないって伝えたわ。ボビーがすぐそばにいたからよ。食事を終えて部屋にもどって、彼が眠ったら連絡するって言ったわ。じつは、彼女はこれがお気に召さなかったの。そうだ、リンクを持っているんだから、もうそのときの会話は聞いたでしょう」

「しつこく迫っていたわね」イヴはすかさず言った。「トルーディは待つように言われるのが嫌い、ってこと」

「そうよ。でも、わたしはこんな感じ。あ、じゃあ、ボビーに話しましょう。出かけるのはやめて、ふたりでお部屋へ行って看病します、って。そんなこと、彼女は受け入れないに決まってるわ。結局、彼女はまた鎮痛剤を呑んで、わたしたちは外出した。わたしには長い夜だったけれど、ああ！　楽しかった。ただ目をぱちくりさせて、シャンペンをたのめるかしらってボビーに訊いたりすると、彼は身の丈にあった中流階級のやり方で、できるだけのことをしてくれたわ。わたしはもうただうっとりしていたわ。わかるでしょう？」

マーニーは鼻から息を吸い込み、首を椅子の背もたれにあずけて目を閉じて、その晩のことを思い出していた。「部屋にもどったら、早々に彼をベッドに向かわせて、ちょっとばかり特別のことをして眠らせたわ。それから、廊下を歩いてトルーディと話をしに行った」

「武器も持っていったの？」

「もちろん。使うためじゃないわよ」急いで言い添える。「はっきり言っておくわ。武器は記録に残すために持っていったの。計画では、少なくともしばらくはいつもの役柄を演じたまま、彼女に武器を見せるつもりだった。なにをしたの？　わたしに嘘をついたのね！　ボビーに話すわ。警察へ行くわ！」

マーニーは両手をお腹に置いて、声をあげて笑った。「ああ！　彼女のあの顔を見せたかったわ。まさに寝耳に水だったのよ。そして、彼女はわたしを平手で殴ったわ。頭がどうかしたんだって言って、殴った。わたしに言われたことだけやっていればいいんだ、口答えをするんじゃない、って言ったわ。居心地のいい巣でいつまでも暮らしたいなら、無駄口をきかないでわたしに言われたことをやっていればいいんだ、って。そうじゃないなら、追い出すから。そうさせるから、って」

マーニーの顔つきはけわしく、憎しみをむき出しにしていた。「わたしが子どもだったときと同じように、あの女はわたしをいない、いないのも同然だって言ったのよ。〝なんの価値もない〟って。それから、〝ここで主導権を握っているのはだれか、よくおぼえておくことね〟って。そして、わたしに背中を向けた。わたしはまだ武器を握っていたわ。そのことは考えていなかった。なにも考えてさえいなかった。そうしたら、とにかく、そうなってしまったの。それが彼女に打ち下ろされるのを見ていた感じよ。そして、彼女は崩れ落ちた。がっくり膝をついて、そこにまた、武器が打ちつけられたわ。あんなに気持ちがよかったことって、人生にほかにないわ。これで、いないも同然なのはだれよ？　と思ったわ」

マーニーはコーヒーの容器を手に取った。「ねえ、お代わりをもらえる？　味はひどいけど、なんだかしゃきっとするわ」

「もちろん」イヴはピーボディに合図を送り、立ち上がると、部屋に備え付けの水差しの水を汲みにいった。

「そうしようって計画したわけじゃないわ」マーニーはさらに言った。「でも、計画どおりにできないこともある。あの鏡の向こうにだれかいるの？」

イヴは鏡に映る自分の姿をじっと見た。「それがなにか影響する？」

「見物人がいるなら知りたいな、と思っただけ。わたしは彼女を殺したわけじゃない。ほんのしばらく、理性を失ってしまったの。彼女に殴られたわ、顔を、まともに」

「平手で」イヴはつぶやき、思い出した。「一瞬、ひりっとするけれど、跡が残るほどじゃない。うまいのよ、殴り方が」

「彼女は痛みが好きなんだわ。痛みをあたえるのも、受けとめるのも」マーニーは椅子に坐ったままくるりと体の向きを変え、つながりを強調するかのように鏡に映っているイヴと目を合わせた。

イヴのなかでなにかがねじれた。自分が武器を握っていることに気づき、それを使ってしまうのがどんな感じかは、わかっていた。ただやみくもに、猛獣のように動いてしまうのだ。

「彼女はセックスの刺激とは関係なく、SとMの傾向を併せ持つタイプだったのよ」と、マーニーはつづけた。「わたしはそう思っている。胸が悪くなるような性悪女だった。でも、彼女を殺そうとは思っていなかった。わたしがだれなのか、彼女に名乗るチャンスさえなかったわ。じっと顔を見て、名乗るつもりだったのに。たまらなく残念だわ。そうするときのことを夢見ていたのに」

「やってもがっかりしただけに決まってるわ」ピーボディが新たにコーヒーを持って部屋に入ってきたので、イヴは淡々とした表情のまま振り返った。「やってしまったあとは、短いあいだにいろいろ考えなければならなかったでしょうね」

「とにかく逃げようかとも思ったわ。でも、なんとか気持ちを落ち着けた。セーターとかほかにもいろいろ、持ってくるべきじゃなかったんでしょうね、たぶん」マーニーは着ているセーターを見下ろし、ほほえんだ。「でも、我慢できなかったの。ぐっと我慢して待って、あとで手に入れたらよかった。でも、その一瞬の衝動をどうしようもなかったの」

「隣が空き部屋だったのは知っていたの？」

「ええ。メイドがそう言っていたから。隣同士になれるように、部屋を移りますかって訊かれたわ。それにはおよばないわ、ありがとう、って、断った。隣の窓の錠はおりていなかったわ。そうでなかったら、避難台で服を洗って、着替えをしてから下りていって、正面玄関から入ってこなければならなかった。安ホテルはセキュリティもお粗末よね。だれかが隣の部屋を見るとは思わなかったわ。それから、避難台に血痕をたらした。開けっ放しの窓、女性の死体、血痕。抜かりはないと思っていたわ」

「半分までは悪くないわね」イヴは同意した。「でも、あなたひとりでかかわり過ぎたわ。ボビーに遺体を発見させるべきだった」

「わたしのやり方のほうが楽しいと思ったのよ。やっぱりスリルや刺激がなくちゃ。でも、あなたとロークが現れたときは、びっくりしたなんてものじゃなかったわ。いちばん会いそうにない人たちが、あの意地悪ばばあの部屋にやってくるなんて。その場しのぎで必死に対応したわ」

「かなり冷や汗もかいたはず。わたしたちが現場を調べているあいだ、隣の部屋には彼女のリンクや、武器や、血まみれのタオルがあったんだから」

「ええ、少しはね。でも、見つかったとしても、わたしが疑われる理由はまだないと思っていたわ。つぎの日のことは、わたしにとってささいな保険みたいなもの。じゃまなものをまとめて、出かけて、いろんなリサイクラーに捨てながら歩きまわって、よさそうな店を探したわ。わたし、前にニューヨークに住んでいたことがあったの。あのバーも知っていた」

「気づいていたわ」

マーニーは鼻でせせら笑った。「勘弁してよ」

「彼がソイドッグを持って転ぶ前に、そう思えるようなことを口走ったわ。あの日、ふたりに自動誘導装置を仕掛けていたの。わたしにとってのちょっとした保険よ」

マーニーは真顔になり、一瞬、いらだたしげな表情を浮かべてから肩をすくめた。「ボビーが足を滑らせたのよ」

「この期《ご》におよんでそんなことを言うのね、マーニー。協力すれば印象がよくなるのに。いまさら嘘をつくのはやめて。トルーディは大金を残して死んだ。その金とあなたのあいだに、どっかと坐っているのがボビー。退屈なボビー」

「お金のためにやったと思ってるの？　お金はちょっとした砂糖ごろも《アイシング》だけど、ケーキそのものじゃない。復讐よ。彼女はこの報いに値するのよ。こういう目に遭うだけのことをやってきたんだって、あなたはだれよりもよくわかってるはず。ボビーはばかだけど、悪い人じゃない。わたしが彼をちょっと押したとしたら、それはたんなる衝動で、それ以上のことじゃない。それであなたたちが目に見えない男を捜しつづけるはめになった、というだけのこと。それに、わたしはとっさに彼をつかんで引きもどそうとしたのよ。目撃者だっているわ」

マーニーはむっつりした顔でコーヒーを口に運んだ。「よく整理して考えたらどう？　恐喝者がひとり、死んだ。彼女は最初にわたしに殴りかかってきた。わたしは彼女に作らされた記録ディスクを破壊した。全部よ。あなたのファイルのコピーも――善意から――破棄したわ。金が目当てなら、そのファイルを持ってあなたをゆすりに行ったわよ。でも、そうはしなかった。なぜなら、彼女のせいであのときからわたしたちは同じ船に乗っているんだって思えるからよ。もう少し待って、テキサスに帰ったら、ボビーと仲良くするわ。わたしにはなにもないけど、時間だけはあるから」

「でも、テキサスには帰らないんでしょ。バリへ行くんじゃないの？」

またおもしろがるように、彼女の目の奥でなにかがちらりと光った。「それも考えているところよ。彼女に虐待されたおおぜいの人たちは、わたしが彼女を始末したと知って喜んでくれるはず。あなただってわたしに感謝するべきよ。彼女はわたしたちをひどい目に遭わせた。食いものにして、もてあそんだのよ。知ってるでしょ。彼女が当然の報いを受けたこともわかってるはず。あなたとわたしの根っこは同じよ。あなただって同じことをしていたかもしれないわ」

イヴは鏡のなかでふたりの目が合ったときのことを思った。マーニーの目のなかに見えたものを思った。彼女はわたしの目のなかになにを見ていたのか。「それはあなたの考えよ」

「それが真実よ。だから、わたしはこの件で有罪にはならない。彼女がどんな人間で、なにをしてきたかが明らかになれば、罪人にはならない。暴行罪はあるかもしれない。それとIDを不正に利用した件で、二、三年は服役するかもしれない。でも、殺人罪？　それを立証するのは無理よね」

「わたしを見て」イヴはすっと立ち上がった。「マーニー・ラルストン、トルーディ・ロンバードを殺害した容疑であなたを逮捕するわ。それと、ボビー・ロンバードにたいする殺人未遂容疑も。ID詐称と警察にたいする偽証については不問にするわ。お勤めは二、三年だけじゃ済まないようね、マーニー。まちがいないわ」

「ああ、ばかを言わないで」マーニーはあとに引かなかった。「レコーダーを止めて、あなたのパートナーに出ていってもらって、ふたりだけで話しましょう。ほんとうの気持ちを聞かせて」

「どう感じているか、このまま伝えられるわ、マーニー。記録されていようが、されていまいが関係ない」

「彼女が死んで、うれしいんでしょ」

「それはちがうわ」内面にしっかり押しとどめていたものがついゆるんだ。なぜなら、マーニーはまちがっているから。あらゆる点でまちがっている。「わたしにまかされるなら、彼女もあなたと同様に刑務所行きよ。わたしや、あなたや、彼女が虐待した子どもたち全員、彼女がこれまでに食いものにした女性たちすべてにやってきたことにたいして裁かれるべきだわ。それが正義よ」

「そんなの戯言《たわごと》よ」

「いいえ、それがわたしの仕事よ」と、イヴは訂正した。「でも、あなたはわたしにまかせてくれなかった。自分で武器を手に取り、彼女の頭蓋骨をたたき割った」

「そうしようと思っていたわけじゃ――」

「計画性はなかったかもしれない」と、イヴはマーニーをさえぎって言った。「でも、そこでやめはしなかった。彼女がそこに横たわり、血を流しているあいだに、あなたは彼女のものを盗んだのよ。復讐を遂げるという、その目的のために、なんの罪もない男性を利用したの。その彼と愛を交わしたベッドを抜け出して、彼の母親を殺したのよ。そして、嘆き悲しむ彼を見ていた。さらに、あなたはその彼を病院送りにした。一時的な衝動と、ちょっとした保険のために。彼女がわたしたちにやろうとしたことを、あなたは彼にやった。そこにいないのも同然に扱ったの。できるなら、そのことだけであなたを刑務所に送りこんでやりたい」

イヴは両手をしっかりテーブルに置いて、顔と顔とが近づくように、身を乗り出した。

「わたしはあなたとはちがうわ、マーニー。終わってしまったことのために人の命を奪ったり、ないがしろにしたりするあなたを、哀れに思うわ」

流れているのは本物の涙だった。怒りの涙がマーニーの目に光っていた。「けっして終わらないのよ」

「ええと、それについては考える時間がたっぷりあるはずよ。懲役二十五年から終身刑、とわたしは見てる。わたしはあなたとはまるでちがうわ」イヴは繰り返した。「わたしは警官よ。だから、あなたを直接、階下《した》へ連れていって逮捕手続きをすることに喜びを感じるの」

「あなたは偽善者よ。嘘つきの偽善者」

「好きに考えればいいわ。でも、わたしは今夜、自分のベッドで眠れるわ。ぐっすりと、死んだように眠るつもりよ」

マーニーの腕を取って、立たせる。手錠を取り出して、彼女の手首にカチリと留めた。

「ピーボディ、こっちの片づけをお願いね?」

「六か月で出てくるわ」イヴが誘導していっしょに廊下に出ると、マーニーが言った。

「夢を見つづけていればいいわ」

「ボビーが弁護士を雇ってくれるわ。彼女はああなって当然なのよ。そう言いなさいよ！　当然の報いを受けたんだ、って。わたしに負けないくらい彼女を憎んでいたはずでしょう」

「わたしは、とにかく頭にきてるのよ、あなたに」イヴはうんざりしながら言った。「彼女に直接会って言いたいことを言ったり、警官としての仕事をして、彼女がこれまでやってきたことすべてを償うのを見たりするチャンスを、あなたに奪われたんだから」

「弁護士を呼んで。精神鑑定を受けたいわ」

「両方の手配をするわ」イヴはマーニーをそっと押してエレベーターに乗せ、逮捕手続きをしに階下へ向かった。

イヴがオフィスにもどると、マイラが部屋に入ってきて扉を閉めた。「尋問室ではいい仕事をしたわね」

「運がよかったんです。彼女の自己中心的な性格がわたしには扱いやすかったから」

「あなたにはそれがわかったのね。彼女にはあなたが理解できていなかったわ」

「彼女はさほど常軌を逸してはいなかった。わたしは人を殺したことがあるから、自分のなかの暴力的な部分がそれを可能にするとわかっています。あのときも、いまも、それは変わらないと思う。でも、殺人にはべつの側面があるわ。鏡のなかの自分を見ても、それは見えない。

問題は」と、イヴは言い添えた。「彼女にもそれは見えないだろうということです」

「でも、あなたはそのうち真実を見ることになる。彼女はこの先も見ない。今回の捜査はあなたにとって楽じゃなかったとわかっているわ。最初から捜査を仕切ってきたのはたいへんだったでしょう。いまはどう感じているかしら?」

「これから病院へ行って、かわいそうなのろまくんに彼女がなにをしたか、なぜやったか、話さなければならないわ。行って、彼の心をずたずたにして、傷痕を作ってこなければならない。そんな彼にくらべたら、いまのわたしの気持ちなんて楽なものだわ」

「わたしにいっしょに行ってもらいたいと思っている?」

「彼には、あとになってなにかが、だれかが必要になると思います。どうするかは彼が決めることだわ。でも、これからやらなければならないことは、わたしと彼と、ふたりだけでやるべきだと思う。わたしは彼に、そうするだけの借りがあるんです。彼と親しいらしい共同経営者に連絡してみようと思っているんだけど、どう思いますか? 彼の力になっていっしょに頑張って、って伝えようかと思って」

「あなたのような心遣いをしてくれる人がいて、ボビーは運がいいと思うわ」

「落ち込んでいるとき、本人が必要だと思っていなかったり、ほしいと思っていなかったりしても、友だちってクッションを渡してくれますよね。立ち寄ってくれて、クッションが必要かどうか確認してもらって、感謝しています。わたしはだいじょうぶです」

「では、最後のまとめはあなたにまかせるわね」

一時間後、イヴはボビーの病室にいて、ベッドの横の椅子に坐っていた。ボビーの頬をとめどなく涙が伝うのを見ながら、どうしていいのかまるでわからず、みじめな思いだった。

「まちがいに決まっている。きみはなにかをまちがったんだよ」

「まちがいじゃないわ。わたしもまちがっていない。申し訳ないけれど、わたしには、はっきり言うほかにどうしていいのかわからない。彼女はあなたを利用していたのよ。計画的だった。計画の一部は彼女が十三歳のときにはじまっていたわ。彼女は、あなたのお母さんを殺したのは計画的ではないと主張していて、それはほんとうかもしれない。ついかっとしたのかもしれない。そう見えないこともないから、そうなのかもしれない。でも、それ以外は、ボビー、あなたにはショックでしょうけど、彼女が計画して、裏工作をして、いろいろ利用してやったことよ。彼女は、彼女が演じていたような女性じゃないの。あの女性は存在しなかったのよ」

「彼女に――彼女にそんなことができるわけが……」

「ザナ・クライン・ロンバードにはできないでしょう。マーニー・ラルストンにはできたし、いまもやっているわ。彼女は自白したのよ、ボビー、すべてをくわしく話したわ」

「でも、もう何か月も、僕たちは結婚生活を送ってきた。いっしょに暮らしてきたんだ。彼女のことはよくわかっている」

「あなたが知っているのは、彼女があなたに知ってほしいと思っている彼女よ。彼女はごまかしのプロなの。前科の記録を記した紙は、わたしの腕くらい長いわ。ボビー。わたしを見て、ボビー。ごまかしてばかりいる女性に育てられたあなたは、ごまかしが得意な人に利用されがちなの」

「それで僕がどうなるっていうんだ?」ボビーの一方の手が拳を握り、弱々しくベッドを叩いた。「だから僕がどうなるって?」

「カモにされるわ。でも、ずっとカモになりつづける必要なんてない。これからも彼女はあなたを利用しようとするはず。涙を流して、謝って、今回のことをはじめたのはほんとうの意味であなたを知る前で、途中から、ほんきであなたを好きになった、みたいなことを言うはずよ。これだけは嘘じゃない、って。すべてはあなたのためにやったことだ、とか。言葉たくみに丸めこもうとしてくるはず。でも、もう利用されてはだめよ」

「彼女を愛しているんだ」

「あなたが愛しているのは実体のない煙みたいなものよ。それが彼女なの」怒りの燃えかすがまた腹のなかで燃え上がり、イヴは我慢できなくなって立ち上がった。「好きにすればいいわ。止めないから。でも、あなたはもっと大事にされるべき人よ。十二歳の子どもにとって、わたしにこっそり食べ物を運んで、少しでも楽にしてやろうとするのは勇気がいったことだと思う。これから向き合わなければならないことに立ち向かうのも勇気がいることよ。できることなら、あなたが少しでも楽にできるようにしてあげたい」

「母は死んだ。妻は牢のなかにいて、母を殺した容疑で告発されている。それから、おそらく、僕を殺そうとした罪でも告発されている。ああ、まったく、どうやって僕を楽にしようっていうんだ？」

「無理だと思うわ」

「ザナと話をしないと。彼女に会いたいんだ」

イヴはうなずいた。「ええ、いいわ。退院したら、いつでも階下へ行って面会ができるわ」

「きっとなにか事情があるんだ。きみにもわかるよ」

あなたにわかることはないだろう、とイヴは思った。たぶん、あなたにはわからないのだ。「幸運を祈るわ、《ボビー》」

イヴは家に帰った。捜査を終えてもまだ、がっかりしたり、うまくいかなかったという思いを引きずっているのがいやでたまらなかった。あの人はまた利用されるだろう。世のなかのシステムも利用されるかもしれない。

事件を解決しても、まだ終わってはいない。永遠に終わらないことだってあるのだ、とイヴは思った。

正面玄関から邸に入って、ちらりとサマーセットを見る。「あと二、三時間、停戦期間を延ばしましょう。とにかく疲れきっていて、あなたとふざけまわるのはちょっと無理」

まっすぐ寝室へ向かう。そこには彼がいて、上半身裸で抽斗からTシャツを引っ張り出していた。

「警部補、どんな一日だったか訊くにはおよばないね。顔にぜんぶ書いてある。彼女にするりと逃げられた?」

「いいえ、逮捕したわ。彼女は、必要なことはすべて自白したの。検察はトルーディについて第二級謀殺、ボビーについては無謀危険行為の線で行くみたい。彼女は服役するはず。それも長いあいだ」

ロークはTシャツを着ながらイヴに近づいてきた。「どうしたんだ?」

「いま、病院に寄ってきたところ。ボビーに話してきたわ」

「自分で話をしたんだね」ロークはつぶやき、イヴの髪に触れた。「どのくらいつらかった?」

「可能なかぎり最大限に。彼は信じようとしないの。心のどこかで信じる気持ちはあるのかもしれないけど。わたしが真実をはっきり告げているんだって、彼の一部が認めているのが見ていてわかるのよ。それって、見えなかったり認めなかったりするほうがましだわ。彼は彼女に面会しにいって、話をするはずよ。結局、彼がお金を払って弁護士を雇ってくれるって、彼女はそう言っていたし、そのとおりだと思う」

ロークはずっと両腕をイヴの体にまわした。「愛だね。そうなると、だれも文句は言えないだろう?」

「彼は被害者なのよ」イヴはロークの額に額を押しつけた。「でも、お節介は焼けない」

「彼は大人なんだから、自分のことは自分で決めるよ。無力なわけじゃないんだ、イヴ」ロークはイヴの顔を支えて上を向かせた。「きみはきみの仕事をやった」

「自分の仕事をやったわ。なのに、なんで泣き言を言ってるんだろう？　自分が望んでいたかたちで終わらなかった。それが引っかかっているのよ。でも、あなたがいてくれてよかった。あなたがそばにいるってすばらしいわ」

イヴはくるっと背中を向け、ツリーのほうへ歩いていった。

「ほかには？」

「彼女に、わたしたちは似てるって言われたわ。似てないわよ。わたしは似てないってわかってる。でも、部分的に彼女に似てるところがあって、その部分は、彼女がどうやって靴下の武器をつかんで振り下ろしたかわかっているの。わたしには、それを理解する部分があるのよ」

「イヴ、きみにその部分がなかったら、どうしてそういう部分を使う人がいるのかわからなくて、いまみたいにずばり抜けて有能な警官になってないし、これからもなれないと思うよ」

肩にずっしりのしかかっていたなにかがするりとすべり落ちていくのと同時に、イヴは振り返って彼を見た。「そうよ、そう。あなたの言うとおり。あなたをそばに置いておく理由がなにかあるんだって、わかっていたわ」

またロークのところまでもどって、Tシャツの袖を引っぱる。「これはなんのためなの、おしゃれさん？」

「ちょっとトレーニングをしようかと思ったんだが、妻が予想より早く帰ってきた」

「わたしもいっしょにトレーニングするのも悪くないわね。このもやもや感を少しは燃焼できるかも」一歩あとずさりをして武器のハーネスをはずし、首をかしげる。「もし、わたしがペテン師で、無尽蔵の財産だけを目当てにあなたに近づいたとわかったら、あなたならどうする?」

ロークは邪悪な笑みを浮かべ、イヴに向けて、目からブルーの電光を放った。「そんなことがわかったら、ダーリン・イヴ、きみのお尻を蹴っ飛ばしてここから追い出し、財産の大部分を投じて、きみの残りの人生を地獄のように耐えがたいものにしてやるよ」

さらに肩が軽くなるのがわかって、ロークを見てにっこりする。「そうよ、思ったとおりだわ。わたしはほんとうに運のいい女だわ」

イヴは椅子の上に武器をぽんと放り、その隣に警察バッジを無造作に置いた。ロークの手に手を差し伸べて、指先をからみ合わせ、それからちょっとのあいだ、仕事のことは忘れた。

# 訳者あとがき

イヴ&ローク・シリーズ第二十三作『過去からの来訪者』(*Memory in Death*)をお届けします。

前作で負った傷も完全には癒えていないイヴとローク。ふたりで迎える二度目のクリスマスを目前にしたある日、五十代半ばの女性が職場にイヴを訪ねてきます。戸惑うイヴを抱きしめようとして拒まれた彼女、トルーディ・ロンバードは目に涙をためて訴えます。「わたしがわからないの? あなたのママよ!」

まだ無力で、自分になんの価値も見いだせなかった過去に引きもどされ、イヴは凍りつきます。トルーディは幼いイヴを引き取り、半年あまりのあいだ、精神的に虐待しつづけた里親だったのです。イヴはトルーディを追い返しますが、動揺のあまり嘔吐して、逃げるように帰宅します。

心配したロークに促されて、イヴは渋々語りはじめます。預けられたトルーディの家では家事ドロイド代わりにこき使われ、歯ブラシでキッチンを磨かされたり、汚れていると言われて毎晩のように水風呂に入れられたり、絶えず言葉の暴力を受けていた、と。

翌日、トルーディはロークのオフィスに乗り込んできて、イヴの面倒をみた報酬と、わざわざテキサスからやってきた手間賃として二百万ドルを要求します。受け入れられないなら、性的虐待を受けつづけたあげく血まみれで保護されたイヴの過去をマスコミにばらす、と脅します。しかし、いま、この場で殺されないのをありがたく思えと言わんばかりに、反対にロークから脅され、青くなって帰っていきます。

そして、その二日後、ホテルの自室で頭を鈍器のようなもので殴られ、死亡しているトルーディが発見されます。遺体の発見者であるイヴは、そのまま捜査に乗り出します。犯人は仲間割れした恐喝の相棒なのか、あるいは、彼女といっしょにテキサスからやって来ていた息子や、その妻なのか。やがて、トルーディに虐待されていたのはイヴだけではないことがわかって……。

本作の被害者はイヴの元里親であり、捜査が進むにつれ、イヴ個人の過去や内面や変化がまた少しずつ明らかになっていきます。クリスマスプレゼントにたいするイヴの考え方も、まわりの仲間の影響を受けて成長しています。相手のことを考えて、照れながら、そしてぶっきらぼうにプレゼントを差し出す彼女の姿はほほえましく、彼女を見守っているひとりとして、そんな変化がうれしくもあります。

それにしても、ロークのイヴへのプレゼントの豪華なこと。どんなに血なまぐさい事件が描かれようと、毎回、ロークがイヴに贈るプレゼントの現実離れした贅沢さに触れると、このシリーズはロマンス小説のシリーズでもあるのだなあ、と実感させられます。

シリーズではおなじみの登場人物も、あいかわらずそれぞれの持ち味を発揮しています。そろそろ臨月を迎えようというメイヴィスのお腹はますますせり出して、イヴをたじろがせています。イヴとロークは彼女の出産にちゃんと立ち会えるのでしょうか？

サマーセットとイヴのいつもながら辛辣なやりとりも楽しめます。イヴ＆ローク・シリーズ（アメリカでは *In Death series* と呼ばれています）のファンのサイト（英語版）では、このふたりのやりとりだけを集めたコーナーもあるくらいです。おデブ猫のギャラハッドを足元にしたがえた案山子《かかし》のようなサマーセットは、ティム・バートンの映画に出てきそうな心引かれるキャラクターです。

ギャラハッドは左右の目の色がちがう、と本文にありますが、これは英語ではオッド・アイ、日本では金目銀目などと呼ばれ、縁起がいいとされる地方もあるようです。食いしん坊で、とことんマイペースのギャラハッドの姿は、猫好きにはたまらない魅力です。

そして、ピーボディとマクナブの関係はまた危機を迎えているようですが、だいじょうぶでしょうか？

本作で描かれているのは、二〇五九年のクリスマスです。物語のあちこちで登場するオートシェフ、ドロイド、リンクなど、近未来の便利な道具は興味深く、実際にあったら……と想像するのは楽しいものです。そして、実際にわたしたちの生活でも、つぎつぎと新たな電子機器が登場しています。電車内でアイフォーンを操作してインターネットのサイトを見ている人がいると、わたしはつい、このシリーズに出てくる手のひらサイズのパソコン、PPCを思ってしまいます。

いま話題になっている電子書籍とその端末も、わたしたちの生活を大きく変えてしまいそうな道具のひとつです。場所代や印刷代がかからない分、電子書籍は価格も安くなると言いますから、読書好きのみなさんには気になるところではないでしょうか。

アメリカの通販大手アマゾンのサイトをのぞいてみると、このイヴ&ローク・シリーズもすでに電子書籍が売られています。今年二月に出版された最新作 *Fantasy in Death* を見ると、単行本が約十七ドルであるのにたいして、電子版は約十二ドル。ちなみに、古本は約五ドルですが、この古本というものも、そのうちになくなってしまうのでしょうか？　書店そのものは今後、どうなっていくのでしょう。

やはり本は、本という「形」も含めて本だから、そう簡単にはなくならないだろう、とは思います。しかし、振り返れば、レコード盤からCD、原稿用紙からワープロ原稿への変化はあっという間だったぞ……とも思います。

どんな形であれ、イヴ&ローク・シリーズのおもしろさは変わらないはずだと、翻訳者のひとりとして、また一ファンとして、確信しています。

さて、次回は本シリーズ初の中篇集が邦訳出版される予定です。どうぞお楽しみにお待ちください。

二〇一〇年四月

MEMORY IN DEATH by J.D.Robb
Copyright © 2006 by Nora Roberts
Japanese translation rights arranged with Writers House, LLC
through Owls Agency, Inc.

イヴ&ローク23
# 過去からの来訪者

著者　J・D・ロブ

訳者　中谷《なかたに》ハルナ

2010年5月20日　初版第1刷発行

発行人　鈴木徹也

発行所　株式会社ヴィレッジブックス
〒108-0072 東京都港区白金2-7-16
電話 03-6408-2325(営業) 03-6408-2323(編集)
http://www.villagebooks.co.jp

印刷所　中央精版印刷株式会社

ブックデザイン　鈴木成一デザイン室＋草苅睦子(albireo)

本書の無断複写・複製・転載を禁じます。乱丁、落丁本はお取り替えいたします。

定価はカバーに明記してあります。

©2010 villagebooks inc. ISBN978-4-86332-242-4 Printed in Japan

## ヴィレッジブックス好評既刊


### 「約束が永遠へとかわる夜」

ローリ・フォスター　石原未奈子［訳］　882円（税込）ISBN978-4-86332-100-7

ホテルのスイートルームで、ヤドリギの下で、粉雪のなかで、キャンドルを灯して……聖なる季節に4組の男女が織りなす恋の行方。ファン必読の心ときめくスイートな4篇。

---

### 「ウィンストン家の伝説　黒き髪の誘惑者たち」

ローリ・フォスター　石原未奈子［訳］　830円（税込）ISBN978-4-86332-184-7

町で評判のバーを営むゴージャスな兄弟が“ウィンストン家の呪い”なる謎めいた運命に導かれ出会う相手は……。人気作家が贈る、3篇の特別なアンソロジー！

---

### 「ロザリオとともに葬られ」

リサ・ジャクソン　富永和子［訳］　966円（税込）ISBN978-4-86332-735-1

ラジオ局で悩み相談番組を受け持つ精神分析医サマンサの元にかかってきた脅迫電話。警察は娼婦連続殺人との関連を探るが……。全米ベストセラー小説。

---

### 「死は聖女の祝日に」

リサ・ジャクソン　富永和子［訳］　987円（税込）ISBN978-4-86332-836-5

若く美しい女性ばかりを狙った猟奇連続殺人——孤独な刑事と美貌の“目撃者”の決死の反撃がいま始まる！ 全米ベストセラー作家の傑作ロマンティック・サスペンス。

---

### 「アトロポスの女神に召されて」

リサ・ジャクソン　富永和子［訳］　987円（税込）ISBN978-4-86332-912-6

アメリカ南部の美しい町サヴァナを襲ったスキャンダラスな連続殺人事件——。封印された過去と錯綜する愛、謎が謎を呼ぶ展開に、誰ひとり信じることはできない……。

---

### 「追憶のホテルに眠る罠」

リサ・ジャクソン　富永和子［訳］　1008円（税込）ISBN978-4-86332-157-1

20年前に起きた迷宮入りの誘拐事件——謎に満ちたひとりの美女の存在が、禁断の愛と封印された過去を呼び覚ます！ 愛と裏切りが交錯する、華麗なるサスペンス。

## ヴィレッジブックス好評既刊

### 「標的のミシェル」
ジュリー・ガーウッド　部谷真奈実[訳]　924円(税込) ISBN978-4-86332-685-9

美貌の女医ミシェルを追ってルイジアナを訪れたエリート検事テオ。が、なぜか二人は悪の頭脳集団に狙われはじめていた……。全米ベストセラーのロマンティック・サスペンス。

---

### 「魔性の女がほほえむとき」
ジュリー・ガーウッド　鈴木美朋[訳]　924円(税込) ISBN978-4-86332-752-8

失踪した叔母を捜すFBIの美しい女性と、彼女を助ける元海兵隊員。その行手に立ちはだかるのは、凄腕の殺し屋と稀代の悪女だった! 魅惑のラブ・サスペンス。

---

### 「精霊が愛したプリンセス」
ジュリー・ガーウッド　鈴木美朋[訳]　924円(税込) ISBN978-4-86332-860-0

ロンドン社交界で噂の美女、プリンセス・クリスティーナ。その素顔は完璧なレディの仮面に隠されていたはずだった。あの日、冷徹で危険な侯爵ライアンと出会うまでは……。

---

### 「雨に抱かれた天使」
ジュリー・ガーウッド　鈴木美朋[訳]　924円(税込) ISBN978-4-86332-879-2

美しき令嬢と彼女のボディーガードを命じられた無骨な刑事。不気味なストーカーが仕掛ける死のゲームが、交わるはずのなかった二人の世界を危険なほど引き寄せる…。

---

### 「太陽に魅せられた花嫁」
ジュリー・ガーウッド　鈴木美朋[訳]　924円(税込) ISBN978-4-86332-900-3

妻殺しと噂されるハイランドの戦士と、彼のもとに捧げられたひとりの乙女――だが誰も知らなかった。愛のない結婚が、予想だにしない運命をたどることになるとは……。

---

### 「メダリオンに永遠を誓って」
ジュリー・ガーウッド　細田利江子[訳]　966円(税込) ISBN978-4-86332-940-9

復讐のため略奪された花嫁と、愛することを知らない孤高の戦士。すべては運命のいたずらから始まった……。『太陽に魅せられた花嫁』に続く感動の名作!

## ヴィレッジブックス好評既刊

### 「遠い夏の英雄」

スーザン・ブロックマン　山田久美子［訳］　924円（税込）ISBN978-4-86332-702-3

任務遂行中に重傷を負った米海軍特殊部隊SEALのトムは、休暇を取って帰郷した。そこで彼が見たのは、遠い昔の愛の名残と、死んだはずのテロリストの姿……。

---

### 「沈黙の女を追って」

スーザン・ブロックマン　阿尾正子［訳］　945円（税込）ISBN978-4-86332-742-9

運命の女性メグとの再会――それは、SEAL隊員ジョン・ニルソンにとってキャリアをも失いかけないトラブルの元だった。『遠い夏の英雄』につづく、全米ロングセラー！

---

### 「氷の女王の怒り」

スーザン・ブロックマン　山田久美子［訳］　987円（税込）ISBN978-4-86332-797-9

人質救出のため、死地に向かった男と女。その胸に秘めたのは、告白できぬ切ない愛……。『遠い夏の英雄』『沈黙の女を追って』に続くロマンティック・サスペンスの粋！

---

### 「緑の迷路の果てに」

スーザン・ブロックマン　阿尾正子［訳］　1040円（税込）ISBN978-4-86332-837-2

灼熱の密林で敵に追われる米海軍特殊部隊SEALの男と絶世の美女。アメリカ・ロマンス作家協会の読者人気投票で第1位を獲得した傑作エンターテインメント！

---

### 「知らず知らずのうちに」

スーザン・ブロックマン　山田久美子［訳］　1040円（税込）ISBN978-4-86332-882-2

ホワイトハウス勤務のキャリアウーマンと、米海軍特殊部隊SEALの若き勇者。互いに心惹かれていく彼らの知らないところでは、恐るべきテロリストの計画が進行していた！

---

### 「アリッサという名の追憶　上・下」

スーザン・ブロックマン　阿尾正子［訳］　各840円（税込）

〈上〉ISBN978-4-86332-935-5〈下〉ISBN978-4-86332-936-2

SEALの精鋭サムとFBIの女性捜査官アリッサ。かつて熱い夜をともにしつつも別れざるをえなかったふたりがついに再会した…。全米のファンが熱狂した波乱のロマンス！

---

## ヴィレッジブックス好評既刊

### 「熱い風の廃墟　上・下」
スーザン・ブロックマン　島村浩子［訳］　各819円（税込）
〈上〉ISBN978-4-86332-121-2〈下〉ISBN978-4-86332-122-9
元SEALの隊員たちが集う警備会社〈トラブルシューターズ・インク〉。密命を帯びて大地震後の“地獄”と呼ばれる国に潜入した男女を待つものとは——？

---

### 「夜明けが来るまで見られてる」
スーザン・ブロックマン　北沢あかね［訳］　924円（税込）ISBN978-4-86332-950-8
彼の愛の表現は、映画スターならではの巧みな演技？ 日米でますます人気の高まるベストセラー作家がドラマティックに描きあげた極上のロマンスノベル！

---

### 「ボディガード」
スーザン・ブロックマン　北沢あかね［訳］　924円（税込）ISBN978-4-86332-169-4
マフィアに命を狙われる薄幸の美女と、彼女の盾となった孤高のFBI捜査官。ふたりの背後に容赦なく迫るものとは……。RITA賞に輝くロマンティック・サスペンス巨編！

---

### 「そしてさよならを告げよう」
アイリス・ジョハンセン　池田真紀子［訳］　819円（税込）ISBN978-4-86332-740-5
エレナは他人を一切信頼しない孤高の女戦士。だが、我が子を仇敵から守るためには、一人の危険な男の協力が必要だった……。ロマンティック・サスペンスの女王の会心作！

---

### 「その夜、彼女は獲物になった」
アイリス・ジョハンセン　池田真紀子［訳］　882円（税込）ISBN978-4-86332-787-0
女性ジャーナリスト、アレックスと元CIAの暗殺者ジャド・モーガンを巻き込む巨大な謀略とは？ ロマンティック・サスペンスの女王アイリス・ジョハンセンが贈る娯楽巨編！

---

### 「波間に眠る伝説」
アイリス・ジョハンセン　池田真紀子［訳］　903円（税込）ISBN978-4-86332-832-7
美貌の海洋生物学者メリスを巻き込んだ、ある海の伝説をめぐる恐るべき謀略。その渦中で彼女は本当の愛を知る——女王が放つロマンティック・サスペンスの白眉！

イヴ&ローク・シリーズ大好評既刊

**ノーラ・ロバーツが別名義で贈る**
**話題のロマンティック・**
**サスペンス・シリーズ**

Eve&Roarke
イヴ&ローク
22

# この邪悪な街にも夜明けが

J・D・ロブ
小林浩子［訳］

「イヴ&ローク 1～21」
も好評発売中!

**殺人犯と被害者を結ぶ**
**想像を絶する秘密とは?**

著名な美容外科医が正体不明の美女に
刃物で心臓を刺されて殺された。
やがてイヴたちは被害者が若い女性を対象に
謎の実験を行っていたことを知る。
が、そんな折、第二の殺人事件が発生した――

882円（税込）ISBN978-4-86332-201-1

**巻末にボーナス・クイズを収録**